HEYNE <

Das Buch

Keiner aus der Bruderschaft der BLACK DAGGER hätte geahnt, was das Schicksal für John Matthew bereithielt – am wenigsten er selbst. Aufgewachsen als Vampir unter Menschen enthüllen sich nun Stück für Stück seine wahre Identität und seine Bestimmung innerhalb der Bruderschaft. Doch John ist der mysteriösen Xhex verfallen, die ein finsteres Geheimnis hütet. Ein Geheimnis, das die Bruderschaft in höchste Gefahr bringen könnte …

Die BLACK-DAGGER-Serie:

Erster Roman: Nachtjagd
Zweiter Roman: Blutopfer
Dritter Roman: Ewige Liebe
Vierter Roman: Bruderkrieg
Fünfter Roman: Mondspur
Sechster Roman: Dunkles Erwachen
Siebter Roman: Menschenkind
Achter Roman: Vampirherz
Neunter Roman: Seelenjäger
Zehnter Roman: Todesfluch
Elfter Roman: Blutlinien
Zwölfter Roman: Vampirträume
Sonderband: Die Bruderschaft der BLACK DAGGER
Dreizehnter Roman: Racheengel
Vierzehnter Roman: Blinder König
Fünfzehnter Roman: Vampirseele
Sechzehnter Roman: Mondschwur

Die FALLEN ANGELS-Serie:
Erster Roman: Die Ankunft

Die Autorin

J.R. Ward begann bereits während des Studiums mit dem Schreiben. Nach dem Hochschulabschluss veröffentlichte sie die BLACK-DAGGER-Serie, die in kürzester Zeit die amerikanischen Bestseller-Listen eroberte. Die Autorin lebt mit ihrem Mann und ihrem Golden Retriever in Kentucky und gilt seit dem überragenden Erfolg der Serie als neuer Star der romantischen Mystery.

J. R. Ward

Vampirseele

Ein BLACK DAGGER-Roman

WILHELM HEYNE VERLAG
MÜNCHEN

Titel der Originalausgabe
LOVER MINE (Part 1)

Aus dem Amerikanischen von Petra Hörburger
und Corinna Vierkant

FSC
www.fsc.org
MIX
Papier aus verantwortungsvollen Quellen
FSC® C014496

Verlagsgruppe Random House FSC-DEU-0100
Das für dieses Buch verwendete FSC-zertifizierte Papier
Holmen Book Cream
liefert Holmen Paper, Hallstavik, Schweden.

Deutsche Erstausgabe 12/2010
Redaktion: Natalja Schmidt

Printed in Germany 2010
Umschlagbild: Dirk Schulz
Umschlaggestaltung: Animagic, Bielefeld
Autorenfoto © by John Rott
Satz: Buch-Werkstatt GmbH, Bad Aibling
Druck und Bindung: GGP Media GmbH, Pößneck

ISBN: 978-3-453-52771-3

www.heyne-magische-bestseller.de

Gewidmet: Dir.

Ich kann kaum glauben, dass wir zusammen
so weit gekommen sind.
Dein Buch ist jedoch kein Abschied,
sondern ein Neuanfang.
Aber daran bist du ja schon gewöhnt …

Danksagung

Ein Riesendankeschön an alle Leser der Bruderschaft der Black Dagger und ein Hoch auf die Cellies!

Vielen Dank für all die Unterstützung und die Ratschläge an: Steven Axelrod, Kara Welsh, Claire Zion und Leslie Gelbman.

Danke auch an alle Mitarbeiter von NAL – diese Bücher sind echte Teamarbeit!

Danke an Lu und Opal sowie an unsere Cheforganisatoren und Ordnungshüter für alles, was ihr aus reiner Herzensgüte tut!

Und wie immer vielen Dank an meinen Exekutivausschuss: Sue Grafton, Dr. Jessica Andersen und Betsey Vaughan.

Meine Achtung gilt der unvergleichlichen Suzanne Brockmann und der stets brillanten Christine Feehan (plus Familie) sowie allen Autoren, die mir immer wieder mit Trost und Rat zur Seite stehen (Christina, Linda und Lisa).

Danke auch an Kara Cesare, die immer einen Platz in meinem Herzen haben wird.

An D. L. B. – ich bin einer deiner größten Fans. Schreib bitte weiter! Ich liebe dich, Mummy.

An N. T. M. – danke, dass du mich auf meinem Weg begleitest, in guten wie in schlechten Zeiten.

An Jac (und Gabe!) – danke für Barbie und die Neudefinition der Romantik.

An LeElla Scott – die ich so sehr liebe, und nicht nur, weil sie sich so toll um meinen geliebten Welpen-Neffen kümmert.

An Katie und die kleine Kaylie und ihre Mama – die in meinem Kurzwahlspeicher ganz oben steht.

An Lee, der mir den Weg geebnet hat, und an Margaret und Walker für all die Freude, die sie mir bringen.

Nichts von alledem wäre möglich ohne: meinen liebevollen Ehemann, der mir mit Rat und Tat zur Seite steht, sich um mich kümmert und mich an seinen Visionen teilhaben lässt; meine wunderbare Mutter, die mir mehr Liebe geschenkt hat, als ich ihr je zurückgeben kann; meine Familie (die blutsverwandte wie auch die frei gewählte) und meine liebsten Freunde.

Ach ja, und an die bessere Hälfte von WriterDog, wie immer.

Glossar der Begriffe und Eigennamen

Ahstrux nohtrum – Persönlicher Leibwächter mit Lizenz zum Töten, der vom König ernannt wird.

Die Auserwählten – Vampirinnen, deren Aufgabe es ist, der Jungfrau der Schrift zu dienen. Sie werden als Angehörige der Aristokratie betrachtet, obwohl sie eher spirituell als weltlich orientiert sind. Normalerweise pflegen sie wenig bis gar keinen Kontakt zu männlichen Vampiren; auf Weisung der Jungfrau der Schrift können sie sich aber mit einem Krieger vereinigen, um den Fortbestand ihres Standes zu sichern. Einige von ihnen besitzen die Fähigkeit zur Prophezeiung. In der Vergangenheit dienten sie alleinstehenden Brüdern zum Stillen ihres Blutbedürfnisses. Diese Praxis wurde von den Brüdern wieder aufgenommen.

Bannung – Status, der einer Vampirin der Aristokratie auf Gesuch ihrer Familie durch den König auferlegt werden kann. Unterstellt die Vampirin der alleinigen Aufsicht ihres *Hüters,* üblicherweise der älteste Mann des Haushalts. Ihr *Hüter* besitzt damit das gesetzlich verbriefte Recht, sämtliche Aspekte ihres Lebens zu bestimmen und nach eigenem Gutdünken jeglichen Umgang zwischen ihr und der Außenwelt zu regulieren.

Die Bruderschaft der Black Dagger – Die Brüder des Schwarzen Dolches. Speziell ausgebildete Vampirkrieger, die ihre Spezies vor der Gesellschaft der *Lesser* beschützen. Infolge selektiver Züchtung innerhalb der Rasse besitzen die Brüder ungeheure physische und mentale Stärke sowie die Fähigkeit zur extrem raschen Heilung. Die meisten von ihnen sind keine leiblichen Geschwister; neue Anwärter werden von den anderen Brüdern vorgeschlagen und daraufhin in die Bruderschaft aufgenommen. Die Mitglieder der Bruderschaft sind Einzelgänger, aggressiv und verschlossen. Sie pflegen wenig Kontakt zu Menschen und anderen Vampiren, außer um Blut zu trinken. Viele Legenden ranken sich um diese Krieger, und sie werden von ihresgleichen mit höchster Ehrfurcht behandelt. Sie können getötet werden, aber nur durch sehr schwere Wunden wie zum Beispiel eine Kugel oder einen Messerstich ins Herz.

Blutsklave – Männlicher oder weiblicher Vampir, der unterworfen wurde, um das Blutbedürfnis eines anderen zu stillen. Die Haltung von Blutsklaven wurde vor kurzem gesetzlich verboten.

Chrih – Symbol des ehrenhaften Todes in der alten Sprache.

Doggen – Angehörige(r) der Dienerklasse innerhalb der Vampirwelt. *Doggen* pflegen im Dienst an ihrer Herrschaft altertümliche, konservative Sitten und folgen einem formellen Bekleidungs- und Verhaltenskodex. Sie können tagsüber aus dem Haus gehen, altern aber relativ rasch. Die Lebenserwartung liegt bei etwa fünfhundert Jahren.

Dhunhd – Hölle.

Ehros – Eine Auserwählte, die speziell in der Liebeskunst ausgebildet wurde.

Exhile Dhoble – Der böse oder verfluchte Zwilling, derjenige, der als Zweiter geboren wird.

Gesellschaft der *Lesser* – Orden von Vampirjägern, der von Omega zum Zwecke der Auslöschung der Vampirspezies gegründet wurde.

Glymera – Das soziale Herzstück der Aristokratie, sozusagen die »oberen Zehntausend« unter den Vampiren.

Gruft – Heiliges Gewölbe der Bruderschaft der Black Dagger. Sowohl Ort für zeremonielle Handlungen wie auch Aufbewahrungsort für die erbeuteten Kanopen der *Lesser.* Hier werden unter anderem Aufnahmerituale, Begräbnisse und Disziplinarmaßnahmen gegen Brüder durchgeführt. Niemand außer Angehörigen der Bruderschaft, der Jungfrau der Schrift und Aspiranten hat Zutritt zur Gruft.

Hellren – Männlicher Vampir, der eine Partnerschaft mit einer Vampirin eingegangen ist. Männliche Vampire können mehr als eine Vampirin als Partnerin nehmen.

Hohe Familie – König und Königin der Vampire sowie all ihre Kinder.

Hüter – Vormund eines Vampirs oder einer Vampirin. Hüter können unterschiedlich viel Autorität besitzen, die größte Macht übt der Hüter einer gebannten Vampirin aus.

Jungfrau der Schrift – Mystische Macht, die dem König als Beraterin dient sowie die Vampirarchive hütet und Privilegien erteilt. Existiert in einer jenseitigen Sphäre und besitzt umfangreiche Kräfte. Hatte die Befähigung zu einem einzigen Schöpfungsakt, den sie zur Erschaffung der Vampire nutzte.

Leahdyre – Eine mächtige und einflussreiche Person.

Lesser – Ein seiner Seele beraubter Mensch, der als Mitglied der Gesellschaft der *Lesser* Jagd auf Vampire macht, um sie auszurotten. Die *Lesser* müssen durch einen Stich in die Brust getötet werden. Sie altern nicht, essen und trinken nicht und sind impotent. Im Laufe der Jahre verlieren ihre Haare, Haut und Iris ihre Pigmentierung, bis sie blond, bleich und weißäugig sind. Sie riechen nach Talkum. Aufgenommen in die Gesellschaft werden sie durch Omega. Daraufhin erhalten sie ihre Kanope, ein Keramikgefäß, in dem sie ihr aus der Brust entferntes Herz aufbewahren.

Lewlhen – Geschenk.

Lheage – Respektsbezeichnung einer sexuell devoten Person gegenüber einem dominanten Partner.

Lielan – Ein Kosewort, frei übersetzt in etwa »mein Liebstes«.

Lys – Folterwerkzeug zur Entnahme von Augen.

Mahmen – Mutter. Dient sowohl als Bezeichnung als auch als Anrede und Kosewort.

Mhis – Die Verhüllung eines Ortes oder einer Gegend; die Schaffung einer Illusion.

Nalla oder **Nallum** – Kosewort. In etwa »Geliebte(r)«.

Novizin – Eine Jungfrau.

Omega – Unheilvolle mystische Gestalt, die sich aus Groll gegen die Jungfrau der Schrift die Ausrottung der Vampire zum Ziel gesetzt hat. Existiert in einer jenseitigen Sphäre und hat weitreichende Kräfte, wenn auch nicht die Kraft zur Schöpfung.

Phearsom – Begriff, der sich auf die Funktionstüchtigkeit der männlichen Geschlechtsorgane bezieht. Die wörtliche Übersetzung lautet in etwa »würdig, in eine Frau einzudringen«.

Princeps – Höchste Stufe der Vampiraristokratie, untergeben nur den Mitgliedern der Hohen Familie und den Auserwählten der Jungfrau der Schrift. Dieser Titel wird vererbt; er kann nicht verliehen werden.

Pyrokant – Bezeichnet die entscheidende Schwachstelle eines Individuums, sozusagen seine Achillesferse. Diese Schwachstelle kann innerlich sein, wie zum Beispiel eine Sucht, oder äußerlich, wie ein geliebter Mensch.

Rahlman – Retter.

Rythos – Rituelle Prozedur, um verlorene Ehre wiederherzustellen. Der Rythos wird von dem Vampir gewährt, der einen anderen beleidigt hat. Wird er angenommen, wählt der Gekränkte eine Waffe und tritt damit dem unbewaffneten Beleidiger entgegen.

Schleier – Jenseitige Sphäre, in der die Toten wieder mit ihrer Familie und ihren Freunden zusammentreffen und die Ewigkeit verbringen.

Shellan – Vampirin, die eine Partnerschaft mit einem Vampir eingegangen ist. Vampirinnen nehmen sich in der Regel nicht mehr als einen Partner, da gebundene männliche Vampire ein ausgeprägtes Revierverhalten zeigen.

Symphath – Eigene Spezies innerhalb der Vampirrasse, deren Merkmale die Fähigkeit und das Verlangen sind, Gefühle in anderen zu manipulieren (zum Zwecke eines Energieaustauschs). Historisch wurden die Symphathen oft mit Misstrauen betrachtet und in bestimmten Epochen auch von den anderen Vampiren gejagt. Sind heute nahezu ausgestorben.

Trahyner – Respekts- und Zuneigungsbezeichnung unter männlichen Vampiren. Bedeutet ungefähr »geliebter Freund«.

Transition – Entscheidender Moment im Leben eines Vampirs, wenn er oder sie ins Erwachsenenleben eintritt. Ab diesem Punkt müssen sie das Blut des jeweils anderen Geschlechts trinken, um zu überleben, und vertragen kein Sonnenlicht mehr. Findet normalerweise mit etwa Mitte zwanzig statt. Manche Vampire überleben ihre Transition nicht, vor allem männliche Vampire. Vor ihrer Transition sind Vampire von schwächlicher Konstitution und sexuell unreif und desinteressiert. Außerdem können sie sich noch nicht dematerialisieren.

Triebigkeit – Fruchtbare Phase einer Vampirin. Üblicherweise dauert sie zwei Tage und wird von heftigem sexuellem Verlangen begleitet. Zum ersten Mal tritt sie etwa fünf Jahre nach der Transition eines weiblichen Vampirs auf, danach im Abstand von etwa zehn Jahren. Alle männlichen Vampire reagieren bis zu einem gewissen Grad auf eine triebige Vampirin, deshalb ist dies eine gefährliche Zeit. Zwischen konkurrierenden männlichen Vampiren können Konflikte und Kämpfe ausbrechen, besonders wenn die Vampirin keinen Partner hat.

Vampir – Angehöriger einer gesonderten Spezies neben dem Homo sapiens. Vampire sind darauf angewiesen, das Blut des jeweils anderen Geschlechts zu trinken. Menschliches Blut kann ihnen zwar auch das Überleben sichern, aber die daraus gewonnene Kraft hält nicht lange vor. Nach ihrer Transition, die üblicherweise etwa mit Mitte zwanzig stattfindet, dürfen sie sich nicht mehr dem Sonnenlicht aussetzen und müssen sich in regelmäßigen Abständen aus der Vene ernähren. Entgegen einer weit verbreiteten Annahme können Vampire Menschen nicht durch einen Biss oder eine Blutübertragung »verwandeln«; in seltenen Fällen aber können sich die beiden Spezies zusammen fortpflanzen. Vampire können sich nach Belieben dematerialisieren, dazu müssen sie aber ganz ruhig werden und sich konzentrieren; außerdem dürfen sie nichts Schweres bei sich tragen. Sie können Menschen ihre Erinnerung nehmen, allerdings nur, solange diese Erinnerungen im Kurzzeitgedächtnis abgespeichert sind. Manche Vampire können auch Gedanken lesen. Die Lebenserwartung liegt bei über eintausend Jahren, in manchen Fällen auch höher.

Vergeltung – Akt tödlicher Rache, typischerweise ausgeführt von einem Mann im Dienste seiner Liebe.

Wanderer – Ein Verstorbener, der aus dem Schleier zu den Lebenden zurückgekehrt ist. Wanderern wird großer Respekt entgegengebracht, und sie werden für das, was sie durchmachen mussten, verehrt.

Whard – Entspricht einem Patenonkel oder einer Patentante.

Zwiestreit – Konflikt zwischen zwei männlichen Vampiren, die Rivalen um die Gunst einer Vampirin sind.

PROLOG

BLOODLETTERS KRIEGERLAGER, ALTES LAND, 1644

Er wünschte sich, er hätte mehr Zeit. Allerdings, was würde das in Wahrheit schon ändern? Die Zeit spielte nur eine Rolle, wenn man sie auch nutzen konnte.

Darius, leiblicher Sohn des Tehrror, verstoßener Stiefsohn des Marklon, saß auf dem Boden, sein geöffnetes Tagebuch auf einem Knie und eine Kerze vor sich. Die einzige Lichtquelle war die kleine Flamme, die bei jedem Luftzug flackerte, und sein »Zimmer« war die hinterste Ecke einer Höhle. Seine Kleidung war aus rohem, kampferprobtem Leder gefertigt, genauso wie seine Stiefel.

In seiner Nase vermischten sich der strenge Geruch von männlichem Schweiß und feuchter Erde mit dem süßlichen Gestank von verwesendem Lesser-Blut.

Mit jedem Atemzug schien der Gestank noch schlimmer zu werden.

Er blätterte rückwärts durch die Pergamentseiten, Tag für Tag, bis er zu einer Zeit gelangte, die er noch nicht hier im Kriegerlager verbracht hatte.

Er sehnte sich so sehr nach seinem Zuhause, dass es ihm körperliche Schmerzen bereitete. Der Aufenthalt in diesem Lager kam eher einer gewaltsamen Deportation gleich als einem einfachen Ortswechsel.

Er war in einem Schloss aufgewachsen, in dem Eleganz und Anmut das Leben bestimmten. Innerhalb der starken Mauern, die seine Familie vor Mensch und Lesser gleichermaßen geschützt hatten, war jede Nacht so warm und nach Rosen duftend wie eine Julinacht gewesen, und die Monate vergingen in Muße und Behaglichkeit. Die fünfzig Zimmer, die er oft durchwandert hatte, waren mit Satin und Seide ausgekleidet und mit Möbeln aus edlen Hölzern eingerichtet. Auf den Böden lagen Webteppiche anstatt der üblichen Binsenstreu. Ölgemälde in vergoldeten Rahmen und Marmorstatuen in eleganten Posen bildeten die Platinfassung für eine funkelnde Existenz.

Und so wäre es damals unvorstellbar gewesen, dass er jemals dort sein würde, wo er jetzt war. Das Fundament seines Lebens verfügte jedoch über eine entscheidende Schwachstelle.

Das schlagende Herz seiner Mutter hatte ihm das Recht erwirkt, unter diesem Dach zu leben und verwöhnt aufzuwachsen. Aber als dieses liebende, lebenswichtige Organ in ihrer Brust zu schlagen aufhörte, hatte Darius nicht nur seine Mahmen verloren, sondern auch das einzige Heim, das er je gekannt hatte.

Sein Stiefvater hatte ihn hinausgeworfen und hierher verbannt, aus einer Feindschaft heraus, die er lange verborgen und schließlich offenbart hatte.

Darius hatte keine Zeit gehabt, den Tod seiner Mutter zu betrauern. Keine Zeit, um sich über den plötzlichen Hass des Mannes zu wundern, der praktisch sein Vater gewesen war. Keine Zeit, um sich nach der Identität zurückzusehnen, die er als Vampir aus einer angesehenen Familie innerhalb der Glymera gehabt hatte.

Er war einfach am Eingang dieser Höhle abgesetzt worden, wie ein Mensch, der von der Pest heimgesucht worden war. Und die Kämpfe hatten begonnen, bevor er jemals einen Lesser gesehen oder auch nur mit dem Training für den Kampf gegen die Vampirjäger begonnen hatte. Während seiner ersten Nacht und seines ersten Tages in diesem Lager war er von den anderen Neulingen angegriffen worden, die ihn aufgrund seiner teuren Kleidung – die einzige Garnitur, die er hatte mitnehmen dürfen – für einen Schwächling hielten.

In diesen dunklen Stunden hatte er jedoch nicht nur sie, sondern auch sich selbst überrascht.

In diesen Stunden hatte Darius, genau wie die anderen, festgestellt, dass trotz seiner aristokratischen Erziehung das Blut eines Kriegers in seinen Adern floss. Nicht das Blut eines Soldaten, sondern das eines Mitglieds der Bruderschaft der Black Dagger. Ohne es gelernt zu haben, hatte sein Körper kaltblütig auf den Angriff reagiert. Obwohl sein Verstand mit der Brutalität seiner Taten rang, hatten seine Hände, Füße und Fänge genau gewusst, was sie zu tun hatten.

Offensichtlich gab es noch eine andere Seite von ihm, die er bisher selbst nicht gekannt hatte, die aber seinem »Ich« mehr entsprach als das Bild, das ihm so lange aus dem Spiegel entgegengeblickt hatte.

Mit der Zeit war sein Kampfstil noch geschickter und seine Abscheu vor sich selbst geringer geworden. Tatsache war, dass er gar keine Wahl hatte: Es war das Erbe seines leiblichen Vaters und von dessen Vater und des Vaters seines Großvaters, das ihn zu einer kraftvollen Kampfmaschine machte. Die reine Blutlinie eines Kriegers.

Und zu einem teuflischen, tödlichen Gegner obendrein.

In der Tat fand er es äußerst beunruhigend, dass er diese andere Identität besaß. Es war, als ob er über zwei verschiedene Schatten verfügte, als ob sein Körper stets von zwei verschiedenen Lichtquellen angestrahlt wurde. Aber obwohl sein abscheuliches und bruta-

les Verhalten seine anerzogenen Gefühle verletzte, wusste er, dass dies Teil des höheren Ziels war, dem er zu dienen bestimmt war. Und das hatte ihn immer wieder gerettet … vor jenen innerhalb des Lagers, die ihm Schaden zufügen wollten, und vor dem einen, der ihnen allen scheinbar den Tod wünschte. Bloodletter sollte eigentlich ihr Whard sein, aber er verhielt sich eher wie ein Feind, selbst während er sie in der Kriegskunst unterwies.

Aber vielleicht war das gerade der Punkt. Der Krieg war eine hässliche Sache, egal, ob man sich darauf vorbereitete oder daran teilnahm.

Bloodletters Unterricht war brutal, und seine sadistischen Vorschriften forderten Taten, an denen sich Darius nicht beteiligen wollte. Auch wenn Darius aus Übungskämpfen mit anderen immer als Sieger hervorging, nahm er nie an den Vergewaltigungen teil, die als Strafe für die Besiegten vorgesehen waren. Er war der Einzige, dessen Ablehnung akzeptiert wurde. Bloodletter hatte ein einziges Mal versucht, diese Verweigerung zu brechen. Aber als Darius ihn dabei fast besiegte, hatte er ihn künftig in Ruhe gelassen.

Die Gegner, die Darius unterlagen, und dazu zählten alle im Lager, wurden von anderen bestraft, und während der Rest der Lagerinsassen mit diesem Spektakel beschäftigt war, suchte Darius meist Trost in seinem Tagebuch. Im Moment konnte er keinen Blick in Richtung des Hauptlagerfeuers werfen, da gerade wieder einmal eine dieser Bestrafungsaktionen stattfand.

Er hasste es, dass er erneut die Ursache dafür war, aber er hatte keine Wahl … Er musste nun einmal trainieren, kämpfen und gewinnen. Und das Ergebnis dieser Gleichung wurde durch Bloodletters Gesetz bestimmt.

Vom Lagerfeuer drangen grunzende Laute und lüsterne Spottrufe zu ihm herüber.

Darius' Herz schmerzte bei diesen Lauten, und er schloss die Augen. Der Kerl, der im Moment in Darius' Namen die Bestrafung ausführte, war ein brutaler Typ, ganz nach Bloodletters

Vorbild. Er meldete sich häufig als Ersatz für Darius, da er es wie starken Met genoss, anderen Schmerzen zuzufügen und sie zu demütigen.

Aber vielleicht würde es nicht mehr lange so sein. Zumindest nicht für Darius.

Heute Nacht würde er zum ersten Mal ins Feld ziehen. Nachdem er ein Jahr lang ausgebildet worden war, zog er nun nicht nur mit Kriegern hinaus, sondern mit Brüdern. Es war eine seltene Ehre – und ein Zeichen, dass der Krieg gegen die Gesellschaft der Lesser fatal war. Darius' angeborene Fähigkeiten hatten ihre Aufmerksamkeit erregt, und Wrath, der König der Vampire, hatte befohlen, dass er aus dem Lager geholt und nunmehr von den besten Kämpfern des Vampirvolkes unterrichtet werden sollte.

Der Bruderschaft der Black Dagger.

Vielleicht war jedoch alles umsonst gewesen. Wenn sich in dieser Nacht herausstellen sollte, dass er nur in der Lage war, sich mit seinesgleichen im Kampftraining zu messen, würde man ihn wieder in diese Höhle zurückbringen, damit er weiterhin in den Genuss von Bloodletters »Unterricht« kommen konnte.

In diesem Fall würde er nie mehr von den Brüdern geprüft werden, sondern sein Leben lang als Soldat dienen müssen.

Die Bruderschaft gab einem nur eine Chance, und bei der Prüfung in dieser Mondscheinnacht ging es nicht um Kampfstile oder den Umgang mit Waffen. Es war eine Prüfung des Herzens. War er in der Lage, in die blassen Augen des Feindes zu blicken und dessen süßlichen Geruch wahrzunehmen, ohne die Ruhe zu verlieren, während er die Jäger zur Strecke brachte?

Darius löste seinen Blick von den Wörtern, die er vor einer halben Ewigkeit zu Papier gebracht hatte. Im Zugang zur Höhle standen vier hochgewachsene, breitschultrige Männer, die bis an die Zähne bewaffnet waren.

Mitglieder der Bruderschaft.

Er kannte das Quartett und ihre Namen: Ahgony, Throe, Murhder, Tohrture.

Darius schloss sein Tagebuch, schob es in einen Felsspalt, und leckte über den Schnitt an seinem Handgelenk, den er sich zugefügt hatte, um sein Blut als Tinte zu verwenden. Die Schreibfeder, die er sich aus der Feder eines Fasanenschwanzes geschnitten hatte, würde nicht mehr lange halten, und er war sich nicht sicher, ob er jemals hierher zurückkehren würde, um sie wieder zu verwenden, aber er verstaute sie trotzdem sicher.

Als er die Kerze hochhob und an seinen Mund führte, war er erstaunt, wie warm und gelblich das Licht war, das die Flamme verbreitete. Er hatte bei diesem weichen, sanften Licht so viele Stunden damit verbracht, seine Gedanken zu Papier zu bringen … Tatsächlich schien dies das einzige Bindeglied zwischen seinem früheren Leben und seiner derzeitigen Existenz zu sein.

Er blies die kleine Flamme mit einem einzigen Atemstoß aus.

Er erhob sich und griff nach seinen Waffen: einem stählernen Dolch, den er von einem gerade verstorbenen Kampfschüler übernommen hatte, und einem Schwert, das aus dem gemeinschaftlichen Übungswaffenarsenal stammte. Keiner der Waffengriffe war speziell an seine Hand angepasst worden, aber das machte ihm nichts aus.

Als die Brüder in seine Richtung blickten und ihn weder grüßten noch wegschickten, wünschte er sich, dass sein leiblicher Vater unter ihnen wäre. Wie anders würde sich doch all dies anfühlen, wenn er jemanden an seiner Seite hätte, der sich darum sorgte, wie er abschneiden würde. Er wollte keine Schonung und auch keine Sonderbehandlung. Aber nun war er ganz auf sich allein gestellt, getrennt von allen um ihn herum, getrennt durch eine Linie, über die er blicken, die er aber nie überschreiten konnte.

Ein Leben ohne Familie war wie ein unsichtbares Gefängnis. Die Gitterstäbe der Einsamkeit und der Heimatlosigkeit rückten immer enger zusammen, während die Jahre vergingen und er Erfahrungen sammelte, die ihn dermaßen isolierten, dass nichts mehr ihn berührte und er ebenso nichts mehr berührte.

Darius blickte nicht zum Lager zurück, als er auf die vier zuging, die gekommen waren, um ihn abzuholen. Bloodletter wusste, dass er ins Feld zog, und scherte sich nicht darum, ob er zurückkehren würde oder nicht. Und die anderen Schüler waren genau wie er.

Als er näher kam, wünschte er sich, er hätte mehr Zeit, um sich auf die Prüfung seines Willens, seiner Stärke und seines Mutes vorzubereiten. Aber die Prüfung würde hier und jetzt stattfinden.

In der Tat verging die Zeit wie im Fluge, selbst wenn man wollte, dass sie im Schneckentempo verging.

Er trat vor die Brüder hin und sehnte sich nach einem freundlichen Wort, einem guten Wunsch oder einem Vertrauensschwur von jemandem. Als nichts davon kam, sandte er ein kurzes Stoßgebet an die heilige Mutter seines Volkes:

Gütige Jungfrau der Schrift, bitte lass mich nicht versagen.

1

Noch so ein verdammter Schmetterling!

Als sich R.I.P. ansah, wer da gerade sein Tätowierstudio betrat, war er sich sicher, dass er heute wieder einmal einen dieser verdammten Schmetterlinge stechen musste. Oder auch zwei.

Ja, die beiden langhaarigen Blondinen, die gerade albern kichernd auf seine Assistentin zukamen, würden sich definitiv keinen Totenschädel oder etwas Ähnliches in ihre Haut ritzen lassen.

Diese Paris Hiltons und ihr »Ach, was sind wir doch unartig«-Getue ließen ihn auf die Uhr blicken … und wünschen, dass er seinen Laden jetzt schon zugesperrt hätte, anstatt erst um ein Uhr morgens.

Mann … was für einen Scheiß er doch für Geld machte! Die meiste Zeit waren sie ihm ziemlich egal, die geistigen Fliegengewichte, die in sein Studio kamen, um sich tätowieren zu lassen. Aber heute Abend nervten ihn die zuckersüßen Sahneschnitten mit ihren tollen Ideen. Es war sehr schwer, Begeisterung für ein *Hello Kitty*-Set zu heucheln, wenn man gerade drei Stunden lang an einem Erinnerungsporträt für einen Biker gearbeitet hat, der seinen besten Freund auf der Straße verloren hatte.

Mar, seine Assistentin am Empfang, kam zu ihm herüber. »Hast du Zeit für einen Quickie?« Sie zog die gepiercten Augenbrauen nach oben und rollte die Augen. »Es sollte nicht allzu lange dauern.«

»Okay.« Er nickte in Richtung seines Polsterstuhls. »Dann bring die erste hier herüber.«

»Sie wollen es gemeinsam machen lassen.«

Aber klar doch. »Fein. Dann bring doch auch noch den Hocker aus dem Hinterzimmer her.«

Als Mar hinter einem Vorhang verschwand und er mit den Vorbereitungen begann, hielten sich die beiden Tussis am Empfang an den Händen und schnatterten aufgeregt über die Einverständniserklärung, die sie unterschreiben sollten. Von Zeit zu Zeit warfen ihm beide mit weit aufgerissenen Augen Blicke zu, als ob er mit all seinen Tattoos und Piercings ein exotischer Tiger sei, den sie im Zoo bewunderten … und offensichtlich gefiel er ihnen.

Ah ja. Lieber würde er sich selbst die Eier abschneiden, als die beiden flachzulegen – und sei es nur aus Mitleid.

Nachdem Mar das Geld kassiert hatte, brachte sie die beiden zu ihm herüber und stellte sie als Keri und Sarah vor. Das war mehr, als er erwartet hatte. Er hatte sich schon auf Tiffany und Brittney gefasst gemacht.

»Ich hätte gerne einen Regenbogenfisch«, meinte Keri und ließ sich mit einem aufreizenden Hüftschwung auf den Polsterstuhl gleiten. »Genau hier.«

Sie zog ihre kurze, enge Bluse hoch, öffnete den Reißverschluss ihrer Jeans und schob den oberen Rand ihres rosa Tangas nach unten. Ihr Bauchnabel war mit einem Ring gepierct, an dem ein Herz aus rosarotem Strass hing, und es war offensichtlich, dass sie sich ihre Körperbehaarung entfernen ließ.

»Fein«, meinte R.I.P. »Wie groß?«

Keri, die Verführerin, schien ein wenig ernüchtert – als ob ihre zweifelsohne hundertprozentige Erfolgsquote bei College-Footballspielern sie hatte glauben lassen, dass er angesichts des Stückchens nackter Haut, das sie ihm zeigte, vor Begierde hecheln würde.

»Äh, nicht zu groß. Meine Eltern würden mich umbringen, wenn sie wüssten, dass ich das hier machen lasse … es darf über dem Bikini nicht zu sehen sein.«

Natürlich nicht. »5 cm?« Er hielt seine tätowierte Hand hoch, damit sie sich die Größe in etwa vorstellen konnte.

»Vielleicht … noch ein bisschen kleiner.«

Er zeichnete mit einem schwarzen Stift eine Skizze auf ihre Haut, und nachdem sie ihn aufgefordert hatte, innerhalb der Linien zu bleiben, zog er sich seine schwarzen Handschuhe an, nahm eine frische Nadel heraus und stellte die Tätowiermaschine ein.

Es dauerte nicht einmal zwei Sekunden, bis bei Keri die Tränen flossen und sie sich an Sarahs Hand klammerte, als ob sie gerade ohne PDA ein Kind zur Welt bringen würde. Und genau darin lag der große Unterschied zwischen einem Hardcore- und einem Möchtegern-Tatooträger. Schmetterlinge und Fischchen und hübsche kleine Herzchen waren nicht …

Die Tür des Studios wurde weit aufgerissen … und R.I.P. setzte sich auf seinem Rollhocker etwas aufrechter hin.

Die drei Männer, die hereinkamen, trugen keine Militäruniformen, aber sie waren definitiv keine Zivilisten. Sie waren ganz in schwarzes Leder gekleidet – von ihren Jacken über ihre Hosen bis hinunter zu ihren Springerstiefeln – und sie waren so riesig, dass die Wände des Studios näher zu rücken schienen, und die Decke scheinbar nach unten sank. Unter ihren Jacken zeichneten sich deutliche Beulen ab. Beulen, die von Pistolen und vielleicht auch Messern herrührten.

R.I.P. rutschte mit seinem Hocker unauffällig etwas näher an seinen Tresen heran, unter dem der Notfallknopf versteckt war.

Der Kerl auf der linken Seite hatte verschiedenfarbige Augen, trug Piercings aus brüniertem Metall und besaß den kühlen Blick eines Killers. Der Typ auf der rechten Seite schien etwas mehr dem Geschmack der Masse zu entsprechen, mit seinem ebenmäßigen Gesicht und dem roten Haar – allerdings hatte er die Körperhaltung eines kriegserprobten Kämpfers. Der Kerl in der Mitte jedoch roch förmlich nach Ärger. Er war noch etwas größer als seine Kollegen, hatte kurzgeschnittenes, dunkelbraunes Haar, und ein klassisch gut aussehendes Gesicht. Aber seine blauen Augen wirkten leblos und so matt wie Asphalt.

Ein lebender Toter. Der nichts zu verlieren hatte.

»Hallo, Jungs«, rief R.I.P. ihnen zum Gruß zu. »Wollt ihr euch was stechen lassen?«

»Er will.« Der Kerl mit den Piercings deutete mit seinem Kopf auf seinen Kollegen in der Mitte. »Und er hat einen Entwurf dabei. Für die Schultern.«

R.I.P. ließ seinen Instinkten freien Lauf, um den Job abzuwägen. Die Typen warfen Mar keine unpassenden Blicke zu, und die Registrierkasse stand offen da, aber keiner der Männer griff nach seinen Waffen. Sie waren höflich, aber bestimmt. Entweder erfüllte er ihre Wünsche, oder sie würden jemand anderen finden, der es tat.

Zufrieden nahm er seine Position wieder ein. »Cool. Ich bin hier eh gleich fertig.«

Mar, die am Tresen stand, meldete sich zu Wort: »Wir schließen aber in weniger als einer Stunde …«

»Ich mach's trotzdem«, sagte R.I.P. zu dem Kerl in der Mitte. »Macht euch keine Sorgen wegen der Zeit.«

»Ich denke, ich werde auch dableiben«, meinte Mar, während sie den Typ mit den Piercings betrachtete.

Der Kerl mit den blauen Augen hob seine Hände und machte ein paar deutliche Gesten. Nachdem er fertig war, übersetzte der Typ mit den Piercings: »Er sagt danke. Und er hat seine eigene Tinte mitgebracht, falls das okay ist.«

Das entsprach zwar nicht gerade der Norm und verstieß gegen die Gesundheitsvorschriften, aber R.I.P. hatte nichts dagegen, für den richtigen Kunden etwas Flexibilität zu zeigen. »Kein Problem, Mann.«

Er setzte die Arbeit am Fisch fort, und Keri biss sich wieder auf die Lippe und begann erneut, wie ein kleines Mädchen zu wimmern. Als er fertig war, überraschte es ihn überhaupt nicht, dass Sarah, nachdem sie miterlebt hatte, welche Höllenqualen ihre Freundin durchstehen musste, nun lieber statt eines Tattoos ihr Geld zurückhaben wollte.

Das waren gute Neuigkeiten. Denn nun konnte er gleich mit dem Tattoo für den Kerl mit den toten Augen beginnen.

Als er seine schwarzen Handschuhe wechselte, überlegte er, wie der Entwurf wohl aussehen würde. Und wie lange Mar brauchen würde, um dem Typ mit den Piercings an die Wäsche zu gehen.

Ersteres würde wahrscheinlich ganz gut werden.

Und Letzteres ... er gab ihr circa zehn Minuten, denn sie hatte seinen Blick bereits auf sich gezogen. Und Mar arbeitete schnell – nicht nur am Empfang.

Auf der anderen Seite der Stadt, fernab von den Bars und Tattoostudios in der Trade Street, in einem Viertel mit Sandsteingebäuden und Kopfsteinpflastergassen, stand

Xhex an einem Erkerfenster und blickte durch die alte, verzogene Scheibe nach draußen.

Sie war nackt und fror, und ihr Körper war mit blauen Flecken übersät.

Aber sie war nicht schwach.

Unten auf dem Gehsteig spazierte eine Menschenfrau mit einem kleinen Kläffer an der Leine und ihrem Handy am Ohr vorbei. Auf der anderen Straßenseite saßen die Bewohner der eleganten Altbauwohnungen gerade beim Abendessen, genehmigten sich einen Drink oder schmökerten in einem Buch. Autos strömten vorbei – die Fahrer fuhren langsam, sowohl aus Respekt vor den Nachbarn, als auch aus Sorge um die Federung ihres Wagens auf der unebenen Straße.

Die Menschen da draußen konnten sie weder sehen noch hören. Und das nicht nur, weil die Sinne dieser anderen Rasse im Vergleich zu jenen eines Vampirs stumpf und nur schwach ausgebildet waren.

Oder, wie in ihrem Fall, Halb-*Symphathin* und Halb-Vampirin.

Selbst wenn sie das Licht an der Decke eingeschaltet und geschrien hätte, bis ihr die Stimme versagte, oder mit den Armen gewedelt, bis sie ihr aus den Schultergelenken sprangen – die Männer und Frauen um sie herum würden sie nicht bemerken und einfach mit dem weitermachen, was sie gerade taten. Keine Menschenseele ahnte, dass sie in diesem Schlafzimmer gefangen gehalten wurde – quasi mitten unter ihnen. Und es war ihr auch nicht möglich, mit dem Nachttisch oder dem Sekretär das Fenster einzuschlagen, die Tür einzutreten oder durch den Lüftungsschacht im Bad davonzukriechen.

All das hatte sie nämlich bereits erfolglos versucht.

Die Unüberwindbarkeit ihrer unsichtbaren Gefängnismauern hatte die Kämpferin in ihr ziemlich beeindruckt.

Denn es gab buchstäblich keinen Weg, die Barrieren zu umgehen, zu durchbrechen oder zu überwinden.

Xhex wandte sich vom Fenster ab und wanderte um das große Doppelbett mit seinen seidenen Laken und schrecklichen Erinnerungen vorbei … vorbei am marmornen Bad … und an der Tür, die zum Flur führte. So wie die Sache mit ihrem Entführer lief, benötigte sie eigentlich nicht noch mehr körperliche Ertüchtigung. Aber sie konnte einfach nicht still dasitzen, war voller Unruhe und Nervosität.

Sie hatte dieses unfreiwillige Spiel schon einmal gespielt. Daher wusste sie, dass der Verstand dazu neigte, nach längerer Zeit wie ein Kannibale über sich selbst herzufallen, wenn man ihm keine Nahrung gab.

Ihre bevorzugte Ablenkung waren Cocktails. Nachdem sie jahrelang in verschiedenen Clubs gearbeitet hatte, kannte sie unzählige Rezepte auswendig, und die ging sie nun eins nach dem anderen durch. Sie stellte sich genau vor, wie sie die verschiedenen Zutaten im Shaker oder im Rührglas mixte, den fertigen Cocktail in ein geeignetes Glas goss und ihn dann mit Eis und einer passenden Garnitur servierte.

Diese Barkeeper-Routine sorgte dafür, dass sie nicht verrückt wurde.

Bis jetzt hatte sie darauf gesetzt, dass ihr Kerkermeister einmal einen Fehler machen und sich ihr eine Gelegenheit zur Flucht bieten würde. Aber das war nicht geschehen, und langsam verlor sie die Hoffnung. Sie blickte in ein großes schwarzes Loch, das sie zu verschlingen drohte. Deshalb mixte sie in Gedanken weiterhin einen Cocktail nach dem anderen und suchte weiter nach einem Ausweg.

Die Erlebnisse der Vergangenheit halfen ihr nun auf seltsame Weise. Was auch immer hier mit ihr geschah, wie schlimm es auch werden würde, und wie sehr es sie auch körperlich schmerzte, es war nichts im Vergleich zu dem, was sie damals durchgestanden hatte.

Das hier war nur die zweite Liga.

Oder zumindest versuchte sie, sich das einzureden. Manchmal fühlte es sich schlimmer an.

Xhex setzte ihre Wanderung durch das Zimmer fort, vorbei an den zwei Erkerfenstern an der Vorderseite bis zum Sekretär und dann wieder um das Bett herum. Diesmal ging sie ins Bad. Dort gab es weder Rasierklingen noch Bürsten oder Kämme, nur ein paar leicht feuchte Handtücher und das eine oder andere Stück Seife.

Als Lash sie entführt hatte, und zwar mit Hilfe derselben Magie, die sie jetzt in dieser Zimmerflucht gefangen hielt, hatte er sie in diesen eleganten Unterschlupf gebracht, und die erste Nacht und der erste Tag, die sie zusammen verbrachten, hatte sie erahnen lassen, wie die Zukunft aussehen würde.

Sie betrachtete sich im Spiegel über dem Doppelwaschbecken und unterzog ihren Körper einer objektiven Prüfung. Er war mit blauen Flecken übersät … und auch voller Schrammen und Kratzer. Lash ging sehr brutal vor, und sie wehrte sich heftig, denn sie würde sich bestimmt nicht von ihm besiegen lassen. Daher konnte sie schwer sagen, welche der Flecken von ihm stammten und welche sie sich versehentlich eingehandelt hatte, als sie gegen den Bastard ankämpfte.

Xhex würde ihren letzten Atemzug darauf verwetten, dass er auch nicht viel besser aussah als sie selbst, wenn er seinen nackten Hintern im Spiegel betrachtete.

Auge um Auge, Zahn um Zahn.

Unglücklicherweise gefiel es ihm, dass sie Feuer mit Feuer bekämpfte. Je mehr Widerstand sie leistete, desto geiler wurde er, und sie konnte spüren, dass ihn seine eigenen Gefühle überraschten. Während der ersten Tage war Lash nur darauf aus gewesen, sie zu bestrafen, und hatte versucht, ihr heimzuzahlen, was sie mit seiner letzten Freundin angestellt hatte. Offenbar hatten ihn die Kugeln, mit denen sie die Brust des Miststücks durchlöchert hatte, stinksauer gemacht. Aber dann wurde es anders. Er redete immer weniger über seine Ex, und immer mehr über seine Fantasien, die sich unter anderem um eine Zukunft mit ihr als Mutter seiner Höllenbrut drehten.

Na toll! Bettgeflüster mit einem Soziopathen.

Jetzt glühten seine Augen aus einem anderen Grund, wenn er zu ihr kam. Und falls er sie wieder einmal bewusstlos schlug, hielt er sie für gewöhnlich eng umschlungen, wenn sie wieder zu sich kam.

Xhex wandte sich von ihrem Spiegelbild ab und erstarrte mitten in der Bewegung.

Da war jemand im unteren Stockwerk.

Sie verließ das Bad und ging zur Tür, die auf den Flur hinausführte. Sie atmete langsam und tief ein. Als ihr der Geruch eines frisch überfahrenen Tieres in die Nase stieg, war ihr klar, dass es ein *Lesser* war, der unten herumtappte – aber nicht Lash.

Nein, das war sein Lakai, der jeden Abend kurz vor der Ankunft ihres Entführers herkam, um Lash etwas zu Essen zu machen. Was bedeutete, dass Lash selbst auf dem Weg hierher war.

Mann, was hatte sie doch für ein Glück: Sie wurde ausgerechnet vom einzigen Mitglied der Gesellschaft der *Lesser* entführt, das essen musste *und* ficken konnte! Alle anderen waren so impotent wie ein Neunzigjähriger und brauchten auch keinerlei Nahrung. Nicht jedoch Lash. Das Arschloch war voll funktionsfähig!

Xhex ging zurück zum Fenster und streckte die Hand nach der Scheibe aus. Die Grenze, die ihr Gefängnis umgab, war ein Energiefeld, das sich wie ein heißes Prickeln anfühlte, wenn sie damit in Kontakt geriet. Das verdammte Ding wirkte wie ein unsichtbarer Zaun für größere Kreaturen als Hunde – mit dem zusätzlichen Vorteil, dass kein Halsband benötigt wurde.

Das Kraftfeld war aber nicht ganz starr. Wenn sie dagegendrückte, gab es etwas nach, aber nur bis zu einem bestimmten Punkt. Dann zogen sich die bewegten Moleküle zusammen, und das brennende Gefühl wurde so stark, dass sie ihre Hand ausschütteln und herumgehen musste, bis der Schmerz wieder nachließ.

Während sie darauf wartete, dass Lash zu ihr kam, wanderten ihre Gedanken zu dem Mann, an den sie eigentlich niemals denken wollte.

Insbesondere dann nicht, wenn Lash da war. Sie wusste nicht, wie weit ihr Entführer in ihren Kopf eindringen konnte, aber sie wollte nichts riskieren. Wenn der Bastard nur den geringsten Hinweis darauf bekam, dass der stumme Soldat ihr »Seelenquell« war, wie ihr Volk es nannte, würde er das gegen sie verwenden … und gegen John Matthew.

Sein Bild erschien dennoch vor ihrem inneren Auge. Die Erinnerung an seine blauen Augen war so klar und deutlich, dass sie die dunkelblauen Sprenkel darin erkennen konnte. Himmel, was hatte er doch für schöne blaue Augen!

Sie konnte sich noch genau daran erinnern, wann sie John zum ersten Mal getroffen hatte. Damals war er noch ein Prätrans gewesen und hatte sie so ehrfürchtig und staunend angeblickt, als ob sie überlebensgroß, eine Offenbarung sei. Zu diesem Zeitpunkt hatte sie über ihn nur gewusst, dass er das *ZeroSum* mit versteckten Waffen betreten hatte. Und als Sicherheitschefin des Clubs war sie wild entschlossen gewesen, ihn zu entwaffnen und vor die Tür zu setzen. Aber dann hatte sie erfahren, dass der Blinde König sein *Whard* war, und das änderte natürlich alles.

Nachdem bekanntgeworden war, zu wem John gehörte, durfte er nicht nur bewaffnet in den Club hinein, sondern wurde zusammen mit seinen zwei Jungs, die ihn stets begleiteten, auch als besonderer Gast behandelt. Von da an war er regelmäßig ins *ZeroSum* gekommen und hatte sie stets genau beobachtet. Seine blauen Augen waren ihr auf Schritt und Tritt gefolgt. Und dann hatte seine Transition stattgefunden, bei der er sich in einen verdammt riesigen Kerl verwandelt hatte. Und plötzlich lag in seinem sonst so sanften, scheuen Blick echtes Feuer.

Es hatte einiges gebraucht, um seine Liebenswürdigkeit abzutöten. Aber getreu ihrer Killernatur war es ihr schließlich gelungen, das Feuer in seinem Blick zu ersticken.

Xhex blickte auf die Straße hinunter und dachte an die Zeit, die sie zusammen in ihrer Wohnung verbracht hatten. Nach dem Sex, als er versuchte, sie zu küssen und seine blauen Augen sie mit der für ihn typischen Verletzlichkeit und voller Mitgefühl anblickten, hatte sie sich schnell von ihm losgemacht und sich abgekapselt.

Sie hatte einfach die Nerven verloren. Sie fühlte sich von dem ganzen romantischen Kram zu sehr unter Druck gesetzt … und von der Verantwortung, die man auf sich nahm, wenn man mit jemandem zusammen war, der so für einen empfand … und von der Tatsache, dass sie in der Lage war, seine Liebe zu erwidern.

Das Ergebnis war, dass dieser spezielle Blick aus seinen Augen verschwunden war.

Sie tröstete sich damit, dass von den Männern, die jetzt wahrscheinlich nach ihr suchen würden – Rehvenge, iAm und Trez … die Mitglieder der Bruderschaft – keiner einen Kreuzzug für sie veranstalten würde, auch John nicht. Falls er nach ihr suchte, dann deshalb, weil er als Soldat dazu verpflichtet war, und nicht, weil er sich zu einem persönlichen Himmelfahrtskommando gezwungen sah.

Nein, John Matthew würde sich bestimmt nicht wegen seiner Gefühle für sie auf den Kriegspfad begeben.

Und so würde sie wenigstens nicht noch einmal mit ansehen müssen, wie sich ein Mann von Wert beim Versuch, sie zu retten, selbst zerstörte.

Als der Duft von frisch gegrilltem Steak durchs Haus zog, unterbrach sie ihre Gedankengänge und versammelte ihre gesamte Willenskraft um sich wie eine Ritterrüstung.

Ihr »Liebhaber« würde nun jeden Moment auftauchen. Deshalb musste sie mental ihre Schotten dicht machen und sich auf den abendlichen Kampf vorbereiten. Tiefe Erschöpfung drohte, sie zu übermannen, aber sie kämpfte mit eisernem Willen dagegen an. Was sie noch mehr benötigte als ordentlichen Schlaf, war frisches Blut. Aber weder das eine noch das andere würde sie in der nächsten Zeit bekommen.

Im Moment ging es nur darum, einen Schritt nach dem anderen zu machen, bis etwas zerbrach.

Und darum, den Kerl umzubringen, der es wagte, sie gegen ihren Willen festzuhalten.

2

Chronologisch betrachtet kannte Blaylock, Sohn des Rocke, John Matthew seit etwas mehr als einem Jahr.

Aber das konnte kaum ausreichend sein für die innige Freundschaft, die sie miteinander verband.

In Blaylocks Leben gab es zwei Zeitachsen: die absolute und die gefühlte Zeit. Die absolute Zeit entsprach dem universellen Tag-und-Nacht-Zyklus, was in Summe dreihundertfünfundsechzig Tage und Nächte pro Jahr bedeutete. Und dann gab es da noch die Art und Weise, wie diese Zeitspanne verlaufen war: die Ereignisse, die Todesfälle, die Zerstörung, das Training und die Kämpfe.

Wenn man all dies berücksichtigte, kam er für sie beide auf eine Freundschaft von ca. vierhunderttausend Jahren.

Und es wurden immer mehr, dachte er, als er zu seinem Kumpel hinübersah.

John Matthew betrachtete die Tattoo-Entwürfe an den Wänden des Studios. Er ließ seine Augen über die Totenschädel und Dolche, die amerikanischen Flaggen und chinesischen Symbole wandern. Durch seine enorme Körpergröße ließ er das Studio mit seinen drei Räumen winzig wirken. Im Gegensatz zu seinem früheren Körperbau als Prätrans verfügte er nun über die Muskelmasse eines Profi-Wrestlers. Allerdings war diese Muskelmasse aufgrund seines riesigen Skeletts gleichmäßig über seine langen Knochen verteilt, was ihn eleganter aussehen ließ als diese aufgequollenen Kerle in ihren Strumpfhosen. Die dunklen Haare waren kurzgeschoren, wodurch seine Gesichtszüge allerdings härter und weniger attraktiv wirkten, und die dunklen Ringe unter seinen Augen unterstrichen noch den Eindruck eines Schlägertyps.

Das Leben hatte ihn nicht gerade mit Samthandschuhen angefasst. Aber anstatt ihn zu brechen, hatte ihn jeder Schlag zäher und stärker gemacht. Jetzt war er hart wie Stahl, und von dem Jungen, der er einst gewesen war, war nichts mehr übrig.

Aber so war das eben, wenn man erwachsen wurde. Nicht nur der Köper veränderte sich, sondern auch der Geist.

Angesichts seines Freundes kam ihm der Verlust der Unschuld wie ein Verbrechen vor.

Bei diesem Gedanken zog die Frau am Empfang Blays Aufmerksamkeit auf sich. Sie lehnte sich gerade über einen gläsernen Schaukasten mit Piercing-Zubehör, und ihre Brüste quollen dabei förmlich aus dem schwarzen BH und dem schwarzen, ärmellosen Shirt, das sie trug. Ihre beiden Arme waren tätowiert, einer in Schwarz und Weiß und der andere in Schwarz und Rot, und ihre Nase, die Augenbrauen und beide Ohren waren mit Ringen aus brüniertem Metall gepierct. Inmitten der vielen Tattoo-Entwürfe, die an den Wänden hingen, war sie ein lebendes Beispiel für all die Dinge, die man sich hier machen lassen konnte, wenn man wollte. Ein sehr sexy aussehendes, Hardcore-Beispiel … mit Lippen in der Farbe von Rotwein und Haar so schwarz wie die Nacht.

Alles an ihr passte zu Qhuinn. Sie war fast wie eine weibliche Ausgabe von ihm.

Was sagte man dazu! Qhuinns verschiedenfarbige Augen waren bereits auf sie fixiert, und auf seinem Gesicht lag das für ihn so typische *Hab dich erwischt*-Grinsen.

Blay ließ eine Hand unter seine Lederjacke gleiten und tastete nach seinem Päckchen Dunhill Red. Mann, nichts machte ihm mehr Lust auf einen Glimmstängel als Qhuinns Liebesleben.

Und heute Nacht würde er sich sicher noch ein paar Sargnägel mehr anzünden müssen: Qhuinn schlenderte zum Empfang hinüber und nahm den Anblick, den ihm die Frau bot, so begierig in sich auf wie ein Glas frisch gezapftes Bier, nachdem er stundenlang in der Hitze geackert hatte. Seine Augen waren auf ihre Brüste fixiert, als sie ihre Namen austauschten, und sie ermöglichte ihm eine noch bessere Sicht auf ihre weiblichen Vorzüge, indem sie sich auf die Unterarme stützte und nach vorne lehnte.

Gut, dass Vampire keinen Krebs bekommen konnten.

Blay wandte dem Pornokanal an der Registrierkasse den Rücken zu und ging hinüber zu John Matthew.

»Das sieht cool aus.« Blay zeigte auf die Skizze eines Dolches.

Wirst du dich jemals tätowieren lassen?, gestikulierte John.

»Keine Ahnung.«

Zur Hölle, er mochte Tattoos …

Sein Blick wanderte zurück zu Qhuinn. Der riesige Körper des Kerls wölbte sich der Frau verheißungsvoll entgegen. Seine breiten Schultern, die schlanken Hüften und die langen, kräftigen Beine waren die Garantie für eine heiße Nummer.

Sex mit Qhuinn war einfach fantastisch.

Nicht, dass Blay das aus erster Hand gewusst hätte. Er hatte es nur gesehen und gehört … und er hatte sich ausgemalt, wie es sein würde. Aber als sich dann einmal die Gelegenheit geboten hatte, war er von Qhuinn in eine kleine, ganz spezielle Klasse abgeschoben worden: die der Zurückgewiesenen.

In der Tat war es wohl eher eine Kategorie als eine Klasse … denn er war der Einzige, mit dem Qhuinn keinen Sex haben wollte.

»Ähm … wird es noch lange so brennen?«, fragte eine weibliche Stimme. Als eine tiefe Männerstimme eine Antwort brummte, warf Blay einen Blick hinüber zum Tätowierstuhl. Die Blondine, die sich gerade ein Tattoo hatte machen lassen, zog ihre Bluse behutsam über das mit Cellophan abgeklebte Tattoo und sah den Tätowierer an wie einen Arzt, der ihr gerade erklärte, wie schlecht die Chancen standen, eine Tollwutinfektion zu überleben.

Die beiden Tussis gingen dann hinüber zur Assistentin am Empfang, wo die eine, die ihre Meinung wieder geändert und sich doch kein Tattoo machen lassen wollte, ihr Geld zurückbekam. Dabei unterzogen sie Qhuinn einer gründlichen Musterung.

So lief das immer, egal, wohin der Typ ging, und es gehörte zu den Dingen, die Blay an seinem besten Freund bisher bewundert hatte. Aber jetzt fühlte es sich an wie eine nie endende Zurückweisung: jedes Mal, wenn Qhuinn Ja sagte, machte es dieses eine Nein noch bedeutender.

»Ich wäre jetzt so weit«, rief der Tätowierer ihnen zu.

John und Blay gingen in den hinteren Bereich des Studios, und Qhuinn ließ die Frau am Empfang abrupt stehen und folgte ihnen. Eine gute Eigenschaft an ihm war, dass er seine Rolle als *Ahstrux nohtrum* sehr ernst nahm:

Es war seine Aufgabe, John rund um die Uhr zu beschützen, und diese Aufgabe nahm er deutlich gewissenhafter wahr als Sex.

John setzte sich auf den Polsterstuhl in der Mitte des Arbeitsbereichs, nahm ein Stück Papier heraus und entfaltet es auf dem Tresen.

Der Mann runzelte die Stirn und betrachtete Johns Skizze. »Du willst dir also diese vier Symbole über die Schultern tätowieren lassen?«

John nickte und gestikulierte: *Du kannst die Zeichen nach Belieben ausschmücken, aber sie müssen noch gut zu erkennen sein.*

Nachdem Qhuinn übersetzt hatte, nickte der Tätowierer. »Cool.« Er nahm einen schwarzen Stift zur Hand und versah die Symbole mit einigen eleganten Schnörkeln. »Was sind das eigentlich für Zeichen?«

»Nur Symbole«, antwortete Qhuinn.

Der Tätowierer nickte erneut und zeichnete weiter. »Wie wär's damit?«

Alle drei beugten sich über den Entwurf.

»Mann!«, meinte Qhuinn. »Das sieht geil aus.«

Und das tat es wirklich. Es war absolut perfekt und genau das, was John voller Stolz auf seiner Haut tragen wollte – auch wenn niemand die Zeichen in der Alten Sprache und die edlen Schnörkel jemals zu Gesicht bekommen würde. Was dort geschrieben stand, war nichts, was er an die große Glocke hängen wollte. Aber das war ja gerade das Besondere an Tattoos: sie waren Privatsache, und John besaß weiß Gott genügend T-Shirts, die das Bild verdecken würden.

Als John nickte, stand der Tätowierer auf. »Ich hole schnell das Transferpapier. Es wird nicht lange dauern, die Vorlage auf deine Haut zu übertragen, und dann können wir loslegen.«

Als John ein Tintenfässchen aus Kristall auf den Tresen stellte und seine Jacke auszog, setzte sich Blay auf einen Hocker und streckte seine Arme aus. In Anbetracht der zahlreichen Waffen, die John stets in seine Taschen packte, war es besser, wenn er die Jacke nicht einfach an einen Kleiderhaken hängte.

Als er auch sein T-Shirt abgelegt hatte, lehnte sich John auf dem Tätowierstuhl nach vorne und stützte seine schweren Arme auf einem gepolsterten Barhocker ab. Nachdem der Tätowierer den Entwurf übertragen hatte, strich er das Blatt über Johns Schultern glatt und zog es dann ab.

Der Entwurf verlief in einem perfekten Bogen über die Muskelpartien, die Johns breiten Rücken bedeckten.

Die Alte Sprache ist wirklich schön, dachte Blay.

Als er auf die Symbole starrte, stellte er sich einen kurzen, lächerlichen Moment vor, wie sein Name über Qhuinns Schultern aussehen würde, eingeritzt in die glatte Haut nachdem sie vereinigt worden waren.

Aber das würde nie geschehen. Sie waren dazu bestimmt, beste Freunde zu sein … was im Vergleich mit Fremden schon etwas Tolles war. Aber im Vergleich mit Liebenden? Das war wie die kalte Seite einer versperrten Haustür.

Er warf einen Blick zu Qhuinn hinüber. Dieser hatte ein Auge auf John und eines auf die Assistentin gerichtet, die soeben die Vordertür abgesperrt und sich dann neben ihn gestellt hatte.

Hinter dem Reißverschluss seiner Lederhose war das Ausmaß seiner Erregung deutlich zu erkennen.

Blay blickte auf den Kleiderhaufen in seinem Schoß. Nacheinander faltete er T-Shirt, Hemd und dann Johns Jacke sorgfältig zusammen. Als er wieder aufblickte, ließ Qhuinn bereits seine Fingerspitzen langsam am Arm der Frau hinabgleiten.

Die beiden würden sicher in Kürze zusammen hinter dem Vorhang auf der linken Seite verschwinden. Die Vordertür des Ladens war abgeschlossen, der Vorhang relativ dünn, und Qhuinn würde eine Nummer schieben, ohne die Waffen abzulegen. John würde also die ganze Zeit sicher sein ... und Qhuinns Lust befriedigt werden.

Was bedeutete, dass Blay alles mit anhören musste.

Aber das war besser, als das Ganze mit anzusehen. Besonders weil Qhuinn gut aussah, wenn er Sex hatte. Extrem ... gut.

Damals, als Blay versucht hatte, als Hetero zu leben, hatten die beiden es einigen Frauen gemeinsam besorgt – nicht, dass er sich noch an die Gesichter, Körper oder Namen der Frauen erinnern konnte.

Für ihn hatte es immer nur Qhuinn gegeben. Immer.

Das Stechen der Tätowiernadel war beinahe angenehm.

Als John die Augen schloss und tief und langsam ein- und ausatmete, dachte er darüber nach, wie Metall auf Haut stieß, wie Scharfes in Weiches eindrang und das Blut strömte ... wie man ganz genau wusste, wo gerade der Einstich erfolgte.

Wie in diesem Moment, in dem sich der Tätowierer genau über der Spitze seiner Wirbelsäule befand.

John hatte viel Erfahrung mit dem Vergießen von Blut – allerdings auf einem ganz anderen Niveau, und meist teilte er aus, anstatt einzustecken. Natürlich war er draußen im Feld schon mehrmals verletzt worden, aber er hatte stets mehr als seinen gerechten Anteil an Löchern hinterlassen, und wie der Tätowierer nahm er seine Ausrüstung immer zur Arbeit mit: Seine Jacke enthielt die verschiedensten Arten von Dolchen und Schlagstöcken, sogar ein Stück einer Metallkette. Und einen Satz Pistolen, für den Fall der Fälle.

Tja, all dies und ein Paar stachlige Metallbänder.

Nicht, dass er diese jemals bei einem Gegner verwendet hätte.

Nein, sie waren keine Waffen. Und obwohl sie nun schon seit fast vier Wochen nicht mehr um die Schenkel ihrer Besitzerin geschnallt worden waren, waren sie absolut nicht nutzlos. Zurzeit dienten sie ihm als eine Art abgefuckte Schmusedecke. Ohne sie fühlte er sich nackt.

Es war so, dass diese brutalen Bänder die einzige Verbindung zu der Frau waren, die er liebte. Was in Anbetracht der Tatsache, wie die Dinge zwischen ihnen standen, schon fast einen Sinn ergab.

Es ging jedoch nicht weit genug, fand er. Was Xhex um die Schenkel getragen hatte, um ihre *Symphathen*-Seite zu bezähmen, bot ihm nicht die erhoffte Beständigkeit, und das hatte ihn zu seiner eigenen Metall-auf-Haut-Aktion veranlasst. Sobald er hier fertig war, würde sie für immer bei ihm sein. In seiner Haut als auch darunter. Auf seinen Schultern als auch in seinen Gedanken.

Hoffentlich verpfuschte der Tätowierer seinen Entwurf nicht.

Wenn die Mitglieder der Bruderschaft Tätowierungen brauchten – egal, aus welchem Grund – führte normalerweise Vishous die Nadel. Er war ein echter Profi auf dem Gebiet. Die rote Träne in Qhuinns Gesicht und die schwarze Datumsbanderole hinten an seinem Nacken waren fabelhaft. Das Problem war nur, dass man John sicher Fragen stellen würde, wenn er mit einem solchen Auftrag zu V ging – und zwar würde nicht nur V neugierig werden, sondern auch alle anderen.

Es gab nicht viele Geheimnisse innerhalb der Bruderschaft, aber John wollte seine Gefühle für Xhex lieber für sich behalten.

Die Wahrheit war … er liebte sie. Und zwar ganz und

gar, ohne Widerruf, selbst über den Tod hinaus. Und obwohl sie seine Gefühle nicht erwiderte, spielte das keine Rolle. Er hatte sich damit abgefunden, dass seine Angebetete ihn nicht wollte.

Womit er jedoch nicht leben konnte, war, dass sie gefoltert wurde oder einen langsamen und qualvollen Tod erleiden musste.

Oder dass er nicht in der Lage sein würde, ihr ein ordentliches Begräbnis auszurichten.

Ihr Verschwinden raubte ihm den Verstand. Machte ihn hartnäckig bis zur Selbstzerstörung. Und brutal und gnadenlos gegenüber ihrem Entführer. Aber das ging niemanden etwas an.

Das einzig Gute an der Situation war, dass die Bruderschaft genauso brennend daran interessiert war, was mit ihr geschehen war. Die Brüder ließen bei einer Mission keinen zurück, und als sie losgezogen waren, um Rehvenge aus der *Symphathen*-Kolonie herauszuholen, war Xhex Teil des Teams gewesen. Als sich dann der Staub verzogen hatte und sie plötzlich verschwunden war, wurde angenommen, dass jemand sie entführt hatte. Verantwortlich dafür konnten nur zwei Parteien sein: *Symphathen* oder *Lesser*.

Was die berühmte Frage aufwarf: »Was hätten Sie denn lieber – die Pest oder die Cholera?«

Jeder, einschließlich John, Qhuinn und Blay, war auf der Suche nach ihr, was idealerweise den Eindruck erweckte, dass diese Jagd einfach zu Johns Aufgaben als Soldat gehörte.

Das Surren der Nadel stoppte, und der Tätowierer wischte ihm über den Rücken.

»Sieht gut aus«, meinte er, und setzte seine Arbeit fort. »Sollen wir es in zwei Sitzungen fertig machen oder gleich in dieser?«

John blickte zu Blay hinüber und gestikulierte.

»Er würde es gerne heute fertig machen lassen, wenn's geht«, übersetzte Blay.

»Ja, kann ich machen. Mar? Ruf Rick an und sag ihm, dass ich heute später komme.«

»Bin schon dabei«, antwortete sie.

Nein, John würde die Bruderschaft sein Tattoo nicht sehen lassen – ganz gleich, wie großartig es auch wurde.

So wie er die Sache sah, war er in einem Busbahnhof zur Welt gekommen und dort zurückgelassen worden, um zu sterben. Dann war er in die Mühlen des Kinderfürsorgesystems der Menschen geraten und schließlich von Tohr und seiner Partnerin aufgenommen worden, nur um mitzuerleben, wie Wellsie ermordet wurde und Tohr verschwand. Und nun war Z, der sich eigentlich um ihn kümmern sollte, verständlicherweise völlig mit seiner *Shellan* und ihrem neuen Baby beschäftigt.

Und selbst Xhex hatte ihn vor der Tragödie aus ihrem Leben ausgeschlossen.

Aber was soll's. Er hatte den Fingerzeig des Schicksals verstanden. Kurioserweise war es befreiend, wenn man sich nicht mehr um die Meinung anderer zu scheren brauchte. Das gab ihm die Möglichkeit, seine brutale Besessenheit zu nähren, dass er ihren Entführer aufspüren und das Arschloch dann langsam in kleine Stücke zerreißen würde.

»Kannst du mir sagen, was die Symbole bedeuten?«, fragte der Tätowierer.

John hob den Blick und entschied, dass es keinen Grund gab, den Kerl anzulügen. Außerdem wussten Blay und Qhuinn sowieso Bescheid.

Blay wirkte etwas überrascht, übersetzte dann aber: »Er sagt, es ist der Name seines Mädchens.«

»Aha. Das hatte ich mir schon gedacht. Werdet ihr heiraten?«

Nachdem John gestikuliert hatte, sagte Blay: »Nein, das ist zu ihrem Gedenken.«

Es entstand eine kurze Pause, und dann legte der Tätowierer seine Tätowiermaschine auf den Rollwagen neben das Tintenfässchen. Anschließend schob er den Ärmel seines schwarzen Hemdes nach oben und hielt John seinen Unterarm hin. Darauf befand sich das Bild einer wunderschönen Frau mit wehendem Haar, deren Augen den Betrachter direkt anzublicken schienen.

»Das war mein Mädchen. Sie ist auch nicht mehr da.« Mit einem Ruck zog der Kerl den Ärmel wieder über das Bild. »Ich verstehe schon.«

Als die Nadel ihre Arbeit wieder aufnahm, hatte John Schwierigkeiten, zu atmen. Die Vorstellung, dass Xhex vielleicht tot war, fraß ihn bei lebendigem Leibe auf … und noch schlimmer war die Vorstellung, wie sie den Tod gefunden haben könnte.

John wusste, wer sie verschleppt hatte. Es gab nur eine logische Erklärung: Als sie in das Labyrinth gegangen war, um Rehvenge zu retten, war Lash aufgetaucht. Und als er verschwand, war Xhex ebenfalls verschwunden. Das war kein Zufall. Und obwohl niemand etwas gesehen hatte, hatten sich in der Höhle, in der Rehv gewesen war, ungefähr einhundert *Symphathen* befunden, und es war eine ganze Menge los gewesen … und Lash war kein gewöhnlicher *Lesser.*

Oh, nein … anscheinend war er der Sohn von Omega. Eine Ausgeburt der Hölle. Und das bedeutete, der Schwanzlutscher hatte einige ganz spezielle Sachen auf Lager.

John hatte während des Kampfs in der Kolonie ein paar seiner Tricks aus nächster Nähe beobachten können: Wenn der Typ mit seinen Händen Energiebomben abfeuern und der Bestie von Rhage direkt gegenübertreten konnte, warum sollte er dann nicht auch in der Lage sein, jemanden direkt unter ihrer Nase zu entführen? Tatsache war, dass sie Xhex' Leiche gefunden hätten, wenn sie in dieser Nacht getötet worden wäre. Wenn sie noch atmete, aber verletzt war, hätte sie bestimmt telepathisch mit Rehvenge Kontakt aufgenommen – von *Symphathin* zu *Symphath*. Und wenn sie noch am Leben war, aber eine kurze Auszeit brauchte, wäre sie erst gegangen, nachdem sie sichergestellt hatte, dass alle sicher nach Hause gekommen waren.

Die Brüder hatten dieselben logischen Überlegungen angestellt und suchten nun daher alle nach den *Lessern*. Während die meisten Vampire nach den Überfällen Caldwell verlassen und sich in sichere Verstecke jenseits der Staatsgrenze zurückgezogen hatten, hatte sich die Gesellschaft der *Lesser* unter Lashs Führung dem Drogenhandel zugewandt, um über die Runden zu kommen.

Diese Art Geschäfte spielte sich vorwiegend in den Clubs in der Trade Street ab, und so suchten die Vampire dort nach Dingern, die untot waren und nach einer Mischung aus Stinktier und Raumspray rochen.

Vier Wochen waren vergangen, und sie hatten nichts anderes gefunden als Anzeichen dafür, dass die *Lesser* auf der Straße Drogen an Menschen vertickten.

John wurde langsam wahnsinnig: vor allem wegen der ganzen Ungewissheit und der Angst, aber auch deshalb, weil er seine ohnmächtige Wut nicht zeigen durfte. Es war schon erstaunlich, wozu man fähig war, wenn man keine Wahl hatte. Er musste ganz normal wirken und einen kühlen Kopf behalten, wenn er weiterhin an diesem Feldzug teilnehmen wollte. Und so verhielt er sich auch den anderen gegenüber.

Und dieses Tattoo? Es war der sichtbare Beweis für seine Hingabe. Seine Erklärung, dass Xhex, selbst wenn sie ihn nicht hatte haben wollen, seine Partnerin war und er sie in Ehren halten würde, ob lebendig oder tot. Die Sache war die: Gefühle ließen sich nicht einfach steuern, und niemand konnte etwas dafür, wenn diese Gefühle nicht erwidert wurden. So war das nun einmal.

Oh Gott! Er wünschte, er hätte sich nicht so kühl verhalten, als sie das zweite Mal miteinander Sex gehabt hatten.

Das letzte Mal.

Abrupt jagte er den Flaschengeist der Traurigkeit, des Bedauerns und der Zurückweisung wieder zurück in seine Flasche. Er konnte sich keinen Zusammenbruch leisten. Er musste weitermachen, weiter nach ihr suchen, einen Schritt nach dem anderen tun. Die Zeit verging, auch wenn er versuchte, sie zu bremsen, damit die Chancen besser standen, Xhex noch lebend zu finden.

Die Uhr scherte sich jedoch einen Dreck um seine Meinung.

Lieber Gott, dachte er. *Lass mich bitte nicht versagen.*

3

»Was heißt hier Aufnahme? Wie in einen verdammten Verein, oder was?«

Als diese Worte durch das Innere des Mercedes hallten, fasste Lash das Lenkrad fester und starrte durch die Windschutzscheibe. Er hatte ein Springmesser in der Innentasche seines italienischen Anzugs und verspürte den starken Drang, das Messer zu zücken und dem Typen die Kehle aufzuschlitzen.

Aber dann hätte er eine Leiche am Hals und Blut überall auf den schönen Lederbezügen seines Wagens.

Auf beides war er nicht gerade scharf.

Er blickte hinüber zum Beifahrersitz. Der junge Kerl, den er aus einer Gruppe von Hunderten ausgewählt hatte, war ein typischer kleiner, verschlagener, drogendealender Wichser. Dass er als Kind missbraucht worden war, ließ die alte Narbe in seinem Gesicht vermuten – kreisrund und so groß wie das brennende Ende einer Zigarette – und sein hartes Leben auf der Straße spiegelte sich in seinem gerissenen, nervösen Blick wider. Seine

Habgier zeigte sich in der Art und Weise, wie er sich im Inneren des Wagens umsah, als ob er überlegte, wie er ihn zu seinem Eigentum machen könnte. Und sein Einfallsreichtum war offensichtlich, denn es war ihm gelungen, sich in kürzester Zeit einen Namen als Dealer zu verschaffen.

»Es ist mehr als nur ein Verein«, sagte Lash mit leiser Stimme. »Viel mehr. Du hast eine Zukunft in diesem Geschäft, und ich biete sie dir auf einem silbernen Tablett an. Meine Männer werden dich morgen Nacht hier abholen.«

»Was, wenn ich nicht komme?«

»Deine Entscheidung.« Natürlich würde das kleine Arschloch dann in der Frühe nicht mehr lebend aufwachen, aber wen interessierten schon die Details …

Der Junge erwiderte Lashs Blick. Er war nicht gerade wie ein Kämpfer gebaut, sondern eher wie jemand, dessen Arschbacken im Umkleideraum der Schule mit Klebeband zugetapt worden waren. Aber es war mittlerweile mehr als klar, dass die Gesellschaft der *Lesser* im Moment zwei Sorten von Mitgliedern brauchte: Geldverdiener und Soldaten. Nachdem Mr D sich im *Xtreme Park* genau umgesehen und beobachtet hatte, wer mit Drogen die besten Geschäfte machte, hatte sich dieser drahtige kleine Mistkerl mit dem Reptilienblick als Spitzenkraft präsentiert.

»Sind Sie eine Schwuchtel?«, fragte der Kerl.

Lash ließ zu, dass sich eine seiner Hände vom Lenkrad löste und in das Innere seines Jacketts griff. »Warum fragst du?«

»Sie riechen so. Und Sie sind auch so angezogen.«

Lash bewegte sich so plötzlich, dass sein Ziel nicht einmal die Chance hatte, sich im Sitz zurückzulehnen. Mit einem schnellen Satz nach vorne zog er sein Springmesser und hielt dem Penner die scharfe Klinge an die pulsierende Ader an der Seite seines bleichen Halses.

»Das Einzige, was ich mit Kerlen mache, ist, sie zu töten«, knurrte Lash. »Willst du das vielleicht? Ich bin bereit, wenn du es bist.«

Der Kerl riss die Augen vor Schreck weit auf, und sein Körper unter den dreckigen Klamotten zitterte wie Espenlaub. »Nein … ich hab keine Probleme mit Schwuchteln.«

Der verdammte Idiot hatte es wohl nicht geschnallt, aber egal. »Haben wir nun einen Deal?«, fragte Lash und drückte die Messerspitze fester an seinen Hals. Als die scharfe Spitze die Haut aufritzte, quoll ein großer Tropfen Blut hervor und verharrte für einen Sekundenbruchteil, als ob er sich entscheiden musste, ob er am glänzenden Metall der Klinge oder an der glatten Haut entlang hinabfließen sollte.

Er entschied sich für die Klinge und schlängelte sich in einer rubinroten Linie an ihr hinab.

»Bitte … bringen Sie mich nicht um.«

»Wie lautet deine Antwort?«

»Ja, ich mach's.«

Lash drückte noch fester und beobachtete fasziniert, wie das Blut hervorströmte. Für einen Moment war er von der Tatsache gefesselt, dass dieser Mensch aufhören würde, zu existieren – wie ein Lufthauch in einer kalten Nacht verschwinden würde –, wenn er die Waffe noch tiefer in sein Fleisch stieß.

Er genoss es, sich wie ein Gott zu fühlen.

Als zwischen den aufgesprungenen Lippen des Kerls ein Wimmern hervorbrach, gab Lash nach und lehnte sich zurück. Er leckte kurz über die Klinge, um sie zu reinigen, und klappte dann das Messer zusammen. »Es wird dir bei uns gefallen. Das verspreche ich dir.«

Er gab dem Kerl kurz Gelegenheit, sich wieder zu fassen. Er wusste, dass es nicht lange dauern würde, bis er wieder ganz der Alte sein würde. Typen wie dieser hatten ein Ego wie ein Fesselballon. Druck, insbesondere durch ein Messer an der Kehle, bewirkte, dass sie in sich selbst zusammenfielen. Aber sobald der Druck nachließ, kamen sie schnell wieder auf die Füße.

Der Kerl ließ seine Lederjacke fallen. »Mir gefällt's da, wo ich bin, ganz gut.«

Bingo. »Und warum siehst du dann mein Auto an, als ob du es gerne in deiner eigenen Garage stehen hättest?«

»Ich hab eine bessere Karre als die da.«

»Ach, wirklich?« Lash betrachtete den kleinen Wichser von Kopf bis Fuß. »Du kommst jede Nacht auf einem BMX-Rad hierher. Deine Jeans sind zerrissen, und das nicht, weil ein Designer sie so entworfen hat. Wie viele Jacken hängen in deinem Schrank? Ach nein, warte, du bewahrst deine Sachen ja in einem Karton unter einer Brücke auf.« Lash rollte die Augen, als sein Beifahrer vor Überraschung die Augen aufriss. »Hast du gedacht, wir hätten dich nicht genau überprüft? Hältst du uns für dumm, oder was?«

Lash zeigte mit dem Finger auf den *Xtreme Park,* wo Skateboarder die Rampen hoch und runter fuhren, so gleichmäßig wie der Zeiger eines Metronoms. Hoch und runter. »Du bist vielleicht der Obermacker hier auf diesem Spielplatz. Schön. Herzlichen Glückwunsch! Aber wir können noch mehr aus dir machen. Wenn du bei uns einsteigst, decken wir dir den Rücken … mit Geld, Drogen und Schutz. Und wenn du bei uns einsteigst, kannst du mehr werden als ein heruntergekommener kleiner Punk, der sich auf einem Kinderspielplatz herumtreibt. Wir bieten dir eine Zukunft.«

Der berechnende Blick des Jungen wanderte über sein

kleines Stück Territorium in Caldwell und schwenkte dann hinüber zum Horizont, wo sich die Wolkenkratzer auftürmten. Der nötige Ehrgeiz war vorhanden, und deshalb war er ausgewählt worden. Was dieser kleine Bastard benötigte, war eine Möglichkeit zum Aufstieg.

Die Tatsache, dass er dafür seine Seele verkaufen musste, würde ihm erst später klarwerden. Nämlich dann, wenn es bereits zu spät war. Aber so lief das eben in der Gesellschaft. Wie Lash von den *Lessern,* die er nun kommandierte, erfahren hatte, wurde vor der Initiation keiner ganz aufgeklärt – was leicht verständlich war. Wer von ihnen hätte schon geglaubt, dass auf der anderen Seite der Tür, an die sie gerade klopften, das Böse wartete? Und wer hätte wohl freiwillig mitgemacht, wenn er genau gewusst hätte, worauf er sich da einließ?

Überraschung, Arschloch! Das hier ist nicht Disney World, und sobald du an Bord bist, gibt es kein Zurück mehr. Nie mehr.

Lash hatte allerdings auch kein Problem damit, andere zu täuschen.

»Ich bin bereit für Größeres«, murmelte der Junge.

»Gut. Und jetzt raus aus meinem Wagen! Mein Kollege wird dich morgen Abend um sieben abholen.«

»Cool.«

Nachdem das geregelt war, hatte Lash es eilig, den kleinen Bastard loszuwerden. Der Kerl stank wie ein Abwasserkanal und benötigte mehr als nur eine ordentliche Dusche. Man sollte ihn wie ein Stück verschmutzten Gehsteig mit dem Schlauch abspritzen.

Sobald sich die Wagentür geschlossen hatte, fuhr Lash vom Parkplatz und bog auf die Straße ein, die parallel zum Hudson River verlief. Er war auf dem Weg nach Hause, und nun umklammerten seine Hände das Lenkrad aus einem anderen Grund als Mordlust.

Die Lust auf Sex trieb ihn genauso stark an.

Die Straße, in der er wohnte, befand sich im alten Teil von Caldwell. Sie war gesäumt mit Sandsteingebäuden aus Viktorianischer Zeit, verfügte über Gehsteige, die mit Bäumen bepflanzt waren, und die Grundstückspreise betrugen nicht weniger als eine Million Dollar. Die Nachbarn hoben brav die Hinterlassenschaften ihrer Hunde auf, machten nie Lärm und stellten ihren Müll nicht vor das Haus, sondern in die Seitengassen – und zwar immer am richtigen Tag. Als er an seinem Stadthaus vorbei und um den Block herum zur Garage fuhr, amüsierte er sich köstlich darüber, dass all diese kernspießigen weißen Angloamerikaner ausgerechnet ihn zum Nachbarn hatten: Er mochte zwar so aussehen und sich so kleiden wie sie, aber er hatte schwarzes Blut und war so seelenlos wie eine Wachsfigur.

Als er auf den Türöffner der Garage drückte, grinste er, und seine Fänge, ein Erbe seiner Mutter, wurden länger, als er sich darauf vorbereitete, Xhex mit einem klischeehaften »Hallo, Süße, ich bin wieder zu Hause!«, zu begrüßen.

Das wurde ihm nie langweilig. Das Wiedersehen mit Xhex war immer ein Erlebnis.

Nachdem er seinen AMG geparkt hatte, stieg er aus und streckte seine Glieder. Sie nahm ihn immer ordentlich in die Mangel, und er liebte es, dass sie seinen ganzen Körper steif werden ließ … nicht nur seinen Schwanz.

Es ging doch nichts über einen guten Gegner!

Als er durch den Garten ging und das Haus durch die Küche betrat, stieg ihm der Duft von gegrilltem Steak und frischem Brot in die Nase.

Im Moment hatte er jedoch anderes im Sinn als Essen. Dank des Gesprächs im Park würde dieser kleine Skater-Arsch seine erste Initiation sein, das erste Opfer, das er seinem Vater Omega persönlich darbrachte. Dieser Gedanke machte ihn plötzlich unglaublich scharf.

»Wollen Sie jetzt essen?«, fragte Mr D vom Herd herüber, als er das Fleisch in der Pfanne wendete. Der Texaner hatte sich nicht nur als guter Führer durch die Gesellschaft der *Lesser,* sondern auch als Killer und halbwegs anständiger Koch bewährt.

»Nein. Ich gehe jetzt nach oben.« Er ließ seine Schlüssel und sein Handy auf die Arbeitsplatte aus Granit fallen. »Lassen Sie das Essen im Kühlschrank, und sperren Sie hinter sich ab.«

»Jawohl, Sir.«

»Wir sehen uns morgen Abend wieder. Holen Sie die Zielperson um sieben ab. Sie wissen, wo Sie sie hinbringen müssen?«

»Jawohl, Sir.«

Das war die Lieblingsantwort des Texaners – und ein weiterer Grund, warum er seine Position als Lashs Stellvertreter beibehielt.

Lash ging durch die Vorratskammer und das Speisezimmer und dann nach rechts zur geschnitzten Holztreppe. Als er das Haus zum ersten Mal gesehen hatte, war es fast völlig leer gewesen. Nur wenige Überbleibsel des eleganten Lebens des Vorbesitzers waren zurückgelassen worden: seidene Tapeten, Vorhänge aus Damast und ein Ohrensessel. Jetzt enthielt das Haus jedoch wieder Antiquitäten, Statuen und entsprechende Teppiche. Allerdings dauerte es etwas länger, als er erwartet hatte, bis alles einen passenden Platz gefunden hatte, aber man konnte eben nicht über Nacht einen ganzen Haushalt aus dem Hut zaubern.

Er ging die Treppe hinauf. Sein Schritt war leicht, und sein Körper summte, als er zunächst seinen Mantel und dann sein Jackett aufknöpfte.

Als er Xhex immer näher kam, war er sich bewusst,

dass das, was für ihn als Racheakt begonnen hatte, mittlerweile zu einer Sucht geworden war: Was auf der anderen Seite seiner Schlafzimmertür auf ihn wartete, war viel mehr, als er jemals erwartet hatte.

Zu Beginn war es ganz einfach gewesen: Er hatte sie mitgenommen, weil sie ihm etwas gestohlen hatte. In der Höhle oben in der Kolonie hatte sie ihre Pistole auf seine Freundin gerichtet, den Abzug betätigt und die Brust der *Symphathen*-Prinzessin mit einer Ladung Blei vollgepumpt. Das war absolut inakzeptabel. Sie hatte ihm sein liebstes Spielzeug weggenommen, und nachdem sein Leitmotiv »Auge um Auge, Zahn um Zahn« lautete, handelte er danach.

Als er sie hierhergebracht und in seinem Zimmer eingesperrt hatte, war sein Ziel gewesen, sie Stück für Stück auseinanderzunehmen, ihren Geist und ihren Körper schrittweise zu zerstören und sie so zu quälen, dass sie schließlich daran zerbrach.

Und dann wollte er sie wegwerfen, wie man das mit zerbrochenen Dingen eben so machte.

Das war zumindest sein Plan gewesen. Aber dann war ihm klargeworden, dass sie sich nicht so einfach zerbrechen ließ.

Oh nein. Sie war so hart wie Titan, diese Xhex. Ihre Kraftreserven schienen unerschöpflich zu sein, und er hatte genügend Blutergüsse, um das zu beweisen.

Als er zur Tür kam, blieb er kurz stehen, um seine restliche Kleidung abzulegen. Denn sie würde sie in Fetzen reißen, sobald er sich ihr näherte.

Lash zog sein Hemd aus der Hose, entfernte die Manschettenknöpfe, legte sie auf den Tisch im Flur und zog dann das seidene Hemd aus.

Er war voller blauer Flecken. Von ihren Fäusten. Ihren Fingernägeln. Ihren Fängen.

Die Spitze seines Schwanzes prickelte, als er die verschiedenen Wunden und Blutergüsse betrachtete. Durch das Blut seines Vaters, das auch durch seine Adern floss, heilten seine Wunden sehr schnell. Aber manchmal blieb der Schaden, den sie anrichtete, länger sichtbar, und das erregte ihn zutiefst.

Als Sohn des Bösen gab es für ihn kaum etwas, das er nicht tun, besitzen oder töten konnte. Doch ihre sterbliche Seele war eine schwer zu fassende Trophäe, die er zwar berühren, aber nicht in eine Vitrine stellen konnte.

Das machte sie zu etwas Seltenem, zu etwas Kostbarem.

Und es bewirkte, dass er sie … liebte.

Er betastete eine blauschwarze Prellung an der Innenseite seines Unterarms und lächelte. Heute Abend musste er zu seinem Vater gehen, um die Initiation zu bestätigen, aber zuvor würde er ein paar Mußestunden mit seiner Liebsten verbringen und sich ein paar neue Schrammen verpassen lassen. Und bevor er ging, würde er ihr noch etwas zu Essen bringen.

Wie alle wertvollen Haustiere musste sie gut gepflegt werden.

Er griff nach dem Türknauf und runzelte die Stirn, als er an das größere Problem des Nährens dachte. Sie war nur zur Hälfte *Symphathin,* und ihre Vampirseite bereitete ihm Sorgen. Früher oder später würde sie etwas brauchen, was es im Supermarkt vor Ort nicht zu kaufen gab … und etwas, das er selbst ihr nicht geben konnte.

Vampire mussten sich aus der Vene des anderen Geschlechts nähren. Daran ließ sich nichts ändern. Wenn man so veranlagt war, war man zum Tode verurteilt, es sei denn, man setzte seine Fangzähne ein und schluckte frisches Blut. Was durch seinen Körper floss, war dafür nicht geeignet – sein Blut war völlig schwarz. Aus diesem Grund suchten seine Männer – die wenigen, die er noch hatte – nach einem männlichen Vampir in passendem Alter. Aber sie hatten noch keinen Erfolg gehabt. Caldwell war so gut wie leer, was Vampir-Zivilisten betraf.

Obwohl … er hatte da noch einen in der Tiefkühltruhe.

Das Problem dabei war, dass er den Wichser in seinem alten Leben gekannt hatte. Und der Gedanke, dass sie sich aus der Vene eines ehemaligen Freundes nährte, gefiel ihm ganz und gar nicht.

Außerdem war der Bastard Qhuinns Bruder – also keine Blutlinie, mit der sie in Kontakt kommen sollte.

Wie dem auch sei, früher oder später würden seine Männer schon eine Lösung finden – das mussten sie einfach. Denn er wollte sein neues Lieblingsspielzeug noch möglichst lange um sich haben.

Als er die Tür öffnete, begann er zu lächeln. »Hallo, Süße, ich bin wieder zu Hause.«

Auf der anderen Seite der Stadt, im Tattoostudio, versuchte Blay, sich hauptsächlich darauf zu konzentrieren, was sich auf Johns Rücken abspielte. Zu beobachten, wie die Nadel der Spur der blauen Transferlinien folgte, hatte geradezu etwas Hypnotisches an sich. Ab und zu unterbrach der Tätowierer kurz seine Arbeit, um mit einem weißen Papierhandtuch über die Haut zu wischen, und dann erfüllte das surrende Geräusch der Tätowiermaschine wieder die Stille.

Leider war sein Konzentrationsvermögen aber trotz der spannenden Arbeit des Tätowierers nicht stark genug, um nicht mitzubekommen, wie Qhuinn entschied, sich mit der Frau zu verziehen: Nachdem sich das Paar leise unterhalten und beiläufig mehrfach an den Armen und Schultern berührt und gestreichelt hatte, wanderten Qhuinns erstaunliche verschiedenfarbige Augen zur Vordertür.

Und einen Moment später ging Qhuinn selbst zur Tür, um zu überprüfen, ob sie auch wirklich abgesperrt war.

Sein Blick kreuzte sich nicht mit dem von Blay, als er wieder zur Tätowierstation herüberkam.

»Alles in Ordnung?«, fragte er John.

Als John aufsah und nickte, gestikulierte Qhuinn schnell: *Macht es dir was aus, wenn ich kurz für einen Quickie hinter dem Vorhang verschwinde?*

Bitte sag, dass es dir etwas ausmacht, dachte Blay. Bitte sag ihm, dass er hierbleiben soll.

Überhaupt nicht, gestikulierte John. *Viel Spaß!*

Ich bin sofort zur Stelle, wenn du mich brauchst. Wenn's sein muss, auch mit heruntergelassenen Hosen.

He, das lass mal lieber bleiben.

Qhuinn lachte. »Na gut!« Nach kurzem Zögern drehte er sich um, ohne Blay anzusehen.

Die Frau ging als Erste in den anderen Raum, und die Art und Weise, wie sie dabei ihre Hüften schwang, ließ darauf schließen, dass sie wie Qhuinn zu allem bereit war. Dann trat Qhuinn durch den Durchgang, und der Vorhang schloss sich hinter ihm.

Die Deckenbeleuchtung und der fadenscheinige Vorhang boten eine recht gute Sicht auf die Geschehnisse nebenan, und Blay konnte genau erkennen, wie Qhuinn an den Nacken der Frau griff und sie an sich zog.

Blay wandte seine Augen wieder Johns Tattoo zu, hielt aber nicht lange durch. Zwei Sekunden später starrte er schon wieder auf die Peepshow. Dabei beobachtete er weniger das Geschehen, sondern saugte jedes einzelne Detail in sich auf. Ganz nach Qhuinns Geschmack kniete die Frau nun vor ihm, und er hatte seine Hände in ihrem Haar vergraben. Er führte ihren Kopf, und seine Hüften schwangen vor und zurück, als er sein erigiertes Glied immer wieder tief in ihren Mund stieß.

Die gedämpften Geräusche waren ebenso aufwühlend wie das, was er zu sehen bekam, und bewirkten, dass Blay unruhig auf seinem Stuhl herumrutschte und ganz steif wurde. Er wollte dort drinnen sein, auf seinen Knien, und von Qhuinns Händen geführt werden.

Er wollte derjenige sein, in dessen Mund Qhuinn stieß, und dafür verantwortlich sein, dass Qhuinn vor Lust stöhnte.

Aber das war nicht zu machen.

Warum zum Teufel eigentlich nicht? Der Kerl hatte doch schon Leute in Clubs und Badezimmern, Autos und dunklen Gassen und gelegentlich auch in Betten gefickt. Er hatte Tausende Fremde, Männer und Frauen, Vampire und Vampirinnen flachgelegt ... Er war ein Giacomo Casanova mit Fängen. Von ihm zurückgewiesen zu werden, war, als ob einem der Zutritt zu einem öffentlichen Park verweigert wurde!

Blay versuchte erneut, wegzusehen, aber ein tiefes Stöhnen zog seinen Blick wieder zu der Szene hinter dem Vorhang.

Qhuinn hatte seinen Kopf gedreht und sah nun direkt durch den Vorhang. Als ihre Blicke sich trafen, blitzten seine Augen auf ... fast so, als ob es ihn mehr erregte, wer ihn beobachtete, als mit wem er es gerade trieb.

Blays Herz blieb kurz stehen. Besonders, als Qhuinn die Frau zu sich hoch zog, sie herumdrehte und sie über den Schreibtisch legte. Ein Ruck, und ihre Jeans befand sich unten an ihren Knien. Und dann ...

Herr im Himmel! War es möglich, dass sein Freund dasselbe dachte wie er?

Aber dann zog Qhuinn den Oberkörper der Frau an seine Brust und flüsterte ihr etwas ins Ohr. Sie lachte und drehte ihren Kopf zur Seite, so dass er sie küssen konnte. Und das tat er auch.

Du blödes Arschloch, sagte Blay in Gedanken zu sich selbst. *Du saublöder Wichser.*

Der Kerl wusste ganz genau, wem er es besorgte … und wem nicht.

Er schüttelte den Kopf und brummte: »John, macht es dir etwas aus, wenn ich kurz rausgehe, um eine zu rauchen?«

Als John den Kopf schüttelte, stand Blay auf und legte Johns Kleidung auf den Stuhl. Dann fragte er den Tätowierer: »Ich muss nur den Riegel umlegen, richtig?«

»Ja. Und du kannst ruhig offen lassen, wenn du direkt vor der Tür bleibst.«

»Danke, Mann.«

»Kein Problem.«

Blay wandte dem Surren der Tätowiermaschine und dem Schauspiel hinter dem Vorhang den Rücken zu und schlüpfte zur Tür hinaus. Dort lehnte er sich an die Wand neben dem Eingang und zog sein Päckchen Dunhill Red aus der Tasche. Er nahm eine Zigarette heraus, klemmte sie sich zwischen die Lippen und zündete sie mit seinem schwarzen Feuerzeug an.

Der erste Zug war himmlisch. Immer besser als alle anderen, die darauf folgten.

Als er ausatmete, hasste er sich dafür, dass er Dinge in etwas hineininterpretierte, Verbindungen sah, die nicht existierten, und Taten, Blicke und beiläufige Berührungen falsch auslegte.

Wie erbärmlich!

Qhuinn hatte, während er einen geblasen bekam, gar nicht hochgesehen, um in Blays Augen zu blicken. Er hatte bloß nach John Matthew geschaut. Und er hatte die Frau herumgedreht und von hinten genommen, weil er die Stellung einfach gerne mochte.

Verdammter Idiot … die Hoffnung versiegte nicht so

schnell, wie sie den gesunden Menschenverstand und den Selbsterhaltungstrieb ertränkte.

Während er den Rauch der Zigarette tief inhalierte, war er so sehr in seine Gedanken versunken, dass er den Schatten in der Gasse auf der anderen Straßenseite übersah. Nicht ahnend, dass man ihn beobachtete, rauchte er weiter, und die kühle Nacht verschluckte die Rauchwolken, die von seinen Lippen aufstiegen.

Die Erkenntnis, dass er so nicht weitermachen konnte, war ein kalter Schock, der bis in seine Knochen vordrang.

4

»Okay, ich denke, wir sind fertig.«

John fühlte ein letztes Ziehen an seiner Schulter, dann verstummte die Tätowiermaschine. Er richtete sich von der Stütze auf, streckte die Arme über seinem Kopf aus und lockerte die Muskeln seines Oberkörpers.

»Gib mir eine Sekunde, dann mache ich dich noch schnell sauber.«

Während der Tätowierer ein paar Papierhandtücher mit einer antibakteriellen Lösung einsprühte, belastete John seine Wirbelsäule wieder mit seinem vollen Gewicht und ließ das kribbelnde Summen der Nadel noch einmal in seinem ganzen Körper widerhallen.

Während der Ruhepause stieg eine seltsame Erinnerung in ihm hoch, an die er schon seit Jahren nicht mehr gedacht hatte. Sie stammte aus seiner Zeit im katholischen Waisenhaus, als er noch nicht gewusst hatte, was er in Wirklichkeit war.

Einer der Wohltäter der Kirche war ein reicher Mann gewesen, der ein großes Haus am Ufer des Saranac Lake besaß. Jeden Sommer waren die Waisenkinder eingeladen worden, einen Tag dort zu verbringen, auf dem weitläufigen Rasen zu spielen, Ausfahrten auf seinem schönen Holzboot zu machen und Sandwiches und Wassermelonen zu essen.

John hatte sich dabei stets einen Sonnenbrand geholt. Ganz gleich, mit wie viel Sonnencreme sie ihn auch einschmierten, seine Haut war jedes Mal völlig verbrannt … bis sie ihm schließlich befahlen, im Schatten auf der Veranda zu bleiben. Von da an musste er vom Rande aus zusehen, wie die anderen Jungen und Mädchen spielten, und zuhören, wie ihr Lachen über den hellgrünen Rasen schallte, während er sein Essen gebracht bekam und es alleine verzehrte. Er war zum Zuschauen verurteilt, statt selbst teilnehmen zu können.

Es war komisch. Sein Rücken fühlte sich im Moment genauso an wie damals seine ganze Haut: gespannt und gereizt, besonders als der Tätowierer die verletzten Stellen mit dem feuchten Tuch berührte und in Kreisen über die frische Tinte wischte.

Mann, John konnte sich noch gut daran erinnern, wie es ihm vor dem alljährlichen Martyrium am See gegraut hatte. Er wollte doch so gerne mit den anderen zusammen sein … obwohl, wenn er ehrlich war, war es ihm weniger darum gegangen, was sie taten, sondern eher darum, dass er einfach dazugehören wollte. Verdammt nochmal! Sie hätten auf Glasscherben herumkauen und sich die Vorderseite ihrer T-Shirts vollbluten können, und er hätte immer noch voller Enthusiasmus mitgemacht.

Diese sechs Stunden auf der Veranda mit nichts zur Unterhaltung außer einem Comicheft oder vielleicht einem heruntergefallenen Vogelnest, das er wieder und wieder untersuchte, hatten für ihn wie Monate gewirkt. Zu viel Zeit, um nachzudenken und zu träumen. Er hatte stets gehofft, einmal adoptiert zu werden, und in einsamen Momenten wie diesen hatte der Wunsch ihn fast aufgezehrt: Viel mehr als bei den anderen Kindern zu sein, wünschte er sich eine Familie, eine echte Mutter und einen Vater, nicht nur Betreuer, die dafür bezahlt wurden, ihn aufzuziehen.

Er wollte zu jemandem gehören. Er wollte, dass jemand sagte: *Du gehörst zu mir.*

Natürlich, jetzt, wo er wusste, was er war … wo er ein Leben als Vampir unter Vampiren führte, verstand er sein Streben nach Zugehörigkeit viel besser. Klar, Menschen hatten ein Konzept von Familie, Verwandtschaft und Heirat und all dem, aber seine Rasse fühlte mehr wie Rudeltiere. Blutsbande und Vereinigungen waren viel tiefer in ihrem Instinkt verankert, und viel verzehrender.

Als er über sein jüngeres, traurigeres Ich nachdachte, schmerzte seine Brust – allerdings nicht, weil er sich wünschte, er könnte die Zeit zurückdrehen und dem kleinen Jungen sagen, dass seine Eltern ihn holen kommen würden. Nein, es schmerzte ihn, weil das, was er sich so sehr gewünscht hatte, ihn beinahe zerstört hatte. Seine Adoption hatte tatsächlich stattgefunden, aber die Zugehörigkeit war nur von kurzer Dauer gewesen. Wellsie und Tohr waren in sein Leben getanzt, hatten ihm gesagt, was er war, und ihm für kurze Zeit ein Zuhause gegeben … und dann waren sie wieder verschwunden.

Er konnte also kategorisch sagen, dass es viel schlimmer war, Eltern gehabt und verloren zu haben, als überhaupt keine gehabt zu haben.

Ja, klar. Tohr befand sich technisch gesehen wieder auf dem Anwesen der Bruderschaft, aber für John war er unerreichbar: Auch wenn er nun die richtigen Dinge sagte, waren zu viele Startanläufe für diesen Flug notwendig gewesen, so dass es nun zu spät war, um noch die Kurve zu kriegen.

John war fertig mit der ganzen Tohr-Geschichte.

»Dort ist ein Spiegel. Sieh's dir an, Kumpel.«

John nickte ein Dankeschön und ging hinüber zu dem mannshohen Spiegel in der Ecke. Als Blay von seiner Zigarettenpause zurückkehrte und Qhuinn aus dem Nebenraum hinter dem Vorhang hervorkam, drehte John sich um und betrachtete seinen Rücken.

Oh Gott! Es war genauso geworden, wie er es gewollt hatte. Und die Schnörkel waren der Hammer!

Er nickte, als er den Handspiegel bewegte und das Tattoo von allen Seiten betrachtete. Mann, es war fast eine Schande, dass niemand außer seinen Jungs es jemals zu sehen bekommen würde. Das Tattoo war atemberaubend.

Und was noch wichtiger war: Egal, was als Nächstes geschah, ob er Xhex tot oder lebendig fand, sie würde für immer bei ihm sein.

Gott wusste, die letzten vier Wochen seit ihrer Entführung waren die längsten seines Lebens gewesen. Und er hatte vor diesem Mist schon einige verdammt lange Tage durchgestanden.

Nicht zu wissen, wo sie war. Nicht zu wissen, was mit ihr geschehen war. Sie verloren zu haben … Er fühlte sich, als ob man ihm eine tödliche Verletzung beigebracht hätte, obwohl seine Haut unversehrt und seine Arme und Beine nicht gebrochen waren und keine Kugel oder Klinge in seine Brust eingedrungen war.

Aber andererseits, in seinem Herzen, war sie sein. Und selbst wenn sie nur zurückkam, damit sie ein Leben ohne ihn führen konnte, war das in Ordnung. Er wünschte sich nur, dass sie in Sicherheit war.

John blickte den Tätowierer an, legte die Hand auf sein

Herz und machte eine tiefe Verbeugung. Als er sich wieder aufrichtete, streckte ihm der Typ die Hand entgegen.

»Gern geschehen, Kumpel. Es bedeutet mir viel, dass das Tattoo dir gefällt. Lass mich noch etwas Creme drauftun und es dann abkleben.«

Nachdem sie sich die Hände geschüttelt hatten, gestikulierte John, und Blay übersetzte: »Nicht nötig. Das wird bei ihm blitzschnell verheilt sein.«

»Aber es wird einige Zeit dauern, bis …« Der Tätowierer beugte sich vor und runzelte die Stirn, als er seine Arbeit inspizierte.

Bevor er weitere Fragen stellen konnte, trat John einen Schritt zurück und nahm sein Hemd von Blay entgegen. Tatsache war, dass die Tinte, die sie mitgebracht hatten, aus Vs Vorrat stammte – was bedeutete, dass sie Salz enthielt. Der Name und die fabelhaften Schnörkel waren permanent – und seine Haut war bereits verheilt.

Das war einer der Vorteile, wenn man ein fast reinblütiger Vampir war.

»Das Tattoo ist echt geil«, meinte Qhuinn.

Wie gerufen kam die Frau, mit der er gerade die Nummer geschoben hatte, aus dem Nebenraum hinter dem Vorhang hervor, und man konnte kaum übersehen, wie Blay das Gesicht schmerzvoll verzog. Besonders als sie ein Stück Papier in Qhuinns Gesäßtasche schob. Zweifelsohne stand darauf ihre Telefonnummer, aber sie sollte sich besser keine großen Hoffnungen machen, dass er sie jemals anrufen würde. Wenn der Kerl es einmal mit jemandem getrieben hatte, war's das – als ob seine Sexpartner eine Mahlzeit waren, die man nicht noch einmal essen konnte und von der auch keine Reste übrig blieben. Doch die tätowierte Lady hatte dennoch ein hoffnungsvolles Leuchten in den Augen.

»Ruf mich an«, flüsterte sie ihm mit einer Zuversicht

zu, die sicher nachlassen würde, während die Tage vergingen.

Qhuinn grinste. »Mach's gut.«

Beim Klang dieser beiden Wörter entspannte sich Blay, und die Verspannungen in seinen breiten Schultern lösten sich. In Qhuinns Sprache hieß *Mach's gut* so viel wie *Ich werde dich nie wiedersehen, anrufen oder ficken.*

John nahm seine Geldbörse heraus, die mit unzähligen Geldscheinen vollgestopft war, aber keinerlei Ausweise enthielt, und blätterte vier Hunderter auf den Tisch. Das war doppelt so viel, wie das Tattoo kostete. Als der Tätowierer den Kopf schüttelte und meinte, das wäre zu viel, nickte John Qhuinn zu.

Die beiden hielten die rechte Handfläche vor die Gesichter der Menschen, drangen in ihren Geist vor und verschleierten ihre Erinnerungen an die letzten Stunden. Weder der Tätowierer noch seine Assistentin würden sich genau daran erinnern können, was geschehen war. Sie würden höchstens diffuse Träume bekommen, zumindest aber leichte Kopfschmerzen.

Als die beiden in Trance versanken, verließen John, Blay und Qhuinn das Tattoostudio und traten in den Schatten. Sie warteten kurz, bis der Tätowierer wieder zu sich kam, zur Tür ging und den Riegel vorschob … und dann war es Zeit, sich an die Arbeit zu machen.

»Auf zu Sal's?«, fragte Qhuinn mit einer Stimme, die durch die sexuelle Befriedigung tiefer war als üblich.

Blay zündete sich eine weitere Dunhill an, als John nickte und gestikulierte: *Wir werden erwartet.*

Einer nach dem anderen verschwand in der Nacht. John wartete jedoch einen Moment, bevor er sich dematerialisierte. Seine Instinkte schlugen Alarm.

Er blickte nach links und nach rechts, seine scharfen Augen durchdrangen die Dunkelheit. In der Trade Street gab es ziemlich viel Neonlicht, und es fuhren immer wieder Autos vorbei, da es erst zwei Uhr nachts war. Aber John war nicht an den beleuchteten Bereichen interessiert.

Die dunklen Gassen waren von Interesse.

Jemand beobachtete sie.

Er griff in seine Lederjacke und schloss die Handfläche um den Griff seines Dolches. Er hatte kein Problem damit, den Feind zu töten. Insbesondere jetzt, wo er ganz genau wusste, wer seine Frau hatte … und er hoffte, dass etwas, das wie seit einer Woche totes Wild roch, auf ihn zukommen würde.

Aber er hatte kein Glück. Stattdessen klingelte sein Handy. Zweifelsohne fragten sich Qhuinn und/oder Blay, wo zum Teufel er steckte.

Er wartete noch eine Minute und entschied dann, dass die Informationen, die er von Trez und iAm zu erhalten hoffte, wichtiger waren als ein Kräftemessen mit dem Vampirjäger, der sich hier im Schatten versteckte.

Die Lust auf Rache pulsierte durch seine Adern, als er sich dematerialisierte und auf dem Parkplatz vor Sal's Restaurant wieder auftauchte. Auf dem Parkplatz befanden sich keine Autos, und die Lampen, die den Sandsteinbau normalerweise von außen beleuchteten, waren ausgeschaltet.

Die Doppeltüren unter der Toreinfahrt öffneten sich sofort, und Qhuinn streckte den Kopf heraus. »Was zum Teufel hat dich denn so lange aufgehalten?«

Paranoia, dachte John.

Ich habe nur meine Waffen nochmal überprüft, gestikulierte er, während er zu Qhuinn hinüber ging.

»Du hättest sagen können, dass ich auf dich warten soll. Oder es hier machen.«

Ja, Mami.

Das Innere des Lokals war ganz im Stil der Zeit des legendären Rat Pack eingerichtet – mit roten Tapeten und Plüschteppichen so weit das Auge reichte. Alles, von den Clubsesseln über die mit Leinen bedeckten Tische bis hin zu Porzellan und Tafelsilber, war eine Reproduktion von Gegenständen aus den 60er Jahren, und die Atmosphäre hätte Dean Martin sicher gefallen: lässig, üppig und so exklusiv wie das Sands Casino in Las Vegas.

Und Ol' Blue Eyes, Frank Sinatra, sang gerade »Fly Me to the Moon«.

Die Deckenlautsprecher hätten wahrscheinlich alles andere abgelehnt.

Die drei gingen am Empfang vorbei in die Bar, wo trotz des im Staat New York geltenden Rauchverbots noch das würzige Aroma von Zigarren in der Luft hing. Blay trat hinter den Tresen aus Teakholz, um sich selbst eine Cola einzuschenken, und John schlenderte umher, die Hände in die Hüften gestützt, die Augen auf den Marmorboden gerichtet, sein Pfad begrenzt durch die ledernen Sitzgruppen, die über den ganzen Raum verteilt waren.

Qhuinn setzte sich in einen der Ledersessel. »Wir sollen hier warten und uns was zu trinken machen. Sie werden in wenigen Sekunden kommen …«

In diesem Moment waren aus dem Hinterzimmer, das nur für Mitarbeiter reserviert war, zwei dumpfe Schläge zu hören, und ein Stöhnen unterbrach Sinatras Gesang. Fluchend folgte John Qhuinns Beispiel und setzte sich gegenüber von ihm hin. Wenn die Schatten irgendein Stück Dreck in die Mangel nahmen, würde das sicher länger als ein paar Sekunden dauern.

Als Qhuinn seine Beine unter dem schwarzen Tisch ausstreckte und seinen Rücken knacken ließ, glühte er immer noch, seine Wangen waren rot vor Anstrengung, die Lippen geschwollen vom Küssen. Einen Moment lang war John versucht, ihn zu fragen, warum er darauf bestand, Leute in Blays Gegenwart zu ficken, aber er ließ die Frage bleiben, als er auf die rote Träne starrte, die der Kerl als Tattoo auf der Wange trug.

Und wie sollte Qhuinn denn sonst an Sex kommen? Er war nahezu mit John verwachsen, und alles, was sie taten, war hinauszugehen und zu kämpfen … und Blay war nun einmal ein Mitglied ihres Teams.

Blay kam mit seiner Cola herüber, setzte sich neben John und sprach kein Wort.

Sehr komisch, dachte John, als keiner etwas sagte.

Zehn Minuten später schwang die Tür mit der Aufschrift PRIVAT weit auf, und Trez kam heraus. »Bitte entschuldigt, dass ihr warten musstet.« Er holte ein Handtuch hinter der Bar hervor und wischte sich das Blut von den Knöcheln. »iAm bringt nur noch kurz den Müll vor die Tür. Er kommt auch gleich.«

John gestikulierte: *Gibt's Neuigkeiten?*

Nachdem Qhuinn übersetzte, zog Trez die Brauen zusammen, und der Blick des Schatten wurde berechnend. »Worüber?«

»Xhex«, antwortete Qhuinn.

Trez legte das nun rot gefleckte Handtuch wieder ordentlich zusammen. »Das Letzte, was ich gehört habe, ist, dass Rehv wieder bei euch wohnt.«

»Ja, das stimmt.«

Der Schatten legte seine Hände auf den Tresen und lehnte sich nach vorne, wodurch seine Schultermuskeln stark hervortraten. »Warum fragt ihr dann mich nach Hilfe für ihre Suche und Rettung?«

Du kennst sie sehr gut, gestikulierte John.

Nach der Übersetzung leuchteten Trezs dunkle Augen hellgrün. »Das tue ich. Sie ist eine Schwester, wenn auch nicht von meinem Blut.«

Wo liegt also das Problem?, gestikulierte John.

Als Qhuinn zögerte, als ob er sichergehen wollte, dass John das wirklich zu einem Schatten sagen wollte, gab John ihm ein Zeichen, dass er sprechen sollte.

Qhuinn schüttelte leicht den Kopf. »Er sagt, er versteht das. Er möchte nur sicher gehen, dass auch alle Möglichkeiten ausgeschöpft werden.«

»Also ich glaube nicht, dass er das so gesagt hat.« Trez' Lächeln war kühl. »Und darin liegt mein Problem: Dass ihr drei hierherkommt und nach Neuigkeiten fragt, lässt mich vermuten, dass ihr und euer König nicht glaubt, dass Rehv euch sagt, wo sie steckt – oder ihr glaubt nicht, dass er sich genug bemüht, sie zu finden. Und wisst ihr was … das geht mir ziemlich gegen den Strich.«

iAm kam aus dem Hinterzimmer und nickte ihnen zu, als er sich neben seinen Bruder stellte. Mehr war bei ihm zur Begrüßung nicht drin. Ansonsten ging er mit Worten nicht sparsam um. Und auch nicht mit Schlägen, wenn man sich ansah, wie viele Blutflecken sein graues T-Shirt zierten. Und der Typ fragte gar nicht erst nach, worüber sie bisher gesprochen hatten. Er schien voll im Bilde zu sein, was darauf schließen ließ, dass er entweder alles über eine Überwachungskamera mitverfolgt hatte, oder die Anspannung in dem starken Körper seines Bruders genau interpretieren konnte.

Wir sind nicht hergekommen, um zu streiten oder jemanden anzugreifen, gestikulierte John. *Wir möchten sie einfach nur finden.*

Es entstand eine Pause, nachdem Qhuinn seine Aufgabe erfüllt hatte. Und dann stellte Trez die Vierundsechzigtausend-Dollar-Frage: »Weiß euer König, dass ihr hier seid?«

Als John den Kopf schüttelte, wurden Trezs Augen noch schmaler. »Und was genau erwartet ihr dann von uns?«

Sämtliche Informationen über den Aufenthaltsort von Xhex, von denen ihr wisst oder zumindest glaubt, dass sie richtig sind. Und alle verfügbaren Informationen über den Drogenhandel hier in Caldwell. Er wartete, bis Qhuinn mit dem Übersetzen nachkam, und fuhr dann fort. *Wenn Rehv Recht hat und Lash die Dealer in der Stadt aus dem Verkehr gezogen hat, dann ist wohl klar, dass er und die Gesellschaft der* Lesser *die von ihnen geschaffene Lücke ausfüllen werden.*

Eine weitere Pause, um Qhuinn Zeit zum Übersetzen zu geben. *Also, wo gehen die Leute hin, um Drogen zu kaufen, abgesehen von den Clubs in der Trade Street? Gibt es einen Umschlagplatz für Crack? Und wer sind die großen Zulieferer, mit denen Rehv zusammengearbeitet hat? Wenn Lash versucht, zu dealen, muss er den Stoff ja von jemandem bekommen.*

Eine letzte Verschnaufpause für Qhuinn. *Wir waren schon in den Gassen unterwegs, aber bis jetzt haben wir nichts gefunden. Nur Menschen, die mit Menschen handeln.*

Trez richtete sich auf, und man konnte geradezu hören, wie sich die Zahnräder in seinem Kopf drehten. »Darf ich dich was fragen?«

Klar, gestikulierte John.

Trez sah sich um und blickte dann John wieder in die Augen. »Privat.«

5

Als der Schatten diese Forderung stellte, sah John, wie Qhuinn und Blay erstarrten, und er wusste, woher der Wind wehte. Trez war zwar ein Verbündeter, aber er war auch sehr gefährlich. Schatten handelten ausschließlich nach ihrem eigenen Kodex, und sie hatten Fähigkeiten, die selbst *Symphathen* die Sprache verschlugen.

Aber wenn es um Xhex ging, war er bereit, in jeden Ring zu steigen.

Solange ich einen Block und einen Stift habe, kein Problem, gestikulierte John. Als weder Blay noch Qhuinn übersetzten, runzelte er die Stirn und stieß ihnen die Ellbogen in die Seite.

Qhuinn räusperte sich und starrte Trez über die Bar hinweg an. »Als sein *Ahstrux nohtrum* gehe ich überall hin, wo er hingeht.«

»Aber nicht in meinem Haus. Oder in dem meines Bruders.«

Qhuinn erhob sich, als ob er sich mit dem Schatten prügeln wollte. »So läuft das aber bei uns.«

John stand auf und stellte sich Qhuinn in den Weg, bevor dieser seine Aufgabe als Verteidiger übererfüllen konnte. Mit einem Nicken in Richtung Hinterzimmer – er nahm an, dass Trez dorthin wollen würden – wartete er darauf, dass der Schatten vorausging.

Aber natürlich konnte Qhuinn sein Maul nicht halten. »Verdammt, John.«

John fuhr herum und gestikulierte: *Muss ich dir erst einen verdammten Befehl erteilen? Ich gehe mit ihm, und du bleibst hier draußen. Ende der Diskussion.*

Du verdammtes Arschloch, antwortete Qhuinn mit seinen Händen. *Ich mache das doch nicht zum Spaß …*

Der Klang einer Türglocke unterbrach den Streit, und die beiden blickten zu den Schatten hinüber. iAm warf einen Blick auf den Überwachungsbildschirm und meinte: »Unser Halb-drei-Besuch ist da.«

Als er um den Tresen herum auf die Vordertür zuging, blickte Trez Qhuinn lange an und sagte dann zu John: »Sag deinem Kumpel, dass es ziemlich schwer ist, jemanden zu beschützen, wenn man tot ist.«

Qhuinns Stimme wurde hart wie ein Fausthieb: »Ich würde für ihn bis in den Tod gehen.«

»Wenn du dich weiter so verhältst, kannst du das noch unter Beweis stellen.«

Qhuinn entblößte seine Fänge, und ein tiefes Fauchen stieg aus seiner Kehle auf, während er sich in das todbringende Untier verwandelte, über das die Menschen alle möglichen Horrorgeschichten erfanden. Als er Trez anstarrte, war offensichtlich, dass er in Gedanken bereits auf die Bar stieg, um sich auf die Kehle des Schattens zu stürzen.

Trez lächelte kalt und wich keinen Zentimeter zurück. »Ui, was für ein harter Bursche! Oder ist das alles nur Show?«

Es war nicht leicht zu entscheiden, welcher Kämpfer überlegen war. Der Schatten hatte einige Tricks auf Lager, während Qhuinn aussah wie eine Planierraupe, die bereit war, das Gebäude komplett dem Erdboden gleichzumachen. Wie auch immer, das hier war Caldwell und nicht Las Vegas, und John war kein Buchmacher, der Wetten entgegennahm.

Die richtige Lösung war, zu verhindern, dass die unaufhaltbare Kraft auf das unbezwingbare Objekt traf.

John ballte eine Faust zur Faust und schlug damit auf den Tisch. Der Knall war so laut, dass sich alle Köpfe zu ihm umdrehten, und Blay musste sein Colaglas auffangen, als es durch den Hieb in die Höhe sprang.

Nachdem John die volle Aufmerksamkeit der beiden Kontrahenten auf sich gezogen hatte, deutete er mit den Händen zwei Vögel an und schickte sie in die Richtung der beiden. Als Stummer war das für ihn die einzige Möglichkeit, ihnen zu sagen, dass sie sich verdammt nochmal beruhigen sollten.

Qhuinn richtete seinen Blick wieder auf den Schatten. »Du würdest für Rehv dasselbe tun. Also mach mir deswegen keine Vorwürfe.«

Darauf folgte zunächst Schweigen … aber dann schaltete Trez einen Gang zurück. »Ja … das ist allerdings wahr. Und ich werde ihm nichts tun. Wenn er sich wie ein Gentleman verhält, werde ich mich genauso verhalten. Darauf hast du mein Wort.«

Bleib bei Blay, gestikulierte John, bevor er sich umdrehte und dem Schatten folgte.

Trez ging voraus in einen breiten Flur, in dem sich Kästen mit Bier und Spirituosen stapelten. Die Küche befand sich am anderen Ende, abgetrennt durch ein Paar Schwingtüren, die keinen Laut von sich gaben, als sie hindurchgingen.

Das Herzstück des Restaurants war hell erleuchtet und strahlte geradezu vor Sauberkeit. Die Küche war so groß wie ein ganzes Haus, hatte einen rot gefliesten Boden und verfügte über einige Herde und Öfen, einen Kühlraum und mehrere riesige Arbeitsflächen aus Edelstahl. Von der Decke hingen Pfannen, und auf einem der Herde köchelte etwas herrlich Duftendes vor sich hin. Trez ging hinüber und hob den Deckel. Nachdem er tief eingeatmet hatte, grinste er John breit an. »Mein Bruder ist ein fantastischer Koch.«

Das mag wohl stimmen, dachte John. Allerdings musste man sich bei Schatten immer fragen, woher denn die Proteine im Essen stammten. Gerüchten zufolge verzehrten sie nämlich gerne ihre Feinde.

Trez platzierte den Deckel wieder auf dem Topf und griff dann nach einem Stapel mit Notizblöcken. Er nahm einen vom Stapel, schob ihn über den Tresen und legte einen Stift dazu, den er aus einer Tasse genommen hatte.

»Das ist für dich.« Trez verschränkte die Arme vor seiner breiten Brust und lehnte sich gegen den Herd. »Als du angerufen und uns um ein Gespräch gebeten hast, war ich überrascht. Wie ich bereits gesagt habe, lebt Rehv unter demselben Dach wie du. Also wird es wohl nicht so sein, dass du keine Ahnung davon hast, was er da oben im Norden in der Kolonie tut. Du und dein Boss, ihr wisst bestimmt, dass er diese Woche die nördlichste Ecke des Labyrinths durchsucht … und es müsste euch inzwischen auch bewusst sein, dass er absolut nichts gefunden hat, das ihn davon überzeugen könnte, dass Xhex von einem *Symphathen* entführt wurde.«

John bewegte sich nicht. Weder bestätigte er das Gesagte noch verneinte er es.

»Außerdem finde ich es merkwürdig, dass du von mir Informationen über den Drogenhandel haben willst, wo doch Rehv alles über den Handel hier in Caldwell wissen sollte.«

In diesem Moment kam iAm in die Küche. Er ging zu dem Topf, rührte den Inhalt ebenfalls kurz um und stellte sich dann mit vor der Brust verschränkten Armen neben seinen Bruder. John hatte nichts davon gehört, dass die beiden Zwillinge waren, aber es wäre durchaus möglich.

»Also, was geht da vor sich, John«, murmelte Trez. »Warum weiß euer König nicht, was ihr vorhabt, und warum sprecht ihr nicht mit meinem Kumpel Rehvenge?«

John blickte die beiden an, nahm dann den Stift zur Hand und schrieb ein Weilchen. Als er umblättern wollte, beugten sich die beiden Schatten nach vorne.

Ihr wisst ganz genau, was hier vor sich geht. Hört auf, unsere Zeit zu verschwenden.

Trez lachte, und iAm grinste sogar. »Ja, wir können deine Gefühle lesen. Aber wir dachten, du würdest es uns gerne selbst erklären.« Als John den Kopf schüttelte, nickte Trez. »Auch in Ordnung. Und ich werde mich nach dir richten und keinen Scheiß erzählen. Wer weiß denn noch, dass die Sache für dich was Persönliches ist?«

John begann wieder, zu schreiben. *Wahrscheinlich Rehv, da er ja ein* Symphath *ist. Qhuinn und Blay. Aber keiner der Brüder.*

iAm ergriff das Wort. »Und das Tattoo, das du gerade hast machen lassen … hat es etwas mit ihr zu tun?«

John war momentan überrascht, nahm dann aber an, dass sie entweder die frische Tinte riechen oder den Nachhall der abgeklungenen Schmerzen spüren konnten.

Als Antwort auf die Frage schrieb er: *Das geht euch nichts an.*

»Okay, ich kann das respektieren«, meinte Trez. »Hör

mal … Nichts für ungut, aber warum kannst du dich den Brüdern nicht anvertrauen? Ist es, weil Xhex eine *Symphathin* ist und du dir Sorgen machst, wie sie das aufnehmen werden? Mit Rehv kommen sie ja auch klar.«

Denk doch mal nach. Wenn ich ihnen gegenüber wegen Xhex ausflippe und wir sie schließlich finden, werden alle bei ihrer Rückkehr eine Vereinigungszeremonie erwarten. Glaubst du, das würde ihr gefallen? Und was, wenn sie tot ist? Ich habe keine Lust, mich jeden Morgen mit Leuten an einen Tisch zu setzen, die nur darauf warten, dass ich mich im Bad erhänge.

Trez lachte schallend. »Tja … da hast du wohl Recht. Klingt ganz logisch.«

Darum brauche ich euch. Bitte helft mir, ihr zu helfen.

Die beiden Schatten blickten sich an und sagten eine Zeit lang nichts. John schloss daraus, dass sie sich gerade unterhielten – so von Hirn zu Hirn.

Einen Moment später wandten sie ihm wieder ihre Blicke zu, und wie üblich ergriff Trez das Wort. »Tja, da du so nett warst, und uns sämtliches blödes Gelaber erspart hast, werden wir dasselbe tun. Diese Unterhaltung mit dir bringt uns in eine schwierige Lage. Unsere Beziehung zu Rehv ist sehr eng, wie du weißt, und er ist an der Sache genauso persönlich beteiligt wie du.« Gerade als John einen Weg suchte, all dies zu umgehen, murmelte Trez: »Aber wir können dir verraten … dass keiner von uns etwas von ihr gehört hat.«

John schluckte schwer und dachte bei sich, dass das keine gute Neuigkeit war.

»Nein, das ist es nicht. Entweder ist sie tot … oder sie wird von jemandem mit Hilfe einer Blockade festgehalten.« Trez fluchte. »Ich glaube auch, dass Lash sie hat. Und ich bin auch überzeugt, dass er versucht, auf der Straße zu Geld zu kommen. Das ist auch der einzige Weg, um ihn aufzuspüren. Ich schätze, er checkt zuerst ein paar dealende Menschen ab, bevor er sie zu *Lessern* macht – und merk dir eines: Er wird so schnell wie möglich damit beginnen, neue Jäger zu initiieren.

Er will mit Sicherheit absolute Kontrolle über seine Dealer haben, und das gelingt ihm nur, wenn er sie zu *Lessern* macht. Ein heißes Pflaster für den Drogenhandel sind übrigens die Einkaufszentren, ebenso wie die Highschools. Obwohl das für euresgleichen wegen des Tageslichtproblems schwieriges Terrain sein dürfte. Dasselbe gilt für städtische Baugebiete – die Dealer in den Lastern haben immer bei uns gekauft. Und dann ist da noch der *Xtreme* Skater-Park. Dort treibt sich lauter Gesindel herum. Und unter den Brücken – wobei das meistens Obdachlose sind. Aber wahrscheinlich sind dort die Aussichten auf Kohle für Lashs Erwartungen zu gering.«

John nickte und dachte, dass das genau die Informationen waren, die er sich von den beiden erhofft hatte. *Was ist mit den Zulieferern?*, schrieb er. *Wenn Lash in Rehvs Fußstapfen getreten ist, müsste er dann nicht auch Kontakte zu den Hintermännern knüpfen?*

»Ja. Der größte Zulieferer in der Stadt, Ricardo Benloise, lebt allerdings ziemlich abgeschottet.« Trez sah zu seinem Bruder hinüber, und es entstand eine weitere Pause. Als iAm nickte, wandte sich Trez wieder John zu. »Okay, wir werden sehen, ob wir dir ein paar Infos über Benloise beschaffen können – zumindest so viele, dass du dich an ihn dranhängen kannst, sollte er sich mit Lash treffen.«

John gestikulierte, ohne zu überlegen: *Tausend Dank.*

Die beiden nickten, und Trez meinte: »Zwei Vorbehalte.«

John bedeutete dem Kerl mit seinen Händen, er solle fortfahren.

»Erstens: Mein Bruder und ich haben keine Geheimnisse vor Rehv. Wir werden ihm also erzählen, dass du hier warst.« Als John die Stirn runzelte, schüttelte Trez den Kopf. »Tut mir leid, aber das muss sein.«

iAm warf ein: »Wir finden es cool, dass du dich weiter in die Suche nach Xhex reinhängst. Nicht, dass die Brüder das nicht tun würden, aber je mehr Leute dabei sind, umso größer sind die Chancen, dass wir sie finden.«

Das konnte John verstehen, aber er wollte dennoch, dass diese Angelegenheit seine Privatsache blieb. Bevor er das aufschreiben konnte, fuhr Trez fort.

»Und zweitens: Du musst alle Informationen, die du bekommst, an uns weitergeben. Rehvenge, der verdammte Kontrollfreak, hat uns befohlen, uns da herauszuhalten. Dass du zu uns kommst, ist eine gute Gelegenheit, damit wir uns trotzdem ein bisschen einmischen können.«

Als John sich fragte, warum zum Teufel Rehv die beiden Schatten zurückgepfiffen hatte, meinte iAm: »Er schätzt, wir würden uns umbringen lassen.«

»Und wegen unserer …«, Trez schien nach dem richtigen Wort zu suchen, »… ›Freundschaft‹ mit ihm sind uns die Hände gebunden.«

»Er hätte uns genauso gut an der verdammten Wand anketten können.«

Trez zuckte mit den Schultern. »Darum haben wir zugesagt, dich zu treffen. In dem Moment, wo deine Nachricht kam, wussten wir …«

»… dass das der Ausweg war …«

»… den wir gesucht haben.«

Als die Schatten den Satz des anderen vollendeten, holte John tief Luft. Zumindest verstanden sie, worum es ihm ging.

»Absolut.« Trez streckte ihm seine Faust entgegen, und als John dagegen klopfte, nickte der Schatten. »Und lass uns diese kleine Unterhaltung für uns behalten.«

John beugte sich über den Notizblock. *Warte mal, hast du nicht gesagt, dass du Rehv erzählen wirst, dass ich hier war?*

Trez las, was er geschrieben hatte, und lachte. »Ach, wir werden ihm nur erzählen, dass du hier warst und bei uns gegessen hast.«

iAm grinste finster. »Aber den Rest muss er ja nicht erfahren.«

Nachdem Trez und John nach hinten gegangen waren, leerte Blay seine Cola und beobachtete Qhuinn aus den Augenwinkeln. Der Kerl ging in der Bar auf und ab, als ob man ihm mächtig die Flügel gestutzt hatte und er das überhaupt nicht schätzte.

Er hasste es einfach, wenn man ihn von etwas ausschloss. Ganz gleich, ob das nun ein Abendessen, eine Versammlung oder ein Kampf war, er wollte immer und überall dabei sein.

Sein Schweigen war schlimmer als jeder Fluch.

Blay stand auf und ging mit seinem leeren Glas hinter die Bar. Als er es mit Cola auffüllte und zusah, wie der schäumende dunkle Strahl auf das Eis traf, fragte er sich, warum er seinen Kumpel so anziehend fand. Er selbst war ein höflicher Typ, während Qhuinn eher zu den »Verpiss dich und stirb«-Kerlen zählte.

Gegensätze zogen sich offensichtlich an. Zumindest war das bei ihm so.

iAm kam wieder herein, begleitet von einem Typen, den man nur als einen Mann von Wert bezeichnen konnte: Er war tadellos gekleidet – von seinem hervorragend geschnittenen grauen Mantel bis hin zu dem glänzenden Paar Budapestern – und anstelle einer Krawatte trug er ein Halstuch. Sein dichtes blondes Haar war im Nacken kurzgeschnitten, vorne dagegen etwas länger, und seine Augen hatten die Farbe von Perlen.

»Verdammte Scheiße! Was zum Teufel suchst du denn hier?«, rief Qhuinn, als iAm wieder nach hinten ging. »Du verdammter Bastard.«

Blays erste Reaktion war, dass sich sein ganzer Körper anspannte, denn er nahm an, dass sich Qhuinn von dem Neuankömmling angezogen fühlte. Und das Letzte, was er jetzt brauchen konnte, war eine weitere Runde auf dem Zuschauerkarussell.

Aber dann runzelte er die Stirn. Konnte es sein …?

Der Typ, der gerade gekommen war, lachte, als er Qhuinn umarmte. »Du hast aber eine gepflegte Art, dich auszudrücken, lieber Cousin. Du klingst ganz nach einer Mischung aus … einem LKW-Fahrer und einem Seemann, gekreuzt mit einem Zwölfjährigen.«

Saxton. Das war Saxton, Sohn des Tyhm. Blay erinnerte sich daran, ihn schon das eine oder andere Mal getroffen zu haben.

Qhuinn trat einen Schritt zurück. *»Verdammt* ist eigentlich bloß ein Satzzeichen. Hat man euch das in Harvard verdammt nochmal nicht beigebracht?«

»Bei uns ging es mehr um Vertragsrecht, Eigentum und Schadensersatzrechte – wozu übrigens auch strafbare Verstöße gegen Andere gehören. Ich bin überrascht, dass du nicht zur Abschlussprüfung erschienen bist.«

Qhuinns Fänge blitzten hervor, als er breit grinste. »Das ist Menschenrecht. Das kann mir nichts anhaben.«

»Aber was kann das schon?«

»Also, was machst du hier?«

»Eigentumstransaktionen für die Schattenbrüder. Du glaubst doch wohl nicht, dass ich nur zum Vergnügen Rechtswissenschaften studiert habe?« Saxtons Blick wanderte hinüber zu Blay. Sofort wechselte der Ausdruck auf seinem Gesicht und wurde ernst und forschend. »Oh, hallo.«

Saxton drehte Qhuinn den Rücken zu und ging so zielstrebig zu Blay hinüber, dass dieser sich kurz umsah.

»Blaylock, nicht wahr?« Der Typ streckte ihm elegant die Hand entgegen. »Dich habe ich ja schon seit Jahren nicht mehr gesehen.«

Blay hatte sich in der Gegenwart von Saxton immer etwas sprachlos gefühlt, denn dem »verdammten Bastard« fiel immer eine schlagfertige Bemerkung ein. Und ein eloquenter Typ wie er kannte nicht nur immer die richtigen Antworten auf alles, sondern weihte einen auch nicht in seine Geheimnisse ein, wenn er glaubte, man entspreche nicht seinen Standards.

»Wie geht's?«, fragte Blay, als sie sich die Hände schüttelten.

Saxton roch wirklich gut, und er hatte einen festen Händedruck. »Du hast dich kaum verändert.«

»Wirklich?« Saxtons perlfarbene Augen blitzten. »Ist das jetzt gut oder schlecht?«

»Oh ... gut. Ich wollte nicht ...«

»Und wie ist es dir so ergangen? Bist du inzwischen mit einer netten Vampirin liiert, mit der dich deine Eltern verkuppelt haben?«

Blays Lachen klang schrill und laut. »Oh Gott, nein! Für mich findet sich keine.«

Qhuinn mischte sich in die Unterhaltung ein, und schob sich fast zwischen die beiden. »Und wie lief's bei *dir,* Sax?«

»Ziemlich gut, danke.« Saxton sah nicht einmal zu Qhuinn hinüber, als er antwortete, und ließ seine ganze Aufmerksamkeit auf Blay gerichtet. »Allerdings wollen meine Eltern, dass ich Caldwell verlasse. Aber ich habe nicht die Absicht, zu gehen.«

Blay suchte dringend etwas, auf das er seinen Blick richten konnte, und konzentrierte sich schließlich darauf, seine Cola zu trinken und die Eiswürfel im Glas zu zählen.

»Und was machst du hier?«, fragte Saxton.

Als länger keine Antwort kam, blickte Blay wieder von seinem Glas auf und wunderte sich, warum Qhuinn nicht geantwortet hatte.

Ach, richtig. Saxton hatte die Frage gar nicht an seinen Cousin gerichtet.

»Mach den Mund auf, Blay«, forderte Qhuinn ihn mit finsterem Blick auf.

Zum ersten Mal seit … einer Ewigkeit, wie es ihm erschien … wollte er seinem besten Freund voll in die Augen blicken.

Was nicht heißen sollte, dass er es nötig hätte, dafür seine Kräfte zu sammeln. Aber wie immer war dessen Blick auf jemand anderen gerichtet: Er unterzog Saxton einer gründlichen Musterung, bei der geringere Männer um mehrere Zentimeter geschrumpft wären. Aber Qhuinns Cousin war sich entweder dessen nicht bewusst, oder es war ihm einfach egal.

»Antworte mir, Blaylock«, murmelte er.

Blay räusperte sich. »Wir sind hier, um einem Freund zu helfen.«

»Wie bewundernswert.« Saxton grinste und zeigte dabei seine strahlenden Fänge. »Weißt du was, wir sollten mal miteinander ausgehen.«

Qhuinn antwortete mit scharfer Stimme: »Klar. Super Idee. Hier ist meine Nummer.«

Gerade als er seine Nummer aufsagte, kamen John, Trez und iAm wieder herein. Während sich die anderen einander vorstellten und kurz Konversation machten, hielt Blay sich abseits, leerte seine Cola und stellte dann das Glas in die Spülmaschine.

Als er hinter der Bar hervorkam und an Saxton vorbeiging, streckte ihm dieser nochmal die Hand entgegen. »Hat mich gefreut, dich wiederzusehen.«

Reflexartig griff Blay nach der angebotenen Hand … und nach einem kurzen Händeschütteln bemerkte er, dass sich eine Visitenkarte in seinen Fingern befand. Als er versuchte, seine Überraschung zu verbergen, grinste Saxton nur.

Während Blay die Visitenkarte in seiner Tasche verschwinden ließ, blickte Saxton zu Qhuinn hinüber. »Ich rufe dich an, Cousin.«

»Ja, sicher.«

Die Verabschiedung fiel auf Qhuinns Seite um einiges unfreundlicher aus, aber Saxton schien das nicht zu kümmern.

»Wenn ihr mich entschuldigen würdet«, sagte Blay in die Runde.

Er verließ das Restaurant, und als er unter der Toreinfahrt hervortrat, zündete er sich eine Zigarette an, lehnte sich an die kühle Ziegelwand und stützte ein Bein daran ab.

Er nahm die Karte heraus, während er an der Zigarette zog. Sie war aus dickem, beigem Papier gefertigt, ein Kupferdruck und kein billiger Druck mit Bleilettern, versteht sich. Mit einem klassischen Schriftschnitt in schwarzer Farbe. Als er die Karte an seine Nase hielt, konnte er Saxtons Eau de Cologne riechen.

Es roch angenehm. Sehr angenehm. Qhuinn glaubte nicht an das Zeug … daher roch er die meiste Zeit nur nach Leder und Sex.

Als er die Karte im Inneren seiner Jacke verstaute, nahm Blay einen weiteren Zug und stieß den Atem dann ganz lange und langsam aus. Er war es nicht gewöhnt, dass man ihn betrachtete oder ansprach. Sonst war immer er derjenige, der beobachtete, und Qhuinn war immer das Ziel seiner Blicke gewesen, solange er sich erinnern konnte.

Plötzlich wurden die Türen aufgestoßen, und seine Jungs kamen heraus.

»Mann, ich hasse Zigarettenrauch«, murrte Qhuinn und wedelte die Rauchwolke weg, die Blay gerade ausgestoßen hatte.

Blay drückte die Dunhill am Absatz seines Stiefels aus und steckte dann den Stummel in die Tasche. »Wohin jetzt?«

Zum Xtreme Park, gestikulierte John. *Dem Park in der Nähe des Flusses. Und sie haben uns noch einen anderen Hinweis gegeben. Aber dafür brauchen wir ein paar Tage Vorbereitung.*

»Ist dieser Park nicht Gang-Territorium?«, fragte Blay. »Und hängen da nicht viele Polizisten herum?«

»Warum machst du dir Sorgen wegen der Cops?« Qhuinn lachte lauthals. »Wenn wir mit der Polizei Probleme bekommen, kann uns ja Saxton gegen Kaution wieder herausholen. Nicht wahr?«

Blay blickte zu Qhuinn hinüber, und dieses Mal hätte er sich besser gegen seinen Blick wappnen sollen. Qhuinns blau-grüne Augen starrten ihn an, und als er den Blick erwiderte, stieg ein altbekanntes Gefühl der Erregung in seiner Brust auf.

Verdammt … das war der Kerl, den er liebte. Und zwar für immer und ewig.

Es waren sein eigensinnig vorgerecktes Kinn, die dunklen, schmalen Augenbrauen, die Piercings in seinem Ohr und seine volle Unterlippe. Es waren das dichte, glänzende schwarze Haar, die goldbraune Haut und sein muskelbepackter Körper. Es waren die Art, wie er lachte, und die Tatsache, dass er niemals weinte. Es waren die Narben in seinem Inneren, von denen niemand wusste, und die

Überzeugung, dass er immer der Erste sein würde, der in ein brennendes Gebäude hineinrannte, sich in einen blutigen Kampf stürzte oder sich einem Autowrack näherte.

Es waren all die Dinge, die Qhuinn gewesen war und je sein würde.

Aber eines würde sich niemals ändern.

»Was wird sich niemals ändern?«, fragte Qhuinn mit gerunzelter Stirn.

Scheiße! Er hatte wohl laut nachgedacht. »Nichts. Gehen wir, John?«

John blickte von einem zum anderen. Dann nickte er. *Nur noch drei Stunden, bis die Sonne aufgeht. Wir sollten uns besser beeilen.*

6

»Ich liebe es, wie du mich ansiehst.«

Xhex, die sich in der gegenüberliegenden Ecke des Schlafzimmers befand, reagierte nicht auf Lashs Worte. So wie er vor dem Sekretär zusammengebrochen war – eine Schulter stand weiter hervor als die andere –, hatte sie ihm möglicherweise den Arm ausgerenkt. Und das war nicht seine einzige Verletzung. Schwarzes Blut floss aus seiner aufgeplatzten Lippe und tropfte von seinem Kinn, und nachdem sie ihn in die Hüfte gebissen hatte, würde er beim Gehen sicher hinken.

Seine Augen wanderten über ihren Körper, aber sie machte sich nicht die Mühe, ihre Nacktheit mit den Händen zu bedecken. Wenn er für Runde zwei bereit war, benötigte sie jedes bisschen Kraft, das sie noch hatte. Und außerdem war Sittsamkeit nur von Bedeutung, wenn einem sein Körper nicht scheißegal war, so wie das bei ihr schon lange der Fall war.

»Glaubst du an Liebe auf den ersten Blick?«, fragte er. Mit einem Grunzen raffte er sich auf und erhob sich vom

Boden. Während er seinen Arm testete, musste er sich auf den Rand des Sekretärs stützen.

»Na, was ist?«, bohrte er nach.

»Nein.«

»Zynikerin.« Er humpelte hinüber zum Durchgang ins Badezimmer. Im Durchgang angekommen, stemmte er sich mit einer Hand gegen die Wand, blickte nach links und holte dann tief Luft.

Mit einem Ruck renkte er sich das Schultergelenk knackend wieder ein und fluchte dabei lauthals. Als er anschließend zusammensackte, kam sein Atem in harten Stößen, und die Wunden in seinem Gesicht hinterließen schwarze Flecken aus *Lesser*-Blut an der weißen Zierleiste. Er drehte sich zu ihr um und grinste.

»Wie wär's mit einer gemeinsamen Dusche?« Als sie weiterhin schwieg, schüttelte er den Kopf. »Nein? Wie schade.«

Er verschwand im marmornen Bad, und einen Moment später wurde das Wasser aufgedreht.

Erst als sie hörte, wie er sich wusch, und der Duft der Seife zu ihr herüberdrang, begann sie vorsichtig, ihre Arme und Beine abzutasten.

Keine Schwäche. Nein, sie zeigte ihm gegenüber keine Schwäche. Aber sie wollte nicht nur stark erscheinen, damit er es sich zweimal überlegte, bevor er wieder mit ihr den Tango tanzte. Ihr Innerstes weigerte sich, ihm oder einem anderen nachzugeben. Eher würde sie im Kampf sterben.

Das hatte sie einfach in sich. Sie war unbesiegbar – und es war nicht ihr Ego, das dies behauptete. Die Summe ihrer Erfahrungen hatte sie gelehrt, dass sie mit allem fertigwerden konnte, ganz gleich, was es auch war.

Zum Henker! Wie sie es hasste, gegen ihn zu kämpfen! Sie hasste die ganze verdammte Situation.

Als er kurze Zeit später aus dem Bad kam, war er sauber und seine Wunden begannen bereits zu verheilen. Die blauen Flecken verblassten, die Kratzer verschwanden, und die Knochen wuchsen wie von Zauberhand wieder zusammen.

Wunderbar! Er war ein verdammtes Stehaufmännchen.

»Ich gehe jetzt zu meinem Vater.« Als er zu ihr herüberkam, bleckte sie ihre Fänge, was ihn scheinbar erfreute. »Ich liebe dein sanftes Lächeln.«

»Das war kein Lächeln, du Arschloch.«

»Wie auch immer du es nennst, ich liebe es. Und eines Tages werde ich dich meinem lieben alten Vater vorstellen. Ich habe große Pläne für uns.«

Lash beugte sich zu ihr herab, zweifelsohne um sie zu küssen. Aber als sie ihn aus tiefster Kehle anfauchte, hielt er inne und überlegte es sich anders.

»Ich bin bald wieder hier, mein Liebling«, flüsterte er.

Er wusste, dass sie das ganze Süßholzgeraspel verabscheute, und deshalb verkniff Xhex sich jegliche Reaktion. Sie machte auch keine höhnische Bemerkung, als er sich schließlich umdrehte und ging.

Je mehr sie sich weigerte, sich erwartungsgemäß zu verhalten, desto verwirrter wurde er und desto klarer wurde ihr Kopf.

Sie hörte, wie er im Nebenzimmer umherging, und stellte sich vor, wie er sich ankleidete. Er bewahrte seine Kleidung in einem anderen Zimmer auf, seitdem klargeworden war, wie sich die Sache zwischen ihnen entwickeln würde. Er hasste Unordnung und war besonders penibel, was seine Klamotten anging.

Als es nebenan wieder ruhig wurde und er die Treppe hinunterging, holte sie tief Luft und zog sich vom Boden hoch. Das Bad war von seiner Dusche immer noch voller heißem Dampf, und obwohl sie es ekelte, dieselbe Seife zu verwenden wie er, widerte sie das, was sich auf ihrer Haut befand, noch viel mehr an.

Sobald Xhex unter den heißen Wasserstrahl trat, färbte sich der Marmor zu ihren Füßen rot und schwarz, als die zwei verschiedenen Sorten Blut von ihrem Körper rannen und im Abfluss verschwanden. Sie beeilte sich damit, sich einzuseifen und abzuspülen, da Lash erst vor wenigen Minuten gegangen war und man nie wissen konnte, wann er wieder auftauchen würde. Manchmal kam er sofort wieder zurück, während er sich zu anderen Zeiten den ganzen Tag lang nicht mehr blickenließ.

Der Duft der extravaganten französischen Seife, die Lash in seinem Bad hortete, ließ sie würgen, obwohl sie vermutete, dass die meisten Frauen die Mischung aus Lavendel und Jasmin gerne mochten. Mann, sie wünschte sich, sie hätte ein Stück von Rehvs guter alter Kernseife, auch wenn diese wahrscheinlich in ihren frischen Wunden brennen würde wie Feuer. Aber sie konnte Schmerzen ertragen, und der Gedanke, sich zu schrubben, bis sie wund war, wirkte absolut verlockend.

Jedes Mal, wenn sie mit der Seife an einem Arm hinauf- oder an einem Bein hinunterstrich und sich dabei zur Seite oder nach vorne beugte, fuhren ihr Schmerzen durch die Glieder, und unvermittelt fielen ihr die Büßergurte ein, die sie sonst immer getragen hatte, um ihre *Symphathen*-Seite in Schach zu halten. Dank der vielen Kämpfe im Schlafzimmer litt sie zurzeit auch so genug, um ihre bösen Neigungen zu unterdrücken – nicht, dass es wirklich darauf angekommen wäre. Sie befand sich ja nicht in normaler Gesellschaft, und diese dunkle Seite ihres Wesens half ihr dabei, mit der Situation überhaupt fertigzuwerden.

Dennoch war es nach zwei Jahrzehnten mit den Dingern ein komisches Gefühl, sie nicht zu tragen. Sie hatte die beiden stachligen Metallbänder im Anwesen der Bruderschaft zurückgelassen … auf dem Schreibtisch des Zimmers, in dem sie den Tag verbracht hatte, bevor sie sich zur Kolonie aufgemacht hatten. Sie hatte die Absicht gehabt, am Ende der Nacht wieder dorthin zurückzukehren, eine Dusche zu nehmen und sie dann wieder anzulegen … aber mittlerweile hatte sich bestimmt schon eine Staubschicht auf ihnen gebildet.

Langsam verlor sie den Glauben daran, dass sie die beiden Marterinstrumente jemals wiedersehen würde.

Komisch, welche Wendungen das Leben doch nehmen konnte: Sie hatte das Haus verlassen und sicher erwartet, wieder dorthin zurückzukehren, aber dann hatte ihr Weg sie ganz woanders hingeführt.

Wie lange würden die Brüder wohl ihre persönlichen Gegenstände dortlassen, wo sie waren? Wie lange würde es dauern, bis ihre wenigen Habseligkeiten – ob im Anwesen der Bruderschaft, in ihrer Hütte oder in ihrer Kellerwohnung – als Gerümpel betrachtet werden würden? Zwei Wochen entsprachen wahrscheinlich schon fast der äußersten Grenze. Da aber niemand außer John von ihrem Unterschlupf im Keller wusste, würde zumindest das Zeug dort wahrscheinlich viel länger herumliegen.

Nach einigen Wochen würden sie ihren Kram bestimmt in einem Schrank verstauen. Und später dann in einem kleinen Karton auf dem Dachboden.

Oder vielleicht würde auch einfach alles im Müll landen.

Das war es doch, was geschah, wenn jemand starb. Eigentum wurde zu Müll, es sei denn, das Zeug wurde von jemand anderem übernommen.

Die Nachfrage nach Büßergurten war zweifellos nicht sehr groß.

Xhex stellte das Wasser ab, trat aus der Dusche, trocknete sich ab und ging dann zurück in das Schlafzimmer. Gerade als sie sich ans Fenster setzte, öffnete sich die Tür, und der kleine *Lesser* kam mit einem Tablett voller Speisen herein.

Er schien immer etwas verwirrt zu sein, wenn er das von ihm zubereitete Essen auf dem Sekretär abstellte und sich umsah – als ob er auch nach all dieser Zeit immer noch nicht die leiseste Ahnung hatte, warum er heiße Speisen in einem leeren Zimmer zurücklassen sollte. Außerdem untersuchte er die Wände, indem er mit den Fingern über die neuen Dellen und die frischen Flecken von *Lesser*-Blut strich. Angesichts der Tatsache, wie ordentlich er erschien, plante er zweifelsohne, das Zimmer wieder auf Vordermann zu bringen. Als sie hier ankam, war die Seidentapete in makellosem Zustand gewesen. Jetzt aber sah sie aus, als hätte man sie tüchtig durch die Mangel gedreht.

Als er zum Bett hinüberging, die zerwühlte Bettdecke glatt zog und die Kissen aufschüttelte, ließ er die Tür weit offen stehen, und sie blickte hinaus in den Flur und die Treppe hinunter.

Kein Grund, die Flucht zu wagen. Und ihn anzugreifen, hätte auch nichts gebracht. Genauso wenig wie ihre *Symphathen*-Tricks, denn sie war sowohl mental als auch physisch von der Welt abgeschottet.

Alles, was sie tun konnte, war, ihn zu beobachten und sich zu wünschen, dass sie irgendwie an ihn herankommen könnte. Himmel, ob die Löwen im Zoo wohl denselben ohnmächtigen Trieb zu töten verspürten, wenn der Tierpfleger mit Besen und Futter ihren Käfig betrat? Der andere konnte kommen und gehen und die Umgebung verändern, aber man selbst war gefangen.

Das machte einem wirklich Lust, irgendwo hineinzubeißen.

Nachdem er gegangen war, ging Xhex hinüber zu dem Tablett. Ihren Ärger am Steak auszulassen, würde gar nichts bringen, und sie benötigte dringend die Kalorien, um sich wehren zu können. Daher aß sie alles auf, was er gebracht hatte. Auf ihrer Zunge schmeckte alles wie Karton, und sie fragte sich, ob sie wohl jemals wieder etwas essen würde, weil es ihr schmeckte und sie es selbst wollte.

Dass Nahrung als Kraftstoff diente, war logisch, aber blöderweise bedeutete das nicht automatisch, dass sie sich auf die Essenszeit freute.

Als sie aufgegessen hatte, ging sie zurück zum Fenster, setzte sich in den Ohrensessel und zog die Knie an die Brust. Sie starrte auf die Straße hinab, fand aber keine Ruhe, sondern verharrte nur bewegungslos.

Selbst nach den vergangenen Wochen suchte sie noch immer nach einer Fluchtmöglichkeit … und das würde auch so bleiben, bis sie ihren letzten Atemzug tat.

Wie der Drang, sich gegen Lash zu wehren, so war auch der Drang zur Flucht nicht nur eine Folge der Umstände, sondern auch Merkmal ihres Charakters, und diese Erkenntnis ließ sie an John denken.

Sie war so entschlossen gewesen, von ihm wegzukommen.

Sie dachte daran, wie sie zusammen gewesen waren – nicht das letzte Mal, als er ihr ihre Zurückweisung heimgezahlt hatte – sondern das erste Mal in ihrer Kellerwohnung. Nach dem Sex hatte er versucht, sie zu küssen … eindeutig hatte er mehr gewollt als nur eine schnelle Nummer. Und wie hatte sie reagiert? Sie hatte sich ihm entzogen und war ins Bad gegangen, wo sie sich so gründlich geduscht hatte, als ob er sie beschmutzt hätte. Dann hatte sie die Tür hinter sich zugeschlagen.

Daher gab sie ihm nicht die Schuld daran, wie ihr letztes Zusammentreffen verlaufen war.

Sie sah sich in ihrem dunkelgrünen Gefängnis um. Wahrscheinlich würde sie hier sterben. Vielleicht schon sehr bald, nachdem sie sich schon einige Zeit nicht mehr aus der Vene genährt hatte, und außerdem stand sie unter großem physischen und emotionalen Stress.

Die Realität ihres eigenen Todes rief Erinnerungen an die vielen Gesichter wach, in die sie geblickt hatte, während das Leben aus ihnen gewichen und die Seele freigesetzt worden war. Als Killerin war der Tod nun einmal ihr Geschäft. Und als *Symphathin* war er beinahe eine Art Berufung.

Das Sterben hatte Xhex schon immer fasziniert. Jedes Opfer, das sie getötet hatte, hatte sich noch gegen sein Schicksal gewehrt, selbst als sie mit der Waffe in der Hand über ihm stand. Und das, obwohl sie alle genau wussten, dass sie einfach erneut zuschlagen würde, wenn es dem Opfer gelingen sollte, sich zu befreien. Das hatte jedoch scheinbar nicht gezählt. Horror und Schmerz hatten wie eine Energiequelle gewirkt.

Und sie wusste, wie man sich dabei fühlte, um sein Leben zu kämpfen. Wie man kämpfte, um zu atmen, obwohl man durch die Kehle kaum mehr Luft bekam. Wie sich ein kalter Schweißfilm auf der überhitzten Haut bildete. Wie die Muskeln schwach wurden, aber man von ihnen immer noch mehr verlangte, *und noch mehr, verdammt nochmal.*

Ihre früheren Entführer hatten sie mehrmals an den Rand des Todes gebracht.

Während Vampire an die Jungfrau der Schrift glaubten, hatten *Symphathen* keine Vorstellung in Bezug auf ein Leben nach dem Tod. Für sie war der Tod keine Ausfahrt zu einer anderen Autobahn, sondern zu einer Ziegelmauer, in die man hineinraste. Und danach kam nichts mehr.

Sie persönlich glaubte nicht an den ganzen religiösen Mist. Ob das nun mit ihrer Erziehung oder ihrem Intellekt zusammenhing, das Ergebnis war dasselbe. Der Tod bedeutete das Ende der Geschichte, Licht aus. Sie hatte es schon oft genug aus nächster Nähe miterlebt, verdammt nochmal! Nach dem letzten Kampf kam … nichts mehr. Ihre Opfer hatten einfach aufgehört, sich zu bewegen, und waren in der Position erstarrt, die sie innehatten, als ihr Herz zu schlagen aufhörte. Vielleicht starben manche Leute auch mit einem Lächeln auf den Lippen, aber ihrer Erfahrung nach war es meist eher eine Grimasse.

Wenn ein Sterbender in eine ganze Wagenladung weißes Licht und das gottverdammte Himmelreich blickte, sollte man meinen, er würde dabei vor Freude strahlen wie einer, der im Lotto gewonnen hat.

Es sei denn, der Grund, warum man nicht glücklich aussah, lag weniger daran, wohin man ging, als daran, wo man gewesen war.

Und die Versäumnisse … man dachte wirklich darüber nach, was man alles zurückließ.

Außer der Tatsache, dass sie sich gewünscht hätte, unter anderen Umständen geboren worden zu sein, gab es unter ihren vielen Sünden zwei, die schwerer wogen als alle anderen.

Xhex wünschte, sie hätte Murhder vor all diesen Jahren erzählt, dass sie Halb-*Symphathin* war. Dann wäre er nämlich nicht gekommen, um sie zu retten, als man sie in die Kolonie gebracht hatte. Er hätte dann gewusst, dass es unvermeidbar war, dass die andere Seite ihrer Familie kam und ihre Herausgabe verlangte, und er hätte nicht so geendet, wie er es schließlich tat.

Außerdem wünschte sie sich, sie könnte zurückgehen und John Matthew sagen, dass es ihr leidtat. Sie würde ihn zwar weiterhin auf Abstand halten, da dies die einzige Möglichkeit war, um zu verhindern, dass er dieselben Fehler machte wie ihr erster Liebhaber. Aber sie würde ihn wissen lassen, dass es nicht an ihm, sondern an ihr selbst lag.

Zumindest würde er die Sache unbeschadet überstehen. Er hatte die Bruderschaft und den Vampirkönig, die sich um ihn kümmerten.

Sie war also ganz allein auf sich gestellt, und das Schicksal würde entscheiden, wie die Sache ausging.

Da sie ein Leben voller Gewalt geführt hatte, war es absolut nicht erstaunlich, dass sie auch ein gewalttätiges Ende finden sollte. Aber um ihr Gesicht zu wahren, würde sie den Weg zum Ausgang todsicher nicht allein beschreiten.

7

Verdammt, es wurde langsam hell.

Auf die Uhr zu blicken, war eigentlich überflüssig. Das Brennen in seinen Augen sagte John nur zu deutlich, wie schnell die Nacht vorüber sein würde.

Allein schon der Gedanke an das Sonnenlicht brachte ihn dazu, schnell zu blinzeln.

Aber die nächtlichen Aktivitäten im *Xtreme Park* neigten sich sowieso gerade ihrem Ende zu. Die letzten zugedröhnten Nachzügler erhoben sich entweder gerade von den Parkbänken, oder sie verschwanden für einen letzten Schuss in den öffentlichen Toiletten. Im Gegensatz zu Caldwells anderen Parks war dieser rund um die Uhr geöffnet, und Lampen auf hohen Masten beleuchteten den betonierten Platz. Schwer zu sagen, was sich die Stadtplaner dabei gedacht hatten, dem Park keine Schließungszeit zu verordnen – sondern *Geschäftsbetrieb rund um die Uhr.* Mit all den Drogen, die hier den Besitzer wechselten, war der Park wie eine Bar fernab der angesagten Szene in der Trade Street.

Lesser fand man hier jedoch keine. Nur Menschen, die Drogen an Menschen verkauften, die diese im Schatten konsumierten.

Der Ort war jedoch vielversprechend. Falls Lash das Gebiet noch nicht infiltriert hatte, würde er es sicher noch tun. Auch wenn die Cops in ihren auffälligen Dienstfahrzeugen von Zeit zu Zeit ihre Runden drehten, gab es genügend ungestörte Bereiche und ausreichend Vorwarnzeit. Der Park war wie eine große Terrasse angelegt, die von Rampen und Schanzen durchzogen war. Das Resultat war, dass die Leute die Polizei kommen sahen und sich rechtzeitig in den verschiedenen Unterschlupfen verstecken konnten.

Oh Mann, und wie schnell sie dabei doch waren. Von ihrem Aussichtspunkt hinter dem Arbeitsschuppen aus hatten John und seine Begleiter das immer wieder beobachtet. Man fragte sich zwangsläufig, warum die Polizei denn keine unauffälligeren Wagen oder Zivilstreifen einsetzte. Aber vielleicht taten sie das ja bereits. Vielleicht gab es auch noch andere wie John, die für die Menge unsichtbar blieben. Na ja, wohl nicht ganz genau wie er, Qhuinn und Blay. Es gab wohl keinen Polizisten, der sich in nichts auflösen konnte, auch wenn er noch so gut trainiert und hoch dekoriert war. Denn das war es, was John und seine Kumpel die letzten drei Stunden getan hatten. Jedes Mal, wenn jemand vorbeikam, löschten sie dessen Gedächtnis.

Es war schon irgendwie komisch, vor Ort zu sein, aber weder gespürt noch gesehen zu werden.

»Spielen wir wieder Geister?«, fragte Qhuinn.

John blickte hinauf zum Himmel, der langsam hell wurde, rechnete aus, dass die verdammte Wärmelampe in ungefähr dreizehn Stunden wieder untergehen würde und sie dann wieder ihre versteckte kleine Ecke aufsuchen und abwarten konnten.

Verdammter Scheiß.

»John? Lass uns gehen.«

Für den Bruchteil einer Sekunde war er versucht, seinem Kumpel den Kopf abzureißen. Er hatte bereits die Hände erhoben und wollte schon eine Reihe von Beschimpfungen loswerden wie *Fick dich, du bist nicht mein Babysitter.*

Was ihn aber schließlich davon abhielt, war die Tatsache, dass Lash wahrscheinlich nicht hier auftauchen würde, egal, wie lange sie noch abwarteten. Und Qhuinn anzubrüllen, würde sie auch nicht näher an ihr Ziel bringen.

Er nickte und sah sich dann noch einmal kurz um. Da war nur ein einzelner Dealer, der den Laden zu schmeißen schien, und der Kerl hielt bis ganz zum Schluss durch. Sein bevorzugter Standort war die Rampe in der Mitte, was wirklich schlau war. Denn es bedeutete, dass er den ganzen Park überblicken konnte – von den entferntesten Ecken bis hin zu der Straße, auf der die Cops anrollten und wieder abzogen.

Der Kerl sah aus wie siebzehn oder achtzehn, und seine Klamotten hingen locker an seinem Körper – entweder ganz nach Skater-Stil oder aber deshalb, weil er das, was er verkaufte, auch selbst konsumierte. Er sah aus, als hätte er es dringend nötig, mehrmals mit der Autobürste abgeschrubbt zu werden, aber er war wachsam und gerissen. Und er schien allein zu arbeiten. Das war interessant. Um ein Gebiet zu dominieren, verfügte ein Dealer in der Regel über eine Vollstreckertruppe, die ihn unterstützte – andernfalls wurde er wegen seiner Ware oder wegen seines Geldes überfallen. Aber dieser junge Kerl … war die ganze Zeit völlig auf sich allein gestellt.

Entweder hatte er eine große Nummer im Hintergrund, oder er würde in Kürze aus dem Verkehr gezogen werden.

John erhob sich von der Stelle, wo er sich gegen den Anbau gelehnt hatte, und nickte seinen Jungs zu. *Lasst uns gehen.*

Als er wieder Gestalt annahm und sein volles Gewicht wieder zum Tragen kam, knirschte feiner Kies unter seinen Stiefeln, und eine steife Brise wehte ihm entgegen. Der Hof des Anwesens der Bruderschaft war durch die Vorderseite des Hauses und die sechs Meter hohe Böschungsmauer abgegrenzt, die um das gesamte Grundstück herum verlief. Der weiße Marmorspringbrunnen in der Mitte war noch nicht wieder für die wärmeren Monate gefüllt worden, und das halbe Dutzend Autos, das in einer Reihe vor dem Haus parkte, wartete ebenfalls noch auf seinen Einsatz.

Das flüsternde Geräusch gut geölter Zahnräder ließ ihn aufblicken. Die Stahlrollläden vor den Fensterscheiben wurden gerade synchron heruntergelassen, was den Eindruck erweckte, dass das Haus seine zahlreichen Augenlider schloss, um schlafen zu gehen.

Ihm graute davor, hineinzugehen. Obwohl das Haus über weit mehr als fünfzig Zimmer verfügte, die er alle durchwandern konnte, ließ die Tatsache, dass er bis zum Sonnenuntergang im Inneren eingesperrt sein würde, es wie einen Schuhkarton wirken.

Als sich Qhuinn und Blay rechts und links von ihm materialisierten, ging er die Stufen zu den Doppeltüren hinauf, stieß sie auf und betrat die Vorhalle.

Drinnen warf er der Überwachungskamera einen Blick zu. Sofort wurde das Schloss entsichert, und er betrat eine Eingangshalle, die direkt aus dem zaristischen Russland zu stammen schien. Säulen aus Malachit und weinrotem Marmor stützten eine drei Stockwerke hohe, bemalte Decke. Mit Blattgold verzierte Fackeln und Spiegel erzeugten und reflektierten ein weiches gelbliches Licht, das die Farbtöne noch voller wirken ließ. Und die Freitreppe … das Ding wirkte wie eine mit Teppichboden belegte Landebahn, die bis zum Himmel reichte.

Sein Vater hatte keine Ausgaben gescheut und offensichtlich einen Hang zum Dramatischen gehabt. Alles, was man noch benötigte, war ein Streichorchester im Hintergrund, und man konnte sich gut vorstellen, wie ein König in vollem Ornat die Treppe herunterschwebte …

Wrath erschien am Kopf der Treppe. Er war ganz in schwarzes Leder gekleidet, und sein langes schwarzes Haar fiel ihm offen auf die breiten Schultern. Er trug seine Panorama-Sonnenbrille, und obwohl er sich am oberen Ende einer langen Folge von Sturzmöglichkeiten befand, sah er nicht nach unten. Das war auch nicht nötig, denn seine Augen waren nun vollständig blind.

Aber er war nicht ganz ohne Sicht. George, der Golden Retriever an seiner Seite, behielt für ihn alles im Blick, und führte den König mit Hilfe des Geschirrs, das er trug. Sie waren ein ungleiches Paar: der gute Samariter mit der Hundeschnauze und der brutale Krieger, der offensichtlich in der Lage war, jemandem die Kehle aufzureißen, bloß weil ihm gerade danach war. Aber sie kamen gut miteinander aus, und Wrath war geradezu verliebt in den Hund. George wurde wie ein königliches Haustier behandelt, und nicht einmal Iams war gut genug für ihn. Der Hund fraß, was auch sein Herr aß: nur das Beste von Rind und Lamm. Und es ging das Gerücht um, dass der Retriever bei Beth und Wrath im Bett schlafen durfte – was jedoch nicht unabhängig nachgeprüft worden war, da niemand die Räumlichkeiten der hohen Familie betreten durfte.

Als Wrath sich auf den Weg hinunter in die Eingangshalle machte, humpelte er. Ursache dafür war etwas, das er auf der Anderen Seite bei der Jungfrau der Schrift getan hatte. Niemand wusste, wen er dort traf oder warum er regelmäßig mit einem blauen Auge oder einer aufgeplatzten Lippe zurückkam. Aber alle, einschließlich John, waren froh, dass es diese Ausflüge gab, denn Wrath war dadurch ausgeglichener geworden und blieb seither den Kämpfen auf der Straße fern.

Als der König die Treppe herunterkam und ein paar der anderen Brüder durch die Tür eintraten, ergriff John die Flucht. Wenn die Schatten schon die frische Tinte gerochen hatten, würden diese Leute, die sich zum letzten Mahl des Tages trafen, es in einem Sekundenbruchteil ebenfalls bemerken, wenn sie ihm nahe genug kamen.

Zum Glück gab es in der Bibliothek eine Bar, und John ging dorthin, und genehmigte sich ein Glas Jack Daniel's. Das erste von vielen, die noch folgen würden.

Während er begann, seinen Alkoholpegel in die Höhe zu treiben, lehnte er sich gegen die marmorne Auflage der Bar und wünschte sich verzweifelt, er besäße eine Zeitmaschine – obwohl ihm die Entscheidung nicht leichtfallen würde, ob er damit in die Zukunft oder in die Vergangenheit reisen sollte.

»Möchtest du was zu essen?«, fragte Qhuinn von der Tür her.

John blickte nicht in seine Richtung, sondern schüttelte nur den Kopf und schenkte sich noch eine Portion des flüssigen Sorgentrösters ein.

»Okay, ich bringe dir ein Sandwich.«

Mit einem Fluch auf den Lippen drehte sich John um und gestikulierte: *Ich habe Nein gesagt.*

»Mit Roastbeef? Gut. Und ich besorge dir auch ein Stückchen Karottenkuchen. Ich bringe dir ein Tablett auf dein Zimmer.« Qhuinn drehte sich um. »Wenn du noch fünf Minuten hier drinnen wartest, sitzen alle am Tisch, und du kannst ungesehen die Treppe rauf.«

Schließlich ging Quinn hinaus, knapp bevor John ihm sein Glas an den Kopf geworfen hätte, damit er endlich allein gelassen wurde.

Allerdings wäre das bloße Verschwendung von gutem Stoff gewesen – Qhuinn war so dickköpfig, dass man ihm mit der Brechstange eins überziehen könnte, ohne dass ihn das irgendwie beeindruckt hätte.

Glücklicherweise begann der Alkohol langsam zu wirken, und Johns Körper versank schrittweise in einem Nebel der Empfindungslosigkeit. Leider wirkte das Zeug nicht auch auf seinen Geist, nur seine Muskeln fanden Entspannung.

Nachdem er wie vorgeschlagen weitere fünf Minuten gewartet hatte, schnappte sich John das Glas und die Flasche und nahm zwei Stufen auf einmal. Während er hinaufging, folgten ihm die gedämpften Stimmen aus dem Speisezimmer. Sonst geschah nichts. In der letzten Zeit hatte es bei Tisch nicht viel zu lachen gegeben.

Als er zu seinem Zimmer kam, öffnete er die Tür und betrat einen Dschungel. Auf jeder verfügbaren Oberfläche lagen Klamotten herum – der Kommode, dem Ohrensessel, dem Bett, dem Plasmabildschirm. Als ob sich sein Kleiderschrank ins gesamte Zimmer übergeben hätte. Leere Jack-Daniel's-Flaschen müllten die beiden Nachttische neben dem Kopfteil des Bettes zu und breiteten sich von dort wie tote Soldaten auf dem Boden, zwischen den zerknitterten Laken und der Bettdecke aus.

Fritz und seine Reinigungsmannschaft hatte er schon seit zwei Wochen nicht mehr hereingelassen, und so wie die Dinge standen, würden sie einen Bagger benötigen, wenn er ihnen schließlich doch wieder die Tür öffnete.

Er zog sich aus und ließ seine Lederhose und sein Hemd an Ort und Stelle zu Boden fallen. Mit seiner Jacke ging er etwas vorsichtiger um, zumindest bis er seine Waffen herausgenommen hatte. Dann lud er sie auf der Ecke seines Bettes ab. Im Bad überprüfte er seine zwei Klingen und reinigte dann schnell die Pistolen mit dem Set, das er neben dem zweiten Waschbecken hatte liegen lassen.

Ja, er hatte seine hygienischen Standards tief sinken lassen, sogar unter studentische Verhältnisse, aber mit seinen Waffen war das was anderes. Sie mussten unbedingt in Schuss gehalten werden.

Er duschte kurz, und als er sich Brust und Bauch einseifte, dachte er zurück an die Zeit, als selbst ein warmer Wasserstrahl auf seinem Schwanz ausgereicht hatte, um ihn hart werden zu lassen. Aber das war einmal. Er hatte keine Erektion mehr gehabt ... seit seinem letzten Mal mit Xhex.

Er war einfach nicht mehr an Sex interessiert – nicht einmal in seinen Träumen, was ein absolutes Novum war. Zum Teufel, vor seiner Transition, als er sich seiner Sexualität noch gar nicht hätte bewusst sein sollen, hatte er bereits heiße Träume gehabt. Und diese Sexszenen waren so real, so detailliert gewesen, als wären sie Teil seiner Erinnerungen und keine REM-induzierten Fantasien.

Und jetzt? Alles, was auf seinem internen Bildschirm ablief, waren Jagdszenen aus dem *Blair Witch Project,* in denen er wie ein Idiot panisch herumrannte, aber nicht wusste, wovor er eigentlich davonlief ... oder ob er jemals wieder in Sicherheit sein würde.

Als er aus dem Bad kam, fand er auf seinem Bett ein Tablett mit einem Roastbeef-Sandwich und einem riesigen Stück Karottenkuchen darauf. Es gab nichts zu trinken, aber Qhuinn wusste, dass John nur Erfrischungsgetränke von einem gewissen Mr Daniel konsumierte.

John aß im Stehen vor dem Schreibtisch, nackt wie an dem Tag, an dem er geboren wurde, und als das Essen seinen Magen erreichte, saugte es sämtliche Energie aus seinem Körper und ließ seinen Kopf wie leer zurück. Er wischte sich mit der Leinenserviette den Mund ab, stellte das Tablett in den Flur hinaus und ging dann ins Bad, um sich gewohnheitsmäßig die Zähne zu putzen.

Licht aus im Bad. Licht aus im Zimmer.

Dann setzte er sich mit der Flasche Jack Daniel's aufs Bett.

So erschöpft er auch war, er freute sich nicht darauf, sich hinzulegen. Denn es gab da eine gewisse Beziehung zwischen seinem Energiepegel und dem Abstand zwischen seinen Ohren und dem Boden: Obwohl er todmüde war, würden sich seine Gedanken im Kreis drehen, sobald sein Kopf das Kissen berührte, und er würde hellwach im Bett liegen, die Decke anstarren und Schäfchen zählen.

Er leerte den Inhalt des Glases und stützte dann seine Ellbogen auf die Knie. Innerhalb weniger Momente schlossen sich seine Lider, und sein Kopf sackte nach unten. Als er zur Seite kippte, ließ er es zu, obwohl er sich nicht sicher war, in welche Richtung er fiel – ob in Richtung Kissen oder zusammengeknüllter Bettdecke.

Kissen.

Er legte die Beine aufs Bett, zog die Decke über die Hüften und genoss einen Moment seliger Ruhe. Vielleicht würde er ja heute Nacht den Teufelskreis durchbrechen. Vielleicht würde diese herrliche Müdigkeit ihn in das schwarze Loch saugen, in das er so sehr zu fallen hoffte. Vielleicht …

Seine Augen öffneten sich, und er starrte in die Dunkelheit.

Nein. Er war so erschöpft, dass er richtig zappelig war,

nicht nur hellwach … sondern völlig aufgedreht, ein total widersprüchlicher Zustand

Er rollte sich auf den Rücken, verschränkte die Arme vor der Brust und gähnte so fest, dass sein Kiefer knackte. Ob er besser das Licht einschalten sollte? Die Dunkelheit verstärkte das Gewirbel in seinem Kopf, aber das Licht der Lampe brannte in seinen Augen, bis es sich anfühlte, als ob er Sand weinte. Üblicherweise wechselte er zwischen Licht an und Licht aus hin und her.

Er hörte, wie draußen im Flur Zsadist, Bella und Nalla zu ihrem Zimmer gingen. Als das Paar über das Abendessen sprach, krähte und quietschte Nalla so, wie Babys es eben taten, wenn sie den Bauch voll hatten und ihre Eltern bei ihnen waren.

Als Nächstes ging Blay vorbei. Mit Ausnahme von V war er der einzige andere Raucher im Haus. Daran hatte John ihn erkannt. Und Qhuinn war auch dabei. Das musste so sein, denn andernfalls hätte Blay sich nicht außerhalb seines Zimmers eine Zigarette angezündet.

Das war seine Rache für die Assistentin im Tattoostudio, und wer konnte es ihm schon verübeln?

Danach war es lange still auf dem Flur. Und dann kam das letzte Paar Stiefel.

Tohr ging zu Bett.

Wer es war, erkannte John in diesem Fall eher an der Stille als am Lärm – die Schritte waren langsam und relativ leicht für einen Bruder. Tohr war gerade dabei, seinen Körper wieder in Form zu bringen, aber er hatte noch kein grünes Licht für den Einsatz auf der Straße bekommen, was auch sinnvoll war. Er musste noch gute fünfzig Pfund Muskeln zulegen, bevor er sich wieder mit dem Feind messen konnte.

Jemand anderes kam nicht infrage. Lassiter, alias Tohrs goldener Schatten, schlief nicht. Daher blieb der Engel gewöhnlich unten im Billardzimmer und sah sich anspruchsvolles Fernsehprogramm an: z. B. Talkshows über Vaterschaftstests, nachgestellte Gerichtsverhandlungen oder irgendeinen Serien-Marathon.

Stille … Stille … Stille …

Als das Geräusch seines Herzschlags anfing, ihn zu stören, fluchte John, streckte sich und schaltete das Licht ein. Als er sich wieder in die Kissen zurücklehnte, ließ er seine Arme schwer nach unten fallen. Er war zwar kein Flimmerkistenfan wie Lassiter, aber im Moment war alles besser als diese Stille. Er suchte zwischen den leeren Flaschen nach der Fernbedienung, und als er sie fand, drückte er den ON-Knopf. Es dauerte einen Moment, bis ein Bild zu sehen war, als ob das Ding schon vergessen hätte, wozu es eigentlich gut war.

Linda Hamilton rannte gerade einen Gang hinunter, ihr Körper strotzte nur so vor Kraft. Am Ende des Ganges öffnete sich eine Fahrstuhltür und gab den Blick auf einen Lift frei … mit einem dunkelhaarigen kleinen Jungen und Arnold Schwarzenegger darin.

John drückte erneut auf die Fernbedienung, und das Bild verschwand wieder.

Das letzte Mal, als er den Film gesehen hatte, war Tohr mit dabei gewesen … damals, als der Bruder ihn aus seiner erbärmlichen Existenz herausgeholt und ihm gezeigt hatte, wer er wirklich war … bevor alle Nähte in ihrem Leben auseinandergerissen worden waren.

Bereits im Waisenhaus, in der Welt der Menschen, war John bewusst gewesen, dass er anders war … und der Bruder hatte ihm an diesem Abend gezeigt, warum. Das Hervorblitzen seiner Fänge war Erklärung genug gewesen.

Natürlich brachte die Erkenntnis, dass er gar nicht so war, wie er immer geglaubt hatte, einen ganzen Haufen Ängste mit sich. Aber Tohr hatte ihm zur Seite gestanden, mit ihm herumgehangen und ferngesehen, obwohl er an diesem Abend Einsatzbereitschaft gehabt hatte und eine schwangere *Shellan,* um die er sich kümmern musste.

Das war das Netteste, was man jemals für John getan hatte.

John kehrte wieder in die Wirklichkeit zurück und ließ die Fernbedienung auf den Nachttisch fallen, von wo sie abprallte und eine der leeren Flaschen umstieß. Als der letzte Schluck Bourbon aus der Flasche rann, griff er hinüber und schnappte sich ein zerknittertes T-Shirt, um damit die Sauerei aufzuwischen. Angesichts des Chaos, das im gesamten Zimmer herrschte, war das in etwa so sinnvoll, wie einen Big Mac und eine Portion Pommes mit einer Diätcola hinunterzuspülen.

Wie auch immer.

Er wischte die Oberfläche ab, indem er jede Flasche einzeln hochhob, und öffnete dann die kleine Schublade, um ihren Vorderrand sauberzumachen.

Er warf das T-Shirt auf den Boden, griff in die Schublade und nahm ein altes, ledergebundenes Buch heraus.

Das Tagebuch war seit über sechs Monaten in seinem Besitz, aber er hatte es noch nicht gelesen.

Es war das Einzige, was ihm von seinem Vater geblieben war.

Nachdem er nichts anderes zu tun hatte und nirgendwo hin musste, schlug er das Buch auf.

Die Seiten waren aus Pergament und rochen alt, aber die Tintenschrift war noch gut lesbar.

John dachte an die Notizen, die er in Sal's Restaurant für Trez und iAm gemacht hatte, und fragte sich, ob sich seine Handschrift und die seines Vaters wenigstens etwas ähnlich sahen. Da die Tagebucheinträge in der Alten Sprache geschrieben worden waren, konnte er das leider nicht überprüfen.

Er konzentrierte seine müden Augen auf die Schrift und begann damit, zu untersuchen, wie die einzelnen Zeichen gebildet wurden, wie die Tintenstriche sich zu Symbolen vereinten, wie fehlerlos und ohne Streichungen die geschriebenen Seiten waren und wie gerade die Zeilen verliefen, obwohl die Seiten nicht liniert waren. Er stellte sich vor, wie Darius bei Kerzenlicht den Federkiel in die Tinte tauchte …

Ein seltsamer Schauer lief durch Johns Körper, und er fragte sich, ob er sich gleich würde übergeben müssen … aber die Übelkeit verging, als ein Bild vor seinem inneren Auge erschien.

Ein riesiges Steingebäude, das dem Haus, in dem sie jetzt lebten, nicht unähnlich war. Ein Zimmer voller schöner Dinge. Ein auf diesen Seiten an einem Schreibtisch eilig vorgenommener Eintrag, geschrieben vor einem großen Ball.

Das Licht der Kerze, warm und weich.

John schüttelte sich und blätterte weiter durch die Seiten. Dabei begann er irgendwann, nicht nur die Zeichen zu betrachten, sondern die Zeilen zu lesen …

Die Farbe der Tinte wechselte von Schwarz zu Braun, als sein Vater über seine erste Nacht im Kriegerlager schrieb. Wie kalt es war. Wie verängstigt er war. Wie sehr er sein Zuhause vermisste.

Wie alleine er sich fühlte.

John konnte die Gefühle des jungen Vampirs so gut nachempfinden, dass es beinahe keine Trennung zwischen Vater und Sohn zu geben schien.

Obwohl unzählige Jahre und ein ganzer Kontinent zwischen ihnen lagen, war es, als ob er in Darius' Rolle geschlüpft wäre.

So ein Blödsinn! Er befand sich einfach nur in genau derselben Lage: in einer feindseligen Umgebung mit zahlreichen dunklen Ecken … und keinen Eltern, die ihn unterstützten, nachdem Wellsie ermordet worden war, und Tohr wie ein lebender Toter dahinvegetierte.

Schwer zu sagen, wann seine Augenlider sich endlich schlossen und geschlossen blieben.

Aber irgendwann übermannte ihn doch der Schlaf. Das wenige, das ihm von seinem Vater geblieben war, hielt er dabei ehrfürchtig in den Händen.

8

FRÜHLING 1671,
ALTES LAND

Darius materialisierte in einem Streifen dicht bewachsenen Waldes neben dem Eingang zu einer Höhle. Als er aufmerksam in die Nacht lauschte, achtete er besonders auf ungewohnte Geräusche … Unten am Bach streiften Hirsche umher, der Wind pfiff durch die Nadeln der Kiefern, und er konnte seinen eigenen Atem hören. Aber es waren keine Menschen oder Lesser *unterwegs.*

Noch einen Moment … dann schlüpfte er unter dem Felsüberhang hindurch und betrat einen Raum, der vor Urzeiten ohne das Zutun von Mensch oder Vampir entstanden war. Er ging tiefer und tiefer in die Höhle hinein, und es roch immer stärker nach etwas, das er hasste: Der modrige Erdboden und die kaltfeuchte Luft erinnerten ihn an das Kriegerlager – und obwohl er dieses Höllenloch vor siebenundzwanzig Jahren verlassen hatte, reichten die Erinnerungen an seine Zeit bei Bloodletter aus, um ihn jetzt noch zurückschrecken zu lassen.

An der Wand am anderen Ende der Höhle tastete er über den

nassen, unebenen Fels, bis er den eisernen Griff fand, der die verborgene Tür öffnete. Ein gedämpftes Quietschen war zu hören, als die Angeln der Tür sich bewegten und sich ein Teil der Höhlenwand nach rechts schob. Er wartete nicht ab, bis der Durchgang vollständig geöffnet war, sondern trat hindurch, sobald er seine breite Brust seitlich hineinquetschen konnte. Auf der anderen Seite betätigte er einen zweiten Hebel und wartete, bis der Durchgang wieder vollständig verschlossen war.

Der lange Pfad zum Allerheiligsten der Bruderschaft war von Fackeln beleuchtet, die heftig flackerten und harte Schatten auf dem unebenen Boden und an der Decke tanzen ließen. Er hatte beinahe die Hälfte des Weges hinter sich, als die Stimmen seiner Brüder an seine Ohren drangen.

Das laute männliche Stimmenkonzert ließ darauf schließen, dass viele von ihnen zur Versammlung erschienen waren.

Er war wahrscheinlich der Letzte, der ankam.

Als er zum großen, eisenbeschlagenen Tor gelangte, nahm er einen schweren Schlüssel aus seiner Brusttasche und steckte ihn in das Schloss. Das Öffnen des Tores war selbst für ihn mit einigem Kraftaufwand verbunden, denn das riesige Portal schwang nur dann auf, wenn derjenige, der Eintritt verlangte, bewies, dass er in der Lage war, es weit genug aufzustoßen.

Als er die große Höhle tief unter der Erde betrat, war die gesamte Bruderschaft anwesend, und mit seinem Erscheinen begann die Versammlung.

Als er sich neben Ahgony stellte, verstummten die Stimmen, und Wrath der Gerechte betrachtete die Versammelten. Die Brüder respektierten den Anführer des Vampirvolkes, auch wenn er kein Krieger war wie sie, denn er war ein majestätischer Mann von Wert, dessen weiser Rat und besonnene Zurückhaltung im Krieg gegen die Gesellschaft der Lesser *von unschätzbarem Wert waren.*

»Meine Krieger«, sagte der König. »Ich wende mich heute Abend mit besorgniserregenden Nachrichten und einer Bitte an

euch. Ein Doggen-*Sendbote kam während des Tages zu meinem Privatquartier und ersuchte um eine persönliche Audienz. Nachdem er sich weigerte, sein Anliegen meinen eigenen Bediensteten vorzutragen, brach er zusammen und weinte.«*

Als die klaren grünen Augen des Königs in die Runde blickten, fragte sich Darius, wohin das noch führen würde. Bestimmt zu nichts Gutem, *dachte er bei sich.*

»Dies war der Moment, in dem ich eingriff.« Die Lider des Königs senkten sich für einen Augenblick. »Der Gebieter des Doggen *hatte ihn mit äußerst schlechten Nachrichten zu mir gesandt. Die noch ungebundene Tochter der Familie wird vermisst. Da sie sich an diesem Tag früh zurückgezogen hatte, schien mit ihr alles in Ordnung zu sein, bis die Zofe ihr ein Mittagsmahl brachte. Ihr Gemach war jedoch leer.«*

Ahgony, der religiöse Anführer der Bruderschaft, ergriff das Wort. »Wann wurde sie zuletzt gesehen?«

»Vor dem letzten Mahl. Sie kam zu ihren Eltern und sagte ihnen, dass sie keinen Appetit hätte und sich gerne hinlegen würde.« Der König ließ seinen Blick weiter umherwandern. »Ihr Vater ist ein rechtschaffener Mann, der mir die eine oder andere persönliche Gefälligkeit erwiesen hat. Was jedoch weit schwerer ins Gewicht fällt, sind die Dienste, die er unserem Volk als Leahdyre *des Rates geleistet hat.«*

Als in der Höhle Flüche erschallten, nickte der König. »Fürwahr, es handelt sich um die Tochter von Sampsone.«

Darius verschränkte die Arme vor der Brust. Das waren sehr schlechte Neuigkeiten. Töchter der Glymera *waren für ihre Väter wie kostbare Juwelen … bis sie der Fürsorge eines anderen Mannes aus gutem Hause übergeben wurden, der sie auf dieselbe Art und Weise behandeln würde. Diese Frauen wurden streng bewacht und lebten in Abgeschiedenheit … Sie verschwanden nicht einfach aus dem Haus ihrer Familie.*

Sie konnten jedoch entführt werden.

Wie alle seltenen Dinge waren Frauen bester Herkunft von ho-

hem Wert – und wie immer, wenn es die Glymera *betraf, war das Individuum weniger wichtig als die Gesamtheit: Lösegeld wurde nicht bezahlt, um das Leben der Entführten zu retten, sondern den guten Ruf ihrer Blutlinie. Tatsächlich war es kein einmaliger Fall, dass jungfräuliche Vampirinnen entführt und für Geld festgehalten wurden, wobei als einziges Druckmittel sozialer Terror eingesetzt wurde.*

Die Gesellschaft der Lesser *war nicht die einzige Quelle des Bösen auf der Welt. Es gab auch Vampire, die andere Vertreter ihres Volkes als Opfer wählten.*

Die Stimme des Königs hallte durch die Höhle, tief und fordernd. »Als meine Leibwache wende ich mich an euch, um Hilfe in dieser Angelegenheit zu erhalten.« Die Augen des Königs blieben an Darius haften. »Und es gibt einen unter euch, den ich bitten möchte, sich aufzumachen und dieses Unrecht zu tilgen.«

Darius verbeugte sich tief, bevor die Bitte auch nur ausgesprochen werden konnte. Wie immer war er bereit, jeden Auftrag seines Königs auszuführen.

»Vielen Dank, mein Krieger. Deine Fähigkeiten als Diplomat sowie dein Gefühl für das Protokoll werden dir unter dem Dach dieser nunmehr zerbrochenen Familie von großem Wert sein. Und wenn du den Übeltäter findest, vertraue ich auf deine Fähigkeiten, der Angelegenheit ein entsprechendes … Ende zu bereiten. Nutze jene, die Seite an Seite mit dir stehen und, vor allem, finde die Tochter. Kein Vater sollte dieses Leid ertragen müssen.«

Darius konnte dem nur zustimmen.

Und es war eine weise Wahl, getroffen von einem weisen König. Darius war ein Diplomat, fürwahr. Aber er fühlte zudem eine besondere Verpflichtung gegenüber Frauen, nachdem er seine Mutter verloren hatte. Nicht, dass die anderen Brüder sich der Aufgabe nicht mit derselben Hingabe gewidmet hätten – vielleicht mit Ausnahme von Hharm, der eine ziemlich schlechte Meinung vom weiblichen Geschlecht hatte. Aber Darius war derjenige, der diese Verantwortung mit dem größten Ernst wahrnehmen würde, und damit hatte der König gerechnet.

In der Tat, er würde Hilfe benötigen. Suchend ließ Darius seine Augen über die Brüder schweifen und blickte in die grimmigen, vertrauten Gesichter. Er hielt inne, als er unter ihnen ein fremdes Gesicht erblickte.

Auf der anderen Seite des Altars stand Bruder Hharm neben einer jüngeren, dünneren Ausgabe von sich selbst. Sein Sohn hatte dunkles Haar und blaue Augen wie sein Vater und würde später wohl auch die breiten Schultern und den großen Brustkorb bekommen, der für Hharm typisch war. Aber hier endete auch schon die Ähnlichkeit. Hharm lehnte in herausfordernder Haltung an der Höhlenwand, was nicht überraschend war. Er zog den Kampf dem Gespräch vor, weshalb er für Letzteres nur sehr wenig Zeit und Geduld aufbrachte. Der Junge hingegen war völlig auf das Geschehen konzentriert und hatte seine intelligenten Augen bewundernd auf den König gerichtet.

Seine Hände hatte er hinter dem Rücken verborgen.

Auch wenn er nach außen hin ruhig wirkte, wanden seine Hände sich, wo niemand sie sehen konnte. Aber die Bewegung seiner Ellbogen verriet seinen aufgewühlten Gemütszustand.

Darius konnte verstehen, wie sich der Junge fühlte. Nach dieser Ansprache würden sie alle gemeinsam ins Feld ziehen, und Hharms Sohn würde zum ersten Mal im Kampf gegen den Feind getestet werden.

Aber er war nicht ausreichend bewaffnet.

Frisch aus dem Kriegerlager waren seine Waffen nicht besser als jene, die Darius damals besessen hatte … nur ein paar weitere von Bloodletters ausrangierten Waffen, was wirklich beklagenswert war. Darius hatte damals keinen Vater gehabt, der ihn hätte ausrüsten können, aber Hharm hätte sich um seinen Sohn kümmern und ihm erstklassige, perfekt ausbalancierte Waffen besorgen sollen, die so gut waren wie seine eigenen.

Der König hob die Arme und blickte zur Decke. »Möge die

Jungfrau der Schrift voller Gnade und Segen auf die hier Versammelten blicken, während diese edlen Krieger in den Kampf ziehen.«

Der Schlachtruf der Brüder erschallte, und Darius stimmte aus voller Kehle mit ein. Das Gebrüll hallte in der Höhle wider, prallte von den Felswänden zurück und setzte sich fort, als die Brüder zu Anfeuerungsrufen anhoben. Während der donnernde Schall immer höher stieg, streckte der König seine Hand zur Seite aus, und der junge Thronerbe trat aus dem Schatten hervor. Sein Gesichtsausdruck ließ ihn viel älter erscheinen als die sieben Jahre, die er zählte. Wrath, Sohn des Wrath, war wie Tohrment das genaue Abbild seines Vaters, aber damit endete auch schon der Vergleich. Der regierende König war heilig, nicht nur für seine Verwandten, sondern für das gesamte Volk.

Dieser kleine Junge stellte die Zukunft dar, den künftigen Anführer … ein Zeichen, dass die Vampire trotz der Angriffe der Gesellschaft der Lesser *überleben würden.*

Und er war ohne Angst. Während sich so manches Kind scheu hinter seinem Vater versteckt hätte, wenn es sich einem Bruder gegenübersah, stand der junge Wrath seinen Mann und blickte die Männer vor ihm an, als ob er trotz seines geringen Alters bereits wusste, dass er diese Krieger mit ihren starken Rücken und Armen eines Tages befehligen würde.

»Geht nun, meine Krieger«, sagte der König. »Geht und führt eure Dolche mit der Absicht, zu töten.«

Das waren blutrünstige Worte für zarte Kinderohren, aber inmitten des Krieges war es nicht von Vorteil, die nächste königliche Generation zu sehr zu behüten. Wrath, Sohn des Wrath, würde zwar nie selbst ins Feld ziehen – er war für das Volk von zu großer Bedeutung –, aber er würde trotzdem die Ausbildung eines Kriegers erhalten, damit er zu schätzen wusste, welchen Gefahren sich die Männer unter seiner Führung stellen mussten.

Als der König seinen Sohn betrachtete, umwölkten sich seine Augen vor Stolz und Freude, Hoffnung und Liebe.

Wie anders Hharm und sein Sohn doch waren. Der Junge stand neben seinem Vater, aber so wenig Aufmerksamkeit wie ihm dieser schenkte, hätte er auch neben einem Fremden stehen können.

Ahgony beugte sich zu Darius herüber. »Jemand sollte ein Auge auf diesen Jungen haben.«

Darius nickte. »Ja, du hast Recht.«

»Ich habe ihn heute Abend aus dem Kriegerlager geholt.«

Darius sah zu seinem Bruder hinüber. »Wirklich? Wo war denn sein Vater?«

»Zwischen den Beinen eines Mädchens.«

Darius fluchte verhalten. Fürwahr, der Bruder verfügte trotz seiner guten Herkunft über eine rohe Art, und dank seiner niederen Instinkte hatte er zahlreiche Söhne, was seine Gedankenlosigkeit erklärte, aber sicher nicht entschuldigte. Natürlich kamen seine anderen Söhne nicht für die Bruderschaft infrage, da ihre Mütter nicht zu den Auserwählten gehörten.

Hharm schien sich darüber jedoch keine Gedanken zu machen.

Als er den Jungen so einsam dastehen sah, erinnerte sich Darius an seine erste Nacht im Feld: wie er niemanden gehabt hatte … welche Angst er davor gehabt hatte, dem Feind nur mit seinem Verstand und der kurzen Ausbildung, die er erhalten hatte, um seinen Mut zu stärken, entgegenzutreten. Es war nicht so, als ob es den Brüdern gleich gewesen wäre, wie es ihm erging. Aber sie mussten sich um sich selbst kümmern, und er musste beweisen, dass er sich behaupten konnte.

Dieser junge Vampir befand sich eindeutig in derselben Lage – allerdings hatte er einen Vater, der es ihm hätte einfacher machen sollen.

»Lebewohl, Darius«, sagte Ahgony, als der König und sein Sohn sich zu den Brüdern gesellten und sich händeschüttelnd verabschiedeten. »Ich begleite den König und den Prinzen.«

»Lebewohl, mein Bruder.« Die beiden umarmten sich kurz,

und dann ging Ahgony zu Wrath Senior und Junior hinüber und verließ mit ihnen die Höhle.

Als Tohrture vortrat und mit der Zuteilung der Gebiete für die Nacht anfing, begannen sich Paare zu bilden, und Darius blickte zwischen den Köpfen hindurch zu Hharms Sohn. Der Junge hatte sich ganz an die Wand zurückgezogen und stand steif da, die Hände immer noch hinter dem Rücken verborgen. Hharm schien nur daran interessiert zu sein, die anderen im Gespräch zu übertrumpfen.

Tohrture führte zwei Finger an den Mund und stieß einen Pfiff aus. »Meine Brüder! Achtung!« Es wurde totenstill in der Höhle. »Danke. Sind nun alle Gebiete vergeben?«

Allgemeine Zustimmung folgte, und die Brüder brachen langsam auf. Hharm sah sich nicht einmal nach seinem Sohn um, sondern ging einfach zum Ausgang.

Hinter ihm zog der Junge endlich seine Hände hinter dem Rücken hervor und rieb sie aneinander. Er trat einen Schritt vor und rief seinen Vater beim Namen … einmal, zweimal.

Der Bruder drehte sich um und verzog das Gesicht, als ob er sich mit einer unwillkommenen Verpflichtung konfrontiert sah. »Na, komm schon …«

»Darf ich mich einmischen?«, meinte Darius und trat dazwischen. »Es wäre mir ein Vergnügen, wenn mir dein Sohn bei meiner Aufgabe helfen würde. Falls du nichts dagegen hast.«

In Wirklichkeit war es ihm gleichgültig, ob Hharm etwas dagegen hatte oder nicht. Der Junge brauchte mehr, als sein Vater ihm zu geben bereit war, und Darius war niemand, der einfach zusehen konnte, wenn ein Unrecht geschah.

»Du meinst, ich kann mich nicht selbst um mein eigen Fleisch und Blut kümmern?«, blaffte Hharm.

Darius wandte sich dem Bruder zu und blickte ihm direkt ins Gesicht. Eigentlich bevorzugte er bei Konflikten friedliche Lösungen, aber bei Hharm halfen keine Argumente. Und Darius war stark genug, um Gewalt mit Gewalt zu begegnen.

Die Brüder um sie herum erstarrten, und Darius senkte seine Stimme, obwohl alle Anwesenden jedes Wort hören würden. »Überlass mir den Jungen, und ich werde ihn vor Morgengrauen wieder heil zurückbringen.«

Hharm knurrte. Er klang wie ein Wolf, der frisches Blut gerochen hatte. »Das werde ich selbst tun, Bruder.«

Darius beugte sich noch näher zu ihm. »Wenn du ihn in den Kampf mitnimmst und er stirbt, wird diese Schande deinen Stammbaum für immer beflecken.« In Wahrheit war es jedoch fraglich, ob sich Hharms Gewissen überhaupt melden würde, wenn das geschah. »Überlass ihn mir, und dir bleibt diese Bürde erspart.«

»Ich konnte dich noch nie leiden, Darius.«

»Aber damals im Kriegerlager warst du nur zu gerne bereit, die von mir Besiegten für mich zu bestrafen.« Darius bleckte die Fänge. »Wenn ich bedenke, wie sehr du das damals genossen hast, solltest du mich eigentlich mehr schätzen. Und bedenke: Wenn du mir nicht gestattest, den Jungen unter meine Fittiche zu nehmen, werde ich dich hier und jetzt zu Boden werfen und verprügeln, bis du nachgibst.«

Hharm brach den Augenkontakt ab und starrte über Darius' Schulter, als die Vergangenheit ihn in ihren Bann zog. Darius wusste genau, was sich vor Hharms innerem Auge abspielte. Es war die Nacht, als Darius im Kriegerlager gegen ihn gewonnen hatte, und als Darius sich weigerte, den Besiegten zu bestrafen, hatte Bloodletter es selbst getan. Brutal *war ein zu schwaches Wort, um die Bestrafung zu beschreiben, und obwohl Darius sich ungern daran erinnerte, war die Sicherheit des Jungen es durchaus wert. Schließlich heiligte der Zweck die Mittel.*

Hharm wusste, wer einen Faustkampf zwischen ihnen gewinnen würde.

»Nimm ihn«, sagte Hharm, »und mach mit ihm, was du willst. Hiermit sage ich mich von meinem Sohn los.«

Dann drehte er sich auf dem Absatz um und ging hinaus …

Und nahm die ganze Luft aus der Höhle mit sich.

Die Krieger beobachteten seinen Abgang, und ihr Schweigen wirkte lauter als der Schlachtruf zuvor. Das Verstoßen eines Kindes widersprach sämtlichen Prinzipien ihres Volkes und bedeutete den Ruin – genau wie Tageslicht bei einem Mahl im Kreise der Familie.

Darius ging hinüber zu dem jungen Mann. Dieses Gesicht … Gütige Jungfrau der Schrift! Das erstarrte, graue Gesicht des Jungen wirkte nicht traurig. Oder untröstlich. Oder etwa beschämt.

Seine Gesichtszüge wirkten wahrhaftig wie eine Totenmaske.

Darius streckte ihm die Hand entgegen und sagte: »Sei gegrüßt, mein Sohn. Ich bin Darius, und ich werde künftig dein Whard *sein.«*

Der Junge blinzelte einmal.

»Komm, mein Sohn. Wir werden uns sofort zu den Klippen aufmachen.«

Plötzlich wurde Darius von einem scharfen Blick getroffen. Der Junge suchte offenbar nach Anzeichen von Pflichtgefühl und Mitleid. Er würde jedoch keine finden. Darius wusste genau, auf welch hartem Boden der Junge stand, und war sich sehr wohl bewusst, dass jede Art von Sanftmut nur weitere Schande bedeuten würde.

»Warum?«, fragte er heiser.

»Wir begeben uns sogleich zu den Klippen, um die vermisste Frau zu finden«, sagte Darius mit ruhiger Stimme. »Darum.«

Der Blick des Jungen bohrte sich in Darius' Augen. Dann legte er die Hand auf seine Brust und verbeugte sich. »Ich werde mich bemühen, Euch nicht zur Last zu fallen, sondern eine Hilfe zu sein.«

Es war hart, wenn man unerwünscht war. Und nach einem solchen Affront fiel es noch schwerer, den Kopf hoch zu tragen.

»Wie lautet dein Name?«, fragte Darius.

»Tohrment. Ich bin Tohrment, Sohn des … « Er räusperte sich. »Ich bin Tohrment.«

Darius stellte sich neben den jungen Mann und legte ihm die Hand auf die Schulter.

»Komm mit mir.«

Der Junge folgte ihm zielstrebig … hinaus aus dem Kreis der Bruderschaft … hinaus aus dem Allerheiligsten … hinaus aus der Höhle … hinein in die Nacht.

Die Veränderung in Darius' Innerem vollzog sich irgendwann zwischen dem ersten Schritt vorwärts und dem Moment, als sie sich gemeinsam dematerialisierten.

Zum ersten Mal in seinem Leben hatte er das Gefühl, eine eigene Familie zu besitzen … auch wenn der Junge nicht von seinem eigenen Blut war, so hatte er doch seine Fürsorge übernommen.

Demgemäß würde er den Jungen von nun an beschützen, wenn nötig auch mit seinem eigenen Leben. So lautete der Kodex der Bruderschaft, der allerdings nur gegenüber anderen Brüdern galt. Tohrment zählte noch nicht zu ihnen. Aufgrund seiner Herkunft war er aber ein Anwärter, weshalb er Zutritt zum Allerheiligsten hatte, aber nichts weiter. Wenn es ihm nicht gelang, sich zu beweisen, würde er für immer von der Bruderschaft ausgeschlossen sein.

Fürwahr, der Junge konnte trotz all der Bestimmungen des Kodex auf dem Feld niedergestreckt und dem Tod überlassen werden.

Aber Darius würde das nicht zulassen.

Er hatte sich schon immer einen Sohn gewünscht.

9

DREISSIG KILOMETER AUSSERHALB VON CHARLESTON, SOUTH CAROLINA

»Ach du Scheiße … Das sind ja Bäume wie aus dem Bilderbuch!«

Ja, das waren sie tatsächlich. Als der Satellitenübertragungswagen von *Paranormal Phenomenons* die Route SC 124 verließ, trat Gregg Winn auf die Bremse und beugte sich über das Lenkrad nach vorne.

Absolut … *perfekt.*

Die Auffahrt zum Herrenhaus war auf beiden Seiten von riesigen alten Eichen gesäumt, deren gewaltige Äste mit langen Bärten aus Louisianamoos behangen waren, die in der sanften Brise hin- und herschwangen. Am anderen Ende der prächtigen Allee, etwa achthundert Meter entfernt, stand das mit Säulen geschmückte Anwesen wie eine Südstaatenschönheit, deren Gesicht die Mittagssonne in hellgelbes Licht tauchte.

Die Moderatorin von *PP,* Holly Fleet, lehnte sich auf

dem Rücksitz nach vorne. »Bist du sicher, dass wir hier richtig sind?«

»Es ist ein B&B, nicht wahr?« Gregg trat aufs Gas. »Also öffentlich zugänglich.«

»Du hast viermal dort angerufen.«

»Sie haben nicht *Nein* gesagt.«

»Sie haben aber auch nicht zurückgerufen.«

»Und wenn schon.« Das musste einfach klappen! Die *PP*-Sondersendungen im Hauptabendprogramm waren gerade dabei, in die nächsthöhere Werbestufe des Senders aufzusteigen. Natürlich waren sie noch nicht so erfolgreich wie *Popstars,* aber dafür hatten sie die neueste Folge von *Der Magier mit der Maske* zahlenmäßig ausgestochen, und wenn es so weiterging, würde die Kasse bald noch lauter klingeln.

Die lange Auffahrt zum Haus war wie ein Weg, der nicht nur immer weiter in das Grundstück hineinführte, sondern die Besucher auch in die Vergangenheit zurückversetzte. Himmelherrgott! Als Gregg sich auf dem Gelände umsah, erwartete er beinahe, Bürgerkriegssoldaten und Vivien Leigh in Kleidern aus der Zeit des Sezessionskriegs auf dem gepflegten Rasen unter den Bäumen herumspazieren zu sehen.

Von dem Kiesweg aus gelangten Besucher direkt zum Vordereingang, und Gregg parkte den Übertragungswagen etwas seitlich, falls ein anderes Auto vorbeiwollte.

»Ihr beiden bleibt hier. Ich gehe rein.«

Als er aus dem Wagen stieg, zog er eine schwarze Windjacke über sein Ed Hardy-Shirt und rollte die Ärmel ganz hinunter, um seine goldene Rolex zu verbergen. Der Übertragungswagen mit dem *PP*-Logo, einem Vergrößerungsglas über einem schwarzen, schattenhaften Gespenst, war schon auffällig genug, und das Haus gehörte zweifelsohne einem Einheimischen. Das Problem war, dass der Hollywoodstyle einem außerhalb von L. A. nicht unbedingt Pluspunkte einbrachte – und dieses elegante Anwesen hatte mit Schönheitsoperationen und Sonnenbräune aus der Spraydose einfach nichts gemeinsam.

Seine Prada-Slipper wühlten den feinen Kies der Auffahrt auf, als er zum Eingang hinüberging. Das weiße Gebäude war ein dreistöckiger Bau, mit je einer Veranda im Erdgeschoss und im ersten Stock, und einem Walmdach mit Gauben. Aber erst die Eleganz der Proportionen und die schiere Größe des verdammten Dings machten es zu einem richtigen Herrenhaus. Der Eindruck einer Südstaatenschönheit wurde dadurch abgerundet, dass alle Fenster innen mit Vorhängen in den Farben leuchtender Juwelen dekoriert waren, und durch die Bleiglasfenster konnte man Kronleuchter von den hohen Decken hängen sehen.

Was für ein Bed & Breakfast!

Die Vordertür war groß genug, um einer Kathedrale würdig zu sein, und als Türklopfer diente ein Löwenkopf aus Messing, der beinahe lebensgroß wirkte. Gregg hob das Gewicht des Türklopfers an und ließ es an seinen Platz zurückfallen.

Während er wartete, sah er kurz nach, ob Holly und Stan noch dort waren, wo er sie zurückgelassen hatte. Rückendeckung war das Letzte, was er brauchen konnte, wenn er einen »Verkaufsbesuch« machte – insbesondere, wenn die »Hallo, mein Name ist …«-Masche nicht zog. Die Wahrheit war, dass er hier wahrscheinlich gar nicht persönlich vorbeigekommen wäre, wenn sie nicht gerade sowieso in der Nähe von Charleston Aufnahmen gemacht hätten. Aber bei einer Fahrzeit von nicht einmal einer halben Stunde lag das Anwesen quasi auf ihrem Weg, und deshalb war die Sache einen Versuch wert. Da sie erst in ein paar Tagen in Atlanta sein mussten, um Vorbereitungen für die nächste Sondersendung zu treffen, hatten sie genügend Zeit dafür. Außerdem würde er einen Mord begehen, um …

Die Tür schwang weit auf, und was dahinter stand, ließ ihn breit grinsen. Mann … das wurde ja immer besser! Der Typ war der Inbegriff eines englischen Butlers, von den glänzenden Schuhen bis hin zu der schwarzen Weste und dem Jackett.

»Guten Tag, Sir.« Und er hatte einen Akzent. Nicht gerade britisch und auch nicht französisch, aber eindeutig vornehm europäisch. »Wie kann ich Ihnen helfen?«

»Gregg Winn.« Gregg reichte dem Butler die Hand. »Ich habe schon ein paarmal angerufen. Ich war mir nur nicht sicher, ob Sie meine Nachrichten erhalten haben.«

Der Händedruck des Butlers kam schnell. »In der Tat.«

Gregg wartete darauf, dass der Mann fortfuhr. Als nichts kam, räusperte er sich. »Ähm … ich hatte gehofft, dass Sie es uns erlauben würden, in Ihrem schönen Haus und auf dem Gelände ein paar Nachforschungen anzustellen. Die Legende von Eliahu Rathboone ist ja ziemlich bemerkenswert. Ich meine … die Berichte Ihrer Gäste sind erstaunlich. Mein Team und ich …«

»Gestatten Sie mir, dass ich Sie unterbreche. Aber Film- oder Tonaufnahmen auf dem Gelände sind nicht erlaubt …«

»Wir würden dafür bezahlen.«

»… unter keinen Umständen.« Der Butler lächelte verkniffen. »Sie können sicher verstehen, dass wir unsere Privatsphäre sehr schätzen.«

»Offen gesagt, nein. Was kann es schon schaden, wenn wir uns ein bisschen umsehen?« Gregg beugte sich vor und sagte leise: »Es sei denn … Sind es vielleicht Ihre eigenen Schritte, die mitten in der Nacht zu hören sind?

Und sind Sie auch für das Kerzenlicht verantwortlich, das man nachts oben im Schlafzimmer sehen kann?«

Das Gesicht des Butlers zeigte keinerlei Reaktion, aber seine Stimme war voller Verachtung. »Ich glaube, Sie wollten gerade gehen.«

Das war kein Kommentar oder Vorschlag, sondern ein Befehl. Aber scheiß drauf, Gregg hatte schon härtere Nüsse geknackt als diesen Schwächling in seinem Pinguinkostüm.

»Wissen Sie, Sie könnten mit diesen Gespenstergeschichten viele Besucher anlocken.« Gregg sprach nun noch leiser. »Unsere Zuschauergemeinde ist riesig. Stellen Sie sich vor, wie viele Besucher herkommen würden, wenn die Sendung landesweit ausgestrahlt wird! Und selbst wenn Sie die Rathboone-Legende selbst erfunden hätten, können wir mit Ihnen zusammenarbeiten, anstatt gegen Sie. Wenn Sie wissen, was ich meine.«

Der Butler trat einen Schritt zurück und begann, die Tür zu schließen. »Guten Tag, Sir …«

Gregg blockierte die Tür mit seinem Körper. Selbst wenn er zuerst nicht so sehr darauf versessen gewesen war, der Sache nachzugehen, konnte er doch schlecht ein Nein akzeptieren. Sein Ehrgeiz wurde nur noch mehr angestachelt, wenn man ihm etwas verweigerte.

»Wir würden gerne hier übernachten. Wir untersuchen gerade einige der Bürgerkriegsschauplätze in der Nachbarschaft und bräuchten noch einen Platz zum Schlafen.«

»Es tut mir leid, aber wir sind voll belegt.«

In diesem Moment kam, wie ein Geschenk des Himmels, ein junges Paar die elegante Treppe herunter, mit dem Koffer in der Hand. Gregg grinste, als er über die Schulter des Butlers blickte.

»Nicht so belegt wie gerade eben noch.« Gregg suchte

in seiner internen Persönlichkeitsbibliothek nach dem besten »Ich werde Ihnen keinen Ärger machen«-Gesichtsausdruck. »Nein heißt nein. Das kann ich verstehen. Wir werden also keine Aufnahmen machen, weder Audio noch Video. Ich schwöre es beim Leben meiner Großmutter.« Dann hob er seine Hand zum Gruß und sagte laut: »Hallo, Leute! Wie hat euch der Aufenthalt hier gefallen?«

»Oh mein Gott, es war unglaublich!«, rief die Freundin, Ehefrau, Gelegenheitsgeliebte oder was auch immer. »Eliahu gibt es wirklich!«

Der Freund, Ehemann, Möchtegernliebhaber nickte. »Ich habe es ihr nicht geglaubt. Ich meine, Gespenster – was für ein Witz! Aber dann … habe ich es ebenfalls gehört.«

»Und das Licht haben wir auch gesehen. Haben Sie von dem Licht gehört?«

Gregg legte erschrocken die Hand auf die Brust. »Nein, was für ein Licht? Sie müssen mir alles erzählen …«

Als sie begannen, eine detaillierte Beschreibung all der »unglaublich erstaunlichen Dinge« abzugeben, die so »unglaublich und erstaunlich zu beobachten« gewesen waren im Laufe ihres »unglaublichen …«, verengten sich die Augen des Butlers zu schmalen Schlitzen. Offensichtlich behielten nur seine gute Manieren die Oberhand vor dem Drang zu töten, als er zur Seite trat, damit Gregg mit dem abreisenden Paar sprechen konnte. Aber die gefühlte Temperatur in der Eingangshalle sank auf ein eisiges Niveau.

»Warten Sie – ist das nicht …« Der männliche Gast runzelte die Stirn und lehnte sich zur Seite. »Heiliger Strohsack! Arbeiten Sie nicht für diese Sendung …«

»Paranormal Phenomenons«, half ihm Gregg auf die Sprünge. »Ich bin der Produzent.«

»Und die Moderatorin …« Der Typ warf einen Blick auf seine Freundin. »Ist sie etwa auch hier?«

»Klar. Wollen Sie Holly kennenlernen?«

Der Kerl stellte seinen Koffer ab, um sein Poloshirt fester in den Hosenbund zu stecken. »Ja, geht das denn?«

»Wir wollten doch gerade losfahren«, protestierte seine bessere Hälfte. »Nicht wahr, Dan?«

»Aber, wenn ich – wir – die Chance haben …«

»Wenn wir jetzt losfahren, sind wir bei Einbruch der Dunkelheit zu Hause.« Sie drehte sich zum Butler um. »Vielen Dank für alles, Mr Griffin. Der Aufenthalt hier war wunderbar.«

Der Butler verneigte sich mit Anmut. »Kommen Sie doch einmal wieder, Madam.«

»Oh, das werden wir. Dies ist der perfekte Ort für unsere Hochzeit im September. Es ist einfach unglaublich!«

»Ja, einfach erstaunlich«, fügte ihr Verlobter brav hinzu, als ob er wieder gut Wetter machen wollte.

Gregg beharrte nicht weiter auf dem Treffen mit Holly, als das Paar zur Vordertür hinausging – obwohl der Kerl kurz innehielt und zu ihm herübersah, als ob er hoffte, Gregg würde ihnen folgen.

»Dann gehe ich jetzt unsere Taschen holen«, sagte Gregg zum Butler. »Und Sie können in der Zwischenzeit unser Zimmer herrichten, Mr Griffin.«

Die Luft, die den Butler umgab, schien zu flimmern. »Wir haben zwei freie Zimmer.«

»Sehr gut. Und nachdem Sie sicher ein Mann mit Standards sind, werden Stan und ich uns ein Zimmer teilen. Der Schicklichkeit wegen.«

Der Butler zog die Brauen in die Höhe. »In der Tat. Wenn Sie und Ihre Freunde so gütig wären und im Salon zu Ihrer Rechten warten würden, werde ich Ihre Zimmer von den Hausmädchen herrichten lassen.«

»Fantastisch.« Gregg klopfte dem Mann auf die Schulter. »Sie werden nicht einmal merken, dass wir hier sind.«

Der Butler trat demonstrativ einen Schritt zurück. »Eine kleine Warnung, wenn Sie erlauben.«

»Schießen Sie los.«

»Gehen Sie nicht hinauf in den zweiten Stock.«

Tja, wenn das keine Einladung war … und eine Zeile direkt aus einem *Scream*-Film.

»Absolut nicht. Ich schwöre es.«

Der Butler ging den Flur hinunter, und Gregg trat zur Vordertür hinaus und winkte seine Kollegen herbei. Als Holly ausstieg, wippten ihre großen Brüste unter dem schwarzen T-Shirt, und ihre Seven-Jeans war so tief geschnitten, dass ihr flacher, braungebrannter Bauch hervorblitzte. Gregg hatte sie nicht wegen ihres Verstands angeheuert, sondern wegen ihrer Maße, aber wie sich herausstellte, steckte mehr in ihr als er vermutet hatte. Wie viele andere Dummchen war sie nicht völlig dumm, sondern nur ein bisschen unterbelichtet. Und sie hatte die unheimliche Gabe, sich immer so zu präsentieren, wie es für sie am vorteilhaftesten war.

Stan öffnete die Schiebetür an der Seite des Wagens und stieg aus. Dabei blinzelte er heftig und schob sich das strähnige lange Haar aus dem Gesicht. Stan war ständig bekifft und die perfekte Person für diese Art von Arbeit: technisch versiert, aber locker genug, um Befehle ohne Widerspruch zu befolgen.

Das Letzte, was Gregg wollte, war ein Künstler hinter der Kameralinse.

»Bringt das Gepäck mit«, rief Gregg zu ihnen hinüber. Das hieß verschlüsselt, *Wir brauchen nicht nur unsere Reisetaschen, sondern auch die kleine Ausrüstung.*

Das war nicht das erste Anwesen, bei dem er seine

ganze Überredungskunst aufwenden musste, um Zutritt zu erhalten.

Als er wieder ins Haus ging, fuhr das Paar, das gerade abgereist war, in seinem Sebring-Cabrio vorbei. Anstatt auf den Weg vor ihm hatte der Kerl seinen Blick auf Holly gerichtet, die sich gerade wieder in den Wagen beugte.

Holly hatte einfach diese Wirkung auf Männer. Ein weiterer Grund, sie um sich zu haben.

Das und die Tatsache, dass sie nichts gegen Gelegenheitssex einzuwenden hatte.

Gregg begab sich in den Salon und blickte sich kurz im Raum um. Die Ölgemälde hatten Museumsqualität, die Teppiche waren Perser, und die Wände waren mit idyllischen Szenen handbemalt. Überall standen Kerzenleuchter aus Sterlingsilber herum, und keines der Möbelstücke schien aus dem einundzwanzigsten oder zwanzigsten … oder vielleicht sogar dem neunzehnten Jahrhundert zu stammen.

Der Journalist in ihm war auf einmal hellwach. B&Bs, selbst erstklassige, waren normalerweise nicht so exklusiv ausgestattet. Hier musste also etwas im Gange sein.

Entweder das, oder die Eliahu-Legende sorgte dafür, dass jede Nacht verdammt viele Köpfe auf den Kissen der Pension ruhten.

Gregg ging zu einem der kleineren Porträts hinüber. Es zeigte einen jungen Mann Mitte zwanzig und war in einer anderen Epoche und an einem anderen Ort gemalt worden. Der Mann saß auf einem Sessel mit steifer Lehne, hatte die Beine übereinandergeschlagen, und seine Hände hingen elegant an der Seite hinunter. Das dunkle Haar wurde im Nacken von einem Band zusammengehalten und verdeckte somit nicht das ausgesprochen gut aussehende Gesicht. Seine Kleidung war … Hmm, nachdem Gregg kein Historiker war, hatte er keine Ahnung, aber sie sah aus wie jene, die George Washington und seine Zeitgenossen getragen hatten.

Das war Eliahu Rathboone, dachte Gregg. Der heimliche Sklavereigegner, der immer eine Kerze brennen ließ, um jenen, die fliehen mussten, den Weg zu weisen … der Mann, der für die Sache gestorben war, bevor sie im Norden überhaupt Fuß gefasst hatte … der Held, der so viele Leben gerettet und selbst in der Blütezeit seines Lebens ein vorzeitiges Ende gefunden hatte.

Dies war ihr Geist.

Gregg formte mit seinen Händen einen Rahmen und schwenkte ihn durch den Raum, bevor er damit auf das Gesicht fokussierte.

»Ist er das?«, kam Hollys Stimme von hinten. »Ist er das wirklich?«

Gregg strahlte sie über die Schulter hinweg an, und in seinem Körper kribbelte es. »Und ich dachte, die Bilder im Internet seien gut.«

»Er sieht … umwerfend aus.«

Und das waren auch die Legenden, die sich um ihn rankten, sein Haus und all die Leute, die erzählten, dass er hier herumspukte.

Scheiß auf die Fahrt zu diesem Irrenhaus in Atlanta! Das hier war der Stoff für ihre nächste Live-Sondersendung.

»Ich möchte, dass du dir den Butler vornimmst«, sagte Gregg leise. »Du weißt schon, was ich meine. Ich will überall Zutritt bekommen.«

»Ich werde *nicht* mit ihm schlafen, wenn du das meinst. Bei Nekrophilie ziehe ich die Grenze, und dieser Typ ist ja älter als Methusalem.«

»Habe ich *gesagt,* du sollst dich flachlegen lassen? Es gibt andere Wege. Und du hast heute Abend und morgen Zeit. Ich will die Sondersendung hier machen.«

»Du meinst …«

»In zehn Tagen werden wir hier live auf Sendung gehen.« Er schlenderte hinüber zu den Fenstern, die auf die Allee hinaus gingen, und mit jedem Schritt knarrten die Holzdielen.

Emmy-Award, wir kommen, dachte Gregg bei sich.

Absolut perfekt.

10

John Matthew wachte mit der Hand an seinem Schwanz auf. Oder besser gesagt, er wachte halb auf.

Aber was er in seiner Hand hielt, war schussbereit.

Durch seinen benebelten Kopf flimmerten erotische Visionen von ihm und Xhex … Er sah, wie sie sich nackt auf dem Bett in ihrer Kellerwohnung wälzten, wie sie rittlings auf ihm saß und er ihre Brüste mit den Händen umfasste. Es fühlte sich gut und richtig an, wie sie ihren kraftvollen Körper auf- und abwärts bewegte und ihr Geschlecht heiß und feucht an seinem steifen Schwanz rieb, der begierig danach verlangte, in sie einzudringen.

Er musste sich unbedingt in sie versenken, musste etwas von sich selbst in ihr zurücklassen, ihr seinen Stempel aufdrücken.

Der Trieb war überwältigend, fast schon ein Zwang … und dennoch stach ihn das Gewissen, als er sich aufsetzte und eine ihrer Brustspitzen mit dem Mund umschloss. Während er die Spitze zwischen seine Lippen nahm, daran saugte und leckte und sie leicht zwickte, realisierte er nämlich, dass es gar nicht wirklich geschah – und dass es falsch war, selbst in seiner Fantasie. Es war ihrem Andenken gegenüber nicht fair. Aber die Visionen hatten zu viel Eigendynamik, der Griff der Hand um seine Erektion war zu stark … und die Szenen waren zu eindeutig und elektrisch, um sich davon abzuwenden.

Es gab kein Zurück mehr.

John stellte sich vor, wie er sie auf den Rücken rollte, über ihr aufragte und in ihre metallgrauen Augen blickte. Ihre Schenkel waren weit gespreizt und umfassten seine Hüften, ihr erregtes Geschlecht bereit für das, was er ihr geben wollte. Ihr Duft drang in seine Nase ein, bis er nur noch sie wahrnahm. Er fuhr mit den Händen über ihre Brüste und den Bauch hinab und staunte, wie ähnlich ihre Körper sich doch waren. Sie war zwar kleiner als er, aber ihre Muskeln waren genauso ausgeprägt, fest und durchtrainiert, bereit für den Einsatz und stahlhart, wenn sie angespannt wurden. Er liebte es, wie unnachgiebig sie sich unter ihrer weichen, glatten Haut anfühlte, liebte es, wie stark und zäh sie war …

Sein Verlangen nach ihr war unermesslich.

Aber plötzlich konnte er nicht mehr weitermachen.

Es war, als ob die Fantasie plötzlich blockiert, das Videoband gerissen, die DVD zerkratzt, die digitale Datei beschädigt war. Und alles, was ihm blieb, war sein Verlangen und diese reißende, kurz vor dem Höhepunkt stehende Ekstase, die ihn in den Wahnsinn trieb …

Xhex umfasste sein Gesicht mit beiden Händen. Und mit dieser sanften Berührung übernahm sie unvermittelt die Kontrolle über ihn. Über seinen Kopf, seinen Körper und seine Seele. Sie nahm ihn einfach in Besitz, mit allem, was er war. Von Kopf bis Fuß gehörte er nun ihr.

»Komm zu mir«, sagte sie und neigte ihren Kopf zur Seite.

Tränen ließen seinen Blick verschwimmen. Endlich würden sie sich küssen. Endlich würde sie ihm geben, was sie ihm bisher verweigert hatte …

Als er sich nach unten beugte … führte sie seinen Mund wieder zu ihrer Brustwarze.

Er verspürte kurz einen Stich der Zurückweisung, aber dann erfasste ihn ein sonderbares Hochgefühl. Dieses Ablenkungsmanöver war so typisch für sie, dass er dachte, es wäre vielleicht doch kein Traum. Vielleicht geschah es ja tatsächlich. Er verdrängte seine Traurigkeit und konzentrierte sich auf das, was sie zu geben bereit war.

»Kennzeichne mich«, sagte sie mit rauer Stimme.

Er bleckte die Fänge und fuhr mit einer der scharfen weißen Spitzen um den dunklen Hof ihrer Brust, umkreiste und streichelte sie mit seiner Zunge. Er wollte sie fragen, ob sie sich ganz sicher war, aber sie beantwortete diese Frage selbst. Mit einer schnellen Bewegung hob sie sich von der Matratze und drückte seinen Kopf so an sich, dass seine Zähne ihre Haut ritzten und ein Tropfen Blut hervortrat.

John zuckte zurück, aus Angst, er habe sie verletzt … aber das hatte er nicht, und als sie sich in erotischen Wogen unter ihm bewegte, brachte ihn die rot funkelnde Quelle ihres Lebens zum Höhepunkt.

»Trink mein Blut«, befahl sie ihm, als sein Glied zuckte und sich sein heißer Samen pulsierend über ihre Schenkel ergoss. »Tu es, John. *Jetzt.*«

Das musste sie nicht zweimal sagen. Er war gefesselt von der tiefroten Perle, die sich auf ihrer Haut bildete und langsam an der weißen Seite ihrer Brust hinunter rann. Er verfolgte die Spur mit der Zungenspitze in entgegengesetzter Richtung, bis er wieder bei ihrer Brustspitze anlangte …

Sein gesamter Körper bebte, als er ihren Geschmack

in sich aufnahm, und ein weiterer heftiger Orgasmus ließ ihn erzittern. Sein Samen verteilte sich auf ihrer Haut. Xhex' Blut schmeckte kräftig und berauschend in seinem Mund und ließ ihn schon beim ersten Schluck süchtig werden. Sie war das Ziel einer langen Reise, das er nie wieder verlassen wollte, nachdem er endlich dort angekommen war. Als er genoss, was er sich genommen hatte, meinte er, sie zufrieden lachen zu hören, aber dann verlor er sich ganz in dem, was sie ihm gab.

Seine Zunge rieb über ihre Brustspitze und den Schnitt zugleich, und dann bildeten seine Lippen einen Kelch, und er saugte an ihr und nahm ihren dunklen Lebenssaft in sich auf. Die Kommunion mit Xhex war alles, was er sich jemals gewünscht hatte. Und jetzt, wo er sich von ihr nährte, überkam ihn eine große Freude, und er spürte die Energie, die aus ihrem Blut auf ihn überging.

John wollte ihr etwas zurückgeben und führte seinen Arm nach unten, so dass seine Hand über ihre Hüfte strich und sich zwischen ihre Oberschenkel tastete. Er folgte der Spur der Muskeln und gelangte zum Kern ihrer Weiblichkeit … Oh Gott! Sie war so feucht und verdammt heiß, bereit und begierig, ihn zu empfangen. Und da er keine Ahnung von der weiblichen Anatomie hatte, ließ er sich von ihrem Stöhnen und Zucken leiten und entdeckte auf diese Weise, wo und wie er sie mit seinen Fingern berühren musste, um ihr Lust zu bereiten.

Es dauerte nicht lange, bis das, was er berührte, so feucht war wie das, an dem er rieb, und dies war der Moment, in dem er seinen Mittelfinger tief in sie hineingleiten ließ. Mit seinem Daumen massierte er das Zentrum ihrer Lust und fand einen Rhythmus, der genau seinen Saugbewegungen an ihrer Brust entsprach.

Damit brachte er sie an den Rand der Ekstase, nahm sie mit sich, gab ihr so viel zurück, wie er von ihr erhalten hatte. Dann aber spürte er, dass er noch mehr wollte. Er wollte in ihr sein, wenn sie kam. Erst dann würde er auf himmlische Art vollständig werden, sich endlich als Ganzes fühlen.

Das war der Trieb und das dringende Bedürfnis jedes gebundenen Vampirs, war, was er brauchte, um inneren Frieden zu finden.

John löste seine Lippen von ihrer Brust, nahm seine Hand von ihrem Geschlecht und änderte seine Position, so dass sein glänzendes Glied über ihren geöffneten Schenkeln aufragte. Er blickte ihr in diesem leidenschaftlichen Moment tief in die Augen und strich über ihr kurzes Haar und das Gesicht. Schließlich senkte er langsam den Kopf …

»Nein«, sagte sie. »So war das nicht gemeint.«

John Matthew fuhr in die Höhe. Die Fantasie des Traums war zerstört, seine Brust von eisigen Bändern der Qual umklammert.

Angewidert nahm er die Hand von seinem Glied – nicht, dass es noch steif gewesen wäre. Sein Schwanz war eindeutig geschrumpft, trotz des Orgasmus, der in Kürze wieder Samenflüssigkeit aus der Spitze seines Schwanzes hätte schießen lassen.

So war das nicht gemeint.

Im Gegensatz zu seinem Traum, der sich nur in seinem Kopf abgespielt hatte, waren diese Worte real, denn Xhex hatte sie wirklich zu ihm gesagt – und zwar in genau demselben Zusammenhang.

Als er an seinem nackten Körper hinuntersah, waren die Spuren all der Orgasmen, die er gehabt hatte, und all der Orgasmen, die nur in seiner Einbildung auf ihr gelandet waren, über seinen gesamten Bauch und die Laken verteilt.

Dieser Anblick machte ihm mehr als alles andere deutlich, dass er *allein* war.

Er warf einen Blick auf die Uhr und stellte fest, dass er seinen Wecker überhört und verschlafen hatte. Wahrscheinlich hatte er ihn aber erst gar nicht gestellt. Ein Vorteil von Schlafstörungen war, dass man sein Handy nicht so oft aufladen musste, weil man die Schlummertaste zu oft hintereinander gedrückt hatte.

In der Dusche wusch er sich schnell. Er begann mit seinem Glied. Er hasste das, was er im Halbschlaf getan hatte. Angesichts der Situation, in der er sich befand, fühlte es sich total falsch an, sich einen herunterzuholen. Und von nun an würde er in seinen Jeans schlafen, falls nötig.

Obwohl, so wie er seine Hand kannte, wäre sie wahrscheinlich am Ende doch hinter der Knopfleiste gelandet.

Verdammte Scheiße! Er würde einfach seine Handgelenke am verdammten Kopfteil seines Betts anketten.

Nachdem er sich rasiert hatte, was wie das Zähneputzen zur alltäglichen Routine gehörte und nicht aus Eitelkeit geschah, stützte er sich mit den Händen an der Marmorwand ab und ließ das Wasser aus der Hauptdüse auf seinen Körper prasseln.

Lesser waren impotent. *Lesser* … waren impotent.

Er ließ seinen Kopf hängen und spürte, wie der heiße Wasserstrahl über seinen Hinterkopf lief.

Sex weckte bei ihm oft Erinnerungen an ein beschissenes Erlebnis aus seiner Vergangenheit. Und als das Bild eines schmuddeligen Treppenhauses vor seinem inneren Auge erschien, öffnete er die Augen und zwang sich, wieder an die Gegenwart zu denken. Was übrigens auch nicht viel besser war.

Er hätte das, was man ihm angetan hatte, gerne noch tausendmal durchgemacht, wenn er dadurch Xhex vor solch einer Misshandlung retten könnte.

Oh Gott …

Lesser waren impotent. Das war schon immer so.

Wie ein Zombie trat er aus der Dusche, trocknete sich ab und ging dann ins Schlafzimmer, um sich anzuziehen. Gerade als er in seine Lederhose schlüpfte, klingelte das Telefon, und er griff nach seiner Jacke, um das Ding herauszuholen.

Als er es aufklappte, entdeckte er eine SMS von Trez.

Da stand nur: *St. Francis Avenue 189, heute um 10.*

Als er das Handy wieder zuklappte, klopfte sein Herz wie wild. Ein Riss in Lashs Fundament … er suchte nur nach einem winzigen Riss in Lashs Welt, einem Spalt, nach etwas, wo er sich hindurchzwängen könnte, um das ganze verdammte Ding in die Luft zu jagen.

Es konnte gut sein, dass Xhex bereits tot war, und diese neue Realität ohne sie könnte für ihn die Ewigkeit bedeuten. Aber das hieß nicht, dass er sie nicht rächen konnte.

Er ging ins Bad, schnallte sich sein Schulterholster um, steckte seine Waffen ein, schnappte sich seine Jacke und trat dann auf den Flur hinaus. Er hielt kurz inne und dachte an all die Leute, die sich gleich unten versammeln würden … und daran, wie spät es war. Die Rollläden waren immer noch geschlossen.

Anstatt nach links zur großen Freitreppe und der Eingangshalle ging er nach rechts … und zwar leise, trotz der schweren Stiefel, die er trug.

Blaylock verließ sein Zimmer kurz vor sechs, weil er kurz nach John sehen wollte. Üblicherweise klopfte der Kerl so um die Essenszeit an, was diesmal nicht geschehen war. Das bedeutete entweder, dass er tot oder stockbesoffen war.

Blay blieb vor Johns Zimmertür stehen und lauschte. Auf der anderen Seite regte sich nichts.

Nachdem John nicht auf sein leises Klopfen reagierte,

fluchte er laut und öffnete einfach die Tür. Mann, das Zimmer sah aus, als ob ein Sturm hindurchgetobt wäre. Überall lagen Klamotten herum, und das Bett sah aus, als ob darin ein Stockcarrennen stattgefunden hätte.

»Ist er da?«

Der Klang von Qhuinns Stimme ließ Blay erstarren, und er musste sich davon abhalten, sich umzudrehen. Dafür gab es keinen Anlass. Er wusste, dass sein Kumpel eine Lederhose und irgendein T-Shirt mit Sid Vicious, den Nine Inch Nails oder Slipknot darauf trug. Und dass er frisch und sehr glatt rasiert und seine Igelfrisur von der Dusche noch feucht war.

Blay ging in Johns Zimmer hinein und auf das Bad zu und schätzte, dass diese Frage durch sein Verhalten ausreichend beantwortet wurde. »John? Wo bist du, John?«

Als er ins Bad kam, war die Luft noch feucht, und es duftete nach der Ivory-Seife, die John normalerweise benutzte. Ein nasses Handtuch lag auf dem Waschtisch.

Als Blay sich umdrehte, um das Bad zu verlassen, prallte er voll gegen Qhuinns Brust.

Der Aufprall war so heftig wie bei einem Zusammenstoß mit einem Auto, und sein bester Freund griff nach ihm, um ihn zu stabilisieren.

Oh nein, bloß nicht anfassen!

Blay trat schnell einen Schritt zurück und sah sich im Schlafzimmer um. »Entschuldige.« Darauf folgte eine merkwürdige Pause. »Er ist nicht da.«

Ach nee!

Qhuinn lehnte sich zur Seite und brachte sein Gesicht, dieses gut aussehende Gesicht, in Blays Gesichtsfeld. Als er sich wieder aufrichtete, folgten ihm Blays Augen. Sie konnten einfach nicht anders.

»Du siehst mich nicht mehr an.«

Nein, tat er nicht. »Klar, mach ich doch gerade.«

In einem verzweifelten Versuch, von den blau-grünen Augen wegzukommen, ging er zum Handtuch hinüber. Er knüllte es zusammen und pfefferte es in den Wäscheschacht. Das half ein bisschen. Vor allem, als er sich vorstellte, dass es sein eigener Kopf wäre, den er durch das Loch quetschte.

Blay war etwas ruhiger, als er sich wieder umdrehte. Selbst dann noch, als sich ihre Blicke trafen. »Ich gehe jetzt zum Essen runter.«

Er war ziemlich stolz auf sich, als er an Qhuinn vorbeiging …

Qhuinns Hand schoss vor und packte ihn am Unterarm, so dass er auf der Stelle stehen blieb.

»Wir haben ein Problem, du und ich.«

»Haben wir.« Das war keine Frage. Denn das war eine Unterhaltung, die er nicht unbedingt führen wollte.

»Was zum Teufel ist mit dir los?«

Blay blinzelte. Was mit *ihm* nicht stimmte? Er war schließlich nicht derjenige, der alles fickte, was ein Loch hatte.

Nein, er war der erbärmliche Idiot, der sich nach seinem besten Freund verzehrte. Und deshalb zählte er nun zur Kategorie der sentimentalen Trottel. Wenn er nur noch ein kleines bisschen näher am Wasser gebaut wäre, müsste er ständig ein Taschentuch in seinem Ärmel haben, um seine Tränen zu trocknen.

Leider war sein Wutausbruch schnell wieder verklungen. Stattdessen empfand er nur noch eine innere Leere.

»Nichts. Alles in Ordnung.«

»Erzähl mir keinen Scheiß!«

Okay, das war nicht fair. Das Thema hatten sie schon einmal besprochen, und Qhuinn mochte vielleicht eine männliche Schlampe sein, aber sein Gedächtnis funktionierte einwandfrei.

»Qhuinn …« Blay fuhr sich mit der Hand durchs Haar. Wie aufs Stichwort schoss ihm irgendeine alte Schnulze über unerfüllte Liebe durch den Kopf …

Blay musste lachen.

»Was ist so lustig?«

»Kann man kastriert werden, ohne es zu bemerken?«

Jetzt war es Qhuinn, der blinzelte. »Nein, es sei denn, man ist stockbesoffen.«

»Also ich bin nüchtern. Total nüchtern. Wie immer.« Aber vielleicht sollte er es John gleichtun und sich öfters einen hinter die Binde kippen. »Aber ich glaube, das werde ich jetzt ändern. Bitte entschuldige mich …«

»Blay …«

»Nein, dein ›Blay‹ kannst du dir sparen.« Er hielt seinem besten Freund den Zeigefinger vors Gesicht. »Mach, was du willst. Das kannst du eh am besten. Aber lass mich in Frieden.«

Er ging hinaus, mit wirren Gedanken im Kopf, aber seine Füße gehorchten ihm gnädigerweise.

Er ging durch den Flur zur großen Freitreppe, vorbei an den griechisch-römischen Meisterwerken, und ließ seine Augen über die männlichen Körper der Statuen wandern. Natürlich hatte in seiner Fantasie jede Statue Qhuinns Gesicht …

»Du musst nichts ändern.« Qhuinn war direkt hinter ihm, und die Worte kamen entsprechend leise.

Blay erreichte das obere Ende der Treppe und sah nach unten. Die große, prächtige Eingangshalle vor ihm war wie ein Geschenk, das man mit seinem Körper öffnete, wenn man eintrat, und jeder Schritt vorwärts brachte einen tiefer in eine visuelle Umarmung aus Farbe und Gold.

Der perfekte Ort für eine Vereinigungszeremonie, dachte er aus keinem bestimmten Grund.

»Komm schon, Blay. Nichts hat sich verändert.«

Er blickte über seine Schulter. Qhuinns Augenbrauen waren zusammengezogen, sein Blick grimmig. Es war offensichtlich, dass er noch mehr sagen wollte, aber für Blay war die Unterhaltung beendet.

Er begann, schnell die Treppe hinabzusteigen.

Und war gar nicht überrascht, als Qhuinn mit ihm Schritt hielt – und die Unterhaltung fortsetzte. »Was zum Teufel soll das alles bedeuten?«

Na wunderbar, als ob er das im Speisezimmer vor allen Leuten breittreten wollte. Qhuinn hatte natürlich keine Probleme mit Publikum, egal, was er tat. Aber Blay fand Zuschauer bei dieser Sache nicht im Geringsten hilfreich.

Er ging wieder zwei Stufen hinauf, bis sie sich von Angesicht zu Angesicht gegenüberstanden. »Wie war ihr Name?«

Qhuinn zuckte zurück. »Wie bitte?«

»Der Name der Frau am Empfang.«

»An welchem Empfang?«

»Gestern Abend im Tattoostudio.«

Qhuinn rollte die Augen. »Jetzt komm aber …«

»Ihr Name.«

»Herrgott nochmal, ich habe keine Ahnung.« Qhuinn zuckte die Schultern. *Was soll's.* »Warum ist das wichtig?«

Blay öffnete den Mund und war kurz davor, preiszugeben, dass das, was Qhuinn nichts bedeutet hatte, für ihn kaum mit anzusehen gewesen war. Aber ihm war klar, dass das besitzergreifend und dumm klingen würde.

Anstatt zu sprechen, fasste er in seine Jackentasche und zog seine Dunhills heraus. Er klemmte sich eine davon zwischen die Lippen und zündete sie an, während er in die verschiedenfarbigen Augen starrte.

»Ich hasse es, dass du rauchst«, murrte Qhuinn.

»Finde dich damit ab!«, sagte Blay, drehte sich um und ging nach unten.

11

»Wohin des Wegs, John?«

Unten im Hauswirtschaftsraum an der Rückseite des Hauses griff John gerade nach der Klinke einer der Türen, die in die Garage hinausführten, als er die Stimme hörte und erstarrte. Verdammt nochmal … man würde meinen, dass man ein Haus dieser Größe auch einmal verlassen konnte, ohne dass man dabei beobachtet wurde. Aber nein! Überall waren Augen, und Meinungen sowieso.

In dieser Hinsicht war es fast wie im Waisenhaus.

John drehte sich um und stand Zsadist gegenüber. Der Bruder hatte eine Serviette in der einen und ein Babyfläschchen in der anderen Hand. Offensichtlich war er gerade erst vom Esstisch aufgestanden und durch die Küche hereingekommen. Tja, und wer kam als Nächster zur Tür herein? Qhuinn. Und der hielt einen halbaufgegessenen Truthahnschenkel so fest in der Hand, als ob das seine letzte Nahrungsquelle für die nächsten zehn Stunden sein würde.

Als sich dann auch noch Blay dazugesellte, wurde das Ganze zu einem verdammten Klassentreffen.

Z deutete mit dem Kopf auf Johns Hand, die auf dem Türgriff lag, und irgendwie gelang es ihm, trotz der Babysachen in der Hand wie ein Serienmörder auszusehen. Das musste wohl an der Narbe in seinem Gesicht liegen. Oder vielleicht eher an den Augen, die nachtschwarz leuchteten.

»Ich habe dir eine Frage gestellt, Junge.«

Ich bringe gerade den beschissenen Müll raus.

»Und wo ist der Abfalleimer?«

Qhuinn verdrückte den Rest seines Abendessens und schlenderte dann zu den Mülltonnen hinüber, um den abgenagten Knochen hineinzuwerfen. »Na, John. Willst du die Frage nicht beantworten?«

Nein, das wollte er verdammt nochmal nicht.

Ich bin dann mal weg, gestikulierte er.

Z lehnte sich nach vorne und legte eine Hand auf die Tür, die Serviette hing dabei wie eine Fahne nach unten. »Du bist jetzt jede Nacht immer etwas früher aufgebrochen, aber damit ist nun Schluss. So früh kann ich dich nicht gehen lassen. Du würdest vom Tageslicht knusprig gegrillt werden wie ein Hähnchen. Und noch eines: Wenn du dich jemals wieder ohne deinen Leibwächter hinausschleichst, wird Wrath deinen Kopf als Hammer benutzen, ist das klar?«

»Herrgott nochmal, John!«, knurrte Qhuinn voller Entrüstung und blickte so finster drein, als ob jemand mit seinem Bettlaken das Badezimmer aufgewischt hätte. »Ich habe dich nie aufgehalten. Niemals. Und jetzt hintergehst du mich so?«

John starrte auf eine Stelle irgendwo über Zs linkem Ohr. Er war versucht, zu gestikulieren, dass er sehr wohl wusste, wie sich der Bruder auf der Suche nach Bella selbst in einen Wilden verwandelt und alle möglichen verrückten Dinge angestellt hatte. Aber das Thema der Entführung von Zs *Shellan* wirkte auf den Bruder wie ein rotes Tuch auf einen Stier.

Zs Stimme wurde leiser. »Was geht ab, John?«

John schwieg weiterhin.

»John.« Z lehnte sich noch weiter nach vorne. »Wenn's sein muss, werde ich eine Antwort aus dir herausprügeln.«

Habe mich nur in der Zeit vertan. Die Ausrede war wirklich beschissen. Denn wenn das die Wahrheit wäre, hätte er einfach zur Vordertür hinausgehen können, anstatt seine Spuren mit der Müllgeschichte zu verwischen. Aber es war ihm ehrlich gesagt auch scheißegal.

»Das kaufe ich dir nicht ab.« Z richtete sich auf und sah auf die Uhr. »Und du gehst nicht, bevor weitere zehn Minuten vergangen sind.«

John verschränkte die Arme vor der Brust und gab keinen Kommentar dazu ab, dass man ihn nicht gehen ließ. Als die Titelmelodie von *Jeopardy!* in seinem Kopf erklang, hatte er das Gefühl, er würde gleich explodieren.

Zs starrer Blick machte das Ganze auch nicht besser.

Zehn Minuten später konnte man hören, wie im ganzen Haus die Rollläden hochgezogen wurden, und Z deutete mit dem Kopf auf die Tür. »Okay, jetzt kannst du gehen, wenn du willst. Wenigstens wirst du jetzt nicht mehr bei lebendigem Leibe geröstet.« John wandte sich ab. »Und wenn ich dich wieder ohne deinen *Ahstrux nohtrum* erwische, wird das Konsequenzen haben.«

Qhuinn fluchte. »Ja, und dann werde ich gefeuert. Was bedeutet, dass V meinen Arsch mit seinem Dolch bearbeiten wird. Echt toll!«

John griff nach der Türklinke, riss die Tür auf und ging schnell hinaus. Er fühlte sich nicht wohl in seiner Haut.

Er wollte keine Schwierigkeiten mit Z, da er den Bruder respektierte. Aber er war einfach verdammt geladen, und wie es aussah, würde es in absehbarer Zeit nur noch schlimmer werden.

In der Garage bog er nach links ab und ging auf die Außentür an der hinteren Wand zu. Dabei versuchte er, die zahlreichen Särge zu ignorieren, die in Stapeln auf der anderen Seite herumstanden. Nein, im Moment konnte er nicht mal das Bild eines Exemplars davon in seinem Kopf gebrauchen, geschweige denn von … Sechzehn? Egal!

Er öffnete die Stahltür und trat auf den Rasen hinaus, der den leeren Swimmingpool einfasste, und spazierte dann hinunter zum Waldrand und zur Böschungsmauer. Er wusste, dass Qhuinn direkt hinter ihm war, denn seine Missbilligung war förmlich zu riechen und verpestete die frische Luft wie Schimmel die Luft in einem Keller. Und der Duft nach Eau de Cologne ließ darauf schließen, dass Blay ebenfalls mit von der Partie war.

Gerade, als John sich dematerialisieren wollte, wurde er am Arm gepackt. Er fuhr herum, um Qhuinn zu sagen, dass er sich zum Teufel scheren sollte, hielt dann aber inne.

Es war Blay, der ihn festhielt, und die Augen des Rotschopfs blitzten verärgert.

Anstatt zu sprechen, gestikulierte Blay – wahrscheinlich weil John so gezwungen war, ihm seine volle Aufmerksamkeit zu schenken.

Du willst dich also umbringen lassen, fein. Ich bin gerade dabei, mich mit dieser Tatsache abzufinden. Aber wenn du dadurch andere in Gefahr bringst, kann ich das nicht akzeptieren. Geh ja nie mehr aus, ohne Qhuinn Bescheid zu sagen!

John blickte über Blays Schulter zu Qhuinn, der aussah, als ob er vor lauter Frustration in etwas hineinschlagen wollte. Aha! Deshalb also hatte Blay gestikuliert. Er wollte nicht, dass der Dritte in ihrem zerrütteten Bund mitbekam, was er zu sagen hatte.

Ist das klar?, gestikulierte Blay.

Es kam sehr selten vor, dass Blay seine Meinung äußerte. Und deshalb machte John sich die Mühe, es zu erklären.

Ich kann nicht versprechen, dass ich mich nicht doch davonschleichen werde, gestikulierte er. *Das kann ich einfach nicht. Aber ich schwöre, dass ich es ihn wissen lassen werde. So kann er zumindest aus dem Haus gehen.*

John …

Er schüttelte den Kopf und drückte Blays Arm. *Ich kann das einfach niemandem versprechen. Nicht bei dem, was ich vorhabe. Aber ich werde nicht gehen, ohne ihm zu sagen, wohin ich gehe oder wann ich wieder zurück sein werde.*

Blays Kiefer mahlten, als er fest die Zähne zusammenbiss und dann den Mund wieder öffnete. Aber er war nicht dumm und erkannte, wann etwas nicht verhandelbar war. *Okay, damit kann ich leben.*

»Darf ich auch wissen, was los ist?«, verlangte Qhuinn.

John trat einen Schritt zurück und gestikulierte: *Wir gehen bis 10 Uhr in den* Xtreme Park. *Und dann gehen wir in die St. Francis Avenue. Trez hat mir eine SMS geschickt.*

Er dematerialisierte sich, reiste Richtung Südwesten und materialisierte sich dann wieder hinter dem Schuppen, indem sie die letzte Nacht herumgehangen hatten. Als seine beiden Begleiter hinter ihm auftauchten, ignorierte er die Spannung, die in der Luft lag.

Er sah sich auf dem Betonplatz um und verfolgte die verschiedenen Akteure mit seinen Blicken. Der junge Typ stand immer noch direkt im Mittelpunkt des Geschehens, lehnte sich gegen eine der Rampen und spielte so mit seinem Feuerzeug herum, dass es Funken schlug, aber nicht zündete. Auf dem Platz tummelte sich ein halbes Dutzend Skater, und ein weiteres Dutzend unterhielt sich und drehte an den Rollen ihrer Skateboards. Sieben Autos standen auf dem Parkplatz, und als die Polizei langsam vorbeirollte, hatte John das Gefühl, dass sie hier nur ihre Zeit verschwendeten.

Vielleicht hätten sie mehr Erfolg, wenn sie weiter in die Innenstadt vordringen und die Gassen abklappern würden …

Der Lexus, der gerade auf den Platz fuhr, parkte nicht in einer der Buchten, sondern blieb an der Straße hinter den Stoßstangen der sieben Autos stehen. Aus dem Wagen stieg ein Kerl, der mit seinen sackartigen Jeans und dem Cowboyhut wie ein Highschool-Schüler aussah.

Aber die Brise, die zu ihnen herüberwehte, sprach eine deutliche Sprache. Talkum. Süßliche Verwesung.

Und … Old Spice?

John richtete sich auf, sein Herz klopfte aufgeregt. Sein erster Gedanke war, aus seinem Versteck hervorzuspringen und sich auf den Kerl zu stürzen, aber Qhuinn packte seinen Arm und hielt ihn zurück.

»Warte noch etwas«, sagte er. »Lass uns lieber herausfinden, was Sache ist.«

John wusste, dass sein Kumpel Recht hatte. Deshalb zog er seine innere Handbremse und beschäftigte sich damit, die Zulassungsnummer des verchromten LS 600h auswendig zu lernen.

Die anderen Türen der Limousine gingen auf, und drei weitere Typen stiegen aus. Sie waren nicht so blass, wie wirklich alte *Lesser* es wurden, aber sie waren ein blasser Schatten des weißen Jungen und stanken ebenfalls zum Himmel.

Mann, dieser Geruch war kaum auszuhalten!

Einer der Vampirjäger blieb zurück, um das Auto zu

bewachen, während die anderen beiden sich dem kleinen Cowboy anschlossen und ihm folgten. Als sie den Betonplatz betraten, waren sämtliche Augen im Park auf sie gerichtet.

Der Junge bei der mittleren Rampe richtete sich auf und steckte sein Feuerzeug in die Tasche.

»Verdammt! Wir hätten mit dem Auto herkommen sollen«, flüsterte Qhuinn.

Wohl wahr. Ohne Wagen würden sie den Lexus nur verfolgen können, wenn sich in der Nähe ein Wolkenkratzer befand, von dessen Dach aus sie die Gegend überblicken konnten.

Der Dealer verharrte bewegungslos, als sie auf ihn zugingen, und schien von dem Besuch nicht überrascht zu sein. Es musste sich also um ein arrangiertes Treffen handeln.

Und was sagte man dazu! Nach einer kurzen Unterhaltung nahmen die Jäger den Kerl in die Mitte, und sie gingen alle gemeinsam zur Limousine zurück. Bis auf einen der *Lesser* stiegen alle ins Auto.

Nun mussten sie schnell eine Entscheidung treffen: Sollten sie ein Auto knacken und damit die Verfolgung aufnehmen? Oder sollten sie sich auf der Motorhaube des verdammten Lexus materialisieren und sie direkt angehen? Das Problem war, dass beide Aktionen den Frieden stark gefährden würden – und außerdem waren sie nur in der Lage, die Erinnerungen einer Gruppe von rund zwanzig Leuten zu löschen.

»Ich glaube, einer von ihnen bleibt zurück«, murmelte Qhuinn.

Den Lexus davonfahren zu lassen, war das Härteste, was John jemals getan hatte. Aber Tatsache war, dass diese Bastarde gerade einen der führenden Dealer des Gebiets abgeholt hatten – daher würden sie wieder zurückkommen. Und sie hatten einen *Lesser* zurückgelassen.

Es gab also genug, was ihn und seine Jungs beschäftigt halten würde.

John beobachtete, wie der Jäger in den Park ging. Im Gegensatz zu dem Jungen, dessen Platz er einnahm, war er ein Herumtreiber, der sein Territorium abschritt und sämtliche auf ihn gerichteten Blicke erwiderte. Er jagte den Skatern eindeutig Angst ein, und einige von ihnen, die in der Nacht zuvor bei dem Jungen eingekauft hatten, zogen ab. Aber nicht alle waren misstrauisch … oder nüchtern genug, um sich Gedanken zu machen.

Ein leises, klopfendes Geräusch ließ John an sich hinunterblicken. Sein Fuß trommelte ungeduldig auf den Boden, fast so schnell wie der eines Kaninchens.

Nein, er würde es nicht vermasseln. Er wartete hinter dem Schuppen … und wartete … und wartete.

Der Wichser benötigte für seinen Rundgang fast eine ganze Stunde, aber als seine Visage schließlich in Reichweite kam, hatte sich das lange Fußklopfen gelohnt.

Mit einem schnellen Schlag seiner Willenskraft löschte John die nächstgelegene Straßenlampe, um ihnen etwas Privatsphäre zu verschaffen. Als der Bastard nach oben sah, trat John hinter dem Schuppen hervor.

Der Kopf des *Lesser* schwang herum, und er erkannte offensichtlich, dass gerade der Krieg zu Besuch gekommen war: Der Hurensohn lächelte und griff mit der Hand in seine Jacke.

John machte sich keine Sorgen darüber, dass er den Kampf sofort eröffnen würde. Eine der Angriffsregeln besagte nämlich, dass Kämpfe nicht vor menschlichem Publikum ausgetragen wurden …

Der *Lesser* zog einen Selbstlader und feuerte schnell zweimal hintereinander. Jeder der Schüsse erzeugte einen lauten Knall, der im ganzen Park zu hören war.

John ging mit einem Hechtsprung in Deckung. Seine

lauten Flüche schienen ihm zusätzlich Geschwindigkeit zu verleihen. Und dann kamen noch mehr Kugeln geflogen, deren Blei vom Beton abprallte, und Menschen schrien und brachen in Panik aus.

Hinter dem Schuppen rammte John seinen Rücken gegen die Holzwand und zog seine eigene Waffe. Als sich Blay und Qhuinn zu ihm gesellten, erkundigten sie sich in einer kurzen Feuerpause, ob es Verletzte gab.

Was zum Teufel denkt der sich eigentlich?, gestikulierte Qhuinn. *Steht wohl auf Publikum, was?*

Schwere Schritte kamen näher, und dann konnten sie hören, wie das Magazin der Waffe mit einem Klicken ausgewechselt wurde. John warf einen Blick auf die Schuppentür. Das Vorhängeschloss an einer Kette war ein Geschenk des Himmels. John berührte das Schloss kurz mit der Hand, öffnete es kraft seines Willens und löste es von der Kette.

Geht um die nächste Ecke, wies John seine Kumpel an, *und Qhuinn, du spielst den Verwundeten.*

Zur Hölle, nein!

John richtete die Mündung seiner Pistole auf Qhuinn.

Als sein Kumpel zurückwich, starrte John fest in dessen blau-grüne Augen. Diesmal würde es nach Johns Willen ablaufen: Er würde sich eigenhändig um den Jäger kümmern. Ende der Debatte.

Fick dich!, formte Qhuinn mit den Lippen, bevor er und Blay sich dematerialisierten.

Mit einem lauten Stöhnen ließ John sich hart zur Seite fallen. Sein Körper ging zu Boden wie ein Sack Zement. Er rollte sich auf den Bauch und hielt seine SIG immer noch entsichert unter der Brust bereit.

Die Schritte kamen näher. Ebenso das leise Lachen, als ob sich der *Lesser* gerade großartig amüsierte.

Als Lash von seinem Vater zurückkehrte, materialisierte er sich im Schlafzimmer neben dem Raum, in dem Xhex eingesperrt war. Obwohl er sie unbedingt sehen wollte, hielt er sich von ihr fern. Jedes Mal, wenn er aus dem *Dhunhd* zurückkam, war er eine halbe Stunde lang nicht zu gebrauchen. Und er war nicht so dumm, ihr eine Gelegenheit zu bieten, ihn zu töten.

Denn das würde sie. Reizend, nicht wahr?

Er legte sich auf das Bett und schloss die Augen. Sein Körper war kalt, und als er tief einatmete, hatte er das Gefühl, wie ein Stück Rindfleisch aufzutauen. Nicht, dass es auf der anderen Seite kalt wäre. Tatsächlich waren die Unterkünfte seines Vaters angenehm warm und gut eingerichtet – vorausgesetzt, man stand auf Kitsch.

Sein alter Herr hatte fast keine Möbel, aber mehr als reichlich Kandelaber.

Sein Frösteln hatte wahrscheinlich etwas mit dem Sprung zurück in diese Realität zu tun, und jedes Mal, wenn er auf diese Seite zurückkehrte, fiel es ihm schwerer, wieder auf die Füße zu kommen.

Die gute Neuigkeit war, dass er künftig wohl nicht mehr so häufig hinübergehen musste. Nun, da er alle Tricks erforscht und gemeistert hatte, war das wirklich nicht mehr nötig, und ehrlich gesagt war Omega auch nicht gerade die anregendste Gesellschaft.

Bei ihm drehte sich alles immer nur um ihn selbst. Auch wenn dieses Verlangen nach Ego-Streicheln von einem zugegebenermaßen mächtigen, bösen Arschloch stammte, das zufällig der eigene Vater war, wurde es schnell langweilig.

Außerdem war das Liebesleben seines Vaters überaus beunruhigend.

Lash hatte keine Ahnung, was diese verdammten Dinger in seinem Bett waren. Schwarze Untiere wahrscheinlich, aber ihr Geschlecht war genauso wenig erkennbar wie ihre Spezies, und die Art und Weise, wie sie sich bewegten, war gruselig. Außerdem waren sie immer auf der Suche nach einem Fick, selbst wenn sie Gesellschaft hatten.

Und sein Vater sagte nie Nein.

Als ein Piepton zu hören war, griff Lash in sein Jackett und nahm sein Telefon heraus.

Es war eine SMS von Mr D: *Bin auf dem Weg. Habe den Jungen dabei.*

Lash sah auf die Uhr und schreckte hoch. Es konnte doch noch nicht so spät sein! Er war vor zwei Stunden zurückgekommen – wie hatte er nur so sehr vom Kurs abkommen können?

Als er sich aufsetzte, spielte sein Magen verrückt, und er brauchte mehr Kraft als üblich, um seine Hände zu heben und sich über das Gesicht zu reiben. Das Gewicht seines Körpers in Kombination mit seinen Schmerzen erinnerte ihn an eine Zeit, als er Erkältungen oder die Grippe bekommen hatte. Das hatte sich genauso angefühlt. War es vielleicht möglich, dass er krank wurde?

Er fragte sich, ob es dagegen vielleicht ein Medikament für seinesgleichen gab.

Wahrscheinlich nicht.

Er ließ den Arm in seinen Schoß fallen und blickte zum Bad hinüber. Die Dusche schien kilometerweit entfernt und nicht der Mühe wert zu sein.

Es dauerte weitere zehn Minuten, bis es ihm gelang, die Trägheit von sich abzuschütteln. Und als er endlich auf die Füße kam, streckte er sich ausgiebig, um sein schwarzes Blut wieder in Schwung zu bringen. Das Bad war nun nicht mehr kilometerweit, sondern nur noch einige Meter entfernt, und mit jedem Schritt fühlte er sich stärker. Als er hinüberging, um das heiße Wasser aufzudrehen, bewunderte er sich im Spiegel und begutachtete seine Schrammen. Die meisten der Kratzer, die von letzter Nacht stammten, waren verschwunden. Aber er wusste, er würde bald neue bekommen …

Lash runzelte die Stirn und hob seinen Arm. Die Wunde an der Innenseite seines Unterarms war größer anstatt kleiner geworden.

Als er sie mit dem Finger abtastete, tat es nicht weh, aber das Ding sah echt übel aus: eine flache, offene Wunde, die in der Mitte grau war und einen schwarzen Rand hatte.

Sein erster Gedanke war, dass er zu Havers gehen sollte … aber das war lächerlich und ein Überbleibsel aus seinem alten Leben. Was würde wohl geschehen, wenn er in der Klinik auftauchen und fragen würde, ob sie ihn nicht dazwischenschieben könnten …

Außerdem hatte er keine Ahnung, wohin sie die verdammte Klinik verlegt hatten. Das war das Problem bei einem erfolgreichen Überfall: Das Ziel nahm die Bedrohung ernst und ging in den Untergrund.

Als er unter den warmen Wasserstrahl trat, schrubbte er die Stelle vorsichtig mit Seife. Das sollte eigentlich gegen eine Entzündung helfen. Und dann dachte er über andere Dinge nach.

Eine aufregende Nacht lag vor ihm: zuerst die Initiation um acht Uhr, dann das Treffen mit Benloise um zehn Uhr.

Und anschließend eine heiße Nummer mit Xhex.

Als er aus der Dusche kam, trocknete er sich ab und untersuchte die Wunde. Das verdammte Ding hatte die Behandlung mit Seife anscheinend schlecht vertragen, denn nun nässte eine schwarze Flüssigkeit die Oberfläche.

Na toll! Das Zeug war sicher nicht leicht aus seinen weißen Seidenhemden herauszubekommen.

Er klebte ein Wundpflaster von der Größe einer Karteikarte auf die Wunde und überlegte, ob er und seine Freundin es heute Nacht etwas sanfter angehen lassen sollten.

Zur Abwechslung würde er sie diesmal fesseln.

In Windeseile schlüpfte er in einen Anzug von Zegna und machte sich dann auf den Weg. Als er an der Tür des Hauptschlafzimmers vorbeikam, blieb er kurz stehen und ballte die Hand zur Faust. Er klopfte damit an das Holz der Tür – laut genug, um Tote aufzuwecken – und lächelte.

»Ich bin bald zurück und bringe Ketten mit.«

Er wartete auf Antwort. Als keine kam, griff er an den Knauf und horchte an der Tür. Ihr gleichmäßiger Atem war so leise wie ein Lufthauch, aber er war zu hören. Sie lebte. Und würde immer noch am Leben sein, wenn er zurückkam.

Mit erheblicher Selbstkontrolle ließ er den Türknauf los. Wenn er die Türe jetzt öffnete, würde er noch ein paar Stunden verlieren, und sein Vater wartete nicht gerne.

Unten in der Küche versuchte er, ein paar Bissen zu essen, brachte aber nichts hinunter. Die Kaffeemaschine hatte sich dank Timer bereits vor zwei Stunden eingeschaltet, und der Inhalt der Kanne sah entsprechend aus: wie Motoröl. Und im Kühlschrank fand er auch nichts, was seinem Geschmack entsprach, obwohl er sehr hungrig war.

Schließlich dematerialisierte sich Lash von der Küche aus mit leeren Händen und leerem Magen. Keine gute Kombination, um seine Stimmung zu heben, aber er wollte die Show nicht verpassen – wenn auch nur deshalb, weil er sehen wollte, was man bei seiner Initiation mit ihm gemacht hatte.

Das Farmhaus befand sich nordöstlich von seinem Domizil. Als er sich auf dem Rasen vor dem Haus materialisierte, wusste er, dass sein Vater schon hier war. Ein seltsames Zittern durchlief stets seinen Körper, wenn Omega in der Nähe war, wie ein Echo in einem geschlossenen Raum … Allerdings war er sich nicht sicher, ob er der Schall und sein Vater die Höhle war oder umgekehrt.

Die Vordertür war offen, und als er die Stufen zur Veranda hochstieg und den beschissenen kleinen Flur betrat, dachte er an seine eigene Initiation.

»Als du wirklich mein wurdest.«

Lash drehte sich um. Omega stand im Wohnzimmer, seine weißen Gewänder verdeckten sein Gesicht und seine Hände, und seine schwarze Energie sickerte aus ihm heraus auf den Boden wie ein dunkler Schatten, der von keinem Licht verursacht wurde.

»Bist du aufgeregt, mein Sohn?«

»Ja.« Lash blickte über seine Schulter zum Tisch im Speisezimmer. Der Eimer und die Messer, die auch bei ihm verwendet worden waren, standen bereit. Waren bereit und warteten.

Das knirschende Geräusch von Autoreifen auf Kies lenkten seinen Blick zur Tür. »Sie sind da.«

»Mein Sohn, ich möchte, dass du mir noch mehr bringst. Ich habe Hunger nach Neulingen.«

Lash ging zur Tür. »Kein Problem.«

In dieser Hinsicht waren sie völlig einer Meinung. Mehr Initiationen bedeuteten mehr Geld und mehr Kämpfe.

Omega trat hinter Lash, und er spürte ein leichtes Streicheln, als eine schwarze Hand seine Wirbelsäule hinabstrich. »Du bist ein guter Sohn.«

Für den Bruchteil einer Sekunde schmerzte Lashs dunkles Herz. Es war genau derselbe Satz, den der Vampir, der ihn aufgezogen hatte, von Zeit zu Zeit zu ihm gesagt hatte. »Danke.«

Mr D und die beiden anderen *Lesser* stiegen aus dem Lexus … und brachten den Menschen mit. Noch dämmerte dem kleinen Bastard nicht, dass er nur noch eine Jeans und ein T-Shirt davon entfernt war, das Opferlamm zu spielen. Aber in dem Moment, in dem er Omega erblickte, würde es ihm wie Schuppen von den Augen fallen.

12

Als John mit dem Gesicht nach unten auf dem Boden lag und die Schritte seines Feindes immer näher kamen, atmete er ein und bekam eine volle Ladung Dreck in die Nase. Sich tot zu stellen, war im Allgemeinen nicht die beste Idee, aber dieses Arschloch mit dem epileptischen Abzugsfinger gehörte sicher nicht zu jenen, die vorsichtig nachprüften, ob sie ihr Ziel auch wirklich getroffen hatten oder nicht.

Und es war auch nicht sehr schlau, inmitten eines öffentlichen Parks herumzuballern.

Hatte der Idiot noch nie von der Polizei von Caldwell gehört? Oder von der lokalen Zeitung, dem *Caldwell Courier Journal?*

Die Schritte stoppten, und der süße, Würgreiz verursachende Geruch, den *Lesser* verströmten, brachte ihn fast zum Kotzen. Schon komisch, wie Leben und Tod sich auf die Kehle auswirkten.

John spürte, wie etwas Stumpfes gegen seinen linken Arm stieß, als ob der Jäger mit seinem Stiefel prüfte, ob er schon reif fürs Leichenschauhaus war. Und dann, wie auf ein Stichwort, gab Qhuinn auf der anderen Seite des Schuppens ein leises, jämmerliches Stöhnen von sich.

Als ob er innerlich verbluten würde.

Die Stiefel streiften an Johns Körper entlang, als der Bastard vorwärtsging, um nach dem Stöhnenden zu sehen, und John riskierte vorsichtig einen Blick. Ganz nach Hollywood-Manier hielt der Jäger seine Waffe mit beiden Händen gerade vor sich und ließ die Mündung von einer Seite zur anderen schwingen, was eine tolle Show abgab, aber wenig wirksam war. Aber auch wenn er mit seinem theatralischen Gehabe so lächerlich wirkte wie Crockett und Tubbs in Miami Vice, waren Kugeln nach wie vor Kugeln. Er musste nur ein wenig zur Seite schwenken, und schon hatte er John in Kernschussweite.

Gut, dass John das scheißegal war. Als der Wichser mit langsamen Schritten in die Richtung ging, aus der Qhuinns Stöhnen kam, ließ ihn eine Vision von Xhex' Gesicht mit einer einzigen geschmeidigen Bewegung hochschnellen. Er landete auf dem breiten Rücken des *Lesser,* klammerte sich mit seinem freien Arm und beiden Beinen an ihm fest und hielt ihm seine Pistole an die blasse Schläfe.

Der *Lesser* erstarrte für einen Moment, und John pfiff durch die Zähne – das Signal für Qhuinn und Blay, sich von hinten zu nähern.

»Lass die Waffe fallen, Arschloch«, rief Qhuinn, als er um die Ecke bog. Dann, ohne dem Bastard Zeit zu lassen, dem Befehl zu folgen, griff er mit beiden Händen nach dem Unterarm des Jägers und machte eine Bewegung, als ob er einen Stock zerbrechen würde.

Das Knacken der Knochen war lauter als Johns Pfeifen und führte dazu, dass das Handgelenk des Feindes schlaff herunterhing und er seine Glock nicht mehr unter Kontrolle hatte.

Als sich der *Lesser* vor Schmerzen krümmte, war aus der Ferne Sirenengeheul zu hören … das immer näher kam.

John zog den Jäger zurück zur Doppeltür des Schuppens, und nachdem Blay sie geöffnet hatte, schleppte er seine Beute hinein.

John blickte zu Qhuinn und formte mit übertriebener Deutlichkeit mit den Lippen die Worte: *Hol den Hummer.*

»Wenn die Cops kommen, müssen wir abhauen.«

Nein, wir gehen nicht. Hol den Hummer.

Qhuinn nahm seinen Schlüsselbund heraus und warf ihn Blay zu. »Geh du. Und sperr uns ein, okay?«

Blay verschwendete keine Sekunde, ging hinaus und schloss die Tür. Man konnte ein metallisches Klicken hören, als er die Kette vorlegte, und dann noch eines, als er das Vorhängeschloss wieder anbrachte.

Der *Lesser* begann, sich stärker zu wehren, aber das war nicht schlecht – sie brauchten ihn sowieso bei vollem Bewusstsein.

John drehte den Wichser auf den Bauch und zog seinen Nacken zurück, bis die Wirbelsäule knackte.

Qhuinn wusste ganz genau, was er zu tun hatte. Er kniete sich hin und brachte sein Gesicht direkt vor das des Jägers. »Wir wissen, dass ihr eine Vampirin gefangen haltet. Wo ist sie?«

Als das Sirenengeheul lauter wurde, gab der Jäger nur ein paar Grunzlaute von sich. John lockerte den Griff etwas, damit Luft in die Lungen ihres Gefangenen gelangen konnte.

Qhuinn holte mit der Hand aus und verpasste dem *Lesser* ein paar Ohrfeigen. »Ich habe dich etwas gefragt, Arschloch. Wo ist sie?«

John öffnete seinen Griff noch weiter, aber nicht so sehr, als dass der *Lesser* hätte fliehen können. Wegen des erweiterten Spielraums zitterte der *Lesser* nun vor Angst und bewies damit, dass er sich nur mit der Waffe in der Hand stark fühlte. Wenn es aber ans Eingemachte ging, war er nur ein kleiner Wichser, der die Hosen voll hatte.

Qhuinns zweiter Hieb fiel härter aus. »Antworte mir.«

»Keine … Gefangene.«

Als Qhuinn mit seinem Arm zu einem weiteren Schlag ausholte, zuckte der *Lesser* zurück, denn obwohl der Wichser tot war, funktionierten seine Schmerzrezeptoren noch einwandfrei. »Die Entführte, die von eurem *Hauptlesser* gefangen gehalten wird. Wo ist sie?«

John griff nach vorne und übergab seine Waffe Qhuinn, und dann fasste er mit seiner nun leeren Hand hinter sich und zog sein Jagdmesser hervor. Es verstand sich von selbst, dass er der Einzige war, der echten Schaden anrichten würde, und so hielt er die Klinge direkt vor die Augen des Jägers. Bei diesem Anblick begann dieser wie wild zu bocken, hörte aber schnell wieder damit auf, als sich Johns riesiger Körper auf ihn senkte.

»Du wirst noch gerne den Mund aufmachen«, meinte Qhuinn trocken. »Das kannst du mir glauben.«

»Ich weiß von keiner Frau.« Seine Antwort war kaum mehr als ein Zischen, da Johns Unterarm auf seine Luftröhre drückte.

John gab ihm einen Stoß nach hinten, und der Jäger schrie: »Ich weiß wirklich nichts!«

Das Geheul der Polizeisirenen war nun ganz deutlich zu hören, und vom Parkplatz drang lautes Reifenquietschen herüber.

Es war an der Zeit, mehr Vorsicht walten zu lassen. Der *Lesser* hatte bereits gezeigt, dass er die einzige geltende Kriegsregel völlig missachtete. Deshalb konnten sie sich jetzt nicht darauf verlassen, dass er still sein würde, wie das bei anderen Jägern der Fall war.

Johns und Qhuinns Blicke trafen sich. Qhuinn war jedoch bereits dabei, das Problem zu lösen. Er griff sich einen der öligen Fetzen, die auf einem Haufen lagen, und stopfte ihn dem *Lesser* in den Mund. Dann war Abwarten angesagt.

Von draußen drangen gedämpft die Stimmen der Polizisten herein: »Gebt mir Deckung.«

»Alles klar.«

Als John sein Messer wieder einsteckte, um den Jäger mit beiden Händen festhalten zu können, nahm er viele Schritte wahr, die meisten davon waren jedoch weiter entfernt. Sie würden aber bestimmt noch näher kommen.

Während die Uniformierten ausschwärmten, kam aus den Funkgeräten in den Polizeiautos der passende Soundtrack zu ihrem Auftrag, das Gelände abzusuchen und zu sichern. Was nicht lange dauerte. Innerhalb weniger Minuten sammelten sich die Polizisten bei den geparkten Autos direkt neben dem Schuppen.

»Einheit Zwei-vierzig an Zentrale. Das Gebiet ist sicher. Keine Opfer. Keine Täter …«

Mit einer schnellen Bewegung seines Fußes trat der *Lesser* plötzlich gegen einen Benzinkanister, und man konnte praktisch hören, wie sämtliche Cops die Mündung ihrer Waffe plötzlich auf den Schuppen richteten.

»Was, zum Teufel, ist denn das?«

Lash grinste, als der Junge Omega erblickte. Obwohl fast alles von ihm von seinen Gewändern verdeckt war, musste man ein totaler Schwachkopf sein, um nicht zu begreifen, dass sich darunter etwas Übernatürliches befand. Bei diesem Kandidaten war der Groschen jedoch ziemlich schnell gefallen.

Als der Junge den Rückwärtsgang einlegte, nahmen ihn zwei von Mr Ds *Lessern* in ihre Mitte und packten ihn bei den Armen.

Lash deutete mit seinem Kopf in Richtung Speisezimmer. »Mein Vater wird es dort drinnen mit ihm machen.«

»Was machen?« Der Junge brach nun vollends in Panik aus und zappelte wie ein Schwein auf dem Weg zur Schlachtung. Was eine gute Übung dafür war, was später noch kommen sollte.

Die Jäger zerrten ihn zum Tisch und hoben ihn auf die abgenutzte Tischplatte. Sie hielten ihn an den Fuß- und Handgelenken fest, als Omega zu all dem Gequieke und Gezappel vortrat.

Als das Böse seine Kapuze hob, wurde es still.

Und dann schallte der Schrei, der aus dem Mund des Menschen drang, durch die Luft, hallte von der Decke wider und erfüllte das ganze Haus mit ohrenbetäubendem Lärm.

Lash hielt sich im Hintergrund und ließ den Vater sein Werk beginnen. Er beobachtete, wie die Kleidung des Menschen allein dadurch zerfetzt wurde, dass die schwarze, durchscheinende Hand darüberfuhr. Und dann war es Zeit für das Messer, dessen Klinge das Licht des billigen Leuchters einfing, der von der schmuddeligen Decke baumelte.

Es war Mr D, der sich um die technischen Details kümmerte – Eimer unter Arme und Beine hielt und geschäftig hin und her eilte.

Lash war tot gewesen, als das Blut aus seinen Adern entfernt wurde. Er war erst aufgewacht, als ein Schock durch seinen Körper fuhr. Daher sah er nun interessiert zu, wie das alles funktionierte: Wie das Blut aus dem Körper abgelassen wurde. Wie die Brust geöffnet wurde und Omega sein eigenes Handgelenk aufschlitzte und schwarzes Öl in den Brustraum tropfen ließ. Wie das Böse ein Energiebündel aus dem Nichts erzeugte und in den Leichnam hineinjagte. Wie die Reanimation Omegas Gabe in jede

Vene und jede Arterie transportierte. Der letzte Schritt bestand in der Entfernung des Herzens, das in Omegas Hand zusammenschrumpfte, bevor es in einen Keramikbehälter gegeben wurde.

Als sich Lash seine eigene Rückkehr aus dem Reich der Toten ins Gedächtnis rief, erinnerte er sich daran, dass sein Vater Mr D zu ihm geschleppt hatte, damit er sich an ihm nähren konnte. Er hatte das Blut gebraucht, denn er war zu diesem Zeitpunkt schon eine Weile tot gewesen, und außerdem war er zumindest ein halber Vampir. Dieser Mensch hingegen erwachte mit nicht mehr als einem weit geöffneten Fischmaul und einem ziemlich wirren Blick.

Lash legte seine Hand auf die eigene Brust und spürte seinen Herzschlag …

Etwas sickerte aus ihm heraus. In seinen Ärmel.

Während Omega begann, mit dem Neuling verdorbene Dinge anzustellen, ging Lash nach oben ins Badezimmer. Er zog sein Jackett aus und faltete es ordentlich in der Mitte zusammen … und stellte fest, dass er es nirgendwo hinlegen konnte. Alles war mit dem Schmutz von mindestens zwei Jahrzehnten bedeckt.

Himmel! Warum hatte er niemanden hergeschickt, um das Haus zu putzen?

Schließlich hängte er das Jackett an einen Haken und –

Oh, verdammt!

Als er seinen Arm hob, befand sich genau über der Stelle, wo er das Wundpflaster angebracht hatte, ein schwarzer Fleck, und an der Unterseite seines Ellbogens war eine feuchte Stelle.

»Verdammt nochmal!«

Er riss seine Manschettenknöpfe auf, knöpfte sein Hemd auf und erstarrte, als er auf seine Brust hinunter sah.

Lash hob seine Augen und blickte in den trüben Spiegel, als ob das etwas daran ändern würde, was er sah. Dann beugte er sich weiter zum Spiegel vor. Auf seiner linken Brust befand sich eine weitere Wunde. Sie hatte dieselbe Form und Größe wie die erste. Und neben seinem Nabel entdeckte er eine dritte.

Panik stieg in ihm auf, und er wurde von einem Schwindelgefühl erfasst, so dass er sich am Waschbecken festhalten musste. Sein erster Gedanke war, zu Omega zu laufen und ihn um Hilfe zu bitten, aber er hielt sich zurück. Angesichts der Schreie und Grunzlaute, die aus dem Erdgeschoss zu hören waren, würde nur ein Idiot Omega im Augenblick stören.

Sein Vater war von Natur aus wankelmütig, ging manchen Dingen aber mit fast zwanghafter Konzentration nach.

Lash stützte sich auf das Waschbecken und ließ den Kopf hängen, als sich ihm der leere Magen umdrehte und ein heftiges Sodbrennen seine Speiseröhre emporkletterte. Er fragte sich, wie viele dieser Wunden er wohl noch an seinem Körper entdecken würde – aber er wollte die Antwort gar nicht wissen.

Seine Initiation, Wiedergeburt oder was auch immer es war, sollte eigentlich permanent sein. Das hatte zumindest sein Vater behauptet. Er war die Ausgeburt des Bösen, gespeist von einem dunklen Brunnen, der die Ewigkeit verhieß.

In seiner eigenen Haut zu verfaulen, war nicht Teil des Handels gewesen.

»Alles in Ordnung?«

Lash schloss die Augen. Der Klang der Stimme des Texaners fuhr ihm wie eine scharfe Klaue den Rücken hinunter. Aber es fehlte ihm die nötige Energie, den Kerl wegzuschicken.

»Wie läuft es unten?«, fragte er stattdessen.

Mr D räusperte sich, erstickte vor Missbilligung aber trotzdem fast an seinen Worten: »Ich fürchte, es wird noch eine ganze Weile dauern, Sir.«

Großartig.

Lash zwang seine in sich zusammensackende Wirbelsäule, sich gerade zu halten, und drehte sich zu seinem Stellvertreter um …

In einem plötzlichen Ansturm von Blutdurst stießen seine Fänge in seinen Mund, und für einen kurzen Moment konnte er sich nicht erklären, warum. Aber dann bemerkte er, dass seine Augen auf die Halsader des *Lesser* fixiert waren.

Das Hungergefühl tief in Lashs Bauch nahm plötzlich überhand und geriet außer Kontrolle. Es wühlte in seinen Gedärmen.

Es passierte zu schnell, um es aufzuhalten oder zu hinterfragen oder darüber nachzudenken. In der einen Sekunde stand er noch ruhig vor dem Waschbecken, und in der nächsten stürzte er sich auf Mr D, drängte den *Lesser* gegen die Tür und verbiss sich heftig in seinen Hals.

Das schwarze Blut, das auf seine Zunge traf, war das Elixier, das er brauchte, und er saugte voller Verzweiflung, selbst als sich der Texaner erst wehrte und dann still wurde. Aber der Wichser musste keine Angst haben. Das Saugen hatte nichts Erotisches an sich. Es diente allein der Nahrungsaufnahme.

Und je mehr er schluckte, desto mehr benötigte er.

Lash hielt den Jäger eng an seine Brust gepresst und nuckelte an ihm wie ein verdammter Säugling.

13

Als der Lärm, den der Jäger mit seinem Tritt gegen den Benzinkanister verursacht hatte, verklungen war, setzte Qhuinn sich auf die Beine des Hurensohns. Dem Bastard mochte es gelungen sein, einen Treffer zu landen, aber ein zweites Mal würde er das nicht schaffen.

Draußen sammelten sich die Polizisten um den Schuppen.

»Hier ist abgesperrt«, meinte einer von ihnen, während die Kette rasselte.

»Hier liegen ein paar Patronenhülsen herum.«

»Wartet, irgendetwas ist da drinnen … Puh! Mann, ist das ein Gestank!«

»Was auch immer es ist, es ist bestimmt schon seit mindestens einer Woche tot. Dieser Gestank – da riecht ja der Thunfischauflauf meiner Schwiegermutter besser!«

Zustimmendes Gemurmel ertönte.

In der Dunkelheit tauschten John und Qhuinn Blicke aus und warteten. Falls die Tür geöffnet werden sollte, würde ihnen nichts anderes übrigbleiben, als sich zu dematerialisieren und den *Lesser* zurückzulassen. Es gab keine Möglichkeit, das Gewicht des Jägers durch das Nichts zu bewegen.

Da es unwahrscheinlich war, dass einer der Polizisten den Schlüssel für das Vorhängeschloss bei sich trug, würden sie das Schloss wohl oder übel aufschießen müssen.

Und die Chancen standen gut, dass ihnen ein kurzer Blick in den Schuppen nicht die viele Schreibarbeit wert war, die dann fällig wäre.

»Laut Notruf war es nur ein Schütze. Und der kann wohl kaum da drinnen sein.«

Jemand hustete und fluchte: »Und wenn doch, dann ist ihm von dem Gestank bestimmt schon die Nase abgefallen.«

»Ruft den Platzwart an«, sagte eine tiefe Stimme. »Jemand muss das tote Tier da herausholen. In der Zwischenzeit werden wir uns in der Nachbarschaft umsehen.«

Geplauder und Fußtritte waren zu hören. Und etwas später fuhr einer der Wagen davon.

»Wir sollten ihn kaltmachen«, flüsterte Qhuinn über Johns Schulter. »Nimm dein Messer, erledige ihn, und dann lass uns die Kurve kratzen.«

John schüttelte den Kopf. Er wollte seine Beute auf keinen Fall wieder verlieren.

»John, wir können ihn nicht mitnehmen. Bring es zu Ende, damit wir endlich verduften können.«

Obwohl Qhuinn seinen Mund nicht sehen konnte, formte John mit den Lippen die Worte: *Vergiss es. Er gehört mir.*

Er würde sich ihre einzige Informationsquelle nicht durch die Finger gleiten lassen. Falls nötig, würden sie mit den Cops mental fertigwerden … oder auch physisch, wenn es darauf ankam.

Kurz darauf hörte John, wie ein Messer aus der Scheide

gezogen wurde. »Tut mir leid, John. Aber wir müssen jetzt hier weg.«

Nein!, schrie John lautlos über seine Schulter hinweg.

Qhuinn packte John am Kragen seiner Jacke und brachte ihn damit aus dem Gleichgewicht. Dadurch musste dieser sich entscheiden: Er konnte den Hals des Jägers loslassen, oder ihn weiter festhalten und ihm dadurch das Genick brechen. Da ein toter *Lesser* nicht mehr auspacken konnte, gab John ihn frei und fing sich selbst ab, indem er sich mit der Hand auf dem kalten Zement abstützte.

Oh nein, er würde sich nicht von seinem Kumpel um seine Beute bringen lassen!

Als John sich auf Qhuinn stürzte, geriet plötzlich alles außer Kontrolle. Die beiden kämpften um den Besitz des Dolches und traten dabei gegen mehr als nur einen Benzinkanister. Währenddessen kam der *Lesser* frei und sprang zur Tür. Als die Polizisten zu rufen begannen, hämmerte der Jäger gegen die Tür, um freizukommen –

Das nächste Geräusch, das den ganzen Lärm übertönte, war ein Pistolenschuss. Und dann folgte ein metallisches Klingeln.

Die Cops hatten das Vorhängeschloss aufgeschossen.

Unten auf dem Boden griff John hinter sich, und während er auf den Knien herumschwenkte, warfen er und Qhuinn gleichzeitig ihre Messer quer durch den kleinen Raum nach dem *Lesser*.

Die Durchschlagskraft der Messer war so groß, dass mindestens eines davon genau sein Ziel traf, obwohl die Messer zwischen den Schulterblättern in den Oberkörper eindrangen. Mit einem grellen Lichtblitz und einem ohrenbetäubenden Knall kehrte der *Lesser* zu seinem Schöpfer zurück und ließ lediglich eine stinkende Rauchwolke zurück …

…und in der Schuppentür prangte ein Loch von der Größe eines Kühlschranks.

Wegen der gewaltigen Adrenalinausschüttung konnten sich weder John noch Qhuinn dematerialisieren. Deshalb sprangen sie auf, pressten sich auf beiden Seiten des Lochs so flach wie möglich an die Wand und verharrten bewegungslos, als zuerst nur eine und dann zwei Pistolenmündungen in den Schuppen zeigten.

Als Nächstes folgten ein paar Unterarme.

Dann Profile und Schultern. Und ein, zwei Taschenlampen.

Glücklicherweise gingen die beiden Cops ganz in den Schuppen hinein.

»Psst. Dein Hosenschlitz ist offen.« Als sich die beiden Polizisten überrascht zu Qhuinn, dem Klugscheißer, umdrehten, zog John seine beiden SIGs und schlug damit auf die Köpfe der Cops ein. Die Polizisten sahen Sternchen und gingen zu Boden.

Genau in diesem Moment tauchte Blay mit dem Hummer auf.

John sprang über die Polizisten hinweg und rannte zum SUV, Qhuinn direkt an seinen Fersen. Seine New Rock-Stiefel, die er unbedingt tragen musste, hämmerten laut auf dem Beton. John stürzte zur Kofferraumtür, die Blay aufgestoßen hatte, packte den Türgriff und schwang sich hinein, während Qhuinn sich auf den Rücksitz gleiten ließ.

Als Blay losfuhr, das Gaspedal durchtrat und den Park im Eiltempo verließ, war John froh, dass sie es nur mit zwei Cops zu tun gehabt hatten. Die beiden anderen würden aber sicher in Kürze wieder vor Ort sein.

Sie fuhren Richtung Norden auf die Autobahn zu, als John auf den Rücksitz vorkletterte … und seine Hände wieder um Qhuinns Hals legte.

Als sie miteinander zu ringen begannen, brüllte Blay

sie vom Fahrersitz aus an: »Verdammt nochmal, was ist denn in euch gefahren?«

Für eine Antwort war keine Zeit. John würgte Qhuinn mit aller Kraft, und Qhuinn versuchte, ihm ein blaues Auge zu verpassen – was ihm schließlich auch gelang.

Und das alles, während Blay mit über einhundert Sachen durch die Innenstadt raste und die Polizei vielleicht schon auf der Suche nach dem Hummer war, falls einer der beiden Cops schnell genug wieder zu sich gekommen war, um sich die Autonummer aufzuschreiben.

Die Prügelei auf dem Rücksitz wurde fortgesetzt.

Später würde John klarwerden, dass es natürlich nur einen Ort gab, an den Blay sie bringen konnte …

Als sie auf dem Parkplatz von Sal's Restaurant ankamen – dem hinter dem Restaurant, wo es keine Beleuchtung gab – hatten sowohl John als auch Qhuinn dem anderen schon einige üble Schläge verpasst. Und der Kampf endete erst, als John von Trez aus dem Wagen gezerrt wurde – was darauf schließen ließ, dass der Rotschopf sie telefonisch angekündigt hatte. Qhuinn wurde von iAm auf dieselbe Weise behandelt.

John spuckte auf den Boden, und starrte alle an.

»Jungs, ich schlage vor, wir einigen uns auf Unentschieden«, meinte Trez mit einem halbherzigen Lächeln. »Was meint ihr dazu?«

Als John freigegeben wurde, zitterte er vor Wut. Dieser Jäger hätte derjenige sein können, der ihnen Xhex' Aufenthaltsort … was genau geschehen war … einfach *alles* hätte verraten können. Und nur, weil Qhuinn darauf bestanden hatte, den Bastard umzubringen, waren sie der Lösung keinen Schritt näher gekommen. Außerdem war er sauer, dass der *Lesser* viel zu leicht gestorben war. Nur ein Stich an die Stelle, wo sonst das Herz saß, und schon war er Geschichte – oder zumindest wieder bei Omega.

Qhuinn wischte sich mit dem Handrücken über den Mund. »Verdammt nochmal, John! Glaubst du, ich will sie nicht finden? Denkst du, mir ist das alles egal? Himmel! Ich war jede Nacht mit dir da draußen auf der Suche nach ihr und habe gebetet, dass wir sie finden.« Er hielt ihm einen Finger gerade vors Gesicht. »Sei dir über eines im Klaren: Wenn wir beide zusammen mit einem undichten *Lesser* von ein paar Menschen verhaftet werden, wird uns das definitiv *nicht* weiterhelfen. Willst du Wrath erzählen, wie du mit diesem hier fertiggeworden bist? Ich nicht. Und wenn du *jemals* wieder eine Pistole auf mich richtest, werde ich dich fertigmachen, egal, welchen Job ich habe.«

John war nicht in der Lage, ruhig zu antworten. Eines war ihm jedoch klar: Wenn er nicht die Hoffnung hätte, dass das Treffen mit Benloise in der St. Francis Avenue etwas bringen würde, hätte er sie alle aufgemischt, egal, wer ihn aufhalten wollte, ob Schatten oder sonst jemand.

»Hast du verstanden?«, fragte Qhuinn. »Hast du's geschnallt?«

John ging im Kreis umher, die Hände auf die Hüften gestützt, den Kopf gesenkt. Als sein Zorn langsam verrauchte, erkannte seine logische Seite, dass sein Kumpel Recht hatte. Er war sich auch bewusst, dass er in diesem Schuppen vorübergehend den Verstand verloren hatte. Hatte er wirklich seinem Freund eine Vierziger vors Gesicht gehalten?

Die plötzliche Klarheit in seinem Kopf bewirkte, dass ihm speiübel wurde.

Wenn er die Sache hier jetzt nicht wieder in Ordnung brachte, würde er mehr Probleme bekommen als eine vermisste Vampirin. Entweder würde er draufgehen, weil er im Kampf nicht ganz bei der Sache war, oder weil Wrath ihm einen schweren Fall von »Arschtrittitis« verpasste.

Er sah zu Qhuinn hinüber. Mann, der harte Ausdruck auf seinem gepiercten Gesicht bedeutete, dass ihre Freundschaft nur wenige Millimeter vor dem Abgrund stand – und zwar nicht deshalb, weil Qhuinn ein harter Bursche war, sondern weil John ein Penner war, mit dem keiner herumhängen wollte.

Er ging zu seinem Kumpel hinüber und war nicht überrascht, als Qhuinn trotz des Kampfs im Auto nicht von der Stelle wich. Als er ihm seine Hand entgegenstreckte, entstand eine lange Pause.

»Ich bin nicht der Feind, John.«

John nickte und konzentrierte sich auf die tätowierte Träne unter Qhuinns Auge. Er zog seine Hand zurück und gestikulierte: *Ich weiß das. Es ist nur … Ich muss sie einfach finden. Und was ist, wenn dieser Jäger der Schlüssel zu ihrem Versteck war?*

»Vielleicht war er das – aber die Situation wurde zu gefährlich, und manchmal musst du dir einfach selbst wichtiger sein als sie. Denn wenn du das nicht tust, wirst du nie herausfinden, was geschehen ist. Und wenn du im Sarg liegst, kannst du auch nicht mehr nach ihr suchen.«

Dagegen fielen ihm absolut keine vernünftigen Argumente ein.

»Also, hör zu, du verrückter Kerl. Wir stehen das gemeinsam durch«, meinte Qhuinn leise. »Und ich bin hier, um sicherzustellen, dass du nicht eines Tages tot aufwachst. Ich verstehe deinen Tatendrang, wirklich. Aber du musst mit mir zusammenarbeiten.«

Ich werde Lash umbringen, gestikulierte John eifrig. *Ich werde meine Hände um seine Kehle legen und ihm in die Augen blicken, während er stirbt. Mir ist egal, was mich das kosten wird … aber seine Asche wird über ihrem Grab verstreut. Das schwöre ich …*

Bei wem sollte er das schwören? Nicht beim Grab seines Vaters oder seiner Mutter.

… bei meinem eigenen Leben.

Jeder andere hätte vielleicht versucht, ihn mit so beschissenen Floskeln wie »Hab Vertrauen« oder »Du musst daran glauben« zu beschwichtigen. Aber Qhuinn klopfte ihm auf die Schulter und meinte: »Habe ich dir in der letzten Zeit gesagt, wie gern ich dich habe?«

Du kommst jede Nacht mit mir, um sie zu suchen.

»Das mache ich nicht, weil es mein Job ist.«

Als John diesmal seine Hand ausstreckte, nutzte sein Freund die Gelegenheit, um ihn an sich zu ziehen und fest zu umarmen. Dann schob Qhuinn John wieder von sich und sah auf seine Armbanduhr. »Wir sollten uns auf den Weg zur St. Francis Avenue machen.«

»Ihr habt noch zehn Minuten.« Trez legte seinen Arm um Qhuinn und ging mit ihm auf den Hintereingang der Küche zu. »Sehen wir zu, dass wir euch beide ein bisschen sauberer wieder in den Kampf schicken. Ihr könnt den Hummer bei der Warenanlieferung stehen lassen, und ich werde die Nummernschilder auswechseln, während ihr weg seid.«

Qhuinn sah zu Trez hinüber. »Das ist aber verdammt nett von dir.«

»Ja, ich bin ein Prinz, schon gut. Und um das zu beweisen, erzähle ich euch noch schnell alles, was ich über Benloise weiß.«

Als John ihnen folgte, steigerte die Tatsache, dass er aus dem Jäger nichts herausquetschen konnte, seine Konzentration, seine eiserne Härte und seine Entschlossenheit nur noch.

Lash würde Caldwell nicht verlassen. Das konnte er nicht. Als Kopf der Gesellschaft der *Lesser* würde er in direkte Konfrontation mit der Bruderschaft gehen, und die

Brüder würden die Stadt ebenfalls nicht verlassen – ihr Allerheiligstes, die Gruft, befand sich hier. Obwohl sich die Zivilisten zerstreut hatten, blieb Caldwell der Hauptschauplatz des Krieges, denn der Feind konnte nicht siegen, solange die Bruderschaft noch existierte.

Früher oder später würde Lash einen Fehler begehen, und John würde dann vor Ort sein.

Aber die verdammte Warterei konnte einen wirklich zermürben. Jede Nacht ohne Neuigkeiten und ohne echte Aufgabe bedeutete … eine Ewigkeit in der Hölle.

14

Als Lash schließlich von Mr Ds Vene abließ, stieß er ihn von sich wie einen schmutzigen Teller nach einer Mahlzeit. Er stützte sich auf den Waschtisch und genoss es, dass er satt war und sich bereits etwas kräftiger fühlte. Aber im Moment war er ziemlich fertig, wie immer, wenn er sich gerade genährt hatte.

Lash hatte zwar regelmäßig aus Xhex' Halsvene getrunken, aber das geschah mehr zum Spaß und war eindeutig nicht das, was er benötigte, um satt zu werden.

Sollte das bedeuten, dass er sich künftig von … *Lesser*-Blut ernähren musste?

Oh nein! Das sagte ihm überhaupt nicht zu, hatte es nie getan. Keine Chance. Er würde bestimmt nicht regelmäßig an der Kehle eines Kerls andocken!

Er hob den Arm und warf einen Blick auf seine Armbanduhr. Es war zehn vor zehn. Und er sah aus wie ein Obdachloser – und so fühlte er sich auch.

»Machen Sie sich sauber«, befahl er Mr D. »Ich habe ein paar Aufgaben für Sie.«

Als Lash begann, ihm Anweisungen zu erteilen, stolperte seine Zunge über die Wörter.

»Alles klar?«, fragte er schließlich.

»Jawohl, Sir.« Der Texaner sah sich im Bad um, als ob er nach einem Handtuch suchte.

»Unten«, blaffte Lash. »In der Küche. Und bringen Sie mir aus meinem Haus einen Satz neuer Kleidung mit. Oh, und während Sie dort sind, stellen Sie wieder ein Tablett voller Speisen ins Schlafzimmer.«

Mr D nickte nur und ging auf wackeligen Beinen hinaus.

»Haben Sie für den neuen Rekruten ein Handy besorgt? Und einen Ausweis?«, rief Lash ihm nach.

»Beides befindet sich unten in der Kuriertasche. Und die Nummer habe ich Ihnen per SMS geschickt.«

Der Kerl war wirklich ein ausgezeichneter persönlicher Assistent.

Als Lash sich in der Dusche an die geflieste Wand lehnte und die Wasserhähne an der gefliesten Wand aufdrehte, hätte es ihn nicht überrascht, wenn entweder nichts oder nur ein dünner Strahl brauner Brühe herausgekommen wäre. Er hatte jedoch Glück. Aus dem Duschkopf strömte frisches, sauberes Wasser, und er legte schnell seine Kleidung ab.

Die Dusche war herrlich, und es fühlte sich so an, als ob das Wasser seinen Körper neu hochfahren würde.

Nachdem er fertig war, trocknete er sich mit seinem Hemd ab und wankte dann in eines der Schlafzimmer. Er legte sich hin, schloss die Augen und legte eine Hand auf seinen Bauch, wo sich die Wunden befanden. Was bescheuert war, denn er musste sie eigentlich vor nichts schützen.

Als die Geräusche aus dem Erdgeschoss darauf schließen ließen, dass es vorwärtsging, war er erleichtert …

und etwas überrascht. Sie klangen nämlich nicht mehr schmerzvoll und verängstigt, sondern eher nach einem Porno. Das Ächzen und Stöhnen war wohl das Ergebnis von Orgasmen.

Sind Sie eine Schwuchtel?, hatte der Kerl ihn gefragt.

Vielleicht war das ja eine hoffnungsvolle Frage gewesen.

Was soll's! Lash wollte in Gegenwart seine Vaters nicht völlig weggetreten sein. Aber mit etwas Glück würde nun der neue Rekrut eine Weile lang herhalten müssen.

Lash schloss die Augen und versuchte, sein Gehirn auszuschalten. Pläne machen für die Gesellschaft, Gedanken an Xhex, seine Frustration wegen des Nährens … Seine Hirnwellen verdichteten sich zu einem Strudel, aber körperlich war er zu erschöpft, um bei Bewusstsein zu bleiben.

Was auch gut war …

Gerade als er einschlief, hatte er die Vision. Scharf und klar drang sie direkt in seinen Kopf ein, anstatt nur vor seinem inneren Auge zu erscheinen, und verdrängte alle anderen Gedanken.

Er sah sich selbst, wie er über das Gelände des Anwesens spazierte, auf dem er aufgewachsen war, und über den Rasen auf das große Haus zuging. Im Inneren war alles hell erleuchtet, und Leute gingen im Haus umher … genau wie in jener Nacht, in der er die beiden Vampire umgebracht hatte, die ihn aufgezogen hatten. Dies hier waren jedoch nicht die Profile von Leuten, die er kannte. Sie waren anders. Es waren die Menschen, die das Haus gekauft hatten.

Rechts von ihm lag das Efeubeet, in dem er seine Eltern verscharrt hatte.

Er sah sich über der Stelle stehen, an der er damals das Loch gegraben und die Leichen hineingeworfen hatte.

Das Beet war immer noch etwas uneben, obwohl ein Gärtner es mit neuen Efeusetzlingen bepflanzt hatte.

Lash kniete sich hin und fasste nach vorne … nur um zu sehen, das der Arm vor ihm nicht sein eigener war.

Die Extremität sah aus wie sein wahrer Vater: ein schwarzer, schimmernder Schatten.

Aus irgendeinem Grund versetzte ihn diese Enthüllung in Panik, und er versuchte, aufzuwachen. Er warf sich unter seiner reglosen Haut hin und her.

Aber er war schon zu tief gesunken, um sich von diesem Sog zu befreien.

Ricardo Benloises Kunstgalerie befand sich in der Innenstadt in der Nähe des St. Francis-Krankenhauses. Das gepflegte sechsstöckige Gebäude hob sich dank einer neuen Fassade aus gebürstetem Stahl und Fenstern in der Größe eines Scheunentors deutlich von den anderen Wolkenkratzern aus den 1920er-Jahren ab.

Es wirkte wie ein Filmstar in einer Gruppe von Hausfrauen.

Als John und seine Jungs auf dem Gehsteig gegenüber des Gebäudes auftauchten, ging es dort zu wie in einem Bienenstock. Durch die riesigen Glasscheiben konnte er schwarz gekleidete Männer und Frauen mit Champagnergläsern in der Hand beobachten, die die Kunstwerke an den Wänden betrachteten. Diese wirkten zumindest von der Straße aus wie eine Mischung aus der Fingermalerei eines Fünfjährigen und der Arbeit eines Sadisten mit einem rostigen Nagel-Fetisch.

John war von dem Avantgarde-Getue im Inneren absolut nicht beeindruckt und hatte wieder mal keine Ahnung, warum er sich überhaupt mit Kunst auskannte. Als ob das wichtig wäre …

Trez hatte gesagt, sie sollten den Hintereingang nehmen. Daher gingen John und seine Jungs den Häuserblock hinunter und bogen in die Seitengasse ein, die hinter die Galerie führte. Während die Vorderseite des Gebäudes das Auge fesselte und einladend wirkte, war seine Rückseite das krasse Gegenteil. Es gab keine Fenster und alles war matt schwarz gestrichen. Zwei Türen und eine Laderampe, die besser abgesichert war als ein Keuschheitsgürtel.

Wenn die Informationen von Trez stimmten, waren solch erbärmliche Ausreden für »Kunst« wie jene, die gerade von den aufgeblasenen Möchtegern-Warhols diskutiert wurden, nicht die einzigen Produkte, die hier den Besitzer wechselten. Was eindeutig der Grund für die unzähligen Überwachungskameras war, die über dem Hinterausgang angebracht waren.

Glücklicherweise gab es genug schattige Stellen, an denen sie Deckung suchen konnten. Und anstatt an all den Kameras vorbeizumarschieren, dematerialisierten sie sich einfach hinüber zu einem Stapel Holzpaletten in einer dunklen Ecke.

Die Innenstadt war zu dieser Stunde immer noch voller Leben. Das gedämpfte Hupen der Autos, das entfernte Sirenengeheul der Polizeiwagen und das schwerfällige Ächzen der öffentlichen Busse durchbrachen die kühle Luft mit ihrem urbanen Sound …

Am anderen Ende der Gasse bog ein Wagen ein und schaltete seine Scheinwerfer aus, als er sich der Galerie näherte.

»Sie sind pünktlich«, flüsterte Qhuinn. »Und es ist der Lexus.«

John holte tief Luft und betete um eine Pause, bevor er den Verstand verlor.

Die Limousine blieb parallel zur Laderampe stehen und die Tür ging auf. Als die Innenbeleuchtung anging …

Der kleine *Lesser* aus dem Park, der nach Old Spice roch, stieg aus dem ansonsten leeren Wagen. Kein Lash.

Johns erster Impuls war, sich auf den Vampirjäger zu stürzen … aber wie Trez gesagt hatte, sollte Lash an dem Treffen teilnehmen. Wenn sie einen vorher vereinbarten Ablauf störten, würde er vielleicht einen Tipp bekommen und gar nicht erscheinen.

Und angesichts der Tricks, die Lash auf Lager hatte, war das Überraschungsmoment entscheidend für den Erfolg.

Einen Moment lang überlegte John, ob er den Brüdern eine SMS schicken und sie informieren sollte. Ob er Verstärkung anfordern sollte … nur, dass genau in dem Moment, als er daran dachte, seine Rachsucht erwachte und laut in seinem Inneren brüllte.

Aber genau das war es, was ihn dazu veranlasste, in die Tasche zu greifen und sein Telefon herauszunehmen. Als der Jäger hineinging, schickte er Rhage eine kurze SMS: *St. Francis 189. Lash unterwegs. 3 von uns in Gasse dahinter.*

Als er das Telefon wieder einsteckte, spürte er, dass Blay und Qhuinn ihn beobachteten. Einer der beiden klopfte ihm zustimmend auf die Schulter.

Die Sache war die: Qhuinn hatte Recht. Wenn sein Ziel wirklich darin bestand, Lash zu erledigen, dann erhöhten sich seine Chancen, indem er Hilfe holte. Und er musste dabei schlau vorgehen – denn mit Dummheit würde er sicher nicht ans Ziel gelangen.

Einen Moment später materialisierten sich Rhage und Vishous am Ende der Gasse und kamen dann auf sie zu. Hollywood war der Typ, an den man sich wenden musste, wenn es um Lash ging, denn der Bruder verfügte über die einzige Waffe, die es Mann gegen Mann mit dem Bastard aufnehmen konnte: sein Drache, der ihn überallhin begleitete.

Die beiden stellten sich direkt neben John, und bevor einer von ihnen eine Frage stellen konnte, begann John, zu gestikulieren.

Ich muss derjenige sein, der Lash tötet. Verstanden? Ich muss es eigenhändig tun.

Vishous nickte und gestikulierte: *Ich weiß, was dir der Scheißkerl angetan hat. Aber wenn es hart auf hart geht und für dich zu gefährlich wird, wandert deine Ehre in die Kabine, und wir werden uns einmischen. Ist das klar?*

John holte tief Luft und dachte bei sich, dass die Chancen gar nicht so schlecht standen. *Es wird mir schon gelingen. Also macht euch deswegen keine Gedanken.*

Na schön!

Sie erstarrten, als der *Lesser*, der den Lexus gesteuert hatte, wieder herauskam, sich hinter das Steuer setzte … und davonfuhr, als ob das Treffen abgesagt worden war.

»Aufs Dach mit dir«, rief Rhage und verschwand.

John fluchte innerlich, folgte jedoch der Aufforderung und materialisierte sich auf das Dach von Benloises Gebäude. Er blickte über die Dachkante und beobachtete, wie die Limousine an der St. Francis Street anhielt. Glücklicherweise hielt sich der Jäger an die Verkehrsregeln und betätigte den linken Blinker, so dass John seine Moleküle zerstreute und zwei Häuser weiter links wieder vereinigte. Als der Wagen weiterfuhr, wiederholte John den Vorgang mehrmals, bis der *Lesser* nach rechts in einen noch älteren Stadtteil von Caldwell abbog.

Dort endeten die Flachdächer, und als Landefläche boten sich nur noch viktorianische Dächer mit ihren Ornamenten an.

Gut, dass die Sohlen von Johns Springerstiefeln ein festes Profil hatten, das ihm etwas Halt gab.

Wie ein Wasserspeier hockte er sich auf Türmchen, Gauben und Simse und verfolgte seine Beute von der

Luft aus … bis der Lexus in eine Gasse einbog und hinter einer Reihe von Sandsteingebäuden verschwand.

John kannte die Gegend nur dem Namen nach – von seinem einzigen Besuch in Xhex' Kellerwohnung, die ganz in der Nähe lag – denn sie gehörte eigentlich nicht zum Territorium der Gesellschaft der *Lesser*. Deren Behausungen lagen üblicherweise in billigeren Bezirken.

Somit gab es nur eine Erklärung: Es musste Lash sein, der hier wohnte.

Jemand wie er, der in besseren Verhältnissen aufgewachsen war, würde eine Persönlichkeitstransplantation benötigen, um sich mit weniger als einer guten Adresse zufriedenzugeben. Er war in einem solchen Umfeld groß geworden, und zweifelsohne würde er denken, dass ihm das noch immer zustand.

Johns Herz begann, lauter und schneller zu schlagen.

Der Lexus hielt vor einer Garage an, und als das Tor sich öffnete, fuhr er hinein. Einen Moment später ging der kleine Jäger durch einen Garten zur Rückseite eines der schöneren Sandsteinhäuser.

Rhage erschien direkt neben John und gestikulierte: *Wir beide nehmen den Hintereingang. Vishous und die Jungs werden sich durch die Vordertür dematerialisieren. V befindet sich bereits auf der Veranda und hat gesagt, dass es hier keinen Stahl gibt.*

Als John nickte, sprangen beide hinunter auf eine Schieferterrasse. Im selben Augenblick stieß der *Lesser* die Tür auf, die zu einer Küche führte, die jeden Gourmet begeistert hätte. Sie warteten einen Moment, eingefroren in Zeit und Raum, während der Jäger die Alarmanlage abstellte.

Die Tatsache, dass er die Anlage abstellen musste, bedeutete nicht zwangsläufig, dass Lash nicht zu Hause war.

Lesser brauchten in regelmäßigen Abständen eine Auszeit, um sich zu erholen, und nur ein Vollidiot würde dabei nicht für ausreichenden Schutz sorgen.

John musste einfach daran glauben, dass sich das, wonach er suchte, in dem Haus befand.

15

Xhex saß im Ohrensessel am Fenster, als sie das Geräusch oben auf dem Dach wahrnahm. Der gedämpfte Laut war deutlich genug, um sie aus der mentalen Gymnastik herauszureißen, die sie betrieb, um ihren Verstand scharf zu halten.

Sie sah zur Decke hoch …

Unten ging die Alarmanlage an, und ihre scharfen Ohren hörten das leise *piep-piep-piep-piep-piep,* mit dem sie wieder abgestellt wurde. Und dann vernahm sie die leisen Schritte des *Lesser,* der ihr immer das Essen brachte …

Irgendetwas war los. Irgendetwas … stimmte hier nicht.

Xhex rutschte in ihrem Sessel nach vorne, verkrampfte sich von Kopf bis Fuß und streckte ihre mentalen Fühler aus. Obwohl sie keine *Symphathen*-Signale senden konnte, hatte sie noch die Fähigkeit, emotionale Muster zu spüren – wenn auch nur eingeschränkt –, und daher wusste sie, dass noch jemand anderes um das Haus herumschlich als dieser Jäger.

Es waren mehrere Personen: zwei hinter dem Haus,

drei davor. Und die Gefühle der Individuen, die das Sandsteinhaus umzingelt hatten, entsprachen jenen von Soldaten: äußerst besonnen und voll konzentriert.

Aber es waren keine *Lesser.*

Xhex sprang auf.

Lieber Himmel! Sie hatten sie gefunden. Die Brüder hatten sie verdammt nochmal gefunden! Und der Überfall wurde mit perfektem Timing ausgeführt. Sie hörte von unten zunächst einen überraschten Schrei und Gerangel und dann Handgemenge und das Hämmern von Stiefeln, als brüllend Verstärkung aus einer anderen Richtung eintraf.

Obwohl niemand außer Lash sie hören konnte, schrie Xhex so laut sie konnte, und hoffte, dass sie es ausnahmsweise einmal schaffen würde, die unsichtbaren Mauern ihres Gefängnisses zu durchdringen.

John Matthew konnte kaum glauben, dass der *Lesser* nicht geahnt hatte, dass sie hier waren. Sofern die Sinne des Mistkerls nicht auf irgendeine Weise beeinträchtigt waren, sollte er eigentlich bemerkt haben, dass das Haus von Vampiren umzingelt war. Aber nein, er ging einfach seinen Aufgaben nach und ließ die verdammte Tür offen, als er hineinging.

Befehl Nummer eins beim Eindringen in ein Gebäude war, die Kontrolle zu übernehmen, und sobald John die Schwelle des Hauses übertreten hatte, überwältigte er den *Lesser,* indem er die Arme des Bastards hinter seinem Rücken verdrehte, ihn mit dem Gesicht nach unten auf den Fliesenboden zwang und sich dann auf seinen unteren Rücken setzte. In der Zwischenzeit sprengte Rhage überraschend leichtfüßig an ihm vorbei und traf auf V und die Jungs, die gerade aus dem Speisezimmer in die Küche kamen.

Als sie schnell das Erdgeschoss des Hauses durchsuchten, spürte John, wie ein Prickeln seinen Rücken hinunterlief … als ob eine rasiermesserscharfe Klinge seine Wirbelsäule ganz sacht entlangfuhr. Er sah sich um, konnte aber die Ursache für diese Empfindung nicht ermitteln. Daher schickte er seinen Instinkt in die Warteschleife.

»Keller«, zischte Rhage.

Vishous begleitete den Bruder nach unten.

Nachdem seine Jungs ihm den Rücken deckten, konnte John seine ganze Aufmerksamkeit dem *Lesser* widmen, der unter ihm lag. Der Schweinehund war zu still, zu ruhig. Er atmete noch, aber das war es auch schon.

Hatte er sich vielleicht an etwas gestoßen, als John ihn zu Boden warf? Oder verlor er Blut? Normalerweise wehrten sich *Lesser* deutlich heftiger.

Zum Beispiel traten sie gegen Benzinkanister.

Als er nach Anzeichen für eine Blutung oder eine andere Verletzung suchte, bewegte John den Kopf des Jägers, ohne diesem Gelegenheit zu geben, sich zu befreien. Er griff in das Haar des Wichsers und zog seinen Kopf nach oben …

Da entdeckte er etwas … aber Ursache dafür war todsicher nicht ihr Gerangel. Auf der linken Seite seines Nackens befanden sich zwei Stichwunden und ein kreisrunder blauer Fleck, der durch starkes Saugen verursacht worden war.

Qhuinn kam herüber und kniete sich hin. »Wer hat denn deinen Nacken so zugerichtet, Großer?«

Der *Lesser* gab keine Antwort, als sich V und Rhage aus dem Keller dematerialisierten und in den ersten Stock gingen.

Als sich die Brüder leise durchs Haus bewegten, fasste Qhuinn an den Unterkiefer des Jägers. »Wir suchen nach einer Frau. Und du kannst dir die Sache erleichtern, wenn du uns sagst, wo sie ist.«

Der *Lesser* runzelte die Stirn ... und ließ seine Augen langsam nach oben wandern.

Das war alles, was John benötigte. Er stürzte sich nach vorne, ergriff Blays Hand und zog sie ruckartig zum Jäger herunter. Als dieser den »Besitzer« gewechselt hatte, sprang John auf und rannte durch das Speisezimmer und den vorderen Flur. Die Treppe war breit, und ihre Stufen waren mit Teppich bezogen. Dadurch hatte John eine gute Bodenhaftung, als er drei Stufen auf einmal nehmend nach oben raste. Je höher er kam, desto lauter schrien seine Instinkte.

Xhex befand sich in diesem Haus.

Gerade als er oben ankam, tauchten Rhage und V vor ihm auf und versperrten ihm den Weg.

»Das Haus ist leer ...«

John unterbrach Rhage: *Sie ist hier. Hier irgendwo. Ich weiß es.*

Rhage packte ihn am Arm. »Lass uns hinuntergehen und den Jäger befragen. Auf diese Weise erfahren wir mehr ...«

Nein, sie ist hier!

Vishous trat vor John hin, sein Diamantenblick leuchtete: »Hör mir zu, mein Junge. Du solltest besser wieder hinuntergehen.«

John kniff die Augen zusammen. Sie wollten nicht einfach, dass er nach unten ging. Sie wollten ihn nicht hier *oben* haben.

Was habt ihr gefunden? Keiner antwortete. *Ihr habt etwas gefunden!*

John riss sich von den beiden los und hörte Rhage fluchen, während V sich vor eine der Türen stellte.

Hollywoods Stimme klang dumpf: »Nein, V, lass ihn gehen. Lass ihn einfach gehen … Er hasst Lash sowieso bereits bis in alle Ewigkeit.«

Vs Blick blitzte, als ob er irgendwelche Einwände erheben wollte, aber dann nahm er eine selbst gedrehte Zigarette aus der Tasche und trat fluchend zur Seite.

Mit völlig verkrampften Nackenmuskeln brach John durch die Tür und kam schlingernd zum Stehen. Die Traurigkeit im Raum war wie eine greifbare Mauer, die er durchbrechen musste, und sein Körper drang nur deshalb durch die kalte Wand der Trostlosigkeit, weil er seine Füße dazu zwang, vorwärtszugehen.

Hier war sie eingesperrt gewesen.

Hier war Xhex eingesperrt gewesen … und verletzt worden.

Seine Lippen öffneten sich, und er sog die Luft durch den Mund ein, als seine Augen den Kratzern an der Wand folgten. Es gab Tausende davon, ebenso wie schwarze Flecken … und anderes getrocknetes Blut.

Das in dunklem Purpurrot schimmerte.

John ging hinüber und fuhr mit seinen Fingern über eine der Furchen, die so tief war, dass die seidene Tapete gerissen war und den Blick auf die Latten und den Putz darunter freigab.

Als er durch den Raum ging, wurden seine Atemzüge immer härter und kürzer. Das Bett war völlig zerwühlt, die Kissen lagen auf dem Boden herum, und die Bettdecke war total zerknüllt …

Und überall waren Blutflecken.

John hob eines der Kissen auf und hielt es vorsichtig im Arm. Dann führte er es an seine Nase und atmete tief ein … und erhielt eine starke Dosis des Geruchs, von dem er jede Nacht träumte: Xhex' Geruch.

Seine Knie wurden weich. Er ging zu Boden wie ein nasser Sack und brach dann neben der Matratze zusammen. Er vergrub sein Gesicht in der weichen Matratze, sog ihren Geruch tief in sich ein.

Sie war hier gewesen. Und es war nicht lange her.

Er blickte auf die blutbefleckten Laken und Wände.

Er war zu spät gekommen.

Johns Gesicht wurde nass, und er spürte, wie etwas von seinem Kinn tropfte. Aber das war ihm scheißegal.

Er wurde von dem Gedanken aufgefressen, dass er ganz knapp davor gewesen war, sie zu retten … aber nicht früh genug hier gewesen war.

Das Schluchzen, das aus seiner Kehle hervorbrach, war deutlich zu hören.

Ihr ganzes Leben lang war Xhex' Herz nie anfällig dafür gewesen, zu brechen. Sie hatte schon lange den Verdacht gehegt, dass das eine Folge ihrer *Symphathen*-Seite war, die sie gegenüber Dingen abhärtete, die andere Frauen zum Ausflippen brachten.

Wie sich herausstellte, war das aber nicht richtig.

Als sie neben John Matthew stand und beobachtete, wie sein riesiger Körper neben dem Bett zusammensackte, zerbrach das Organ, das hinter ihrem Brustbein schlug, wie ein Spiegel.

Nichts als Scherben.

Sie war vollkommen am Ende ihrer Kräfte, als er das Kissen sorgsam wie ein Neugeborenes in die Arme nahm. In diesem Moment voller Verzweiflung hätte sie alles getan, um seinen Schmerz zu lindern. Auch wenn sie keine Ahnung hatte, warum er so fühlte, wie er es offensichtlich tat, waren die Gründe unwichtig.

Sein Leiden war vorrangig.

Selbst geschwächt, kniete sie sich neben ihn, und ihre Augen schickten den tragischen Anblick, den er bot, direkt in ihr Gehirn.

Sie hatte den Eindruck, als hätte sie ihn seit Jahrhunderten nicht mehr gesehen. Gütiger Gott, er sah immer noch so gut aus – sogar noch besser, als sie es sich in ruhigen Momenten vorgestellt hatte. Mit seinem starken, harten Profil und den außergewöhnlich blauen Augen war sein Gesicht das eines Kriegers. Und er verfügte über einen entsprechenden Körper, dessen Schultern doppelt so breit waren wie die ihren. All seine Klamotten waren aus Leder, bis auf das T-Shirt unter seiner Jacke. Und sein Haar war stoppelkurz, als ob er aufgehört hatte, sich um sein Aussehen zu scheren, und sich den Kopf mit einem Rasierapparat schor.

Die Vorderseite seiner Jacke und sein T-Shirt waren mit *Lesser*-Blut besudelt.

Er hatte heute Nacht getötet. Und vielleicht hatte er sie deshalb gefunden.

Na ja, fast gefunden.

»John«, ertönte eine sanfte Männerstimme.

Sie blickte hinüber zur Tür, auch wenn er es nicht tat. Dort standen die Brüder Rhage, Vishous und Qhuinn, der sich gerade zu ihnen gesellt hatte.

Abwesend bemerkte sie den Schock auf den Gesichtern der Brüder – und erhielt den Eindruck, dass sie keine Ahnung gehabt hatten, dass zwischen ihr und John eine Beziehung bestanden hatte.

Aber jetzt wussten sie es. Klar und deutlich.

Als Qhuinn eintrat und sich dem Bett näherte, sprach er weiterhin in sanftem Ton. »John, wir sind nun schon seit einer halben Stunde hier. Wenn wir den *Lesser* unten nach ihr befragen wollen, müssen wir ihn verdammt schnell von hier wegbringen. Wir wollen es nicht hier machen, und ich weiß, du möchtest das Verhör führen.«

Oh Gott … nein …

»Nehmt mich mit«, flüsterte Xhex verzweifelt. »Bitte … lasst mich nicht hier.«

Unvermittelt blickte John sie an, als ob er ihr Flehen gehört hätte.

Aber nein, er starrte durch sie hindurch seinen Freund an.

Als er nickte, prägte sie sich sein Gesicht gut ein, denn sie wusste, dass sie ihn nicht wiedersehen würde. Wenn Lash herausfand, dass sie in sein Haus eingebrochen waren, würde er sie ohne Umschweife töten oder an einen anderen Ort bringen – und die Chancen standen gut, dass sie dann nicht mehr lange genug lebte, um erneut gefunden zu werden.

Sie hob die Hand, obwohl es nichts bringen würde, legte sie seitlich an Johns Gesicht und strich mit dem Daumen wiederholt über die Spuren, die seine Tränen hinterlassen hatten. Sie bildete sich ein, dass sie die Wärme seiner Haut und die Feuchtigkeit auf seinen Wangen beinahe spüren konnte.

Sie würde alles geben, um ihn in die Arme nehmen und an sich drücken zu können. Und noch mehr, um mit ihm zu gehen.

»John …«, brachte sie krächzend hervor. »Himmel … warum tust du dir das an?«

Er runzelte die Stirn, aber zweifelsohne wegen etwas, das Qhuinn gerade gesagt hatte. Aber dann hob er seine Hand und legte sie auf die Stelle, an der sie ihn berührte.

Das tat er jedoch nur, um seine Tränen wegzuwischen.

Als er aufstand, nahm er das Kissen mit und ging direkt durch sie hindurch.

Xhex beobachtete, wie er sich zurückzog. Das Blut pochte laut in ihren Ohren. Dies war auf gewisse Weise ein Echo des Sterbens, dachte sie. Stück für Stück verließ sie, was sie an das Leben band. Mit jedem Schritt, der

John näher zur Tür brachte, entschwand Atemluft aus ihren Lungen. Ihr Herz hörte auf zu schlagen. Ihre Haut wurde kalt.

Ihre Chance auf Rettung verließ sie. Ihre Chance auf …

In diesem Augenblick wurde ihr klar, wogegen sie die ganze Zeit angekämpft hatte. Und zum ersten Mal spürte sie keine Neigung, ihre Gefühle zu verbergen. Das war auch nicht nötig. Denn obwohl er bei ihr war, war sie völlig alleine und von ihm getrennt. Aber was noch wichtiger war, ihre eigene Sterblichkeit stand ihr klar vor Augen.

»John«, sagte sie leise.

Er hielt inne und sah über seine Schulter auf das Bett.

»Ich liebe dich.«

Sein gut aussehendes Gesicht verzerrte sich vor Schmerz, und er rieb sich über die Mitte seiner Brust, als ob jemand sein Herz mit der Faust gepackt und gequetscht hätte.

Und dann wandte er sich ab.

Xhex' Körper setzte sich über ihren Verstand hinweg. Voller Verzweiflung rannte sie auf die offene Tür zu, die Arme ausgestreckt, den Mund weit aufgerissen.

Als sie gegen die Grenzen ihres Gefängnisses prallte, hörte sie ein lautes Geräusch, wie eine Sirene … oder das schrille Pfeifen von Feuerwerksraketen … oder vielleicht war es der Alarm der Sicherheitsanlage, der ausgelöst worden war.

Aber es war nichts davon.

Sie schrie so laut sie nur konnte.

16

John hatte Mühe, sich vom Schlafzimmer loszureißen. Wenn er nicht das dringende Bedürfnis gehabt hätte, den *Lesser* wie eine Zitrone auszuquetschen, wäre er nicht in der Lage gewesen, seine Füße auch nur einen Millimeter zu bewegen.

Er hätte schwören können, dass er Xhex' Anwesenheit gespürt hatte … aber er wusste, dass das nur ein Streich war, den ihm sein Gehirn aufgrund seiner intensiven Suche nach ihr spielte. Sie befand sich nicht im Zimmer. Sie hatte sich dort *befunden*. Das waren zwei völlig verschiedene Dinge … und seine einzige Chance, herauszufinden, was mit ihr geschehen war, lag unten auf dem Küchenfußboden.

Als er ins Erdgeschoss hinunterging, rieb er sich die Augen und das Gesicht und stellte fest, dass eine Hand an seiner Wange verweilen wollte. Die Haut an dieser Stelle kribbelte … genau so wie damals, als Xhex ihn berührt hatte – auch wenn das nicht sehr häufig vorgekommen war.

Oh Gott … das Blut in diesem Zimmer. All das viele Blut! Offensichtlich hatte sie sich gegen Lash zur Wehr gesetzt, und obwohl er stolz auf sie war, weil sie den Wichser einige Male zur Ader gelassen hatte, konnte er nicht verwinden, was sich dort oben in diesem Zimmer abgespielt haben musste.

John wandte sich nach links, pirschte durch das Speisezimmer und versuchte, sich wieder auf das Wesentliche zu konzentrieren, während er sich fühlte, als ob man ihm die Haut vom Leib gezogen und seinen Körper ins Meer geworfen hätte. Schließlich ging er durch die Vorratskammer in die Küche.

In dem Moment, als seine Augen den *Lesser* erblickten, durchfuhren seine Emotionen ihn wie ein Erdbeben, das die Erdkugel von ihrer Oberfläche bis hinab zu ihrem heißen Kern aufplatzen ließ.

Sein Mund öffnete sich weit, und er stieß einen stummen Angriffsschrei aus.

Als er einen Satz vorwärtsmachte, ließ die Wut seine Fänge geradezu in die Mundhöhle schießen, und sein Körper schaltete auf Autopilot um. Er dematerialisierte sich durch den Raum und nahm direkt vor dem Bastard wieder Gestalt an. John stieß Blay von dem Jäger herunter und griff diesen dann mit all der Wildheit eines gebundenen Vampirs an.

Von der er bislang nur gehört, die er aber ganz bestimmt noch nie selbst erlebt hatte.

Blind vor Wut und mit vor Raserei energiegeladenem Körper stürzte er sich auf sein Opfer. Seine Finger waren zu Klauen gekrümmt, seine Fänge scharf wie Dolche, und der Zorn in seinem Inneren so groß, dass er zu etwas Wildem wurde. Sein Verstand schaltete sich ab, und er handelte nur noch rein instinktiv.

Er hatte keine Ahnung, wie lange es dauerte … oder

was er da überhaupt tat. Das Einzige, was er registrierte, war die Erkenntnis, dass er außer einem süßlichen Geruch nichts anderes mehr wahrnahm.

Einige Zeit später … viel später … ein ganzes Leben später … hielt er inne, um zu Atem zu kommen, und stellte fest, dass er auf allen vieren kniete. Sein Kopf hing erschöpft herunter, und seine Lungen brannten vor Anstrengung. Seine Hände stützten sich auf Fliesen, die in schwarzem Blut schwammen, und etwas tropfte ihm aus den Haaren und dem Mund.

Er spuckte einige Male aus, um den widerlichen Geschmack loszuwerden. Aber was immer es auch war, der Mist umgab nicht nur seine Zunge und die Zähne, sondern befand sich auch in seiner Kehle und in seinem Magen. Zudem brannten seine Augen, und seine Sicht war verschwommen.

Weinte er etwa schon wieder? Aber er war nicht mehr traurig … er fühlte sich einfach nur leer.

»Oh mein Gott …«, sagte jemand leise.

Von Erschöpfung übermannt glitt John seitlich zu Boden. Er legte seinen Kopf in die erkaltende Blutlache und schloss die Augen. Er hatte keine Kraft mehr. Alles, was er tun konnte, war zu atmen.

Eine Weile später hörte er, dass Qhuinn mit ihm sprach. Seine angeborene Höflichkeit ließ John jedes Mal nicken, wenn Qhuinn eine Pause machte, aber er hatte keine Ahnung, worum es ging.

Er war überrascht, als er plötzlich Hände an seinen Schultern und Beinen spürte, und es gelang ihm, seine Lider kurz zu öffnen, als er hochgehoben wurde.

Komisch. Die Arbeitsflächen und Schränke waren weiß gewesen, als sie die Küche zum ersten Mal betreten hatten. Aber jetzt … waren sie in glänzendem Schwarz gestrichen.

In seinem Delirium wunderte er sich, warum jemand das getan hatte.

Schwarz war nicht gerade eine anheimelnde Farbe.

Er schloss die Augen und fühlte die Stöße und das Schwanken, als er hinausgetragen wurde. Und dann spürte er, wie er schließlich abgesetzt wurde, und sackte in sich zusammen. Ein Automotor wurde gestartet. Türen wurden geschlossen.

Dann waren sie unterwegs. Zweifellos zurück zum Anwesen der Bruderschaft.

Bevor er völlig das Bewusstsein verlor, fasste er sich mit der Hand an die Wange und bemerkte, dass er das Kissen vergessen hatte.

Er kam augenblicklich zu sich und setzte sich abrupt auf – wie Lazarus, der von den Toten zurückkehrte.

Aber Blay befand sich direkt neben ihm – mit seiner ›Beute‹. »Hier. Ich habe sichergestellt, dass wir nicht ohne es wegfahren.«

John nahm das Kissen, das immer noch nach Xhex roch, und umschlang es mit seinem riesigen Körper. Und das war das Letzte, woran er sich auf dem Heimweg erinnern konnte.

Als Lash erwachte, befand er sich noch in genau derselben Stellung wie beim Einschlafen: flach auf dem Rücken, die Arme über der Brust verschränkt … wie ein Leichnam in einem Sarg. Als er noch ein Vampir gewesen war, hatte er sich im Schlaf oft herumgewälzt und war meist auf der Seite mit dem Kopf unter dem Kissen aufgewacht.

Als er sich aufsetzte, betrachtete er als Erstes seine Wunden auf Brust und Bauch. Unverändert. Nicht schlimmer, aber unverändert. Und seine Energie war nicht wirklich stärker geworden.

Und das trotz der Tatsache, dass er … verdammt nochmal … drei ganze Stunden geschlafen hatte. Ach, was soll's!

Gott sei Dank war er schlau genug gewesen, das Treffen mit Benloise zu verschieben. Einen Mann wie ihn traf man besser nicht einfach so, wenn man aussah und sich so fühlte, als ob man gerade eine anderthalbwöchige Sauftour hinter sich hatte.

Er schwang die Beine vom Bett, stützte sich ab und drückte dann seinen Hintern von der Matratze hoch. Als er schwankte, drang von unten kein Laut zu ihm hoch. Oder doch … Jemand erbrach sich, was bedeutete, dass Omega die Arbeit mit dem neuen Rekruten beendet hatte und der Kerl sich gerade an der Startlinie eines spaßigen sechs- bis zehnstündigen Kotzmarathons befand.

Lash hob sein verschmutztes Hemd und seinen Anzug auf und fragte sich, wo verdammt nochmal seine Kleidung zum Wechseln blieb. Mr D benötigte sicher nicht drei Stunden, um sich zu Benloise zu bewegen, einen neuen Termin zu vereinbaren und dann Xhex mit Essen zu versorgen und einen Satz frischer Klamotten aus dem Schrank zu nehmen.

Auf seinem Weg nach unten wählte Lash die Nummer des Idioten, und als seine Voicemail ansprang, blaffte er: »Wo zum Teufel sind meine Klamotten, Arschloch?«

Er legte auf und blickte durch den Flur ins Speisezimmer. Der neue Rekrut befand sich nicht mehr auf dem Tisch, sondern halb darunter, kauerte über einem Eimer und würgte trocken, als ob er eine Ratte im Magen hatte, die keinen der beiden Ausgänge finden konnte.

»Ich lasse dich hier«, sagte Lash laut. Das Würgen wurde kurz unterbrochen, und der Rekrut blickte zu ihm herüber. Seine Augen waren blutunterlaufen, und aus seinem Mund rann etwas, das wie schmutziges Abwaschwasser aussah.

»Was … geschieht mit mir?«, fragte er kleinlaut.

Lashs Hand wanderte zu der Wunde auf seiner Brust, und er hatte Schwierigkeiten, zu atmen, als er wieder einmal daran dachte, dass die Rekruten vor der Initiation nie die gesamte Geschichte erfuhren. Sie wussten nie, was sie erwartete, oder was sie genau aufgegeben und dafür erhalten würden.

Er selbst hatte sich jedoch zuvor nie als Rekrut betrachtet. Er war Omegas Sohn und nicht nur ein weiteres Zahnrad in der Maschinerie des Bösen. Aber wie viel wusste er tatsächlich?

Er zwang sich, die Hand von der Wunde zu nehmen.

»Du wirst schon wieder«, meinte er rau. »Alles … kommt wieder in Ordnung. Du wirst bald für eine Weile das Bewusstsein verlieren, aber wenn du danach aufwachst … wirst du dich wie neugeboren fühlen.«

»Das Ding …«

»Ist mein Vater. Aber du wirst weiterhin für mich arbeiten, wie ich es dir gesagt habe. Daran hat sich nichts geändert.« Lash ging zur Tür, als der Drang zu fliehen, übermächtig wurde. »Ich werde jemanden schicken, um dich abzuholen.«

»Bitte, lassen Sie mich nicht alleine hier!«, flehte der Rekrut mit feuchten Augen, und streckte eine schmutzige Hand nach Lash aus. »Bitte …«

Lashs Brustkorb wurde starr und drückte auf seine Lungen, bis sie nicht mehr funktionierten und er keine Luft mehr bekam.

»Jemand wird dich holen kommen.«

Und jetzt schnell hinaus zur Tür, raus aus dem Haus, weg von der Schweinerei.

Lash eilte zu seinem Mercedes, setzte sich ans Steuer und sperrte sich im Wagen ein. Nachdem er die kurze Zufahrt des Farmhauses im Eiltempo hinter sich gelassen hatte, brauchte er etwa fünf Kilometer, bis er wieder richtig atmen konnte, und erst als er die Hochhäuser der Innenstadt erblickte, fühlte er sich wieder einigermaßen wohl in seiner Haut.

Während er zu seinem Haus fuhr, rief er Mr D noch zweimal an, gelangte aber bloß immer wieder zu dessen Voicemail.

Als er nach rechts in die Gasse abbog, die zur Garage führte, hätte er sein Telefon vor lauter Frustration am liebsten zum Fenster hinausgeworfen …

Er nahm den Fuß vom Gaspedal und ließ ein anderes Auto vorbei … aber das tat er nicht, weil er zu seinem Nachbarn mit dem Porsche freundlich sein wollte.

Die Tür zu seiner Garage stand weit offen, und der Lexus von Mr D befand sich darin. Das entsprach nicht dem Protokoll.

Das und die ganzen unbeantworteten Anrufe ließen seine Alarmglocken schrillen. Lashs erster Gedanke galt Xhex. Wenn diese verdammten Wichser der Bruderschaft sie geholt hatten, würde er sie alle auf dem Rasen anpflocken und die Sonne langsam, aber sicher ihr Werk tun lassen.

Er schloss die Augen und konzentrierte seine Sinne … und einen Moment später konnte er Mr D spüren, aber das Signal war extrem schwach. Kaum wahrnehmbar.

Der Scheißkerl war offensichtlich in die Mangel genommen, aber nicht umgebracht worden.

Als hinter ihm ein Auto hupend stehen blieb, bemerkte er, dass er mitten auf der Straße angehalten hatte.

Normalerweise hätte sein erster Schritt darin bestanden, den Mercedes in die Garage zu fahren und mit erhobenen Fäusten ins Haus zu stürmen … Aber er war nicht ganz auf dem Damm, fühlte sich träge und etwas benebelt. Und falls sich die Brüder immer noch im Haus befanden, war jetzt nicht der richtige Zeitpunkt, um sich dem Feind zu stellen.

Selbst *Lesser* konnten tot aufwachen. Und sogar der Sohn des Bösen konnte zu seinem Schöpfer zurückgeschickt werden.

Aber was war mit seiner Liebsten geschehen?

Verfolgt von einem seltsamen, kalten Gefühl des Grauens fuhr Lash bis zum Ende der Gasse und bog dann zweimal hintereinander rechts ab. Als er langsam an der Vorderseite seines Hauses vorbeifuhr, betete er, dass sie noch …

Als er zu den Fenstern im ersten Stock hinaufsah, entdeckte er sie im Schlafzimmer – und seine Erleichterung war so groß, dass er pfeifend ausatmete. Egal, was in seinem Haus geschehen war, oder wer dort eingebrochen hatte, Xhex befand sich immer noch dort, wo er sie zurückgelassen hatte. Er, und nur er, konnte ihr Gesicht auf der anderen Seite der Fensterscheibe deutlich erkennen. Sie blickte in den Himmel hinauf und fasste sich mit einer Hand an die Kehle.

Welch hübscher Anblick, dachte er sich. Ihr Haar wurde langsam länger und begann, sich zu wellen, und das Mondlicht auf ihren hohen Wangenknochen und perfekten Lippen wirkte geradezu romantisch.

Sie gehörte immer noch ihm.

Lash zwang sich dazu, weiterzufahren. Die Sache war die: Dort, wo sie sich befand, war sie sicher. Seine unsichtbaren Gefängnismauern waren für Vampire, Menschen oder *Lesser* gleichermaßen unüberwindbar, egal, ob es sich um einen Bruder oder nur um einen Idioten mit einer Knarre und Allüren handelte.

Was, wenn er jetzt da hineinging und in ein Scharmützel mit den Brüdern geriet? Was, wenn er verletzt wurde? Dann würde er sie verlieren, weil er nicht mehr genügend Energie hatte, um den Bann aufrechtzuerhalten, der sie gefangen hielt. Es war für ihn nämlich so schon schwer genug, die Kraft dafür aufzubringen. Als Realist gab er das offen zu, auch wenn er seine Schwäche hasste.

Es brachte ihn fast um, dass er weiterfahren musste.

Aber es war die richtige Entscheidung. Wenn er Xhex behalten wollte, musste er sie zurücklassen, bis die aufgehende Sonne die Eindringlinge vertrieben hatte.

Es dauerte eine Weile, bis er registrierte, dass er ziellos herumfuhr. Aber allein der Gedanke daran, in einem der beschissenen Häuser, die der Gesellschaft der *Lesser* gehörten, Unterschlupf zu suchen, verleitete ihn zu dem Wunsch, sich die Haut vom Gesicht zu reißen.

Wenn die Sonne doch endlich aufgehen würde!

Irgendwie konnte er es kaum glauben, dass er nicht die Eier hatte, sich den Eindringlingen zu stellen. Aber andererseits hatte er ja schon Probleme damit, nicht hinter dem Steuer einzuschlafen. Als er die Brücke in Caldwell in Richtung Westen überquerte, gelang es ihm kaum, die Augen offen zu halten. Seine Wunden mochten zwar von den Kämpfen mit Xhex stammen, aber die Erschöpfung …

Als er zu den Fahrbahnen hinüberblickte, die Richtung Osten führten, dämmerte es ihm plötzlich. Die Lösung für sein Problem war so offensichtlich, und trotzdem schlug der Gedanke mit solcher Kraft ein, dass er den Fuß vom Gaspedal nahm.

Ost und West. Links und rechts. Tag und Nacht.

Ganz logisch, dass es ihm nur oberflächlich geholfen hatte, wenn er sich von Mr D nährte.

Er brauchte eine Frau. Einen weiblichen *Lesser.*

Warum war ihm das nicht schon früher eingefallen? Männliche Vampire wurden nur stärker, wenn sie das Blut eines weiblichen Vampirs tranken. Und obwohl das

Erbe seines Vaters in ihm ziemlich dominant war, gab es offenbar noch genug Vampirisches in ihm, um das er sich kümmern musste.

Nachdem er aus Mr Ds Vene getrunken hatte, hatte er sich nur teilweise gestärkt gefühlt.

Nun gut! Das würde dann wohl alles ändern … und Xhex eine völlig neue Zukunft bescheren.

17

Die Geräusche des Blutbads im Erdgeschoss waren bis an Xhex' Ohren gedrungen, und angesichts des Gestanks, der nun durch die offene Schlafzimmertür hereinwehte, konnte sie nur spekulieren, was dem kleinen *Lesser* zugestoßen war, der ihr immer das Essen gebracht hatte.

Offenbar war gerade ein Teil des Erdgeschosses mit Jägerblut gestrichen worden.

Xhex war überrascht, dass die Brüder sich entschieden hatten, den Bastard im Haus in Stücke zu reißen. Soweit sie wusste, wurden die *Lesser* normalerweise von Butch O'Neal inhaliert, damit sie nicht zu Omega zurückkehren konnten. Also warum da unten? Es würde sie nicht überraschen, wenn von dem Jäger im Erdgeschoss nichts mehr übrig war, das man ohne Wischmopp beseitigen konnte.

Es sei denn, es war eine Nachricht für Lash.

Nach dem Durcheinander war es seltsamerweise für längere Zeit still, und dann hörte sie plötzlich viele Fußtritte. Anscheinend verließen die Brüder das Haus, nachdem es dort nichts mehr zu töten gab.

Panik stieg in ihrer Brust auf, und die Anstrengung, sich wieder zu beruhigen, war beinahe körperlich … Aber verdammt nochmal, sie würde jetzt nicht die Fassung verlieren! Alles, worauf sie sich in dieser Situation verlassen konnte, war sie selbst. Sie war ihre Waffe. Ihr Geist und ihr Körper waren die einzigen Dinge, die Lash ihr nicht wegnehmen konnte.

Wenn sie diese beiden verlor, wäre sie so gut wie tot.

Verdammt! Wenn sie diese beiden verlor, könnte sie außerdem Lash nicht mitnehmen, wenn sie diese Welt verließ.

In dieser Erkenntnis fand Xhex die Kraft, weiterzumachen. Das Gewicht, das auf ihr lastete, erdete ihre Gefühle, die sich ansonsten selbstständig gemacht und auch ihre Logik mitgenommen hätten. Sie sperrte alle Gedanken weg, fuhr sämtliche Gefühle herunter, die sie übermannt hatten, als sie neben John Matthew gestanden hatte.

Schließlich drang nichts mehr durch, kam nichts mehr hoch.

Als Xhex auf Kampfmodus umschaltete, realisierte sie, dass sie weder einen Knall vernommen noch einen Lichtblitz gesehen hatte. Also hatten die Brüder dem Jäger wohl nicht ihre Dolche in die Brust gerammt. Und nachdem der Geruch so stark war, hätte sie gewettet, dass der Körper zurückgelassen worden war.

Lash würde ausrasten! Sie hatte gehört, wie er mit dem kleinen Texaner sprach. Und obwohl er es sicher geleugnet hätte, mochte er den Bastard. Was sie nun tun musste, war, diese Schwäche in ihm auszunutzen. Nachzutreten, wenn er schon am Boden lag. Vielleicht würde er dann auf fundamentale Weise zerbrechen …

Inmitten der Stille und des Gestanks ging Xhex auf und ab und blieb schließlich vor dem Fenster stehen. Ohne an das Kraftfeld ihres unsichtbaren Gefängnisses zu denken, hob sie beide Arme und lehnte sich an die Pfosten …

Xhex sprang erschrocken zurück und erwartete, dass eine Welle des Schmerzes sie durchfahren würde.

Stattdessen spürte sie nur ein leichtes Kribbeln. Irgendetwas war anders an ihrem Gefängnis …

Vorsichtig näherte sie sich erneut dem Fenster und drückte die Hände gegen die unsichtbare Mauer. Was sie jetzt benötigte, um die Situation richtig zu beurteilen, war absolute Objektivität. Aber wie sich herausstellte, war die Abweichung so offensichtlich, dass sie es selbst dann bemerkt hätte, wenn sie abgelenkt gewesen wäre. Sie konnte eine gewisse Schwäche im dehnbaren Geflecht des Banns fühlen.

Die Frage war: Warum? Und ob das Geflecht noch schwächer werden würde, oder ob diese kurzzeitige Veränderung etwas war, das sie sofort ausnutzen musste.

Ihre Augen untersuchten das Fenster. Sie konnte keine sichtbare Veränderung an ihrem Gefängnis feststellen. Xhex fasste an die Glasscheibe, nur um sicherzugehen – ja, sie hatte Recht gehabt.

War Lash etwa gestorben? Oder verletzt?

In diesem Augenblick fuhr ein großer schwarzer Mercedes langsam an der Vorderseite des Hauses vorbei, und sie spürte, dass der verdammte Hurensohn darin saß. Ob es wohl daran lag, dass er sich aus ihrer Vene genährt hatte? Oder daran, dass die Stärke der Barriere nachließ? Sein emotionales Raster war vor ihrem *Symphathen*-Auge wie ein offenes Buch. Er fühlte sich isoliert. Er hatte Angst. Und er war … schwach.

Aha!

Das bestätigte die Lockerung des Banns, die sie gespürt hatte. Und lieferte eine Begründung, warum er nicht sofort zu ihr eilte, um sie zu holen. Wenn sie Lash wäre und sich nicht besonders stark fühlte, würde sie auf jeden Fall bis zum Sonnenaufgang warten und erst dann ins Haus hineingehen.

Entweder das, oder sie würde sich aufmachen und geeignete Verstärkung holen.

Aber dafür gab es ja Handys.

Als der Mercedes wegfuhr und es nicht so aussah, als ob er wiederkommen würde, trat sie zwei Schritte vom Fenster zurück. Sie spannte die Muskeln in ihren Oberschenkeln an und ging in Kampfstellung, ballte die Hände zu Fäusten und neigte ihren Rumpf leicht nach hinten. Sie atmete tief ein, konzentrierte sich und ...

Xhex ließ ihre rechte Faust nach vorne schnellen und traf die Barriere mit einer Wucht, die einem Mann den Kiefer gebrochen hätte.

Der Bann warf sie zurück, aber überall im Raum waren Wellen zu sehen, und ihre Gefängniszelle schimmerte, als ob sie sich neu einstellen würde. Bevor sich die Barriere ganz regenerieren konnte, versetzte Xhex ihr einen weiteren Schlag ...

Die Glasscheibe auf der anderen Seite der Barriere zerbrach, als sie sie berührte.

Zunächst war sie total verblüfft ... selbst als sie die Zugluft in ihrem Gesicht spürte. Doch dann sah sie nach unten auf ihre blutenden Knöchel und erhielt die Bestätigung, dass es keinen anderen Grund dafür geben konnte, dass das Fenster zerbrochen war.

Heilige Scheiße!

Schnell ging sie alle Fluchtmöglichkeiten, die sich ihr boten, im Kopf durch. Sie blickte über die Schulter hinüber zur Tür, die John und die Brüder offen gelassen hatten.

Eigentlich wollte sie vermeiden, durch das Haus hinauszugehen, da sie seinen Grundriss nicht kannte und keine Ahnung hatte, was ihr auf dem Weg hinaus begegnen würde. Aber ihr Instinkt sagte ihr, dass sie wahrscheinlich zu schwach war, um sich zu dematerialisieren. Bei einem Ausbruchsversuch durch das Fenster konnte sie sich vielleicht nicht mitten in der Luft dematerialisieren. Und dann würde sie ungebremst auf die Straße knallen.

Die offene Tür war somit die beste Möglichkeit. Sie konnte ihren Körper wie eine Faust einsetzen, und mit etwas Anlauf hätte sie auch noch mehr Schwung.

Xhex drehte sich um und ging rückwärts, bis ihre Schulterblätter die Wand berührten. Dann holte sie tief Luft und ... spurtete durch den Raum, wobei ihre Fußballen ihr Gewicht über den Boden bewegten und ihre Arme mitschwangen.

Sie traf mit voller Wucht auf die Barriere. Ein glühender Schmerz schoss durch jede einzelne Zelle ihres Körpers und ließ sie von innen nach außen leuchten. Die Qual blendete sie, als der Bann sie an ihrem Platz festhielt, sie in ihrem Gefängnis einschloss, so dass sie sich so gut wie tot fühlte ...

Aber dann riss die Barriere, als die Wucht ihres Aufpralls die unsichtbaren Gitterstäbe zerbrechen ließ ... Und gottverdammt nochmal, wenn sie nicht auf der anderen Seite des Schlafzimmers ankam!

Als das Gefängnis sie freigab, krachte Xhex gegen die Flurwand. Der Aufprall war so stark, dass bestimmt etwas Farbe von der Wand abplatzte, als sie mit Gesicht und Oberkörper an der Wand entlangschrammte und zu Boden glitt.

Während sich in ihrem Kopf alles drehte und leuchtende Sternchen vor ihren Augen tanzten, gab sie sich einen mentalen Ruck. Sie war zwar draußen, aber noch nicht in Freiheit.

Xhex blickte zurück und sah die Wellen des Banns, als er sich wieder neu formte … und fragte sich, ob Lash durch irgendein Signal darüber informiert worden war, dass sie die Wände seines Käfigs durchbrochen hatte.

Los jetzt … raus hier … aber schnell!

Sie rappelte sich hoch, taumelte den Flur entlang und stieg schließlich auf wackeligen Beinen die Treppe hinab. Unten im Eingangsbereich brachte sie der Gestank des *Lesser*-Bluts zum Würgen, und sie ging in die andere Richtung, allerdings nicht wegen ihrer Nase. Normalerweise wurde das Haus durch den Hintereingang betreten und wieder verlassen. Wenn ihr für die Flucht nur ein ganz kleines Zeitfenster zur Verfügung stand, musste sie unbedingt einen anderen Weg hinaus finden.

Der Vordereingang bestand aus einer massiven, mit Schnitzereien verzierten Tür mit einer Glasscheibe, die durch Eisenstangen gesichert war. Aber diese waren nur durch vier einfache Bolzenschlösser versperrt.

Ein Kinderspiel!

Sie ging zur Tür, legte die Hand auf den Schließzylinder und konzentrierte sämtliche Energie, die ihr verblieben war, darauf, die Sperrstifte zu bewegen. Eins … zwei … drei … und vier.

Sie riss die Tür weit auf und hatte bereits einen Fuß über der Schwelle, als sie hörte, wie jemand die Küche betrat.

Zum Henker! Lash kam zurück. Er war wegen ihr zurückgekommen.

Blitzschnell verließ sie das Haus und dematerialisierte sich. Die Panik verlieh ihr Flügel, die ihr konzentrierter Geist bestmöglich nutzte. Angesichts der schlechten Verfassung, in der sie sich befand, wusste sie, dass sie nicht sehr weit kommen würde. Daher entschied sie sich, in ihrer Kellerwohnung unterzutauchen. Dort war sie wenigstens in Sicherheit, während sie neue Kräfte sammelte.

Xhex nahm in der geschützten Nische, die in ihre Wohnung hinunterführte, wieder Gestalt an und öffnete die Türschlösser kraft ihres Willens. Als sie durch die Tür trat, schaltete der Bewegungsmelder das Licht im weiß gestrichenen Flur ein. Sie hob den Arm, um ihre Augen vor dem grellen Licht zu schützen, als sie die Stufen hinunterstolperte. Sie versperrte die Tür mit ihrer Willenskraft und strauchelte, wodurch ihr bewusstwurde, dass sie hinkte.

Warum, wollte ihr auf die Schnelle nicht einfallen. Aber darauf kam es auch nicht mehr an.

Sie schleppte sich ins Schlafzimmer und sperrte sich darin ein. Als das Licht automatisch anging, blickte sie auf das Bett. Die weißen Laken waren sauber, die Kissen frisch aufgeschüttelt und die Bettdecke glatt gestrichen. Sie kam nicht bis zur Matratze. Als ihre Knie nachgaben, ließ sie sich einfach fallen und sackte in sich zusammen.

Es war kein Schlaf, der sie übermannte, als sie auf dem Boden aufschlug. Aber das war in Ordnung. Bewusstlosigkeit wirkte in diesem Fall ohnehin besser.

Etwa zwanzig Minuten, nachdem sie es zusammen mit John verlassen hatten, betraten Blaylock, Rhage und Vishous erneut das Sandsteinhaus. Sobald sie ihren Kumpel sicher zum Anwesen der Bruderschaft gebracht hatten, kehrten sie zurück, um den Rest der Räume zu durchsuchen: Diesmal suchten sie nach kleineren Dingen wie Ausweisen, Computern, Bargeld und Drogen und vor allem Informationen.

Da er das Blutbad, das John angerichtet hatte, selbst beobachtet hatte, fielen Blay dessen Folgen kaum auf, als er in die Küche ging und sofort damit begann, Schränke und Schubladen zu öffnen und zu durchsuchen. Vishous ging hinauf in den ersten Stock, während Rhage sich den vorderen Teil des Hauses vornahm.

Er kam gerade in Fahrt, als Rhage rief: »Die Vordertür steht weit offen!«

Also war jemand hier gewesen, seit sie das Haus mit John verlassen hatten. Ein *Lesser?* Unwahrscheinlich, da dieser das Haus nie ungesichert zurückgelassen hätte. Vielleicht ein menschlicher Dieb? Die Brüder hatten die Hintertür nicht abgesperrt, als sie gegangen waren. Also war vielleicht jemand einfach so hineinspaziert.

Falls es ein Mensch gewesen war, hätte der Anblick ihn bestimmt umgehauen. Das würde auch den schnellen Abgang durch die Vordertür erklären …

Blay zog seine Waffe für den Fall, dass sich noch jemand im Haus befand, und mit der freien Hand setzte er seine Suche fort. Er fand zwei Handys in einer Schublade mit Messern, allerdings ohne Ladegeräte, aber dieses Problem würde V schon lösen. Außerdem lagen neben dem Telefon mehrere Visitenkarten, aber sie stammten alle von Menschen im Baugewerbe – wahrscheinlich von den Handwerkern, die das Haus hergerichtet hatten.

Er durchsuchte gerade die Schränke unter der Arbeitsfläche, als er stirnrunzelnd aufsah. Direkt vor ihm stand eine Schüssel mit frischen Äpfeln.

Und als er in Richtung Backofen blickte, entdeckte er einige frische Tomaten. Und einen Laib französisches Weißbrot in einer Papiertüte.

Er richtete sich auf, ging zum Kühlschrank hinüber und riss die Tür auf. Biomilch. Fertigmenüs aus einem Ökoladen. Ein frischer Truthahn, der nur noch in den Ofen geschoben werden musste. Kanadischer Räucherspeck.

Das sah nicht gerade nach Gefängnisessen aus.

Blay blickte zur Decke hinauf, wo schwere Fußtritte zu hören waren, als V von Raum zu Raum ging. Dann sah er sich genauer in der Küche um. Vom Kaschmirmantel, der über einem Hocker hing, über die Kupferpfannen, die sich in einem offenen Regal stapelten, bis hin zur Kaffeekanne, in der sich noch Kaffee befand: alles waren Markenprodukte – neu und noch übersichtlicher angeordnet als auf einem Katalogfoto.

All dies entsprach tatsächlich Lashs Standard ... aber *Lesser* konnten doch eigentlich gar nicht essen. Das bedeutete entweder, dass er Xhex wie eine Königin behandelt hatte, was höchst unwahrscheinlich war, oder dass regelmäßig jemand ins Haus kam, um sich den Bauch vollzuschlagen.

Die Vorratskammer lag direkt neben der Küche, und Blay stapfte durch die feuchten Überbleibsel des Jägers, um noch schnell einen Blick auf den Raum voller Regale zu werfen. In der Kammer befanden sich genügend Nahrungsmitteldosen, um den Haushalt ein ganzes Jahr damit zu versorgen.

Als er den Raum schon wieder verlassen wollte, entdeckte er etwas am Boden. Auf den sonst so makellosen Holzdielen befanden sich kaum sichtbare Kratzspuren, die in der Form eines Halbmondes verliefen.

Blays Kniegelenke knackten, als er in die Hocke ging und einen Staubsauger zur Seite schob.

Die Holzpaneele waren eben und hatte keine Spalten, wo keine sein sollten. Als er jedoch mit den Fingerknöcheln gegen die einzelnen Paneele klopfte, stieß er auf einen Hohlraum. Er nahm sein Messer heraus und nutzte den Griff als Sonargerät, um die genaue Größe des versteckten Hohlraums festzustellen. Anschließend drehte er das Messer um und schob die Spitze der Klinge zwischen Nut und Feder.

Er hebelte die Abdeckung auf, nahm eine Stiftlampe und leuchtete hinein.

Im Hohlraum befand sich ein Müllsack aus robuster Plastikfolie in der Farbe von *Lesser*-Blut.

Er zog ihn heraus und zog die Schnur auf, die ihn verschlossen hielt. »Heilige … Scheiße!«

Rhage tauchte hinter ihm auf. »Was hast du da?«

Er griff in den Sack und zog eine Handvoll zerknitterter Geldscheine heraus. »Bargeld, massenhaft Bargeld.«

»Mitnehmen. V hat einen Laptop gefunden und entdeckt, dass ein Fenster im oberen Stock zerbrochen ist, was bei unserem Besuch vorhin noch nicht der Fall war. Ich habe die Vordertür geschlossen, damit niemand neugierig wird.« Er sah auf seine Armbanduhr. »Wir müssen hier weg, bevor die Sonne aufgeht.«

»Alles klar.«

Blay schnappte sich den Müllsack und ließ das ausgeräumte Versteck offen stehen. Je mehr hier alles nach Einbruch aussah, desto besser. Allerdings waren die Überreste des *Lesser* kaum zu übersehen.

Was gäbe er darum, Lashs Gesicht zu sehen, wenn der verdammte Wichser nach Hause kam!

Die drei verließen das Haus wieder durch die Hintertür. Draußen im Garten dematerialisierten sich Blay und Rhage, während Vishous den Lexus in der Garage kurzschloss, damit er ihn konfiszieren konnte.

Selbstverständlich wären sie liebend gerne geblieben, um zu sehen, wer als Nächstes auftauchen würde. Aber die Morgendämmerung war gnadenlos.

Zurück im Anwesen der Bruderschaft ging Blay mit Hollywood in die Eingangshalle, wo bereits eine Reihe von Leuten auf sie wartete. Die gesamte Beute wurde Butch zur Verwertung in der Höhle übergeben, und sobald Blay sich loseisen konnte, ging er nach oben zu Johns Schlafzimmer.

Sein Klopfen wurde mit einem Knurren beantwortet, und als er die Tür öffnete und hineinging, sah er Qhuinn in einem Ohrensessel neben dem Bett sitzen. Die Lampe auf dem Tisch neben ihm erzeugte einen gelblichen Lichtkreis in der Dunkelheit, der ihn und den ruhenden Berg unter der Bettdecke beleuchtete.

John lag im Tiefschlaf.

Qhuinn hingegen nippte genüsslich an seinem Herradura Seleccion Suprema, einem erstklassigen Tequila, den er vor kurzem zu seinem Lieblingsgetränk erkoren hatte, und von dem eine ganze Flasche neben ihm stand.

Herrgott nochmal! Wenn Blay bedachte, was Qhuinn da gerade schlürfte, und dass John auf Jack Daniel's stand, kam er zum Schluss, dass er sich wohl auch ein besseres Lieblingsgetränk aussuchen sollte. Bier erschien ihm auf einmal eine viel zu unreife Wahl.

»Wie geht es ihm?«, fragte Blay leise.

Qhuinn nippte erneut an seinem Glas. »Nicht sehr gut. Ich habe nach Layla rufen lassen. Er muss sich unbedingt nähren.«

Blay näherte sich dem Bett. Johns Augen waren nicht ganz fest geschlossen, aber die Augenbrauen so eng zusammengezogen, dass es wirkte, als versuche er im Schlaf, ein physikalisches Problem zu lösen. Sein Gesicht war außerordentlich blass, sein Haar wirkte im Gegensatz dazu noch dunkler als sonst, und sein Atem ging zu flach. Irgendwer hatte ihm die Klamotten ausgezogen und einen Großteil des *Lesser*-Blutes abgewaschen.

»Tequila?«, fragte Qhuinn.

Blay streckte die Hand aus, ohne hinzusehen, und betrachtete weiterhin ihren Kumpel. Statt der erwarteten

Flasche wurde ihm ein Glas in die Hand gedrückt, aber das war ihm egal. Er nahm einen großen Schluck.

Tja, nun wusste er wenigstens, warum Qhuinn das Zeug mochte.

Als er ihm das Glas zurückgab, verschränkte er die Arme vor der Brust und hörte zu, wie das Glas gluckernd neu gefüllt wurde. Aus irgendeinem Grund entspannte ihn das Geräusch, mit dem der teure Sprit auf das geschliffene Kristallglas traf.

»Ich kann nicht glauben, dass er geweint hat«, murmelte Blay. »Ich meine … ich kann, aber das kam sehr überraschend.«

»Offensichtlich ist Xhex in diesem Raum gefangen gehalten worden.« Der Herradura wurde mit einem dumpfen Knall wieder auf dem Nachttisch abgestellt. »Und wir haben sie knapp verpasst.«

»Hat er irgendetwas gesagt?«

»Nein. Nicht einmal, als ich ihn unter die Dusche geschoben und mich mit hineingestellt habe.«

Okay, das war ein Bild, das Blay nicht vor Augen haben wollte. Gut, dass John nicht auch anders herum gepolt war …

An der Tür ertönte ein leises Klopfen, und dann wehte ein Duft von Zimt und Gewürzen in den Raum. Blay öffnete, ließ Layla herein und verbeugte sich voller Hochachtung.

»Wie kann ich …« Die Auserwählte runzelte die Stirn und blickte zum Bett. »Oh nein … ist er verletzt?«

Als sie zu John Matthew hinüberging, antwortete Blay in Gedanken: *Ja, aber vor allem innerlich.*

»Vielen Dank, dass du gekommen bist«, sagte Qhuinn, als er sich aus seinem Sessel erhob. Er beugte sich über John und berührte ihn sanft an der Schulter. »He, mein Freund. Kannst du mal für eine Sekunde aufwachen?«

John erwachte mühsam, als ob er gegen eine Flutwelle ankämpfen müsste, die über ihn hinwegschwappte. Er hob langsam den Kopf, und seine Augenlider flatterten, als ob ihm eine Ladung Eiswasser über das Gesicht gegossen würde.

»Essenszeit!« Ohne über die Schulter zu blicken, streckte Qhuinn die Hand nach Layla aus. »Du musst dich jetzt ein Weilchen konzentrieren, und dann lassen wir dich wieder in Ruhe.«

Die Auserwählte hielt inne … und trat dann vor. Sie ergriff langsam Qhuinns ausgestreckte Hand, wobei ihre Haut an der seinen entlangrieb, und nahm dann mit einer scheuen Zurückhaltung, die Blays Mitleid erregte, Qhuinns Platz ein.

Die Röte, die ihr plötzlich in die Wangen stieg, ließ Blay vermuten, dass sie, wie alle anderen, auf Qhuinn flog.

»John … mein Freund. Komm schon. Du musst dich jetzt konzentrieren.« Qhuinn zupfte an Laylas Ärmel, um der Auserwählten zu bedeuten, dass sie sich auf das Bett setzen sollte. Sobald sie einen Blick auf John geworfen hatte, war sie nur noch um ihn besorgt.

»Herr …« Ihre Stimme war sanft und unglaublich gütig, als sie den Ärmel ihrer Robe hochzog. »Herr, wacht auf und nehmt, was ich Euch geben kann. Fürwahr, Ihr bedürft dringend meines Blutes.«

John schüttelte ablehnend den Kopf, aber Qhuinn meldete sich sofort zu Wort: »Du willst doch Lash nachstellen! Wie willst du das in deinem Zustand machen? Du kannst ja nicht einmal deinen verdammten Kopf heben – verzeih meine Wortwahl, Auserwählte. Du brauchst dringend Kraft … Komm schon, sei kein Idiot, John.«

Qhuinns verschiedenfarbige Augen blickten Layla an, als er mit den Lippen ein *Entschuldigung* formte. Und sie musste auch ihn angelächelt haben, denn einen Moment lang neigte er den Kopf, als ob ihr Anblick ihn wie ein Blitz getroffen hätte.

Oder vielleicht hatte sie ihm nur auf dieselbe Weise geantwortet.

Das musste es gewesen sein.

Ganz bestimmt.

Und dann senkten beide die Köpfe, und Layla keuchte unvermittelt auf, als sich Johns Fänge in ihr Handgelenk versenkten und er sich nahm, was sie ihm angeboten hatte. Sichtbar zufrieden kehrte Qhuinn zu seinem Sessel zurück und füllte sich erneut das Glas. Nachdem er es halb geleert hatte, hielt er es Blay hin.

Eine grandiose Idee! Blay lehnte sich an die hohe Rückenlehne des Ohrensessels und legte einen Arm auf den Kopf der Lehne, als er einen tiefen Schluck nahm. Nach einem weiteren Schluck gab er das Glas an Qhuinn zurück.

So verharrten sie, teilten sich den Tequila, während John sich von Layla nährte … und irgendwann wurde sich Blay bewusst, dass er seine Lippen genau auf die Stelle legte, an der Qhuinns Mund das Glas berührt hatte.

Vielleicht war es der Alkohol. Vielleicht war es das Glas. Oder die Tatsache, dass Blay dort, wo er stand, mit jedem Atemzug Qhuinns dunklen Geruch wahrnahm …

Er wusste, dass er besser gehen sollte.

Er wollte John unterstützen, aber mit jeder Minute, die verstrich, beugte er sich näher und näher … und näher zu Qhuinn. Schließlich hing seine Hand so über dem Sessel, dass sie beinahe Qhuinns dichtes, schwarzes Haar berührte.

»Ich muss gehen«, meinte er rau, gab das Glas ein letztes Mal zurück und ging zur Tür.

»Bist du okay?«, fragte Qhuinn.

»Klar. Schlaf gut, Layla, und pass auf dich auf.«

»Musst du dich nicht nähren?«, wollte Qhuinn wissen.

»Morgen.«

Die Auserwählte sagte ein paar freundliche Worte, aber er drehte sich nicht um. Nein, das konnte er einfach nicht.

Und er flehte zur Jungfrau, dass ihm auf dem Flur niemand begegnete.

Er hatte nicht nachgesehen, wie schlimm es war, aber er wusste ganz genau, wann er erregt war … und das war eines der Dinge, die ein Mann in engen Lederhosen einfach nicht verbergen konnte, ganz gleich wie höflich er war.

18

Drüben auf der Anderen Seite ging Payne im Springbrunnen ihrer Mutter auf und ab. Dabei bildeten ihre Füße Kreise in dem Becken, in welchem sich das herabstürzende Wasser sammelte. Als sie so herumplanschte, hielt sie ihre Gewänder hoch und lauschte dem Gesang der bunten Vögel, die auf dem weißen Baum drüben in der Ecke saßen. Die Vögelchen zwitscherten fröhlich, flatterten von Ast zu Ast, pickten und reinigten ihr Gefieder.

Warum zur Hölle es ihnen diese immer gleichen paar Aktivitäten wert erschienen, jeden Tag aufzuwachen, war ihr ein absolutes Rätsel.

Im Heiligtum gab es keinen Zeitbegriff, und dennoch wünschte sie sich, sie hätte eine Taschenuhr oder eine Uhr mit Schlagwerk, um herauszufinden, um wie viel sich der Blinde König verspätete. Sie trafen sich jeden Nachmittag zum Kampftraining.

Na ja, für ihn war es Nachmittag. Für sie, die auf dieser Seite festsaß, war es immer Tag.

Sie fragte sich, wie lange es her war, dass ihre Mutter

sie aus dem Kälteschlaf geholt und ihr etwas Freiheit geschenkt hatte. Es gab aber keine Möglichkeit, das herauszufinden. Wrath kam seit einiger Zeit regelmäßig zu ihr – fünfzehnmal war er bereits hier gewesen – und sie war … auf jeden Fall lange davor reanimiert worden. Also vielleicht vor etwas mehr als sechs Monaten?

Die wichtigere Frage war jedoch, wie viel Zeit sie davor in ihrem kalten Gefängnis verbracht hatte. Aber sie würde sich davor hüten, ihre Mutter danach zu fragen. Sie sprachen sowieso nicht miteinander. Bis diese »göttliche« Frau, die ihr das Leben geschenkt hatte, bereit war, sie hier herauszulassen, hatte Payne ihr absolut nichts zu sagen.

In der Tat schien ihr Schweigen überhaupt keinen Unterschied zu machen, aber das hatte sie auch nicht wirklich erwartet. Wenn die eigene Mutter die Schöpferin eines ganzen Volkes war und keinem Rede und Antwort schuldig, selbst dem König nicht …

Es war ja so einfach, in seinem eigenen Leben gefangen zu werden.

Als sie immer schneller durch den Brunnen watete und ihre Gewänder nass wurden, stieg sie aus dem Becken und sprang mit erhobenen Fäusten herum. Die Schläge, die sie dabei austeilte, trafen nur auf Luft.

Die Rolle der braven, pflichtgetreuen Auserwählten war ihr absolut nicht auf den Leib geschneidert, und darin lag die Ursache für all die Probleme zwischen ihr und ihrer Mutter. Oh, welche Verschwendung! Welche Enttäuschung!

Ach, findet Euch damit ab, liebste Mutter!

Die Verhaltens- und Glaubensstandards der Auserwählten waren nicht für sie, Payne, bestimmt. Und wenn die Jungfrau der Schrift nur nach einem weiteren Geist in Röcken gesucht hatte, der wie ein stiller Lufthauch durch einen beheizten Raum wehte, hätte sie sich einen anderen Erzeuger für ihren Nachwuchs wählen sollen.

Bloodletters Erbgut fand sich in Payne wieder, die Wesenszüge des Vaters hatten sich größtenteils auf die nächste Generation übertragen …

Payne schwang herum und begegnete Wraths herabstürzender Faust mit einem Armhebel und einem Tritt in die Leber. Der König rächte sich schnell dafür. Der Schlag mit dem Ellbogen, den er ihr verpassten wollte, verhieß eine saftige Gehirnerschütterung.

Aber sie ging schnell in Deckung und entkam so knapp einem Treffer. Ein weiterer Fußtritt von ihr ließ den König zurückspringen – obwohl er blind war, wusste er stets ganz genau, wo sie sich befand.

Was bedeutete, dass er erraten würde, dass sie als Nächstes seine Flanke angreifen wollte. Und tatsächlich vollführte er bereits eine Drehung, um ihr mit der Sohle seines Stiefels in den Rücken zu treten.

Payne änderte ihre Absicht, ließ sich nach hinten zu Boden fallen und führte mit ihren Beinen eine sichelförmige Wischbewegung aus, so dass sie ihn an den Knöcheln traf und aus dem Gleichgewicht brachte. Ein schneller Sprung nach rechts brachte sie aus der Reichweite seines riesigen, taumelnden Körpers. Ein weiterer Sprung, und sie klammerte sich an seinen Rücken, während er vornüberkippte. Dann setzte sie einen Würgegriff an. Damit ihr Hebel größer wurde, fasste sie an ihr eigenes Handgelenk und verwendete den anderen Bizeps, um ihm die Kehle zuzudrücken.

Wie der König darauf reagierte? Er spielte Schildkröte.

Wrath nutzte seine unglaubliche Kraft, um das Gewicht ihrer beiden Körper hochzustemmen und sich aufzurichten. Dann ließ er sich nach hinten kippen und rollte sich wie eine Schildkröte über ihren Panzer über seinen Rücken ab. Dabei wurde Payne von seinem schweren Gewicht auf den Marmorboden gedrückt.

Welch eine Unterlage für eine Nummer zu zweit! Sie konnte geradezu spüren, wie sich ihre Knochen bogen.

Da der König jedoch in erster Linie ein Mann von Wert war und auf ihre geringere Muskelkraft Rücksicht nahm, hielt er sie nie lange fest. Was sie ziemlich ärgerte. Sie hätte einen Vergleich ohne Kompromisse vorgezogen, aber es gab Unterschiede zwischen den Geschlechtern, die nicht verhandelbar waren. Männliche Vampire waren einfach größer und daher stärker.

So sehr sie diese biologische Tatsache auch störte, gab es doch nichts, was sie dagegen tun konnte.

Und jedes Mal, wenn sie durch ihre höhere Geschwindigkeit im Kampf die Oberhand behielt, war das ein besonderes Vergnügen.

Geschickt sprang der König wieder auf die Füße und schwang herum. Sein langes schwarzes Haar breitete sich kreisförmig aus, bevor es wieder auf seinem weißen *Judogi* landete. Mit den dunklen Brillengläsern und seinen gewaltigen Muskelpaketen sah er einfach großartig aus. In ihm vereinten sich die edelsten Blutlinien der Vampire.

Allerdings war das auch teilweise die Ursache für sein Problem. Sie hatte gehört, dass seine Blindheit die Folge seines zu reinen Blutes sei.

Als Payne sich erheben wollte, bekam sie einen Krampf im Rücken, aber sie ignorierte den stechenden Schmerz und stellte sich erneut ihrem Gegner zum Kampf. Diesmal war sie es, die großzügig Hiebe austeilte, und für einen Blinden war Wraths Abwehr geradezu erstaunlich.

Vielleicht lag es ja daran, dass er sich nie über seine Behinderung beschwerte. Aber sie sprachen sowieso nie sehr viel, was sie gar nicht störte.

Obwohl sie durchaus neugierig war, wie sein Leben auf der Anderen Seite aussah.

Und wie sie ihn um seine Freiheit beneidete!

Sie setzten ihren Kampf fort, umkreisten dabei den Springbrunnen, und gelangten schließlich zu den Säulen und in Richtung der Tür, die in das Heiligtum führte. Und dann ging es wieder zurück und noch einmal um den Brunnen herum.

Am Ende des Kampftrainings waren beide voller Schrammen und bluteten, aber das war nicht der Rede wert. Sobald sie die Arme baumeln ließen und keine Schläge mehr austauschten, begannen ihre Wunden, zu heilen.

Der letzte Schlag, der diesmal ausgeteilt wurde, stammte von ihr und war ein Hammer von einem Kinnhaken, der den König mit voller Wucht traf, seinen Kopf zurückwarf und sein Haar noch einmal fliegen ließ.

Sie schienen sich immer ohne Worte darauf zu einigen, wann es Zeit war, einen Übungskampf zu beenden.

Sie kühlten sich ab, indem sie nebeneinander zum Springbrunnen spazierten, ihre Muskeln streckten und die Gelenke wieder einrenkten. Gemeinsam wuschen sie sich das Gesicht und die Hände im klaren, sauberen Wasser, und dann trockneten sie sich mit weichen Tüchern ab, die Payne hatte bereitstellen lassen.

Obwohl sie Hiebe und keine Worte austauschten, betrachtete Payne den König inzwischen als einen Freund. Und vertraute ihm genauso wie einem.

Es war das erste Mal, dass sie das erlebte.

Und sie waren wirklich nur Freunde. So sehr sie auch seine beeindruckenden körperlichen Attribute aus der Ferne bewunderte, fühlten sie sich trotzdem nicht voneinander angezogen – und das war mit ein Grund, warum ihre Freundschaft funktionierte. Ansonsten hätte sie sich nicht wohlgefühlt.

Nein, sie hatte keinerlei sexuelles Interesse an ihm oder einem anderen Mann. Männliche Vampire neigten dazu, stets die Führung übernehmen zu wollen, insbesondere solche vornehmer Herkunft. Sie konnten nichts dafür – ihr Verhalten wurde durch ihr Blut bestimmt. Payne hatte bereits genug davon, dass eine Person eine Meinung zu ihrem Leben hatte. Das Letzte, was sie brauchte, war noch so jemanden.

»Geht es dir gut?«, fragte Wrath, als sie auf dem Rand des Springbrunnens saßen.

»Ja, und dir?« Es störte sie nicht, dass er sie immer nach ihrem Befinden fragte. Die ersten paarmal hatte es sie irritiert – als ob sie nicht mit ein paar Kratzern fertigwürde … Aber dann wurde ihr klar, dass das nichts mit ihrem Geschlecht zu tun hatte – er hätte jeden gefragt, der im Kampftraining so viel Einsatz gezeigt hatte.

»Ich fühle mich großartig«, meinte er. Seine enormen Fänge blitzten hervor, als er grinste. »Der Armhebel am Anfang war übrigens echt klasse.«

Payne grinste von einem Ohr zum anderen. Das war ein weiterer Grund, warum sie gerne mit ihm zusammen war. Da er nichts sehen konnte, hatte sie keinen Grund, ihre Gefühle zu verbergen – und nichts erfreute sie mehr, als ein Lob aus seinem Munde.

»Tja, aber mit deiner Schildkrötentechnik walzt du mich jedes Mal ganz platt.«

Nun grinste er noch breiter, und sie war kurz davon gerührt, dass ihr Lob ihm etwas bedeutete. »Ein hohes Gewicht hat eben so seine Vorteile«, murmelte er.

Plötzlich wandte er sich ihr zu. Die dunklen Brillengläser, die er trug, ließen ihn hart wirken. Aber er hatte ihr bewiesen, dass er das nicht ganz und gar war.

Er räusperte sich. »Vielen Dank für den guten Kampf. Zuhause stehen die Dinge nicht zum Besten.«

»Wie das?«

Nun sah er weg, als ob er auf den Horizont blickte. Das war wahrscheinlich ein Überbleibsel aus einer Zeit, als er noch versuchte, seine Gefühle vor anderen zu verbergen. »Wir haben eine Vampirin verloren. Der Feind hat sie entführt.« Er schüttelte den Kopf. »Und nun leidet einer von uns deswegen.«

»Waren sie vereinigt?«

»Nein, aber er verhält sich so, als ob das der Fall wäre.« Der König zuckte mit den Schultern. »Mir ist die Verbindung zwischen den beiden nicht aufgefallen. Uns allen nicht. Aber … die Verbindung ist da und wurde heute Abend in ziemlich großem Rahmen offenbart.«

Ihr Hunger nach einem normalen, vampirischen Leben ließ sie sich interessiert vorbeugen. »Was ist geschehen?«

Der König strich sich das Haar zurück, sein spitzer Haaransatz hob sich in einem starken Gegensatz von seiner goldbraunen Haut ab. »Er hat heute Nacht einen *Lesser* abgeschlachtet. Hat den Bastard einfach kaltgemacht.«

»Das ist doch seine Aufgabe, oder etwa nicht?«

»Es geschah nicht im Feld, sondern in dem Haus, in dem die Jäger die Vampirin gefangen gehalten hatten. Der Jäger hätte eigentlich einer genauen Befragung unterzogen werden sollen, aber John hat ihn einfach niedergemetzelt. Nichts gegen ihn, John ist ein guter Junge … aber diese Bindungssache kann tödlich sein, und das ist hier nicht gerade positiv, wenn du verstehst, was ich meine.«

Erinnerungen an ein Leben auf der anderen Seite, an das Wiedergutmachen von Unrecht und an Kämpfe stiegen in Payne auf …

Unvermittelt trat die Jungfrau der Schrift aus dem

Durchgang zu ihren privaten Gemächern. Ihre schwarzen Gewänder schwebten sacht über dem Marmorboden.

Der König erhob sich und verneigte sich ... erschien aber in keinster Weise unterwürfig. Ein weiterer Grund, ihn zu mögen. »Gütigste Jungfrau der Schrift.«

»Wrath, Sohn des Wrath.«

Und das war's auch schon wieder. Da man der Mutter des Volkes keine Fragen stellen durfte, und Paynes Mutter danach selbst nichts mehr sagte, geschah einfach nichts weiter.

Jawohl, denn – das Schicksal möge es verhindern – nur ein Trottel würde es wagen, diese Frau mit Fragen zu löchern! Und es war klar, warum die Unterbrechung erfolgt war: Ihre Mutter wünschte keinen Kontakt zwischen Payne und der Außenwelt.

»Ich ziehe mich jetzt zurück«, sagte Payne zum König. Denn sie wollte nicht verantworten, was sie sagen würde, sollte ihre Mutter es wagen, sie wegzuschicken.

Der König streckte ihr die Faust entgegen. »Leb wohl! Bis morgen?«

»Mit Vergnügen.« Payne schlug ihre Knöchel gegen seine, wie er es ihr beigebracht hatte, und ging zur Tür, die in das Heiligtum führte.

Auf der anderen Seite der weißen Paneele versetzte das helle Grün des Grases ihren Augen einen Schock, und sie blinzelte, als sie am Tempel des Primals vorbei zu den Gemächern der Auserwählten ging. Gelbe, rosarote und rote Blumen blühten in gemischten Gruppen – heitere Tulpen gemischt mit Narzissen und Iris.

All dies waren Frühlingsblumen, wie sie von ihrer kurzen Zeit auf Erden noch wusste.

Hier war immer Frühling, stand die Natur immer auf der Schwelle zum Sommer. Aber sie erlebte nie die volle Pracht und die pralle Hitze des Sommers. Oder zumindest … wie das, was sie über den Sommer gelesen hatte.

Das mit Säulen geschmückte Gebäude, in dem die Auserwählten lebten, war in quadratische Gemächer unterteilt, die ihren Bewohnerinnen ein Mindestmaß an Privatsphäre boten. Die meisten Räume waren nun leer, und zwar nicht nur deshalb, weil die Auserwählten zu einer aussterbenden Art gehörten. Seit der Primal sie befreit hatte, wurde die private Sammlung der Jungfrau der Schrift an ätherischen Nichtstuerinnen immer kleiner – dank deren Ausflüge auf die Andere Seite.

Überraschenderweise hatte keine von ihnen sich entschieden, ihre Rolle als Auserwählte ganz aufzugeben – aber im Gegensatz zu früher wurden sie nun auch wieder in das Heiligtum hineingelassen, wenn sie das private Anwesen des Primals besucht hatten.

Payne begab sich direkt zu den Bädern und stellte erleichtert fest, dass sie alleine war. Sie wusste, dass ihre »Schwestern« nicht verstanden, was sie mit dem König tat, und sie genoss es, dass sie sich nach der körperlichen Anstrengung fern der Augen der anderen erholen konnte.

Die gemeinsamen Bäder befanden sich in einem Raum aus Marmor, und das große Badebecken verfügte über einen Wasserfall am hinteren Ende. Wie bei allen Dingen im Heiligtum galten auch hier nicht die Gesetze der Vernunft: Der warme, rauschende Strom, der sich über den Rand aus weißem Stein ergoss, war stets sauber und frisch, obwohl es keine Quelle und keinen sichtbaren Abfluss gab.

Payne schlüpfte aus ihren Gewändern, die sie nach dem Vorbild von Wraths sogenanntem *Judogi* geschneidert hatte, und watete in ihrer Unterwäsche in das Becken. Die Temperatur war wie immer perfekt … und erweckte in ihr die Sehnsucht nach einem Bad, das entweder zu heiß oder zu kalt war.

In der Mitte des großen Marmorbeckens war das Wasser tief genug für einige Schwimmzüge, und sie genoss die scheinbare Schwerelosigkeit und das Strecken ihres Körpers.

Ja, das war der beste Teil des Kampftrainings. Bis auf die Momente, in denen sie bei Wrath einen besonders guten Treffer landen konnte.

Als sie zum Wasserfall kam, watete sie darauf zu und flocht ihr Haar auseinander. Es war länger als das von Wrath, und sie hatte gelernt, es nicht nur zu einem Zopf zu flechten, sondern es auch im Nacken hochzustecken. Wenn sie es nicht tat, gab sie ihm gewissermaßen eine Leine in die Hand, an der er sie herumzerren konnte.

Unter dem Wasserfall lagen verschiedene süß duftende Seifen bereit, und sie nahm eine davon, um sich von Kopf bis Fuß einzuseifen. Als sie sich umdrehte, um den Seifenschaum abzuwaschen, stellte sie fest, dass sie nicht mehr alleine war.

Aber zumindest handelte es sich bei der dunkel gekleideten Gestalt, die hereingehumpelt kam, nicht um ihre Mutter.

»Sei gegrüßt«, rief Payne ihr zu.

No'One verneigte sich, gab jedoch keine Antwort, wie es ihrer Art entsprach, und plötzlich tat es Payne leid, dass sie ihre Gewänder einfach auf dem Boden liegen gelassen hatte.

»Ich kann mich selbst darum kümmern«, rief Payne ihr zu. Ihre Stimme hallte dabei im Raum wider.

No'One schüttelte den Kopf und hob die Gewänder auf. Die Dienerin war so reizend und ruhig und erledigte ihre Aufgaben ohne Murren, und trotz ihrer Schwierigkeiten beim Laufen.

Obwohl sie nie sprach, war es nicht schwer, ihre traurige Geschichte zu erraten.

Ein weiterer Grund, um jene zu verachten, die das Vampirvolk hervorgebracht hatte, dachte Payne.

Die Auserwählten waren wie die Bruderschaft der Black Dagger mit einem speziellen Ergebnis vor Augen innerhalb bestimmter Parameter gezüchtet worden. Während die Männer dickes Blut und einen starken Rücken aufweisen und sich in der Schlacht aggressiv und würdig zeigen sollten, wurde von den Frauen erwartet, dass sie intelligent und belastbar waren, sowie in der Lage, die weniger edlen Neigungen der Männer zu zügeln und die Rasse zu zivilisieren. Yin und Yang. Zwei Teile eines Ganzen, wobei das Bedürfnis nach dem Blut des anderen Geschlechts dafür sorgen sollte, dass die Geschlechter für immer aneinandergebunden waren.

Aber innerhalb dieses göttlichen Schemas war nicht alles perfekt. Die Wahrheit war, dass Inzucht zu Problemen geführt hatte. Und während in Wraths Fall die Gesetze bestimmten, dass er als Sohn des Königs den Thron mit oder ohne Beeinträchtigung besteigen konnte, war es um die Auserwählten nicht so gut bestellt. Behinderte wurden von der Zucht ausgeschlossen. Das war schon immer so. Und daher war jemand wie No'One, die eine Behinderung hatte, dazu verurteilt, sich zu verhüllen und als Dienerin für ihre Schwestern zu arbeiten … ein versteckter und unerwähnter Schandfleck, der dennoch »mit Liebe« behandelt wurde.

Oder besser gesagt »voller Mitleid«.

Payne wusste genau, wie sich die Frau fühlen musste. Zwar nicht in Bezug auf ihre körperliche Behinderung, aber sie wusste, was es bedeutete, wenn bestimmte Erwartungen an einen gestellt wurden und man sie nicht erfüllen konnte.

Und was diese Erwartungen anging …

Layla, eine weitere Auserwählte, betrat das Bad, legte ihre Gewänder ab und übergab sie No'One mit dem sanften Lächeln, das ihr Markenzeichen war.

Das Lächeln verschwand jedoch, als sie die Lider senkte und ins Wasser stieg. In der Tat schien sie verwirrt zu sein und sich Gedanken über etwas nicht sehr Erfreuliches zu machen.

»Sei gegrüßt, Schwester«, sagte Payne.

Laylas Kopf schnellte in die Höhe und ihre Brauen hoben sich. »Oh … Ich wusste nicht, dass du hier bist. Sei gegrüßt, Schwester.«

Nachdem sich die Auserwählte tief verbeugt hatte, setzte sie sich auf eine der unter Wasser befindlichen Marmorbänke, und obwohl Payne keine gewandte Gesprächspartnerin war, fühlte sie sich von der tiefen Stille, die Layla zu umgeben schien, angezogen.

Sie legte die Seife ab, schwamm zu Layla hinüber und ließ sich neben ihr nieder. Diese war gerade dabei, die Bisswunden an ihrem Handgelenk zu waschen.

»Wen hast du genährt?«, fragte Payne.

»John Matthew.«

Ah ja, wahrscheinlich der Mann, von dem der König gesprochen hatte. »Verlief es so, wie erwartet?«

»Ja, gewiss.«

Payne lehnte ihren Kopf an den Rand des Beckens und bewunderte die Schönheit der blonden Auserwählten. Einen Moment später fragte sie flüsternd: »Darf ich dir eine Frage stellen?«

»Aber natürlich.«

»Warum bist du so traurig? Du kehrst stets voller Traurigkeit zurück …« Payne glaubte, die Antwort zu kennen: Dass eine Frau nur aus Tradition dazu gezwungen wurde, einen Bruder zu nähren und Geschlechtsverkehr mit ihm zu haben, kam einem gewissenlosen Missbrauch gleich.

Layla betrachtete die Wunden in ihrer Vene leidenschaftslos und in Gedanken vertieft, als ob sie nicht zu ihr gehören würden. Und dann schüttelte sie den Kopf. »Ich werde mich nicht über die Ehre beklagen, die mir zuteilwurde.«

»Ehre? Fürwahr, du scheinst etwas völlig anderes erhalten zu haben.« Fluch wäre wohl die treffendere Bezeichnung.

»Oh nein, es ist eine Ehre, den Brüdern zu Diensten zu sein …«

»Sei ehrlich und versteck dich nicht hinter solchen Floskeln, wenn dein Gesicht dein Herz verrät. Und falls du Kritik an der Jungfrau der Schrift üben willst, bist du, wie du bestimmt weißt, bei mir an der richtigen Adresse.« Als ein Paar hellgrüne Augen schockiert zu ihr aufblickte, zuckte Payne mit den Schultern. »Ich habe niemals ein Geheimnis daraus gemacht, wie ich empfinde. Nie.«

»Nein … in der Tat, das hast du nicht. Er erscheint mir nur so …«

»Unangemessen? Unangebracht?« Payne ließ ihre Knöchel knacken. »Wie schade!«

Layla atmete langsam und lange aus. »Ich wurde speziell geschult, weißt du. Als *Ehros.*«

»Und das ist es, was dir widerstrebt …«

»Nein, überhaupt nicht. Das ist es, was ich nicht kenne, aber gerne kennenlernen würde.«

Payne runzelte die Stirn. »Deine Künste werden nicht genutzt?«

»So ist es. Ich wurde von John Matthew am Abend seiner Transition abgewiesen, nachdem ich ihn sicher durch die Wandlung geleitet hatte. Und wenn ich zu den Brüdern gehe, um sie zu nähren, werde ich nie berührt.«

»Wie bitte?« Hatte sie richtig gehört? »Du hättest *gerne* Sex. Mit einem von ihnen.«

Daraufhin bemerkte Layla scharfsinnig: »Unter all meinen Schwestern verstehst du bestimmt am besten, was es bedeutet, nichts als eine Möglichkeit zu sein.«

Tja … offensichtlich war die Situation doch komplexer als sie gedacht hatte. »Bei allem gebotenen Respekt, aber ich kann mir beim besten Willen nicht vorstellen, warum du … *das* … mit einem der Brüder tun willst!«

»Warum sollte ich nicht? Die Brüder und die drei jüngeren Männer sehen gut aus, sie sind *phearsom* und strotzen nur so vor Kraft. Und nachdem der Primal uns nicht mehr zu Diensten ist …« Layla schüttelte den Kopf. »Nachdem ich gut geschult wurde, mir der Akt ausführlich beschrieben wurde und ich auch darüber gelesen habe, möchte ich nun auch selbst diese Erfahrung machen. Selbst wenn es nur ein einziges Mal sein sollte.«

»Wenn ich ehrlich sein soll, verspüre ich nicht die geringste Neigung dazu. Das habe ich noch niemals, und ich denke, das werde ich auch nie. Ich würde lieber kämpfen.«

»Dann beneide ich dich.«

»Oh!«

Laylas Augen wirkten auf einmal steinalt. »Es ist viel besser, keine Wünsche zu haben, als keine Erfüllung zu finden. Das eine ist eine Erleichterung, das andere eine Leere mit großem Gewicht.«

Als No'One mit einem Tablett voller aufgeschnittener Früchte und mit frisch gepresstem Saft erschien, fragte Payne: »No'One, willst du dich nicht zu uns gesellen?«

Layla lächelte die Dienerin an. »In der Tat. Komm doch.«

Mit einem Kopfschütteln und einer Verneigung überließ No'One sie dem Mahl, das sie so fürsorglich zubereitet hatte, und humpelte durch den Torbogen aus dem Bad hinaus, um ihren anderen Aufgaben nachzugehen.

Paynes Stirnrunzeln blieb bestehen, als sie und die Auserwählte Layla in Schweigen verfielen. Sie dachte darüber nach, worüber sie gerade gesprochen hatten, und konnte kaum begreifen, wie unterschiedlich ihre Ansichten doch waren – und dennoch hatten beide Recht.

Um Laylas willen wünschte Payne, dass sie Unrecht hatte. Wie enttäuschend musste es wohl sein, wenn man sich nach etwas sehnte, das gar nicht so besonders war, wie die Erwartung einen glauben ließ!

19

»Eine Frau ...«, Omegas weiche, widerhallende Stimme trug weiter als ihre Lautstärke hätte vermuten lassen. Die beiden Worte drangen in jeden Winkel des Raumes aus glattem Stein, der sein privates Gemach darstellte.

Lash gab sich alle Mühe, möglichst gleichgültig zu wirken, und lehnte sich gegen eine der schwarzen Wände. »Ich brauche sie, um mir Blut zu geben.«

»So so, brauchst du also.«

»Die Natur verlangt es.«

In seiner weißen Robe gab Omega eine überwältigende Figur ab, wenn er im Raum umherging. Mit seiner Kapuze, den verschränkten Armen und den in die wallenden Ärmel gesteckten Händen glich er dem Läufer in einem Schachspiel.

Doch hier unten war er natürlich der König.

Die Empfangshalle des Bösen war etwa so groß wie ein Ballsaal und mit den vielen schwarzen Pfeilern und Kronleuchtern, die Tausende schwarzer Kerzen trugen, auch so ausstaffiert. Trotz des vorherrschenden Schwarzes entstand keinesfalls Eindruck von Eintönigkeit. Zum einen trugen die Dochte der Kerzen rote Flammen, und zum anderen waren die Wände, der Boden und die Decke aus dem außergewöhnlichsten Marmor gemacht, den Lash je gesehen hatte. Aus dem einen Blickwinkel wirkte er schwarz, während er aus einem anderen Blickwinkel metallisch blutrot aussah. Und weil das Kerzenlicht ständig flackerte, hatte man ringsum beide Farbeindrücke gleichzeitig.

Es war nicht schwer, den Grund für diese Einrichtung zu erahnen. Aufgrund seiner Garderobe, die sich auf Gewänder beschränkte, die wie Schneeverwehungen wirkten, war Omega das Zentrum, das alle Blicke auf sich zog. Der Rest war nur Beiwerk.

Auf diese Weise regierte er auch sein Reich.

»Und wäre das dann eine Gefährtin für dich, mein Sohn?«, fragte Omega aus einiger Entfernung quer durch den Raum.

»Nein«, log Lash, »nur eine Blutquelle.«

Man gab Omega besser nie mehr Informationen, als man unbedingt musste: Es war Lash nur zu bewusst, wie launisch sein Vater sein konnte, und dass es besser war, sich nicht zu lange in seinem Blickfeld aufzuhalten.

»Habe ich dir nicht genug Stärke gegeben?«

»Es liegt wohl an meinem vampirischen Erbe.«

Omega drehte sich um und sah Lash an. Nach einer kurzen Pause flüsterte das personifizierte Böse mit verzerrter Stimme: »In der Tat, das halte ich für wahr.«

»Ich werde sie zu dir bringen«, sagte Lash, während er sich aufrichtete. »Zum Farmhaus. Heute Nacht. Du verwandelst sie, und ich werde bekommen, was ich brauche.«

»Und ich kann dir das nicht geben?«

»Du würdest es mir geben – durch sie. Du initiierst sie, und ich habe die Blutquelle, die ich benötige, um Kraft zu schöpfen.«

»Du sagst also, dass du schwach bist?«

Verdammt nochmal! Es musste doch klar zu erkennen sein, dass er schwach war. Omega konnte solche Dinge fühlen, und es musste für ihn schon länger offensichtlich sein.

Als Lash schwieg, schwebte Omega langsam nach vorne, bis sie sich Auge in Auge gegenüberstanden. »Ich habe noch nie eine Frau initiiert.«

»Sie müsste nicht Mitglied der Gesellschaft der *Lesser* sein. Sie würde nur für mich existieren.«

»Für dich.«

»Kein Grund, sie da draußen kämpfen zu lassen.«

»Und diese Frau, hast du sie schon ausgewählt?«

»Das habe ich.« Lash lachte kurz auf, als er an Xhex dachte und an den Schaden, den sie anrichten konnte. »Ich bin mir sicher, dass du meine Wahl gutheißen wirst.«

»Bist du dir da so sicher?«

»Ich habe einen sehr guten Geschmack.«

Im ganzen Raum begannen die roten Flammen auf ihren Dochten zu zittern, als ob ein Luftzug sie aus der Ruhe gebracht hätte.

Unvermittelt hob sich Omegas Kapuze und gab den Blick auf sein schattenhaftes, durchscheinendes Gesicht frei, das genauso kantig war wie Lashs eigene Züge.

»Geh dahin zurück, von wo du gekommen bist«, sprach Omega überdeutlich, und seine dunkle, neblige Hand hob sich und strich über Lashs Wange. Dabei drehte sich das Böse um.

»Geh dahin zurück, von wo du gekommen bist!«

»Ich treffe dich bei Einbruch der Dunkelheit«, sagte Lash. »Auf der Farm.«

»Bei Einbruch der Dunkelheit.«

»Wäre es dir später lieber? Vielleicht um ein Uhr? Dann sehen wir uns um eins.«

»Du wirst mich in der Tat sehen!«

»Danke, Vater.«

Als Omega über den Boden schwebte, senkte sich seine Kapuze wie von selbst wieder dahin zurück, wo sie hingehörte, und eine der Bodenplatten des Raumes öffnete sich. Einen Augenblick später war Lash allein.

Er atmete tief ein, rieb sich das Gesicht und betrachtete all die roten Flammen und spektakulären Wände. Dieser Ort hatte wirklich etwas von einer Gebärmutter an sich.

Kraft seines Willens katapultierte er sich aus dem *Dhunhd* zurück in das scheußliche Farmhaus, das er als Startplattform hatte benutzen müssen. Als er in seiner körperlichen Form wieder zu sich kam, bemerkte er angewidert, dass er ausgestreckt auf einem Sofa lag, dessen Überwurf mit geschmacklosem Herbstlaub bedruckt war. Und gütiger Gott, das Gewebe fühlte sich an wie ein Stück Hundepelz ... und es stank auch genauso.

Insbesondere, wenn sich der verdammte Köter vorher in einem feuchten Aschenbecher gewälzt hatte!

Während er seinen Kopf hob, zog er sein Hemd bis zum Hals hoch. Immer noch da. Seine Wunden waren immer noch da, und sie wurden immer größer! Er fühlte sich hundeelend.

Seine Hände zitterten, als er aufstand und sein Telefon auf Anrufe überprüfte, was er sich hätte sparen können. Er hatte weder eine Nachricht von Mr D in seiner Voicemail, noch von anderen Jägern, die sich bei ihm melden wollten. Das ergab beides Sinn. Die gesamte Kommunikation lief in der Regel über seinen Stellvertreter, und wenn der Hurensohn ins Gras gebissen hatte, konnte die Gesellschaft der *Lesser* Lash nicht erreichen.

Vielleicht war der kleine Texaner ein zu guter persönlicher Assistent gewesen.

Angetrieben durch seinen Hunger schlurfte er in die

Küche und riss die Kühlschranktür auf. Leer! Außer etwas Speisesoda, das man auf dem Sofa hätte verwenden sollen, war da nichts.

Er schlug die Kühlschranktür zu, während er feststellte, wie sehr er doch die Welt und alle darin verachtete – obwohl das eher eine Reaktion darauf war, dass weder Eier noch Schinken für ihn bereitstanden.

Auch diese beschissene Immobilie hier trug dazu bei. Dieses Haus war eine Neuerwerbung, und zwar eine, in der er selbst auch nur einmal vorher gewesen war. Scheiße nochmal! Nicht einmal Mr D wusste, dass es der Gesellschaft der *Lesser* gehörte. Lash hatte es bei einer Zwangsversteigerung erworben, weil sie Orte brauchten, um Speed herzustellen, und diese Bruchbude hatte nun einmal einen großen Keller. Es war erstaunlich, dass die Vorbesitzer die Kosten für die Hypothek nicht mehr hatten aufbringen können. Das Drecksloch war nur eine Kategorie besser als ein Wohnklo.

Na ja, vielleicht doch nur eine halbe Kategorie.

Er ging hinaus zur Garage, und es war eine verdammte Erleichterung, wieder im Mercedes zu sitzen … obwohl es ihn unendlich ärgerte, dass er einen McDonalds-Drive-In nutzen musste, um an einen Egg McMuffin und Kaffee zu kommen. Er würde sogar zusammen mit Lastwagenfahrern und Müttern in Familienkutschen in einer Schlange warten müssen.

Als er zu seinem Haus zurückfuhr, sank seine Laune weiter in Richtung Serienmörder, nur um dann noch weiter in Richtung Gosse abzurutschen, als er in die Garage fuhr. Die Tür stand weit offen, aber der Lexus war nicht da.

Nachdem er den Mercedes untergestellt hatte, schloss er die Tür mit der Fernbedienung und stieg aus. Der Garten hinter dem Haus sah ziemlich unverändert aus, doch er konnte den *Lesser* schon in dem Moment riechen, als er …

Als er auf der Terrasse stehen blieb, schoss sein Blick hoch zum ersten Stockwerk. Oh mein Gott …

Die Panik gab Lash einen Energieschub, und er begann zu laufen, so schnell er konnte. Dabei nahm er die Stufen zum Hintereingang mit einem Schritt und platzte durch die Tür …

Seine Slipper begannen zu rutschen, als er wegen des Gemetzels, das er da sah, abrupt stehen blieb. Grundgütiger … Seine Küche!

Der Raum sah aus, als ob man ihm eine Öldusche verpasst hatte. Und puh! Da war nicht mehr viel von Mr D übrig. Der Torso des Jägers befand sich mitten im Zimmer bei der Kochinsel, aber seine Arme und Beine fanden sich im ganzen Raum verteilt wieder … und seine Gedärme hingen wie ein perverses Makramee von den Schränken.

Durch irgendein Wunder waren Kopf und Rumpf immer noch an einem Stück, und Mr Ds Augen öffneten sich weit und sein Mund begann, sich zu bewegen, als er merkte, dass er nicht mehr allein war. Ein kehliges Flehen drang über seine von geronnenem *Lesser*-Blut schwarz gefärbten Lippen.

»Du verdammtes Weichei«, fauchte Lash. »Sieh dich an, verdammt nochmal!«

Aber verflucht nochmal, er hatte noch größere Probleme als einen in Stücke gerissenen Stellvertreter. Er sprang über die Schweinerei hinweg, preschte durch das Speisezimmer und rannte die Treppe hinauf.

Als er in das Schlafzimmer hineinplatzte, das er sich mit Xhex geteilt hatte, fand er es leer vor … und eines der Fenster hatte ein Loch.

»Wichser!«

Während er auf dem Absatz kehrtmachte, blickte er zur offenen Tür hinaus und sah die Spur draußen an der Wand des Flurs. Er schlich hinüber, drückte seine Nase gegen die Seidentapete und atmete tief ein. Ihr Geruch haftete an den Fasern des Gewebes.

Sie war durch Körperkraft geflohen.

Allerdings war sie noch im Raum gewesen, nachdem Mr D angegriffen wurde. Waren die Brüder zurückgekommen, um ihr bei ihrem Ausbruch zu helfen?

Nachdem Lash schnell durch das Haus gelaufen war, verschlechterte sich seine Laune von übel zu giftig. Sein Laptop und die Handys waren verschwunden.

Wichser!

Unten in der Küche ging er in Richtung Vorratskammer, um …

»Ach, du verdammte Scheiße!« Er kniete sich nieder und begutachtete das Wandpaneel, das aufgebrochen worden war. Sein Geheimversteck war auch ausgeräumt worden? Wie zum Teufel hatten sie das denn gefunden?

Nun, Mr D sah aus, als ob ein anatomisches Praktikum an ihm durchgeführt worden wäre. Vielleicht hatte er ja gesungen. Das bedeutete, dass Lash nicht wissen konnte, welche anderen Adressen noch preisgegeben worden waren.

Während seines Wutausbruchs ließ er seine Fäuste fliegen und traf dabei alles, was sich in seiner Reichweite befand.

Ein großes Glas mit Oliven.

Das Ding zersprang, und die Flüssigkeit spritzte überall hin. Die Oliven, die wie kleine Augäpfel aussahen, fielen auf den Boden und rollten in alle Richtungen davon.

Lash trampelte zurück zur Küche und hinüber zu Mr D. Dessen blutiger Mund begann, sich wieder zu bewegen. Bei diesem mitleiderregenden Versuch, etwas zu sagen, konnte einem wirklich schlecht werden.

Lash griff über den Tresen, zog ein Küchenmesser aus dem Messerblock und sank neben Mr D auf den Boden. »Haben Sie ihnen etwas verraten?«

Als Mr D den Kopf schüttelte, blickte Lash hinunter in die Augen des Kerls. Das Weiße begann, sich grau zu verfärben, und seine Pupillen waren so stark geweitet, dass man beinahe keine Iris mehr erkennen konnte. Obwohl Mr D scheinbar an der Schwelle des Todes stand, würde er, wenn nichts unternommen wurde, nur erlahmen und in diesem Zustand für immer weiter verwesen. Es gab nur einen Weg, sich seiner zu entledigen.

»Sind Sie sicher?«, murmelte Lash. »Auch als Sie Ihnen die Arme aus den Gelenken herausgerissen haben?«

Mr Ds Mund bewegte sich. Ihm entwichen gurgelnde Laute, die wie aus der Dose gleitendes Hundefutter klangen.

Mit einem lauten Fluch stieß Lash das Messer in die leere Brust des *Lesser* und wurde so wenigstens diesen Teil der Schweinerei los. Der obligatorische Lichtblitz und der Knall waren schnell vorüber. Danach schloss sich Lash ein. Er versperrte die Hintertür und ging dann wieder in den ersten Stock hinauf.

Er benötigte eine halbe Stunde, um seine Kleider zusammenzupacken, und als er sechs Prada-Reisetaschen die Treppe hinunterschleppte, konnte er sich nicht daran erinnern, wann er sein Gepäck jemals hatte selbst tragen müssen.

Nachdem er sein Gepäck am unteren Ende der Treppe zum Hintereingang aufgereiht hatte, stellte er die Alarmanlage scharf, schloss ab und schleifte sein Zeug zum Mercedes.

Als er wegfuhr, sträubte sich alles in ihm dagegen, zu diesem beschissenen Farmhaus zurückzukehren. Aber im Moment hatte er keine Wahl – und eine Menge anderer

Dinge, über die er sich eher den Kopf zerbrechen musste als über seine verdammte Bleibe.

Er musste Xhex finden! Falls sie auf sich alleine gestellt gewesen war, konnte sie nicht weit gekommen sein. Sie war zu schwach gewesen. Also musste die Bruderschaft sie haben.

Um Himmels willen! Sein Vater würde um ein Uhr zur Initiation erscheinen. Er musste sie schnell zurückbekommen. Entweder das, oder einen geeigneten Ersatz finden.

Das Klopfen, das John aus dem Schlaf riss, war so laut wie ein Schuss. Augenblicklich saß er aufrecht da. Er rieb sich die Augen, pfiff »herein« und betete, dass es nur Qhuinn mit dem Ersten Mahl auf einem Tablett war.

Die Tür wurde nicht geöffnet.

John runzelte die Stirn und ließ die Hände fallen.

Beim Aufstehen griff er sich eine Jeans und zog sie über die Hüften, dann ging er hinüber und … Wrath stand mit George an seiner Seite in der Tür, und er war nicht alleine. Die Jungs und Rehvenge sowie alle anderen Brüder, inklusive Tohr, waren mitgekommen.

Oh Gott, nein!

Seine Hände gestikulierten schnell, obwohl sein Herz stehen blieb: *Wo wurde ihre Leiche gefunden?*

»Sie ist am Leben«, antwortete Rehvenge, und streckte ihm ein Telefon entgegen. »Ich habe die Nachricht gerade erhalten. Drück die Vier.«

John brauchte eine Sekunde, bis die Information bei ihm ankam. Dann riss er Rehvenge das Telefon aus der Hand und drückte die Taste. Er hörte einen Piepton und dann …

Grundgütiger … ihre Stimme. *Ihre Stimme!*

»Rehv … ich bin draußen. Ich bin geflohen.« Dann kam ein tiefer Seufzer. »Ich bin okay. Ich bin unversehrt.

Ich bin draußen.« Es folgte eine lange Pause. So lange, dass John schon nachsehen wollte, ob die Nachricht … »Ich brauche etwas Zeit. Ich bin in Sicherheit … aber ich werde für eine Weile nicht zurückkommen. Ich brauche Zeit. Sag es allen … sag es … allen. Ich melde mich wieder.« Dann kam wieder eine Pause. Schließlich wurde ihre Stimme kräftiger, und man konnte ihren Zorn hören. »Sobald ich kann … Lash gehört mir. Verstanden? Niemand außer mir erledigt ihn!«

Damit endete die Nachricht.

John drückte noch einmal auf die Vier und lauschte.

Nachdem er die Nachricht ein zweites Mal abgehört hatte, gab er das Telefon an Rehv zurück und blickte geradewegs in dessen amethystfarbene Augen. Ihm war klar, dass Rehv schon viele Jahre mit Xhex zu tun hatte. Er wusste auch, dass der Kerl die Erfahrung mit ihr teilte, *Symphathen*-Blut in den Adern zu haben, was auf vielerlei Art alles änderte. Und er war sich bewusst, dass Rehv ein älterer und weiserer Mann war als er selbst.

Aber seine innere Bindung an sie erlaubte es ihm, sich gegenüber Rehv gleichberechtigt zu fühlen, wenn es um sie ging.

Mehr als das.

Wohin würde sie gehen?, gestikulierte er.

Nachdem Qhuinn übersetzt hatte, nickte Rehv. »Sie hat eine Jagdhütte etwa 25 Kilometer nördlich von hier. Am Hudson River. Ich glaube, dass sie sich dort aufhält. Sie hätte Zugang zu einem Telefon und wäre dort sicher. Ich gehe nach Einbruch der Dunkelheit alleine dort hin. Es sei denn, du möchtest mich begleiten.«

Weil niemand über diesen Gedankenaustausch erstaunt zu sein schien, erkannte John, dass sein Geheimnis an die Öffentlichkeit gedrungen sein musste. Nachdem, wie er sich oben im Schlafzimmer des Sandsteinhauses verhalten hatte – ganz zu schweigen davon, wie er diesen *Lesser* zerrissen hatte, wussten alle, was er für Xhex empfand.

Das war der Grund, weshalb sie alle gekommen waren. Sie erkannten seinen Status an und zollten ihm Respekt. Die Rechte und Grenzen gebundener Vampire bezüglich ihrer Frauen wurden allgemein geachtet.

John warf Qhuinn einen Blick zu und gestikulierte: *Sag ihm, dass ich mitkomme.*

Nachdem sein Kumpel das übersetzt hatte, nickte Rehv und wandte sich Wrath zu. »Ich nehme ihn mit, aber nur ihn. Er darf Qhuinn nicht mitbringen. Wir werden wegen unseres unangekündigten Besuchs schon genug Probleme mit ihr bekommen.«

Wrath runzelte die Stirn. »Verdammt, Rehv …«

»Es besteht Fluchtgefahr ihrerseits. Ich habe das mit ihr schon einmal durchgemacht. Wenn sie jemand anderen sieht, wird sie abhauen, und dann wird sie nicht mehr anrufen. Außerdem wird mir John auf jeden Fall folgen, nicht wahr? Du wirst Qhuinn sicher abhängen und mir folgen.«

John nickte, ohne zu zögern.

Als Qhuinn wie ein Berserker zu fluchen begann, schüttelte Wrath den Kopf. »Warum zum Teufel habe ich dich ihm nur als *Ahstrux nohtrum* zugeteilt?«

Es folgte ein Augenblick angespannter Ruhe, in der der König John und Rehv musterte. Dann meinte er: »Oh verdammt! Na gut, ich werde dich dieses eine Mal ohne deinen Leibwächter gehen lassen, aber du greifst den Feind nicht an. Du gehst zu dieser Hütte und nur zu dieser Hütte, dann kommst du zurück und holst Qhuinn, bevor du ins Feld ziehst. Sind wir uns darin einig?«

John nickte und drehte sich weg, um ins Badezimmer zu gehen.

»Zehn Minuten«, sagte Rehv. »Du hast zehn Minuten, dann fahren wir los.«

John war bereits in vier Minuten fertig, und nach sechs Minuten ging er in der Eingangshalle auf und ab. Er war voll bewaffnet, wie es das Protokoll verlangte, und in schützendes Leder gehüllt. Wichtiger noch, er stand unter Strom, und sein Blut rauschte wie ein Sturmwind durch seine Adern.

Beim Auf- und Abgehen fühlte er Blicke auf sich gerichtet. Aus dem Billardzimmer. Aus dem Speisezimmer. Von oben von der Balustrade im ersten Stock. Aus Augen, die nichts übersahen.

Die Bruderschaft und die anderen Bewohner des Hauses waren ganz klar irritiert durch seine Verbindung mit Xhex, was er durchaus verstehen konnte. Was für eine Überraschung! Er war eine Bindung mit einer *Symphathin* eingegangen.

Aber man konnte sich nicht aussuchen, in wen man sich verliebte – oder die Gefühle von jemandem ändern, der einen nicht wiederliebte.

Himmel! Das zählte alles nicht. *Sie war am Leben!*

Rehvenge kam die große Freitreppe herunter. Sein roter Stock traf jedes Mal auf die mit Teppich bezogenen Stufen, wenn sein rechter Fuß nach vorne schwang. Er war nicht für den Krieg gekleidet, sondern um es warm zu haben. Sein bodenlanger Nerzmantel umschmeichelte seine Budapester und die Manschetten seines eleganten schwarzen Anzugs.

Als er auf John zuging, nickte er nur und öffnete die Tür zur Vorhalle. Gemeinsam traten sie hindurch und hinaus in die kalte Nacht.

Die Luft roch nach sauberer, nicht gefrorener Erde.

Der Duft des Frühlings. Der Duft von Hoffnung und Wiedergeburt.

Als sie zum Bentley hinübergingen, sog John diesen Duft tief in seine Lungen ein und behielt ihn dort, weil er sich sagte, dass Xhex in dieser Nacht dasselbe tat.

Und sie war nicht unter der Erde begraben.

Tränen traten ihm in die Augen, als eine Welle der Dankbarkeit durch seine Adern strömte, angetrieben von seinem jauchzenden Herzen.

Er konnte nicht glauben, dass er sie wiedersehen würde ... Oh Gott, er würde sie noch einmal sehen! In ihre metallgrauen Augen blicken und ...

Verdammt, es würde hart werden, sie nicht zu umarmen und bis zum nächsten Morgen nicht mehr loszulassen. Oder bis zur nächsten Woche.

Als sie in den Wagen stiegen, startete Rehv den Motor, aber er legte keinen Gang ein. Er starrte nur durch die Windschutzscheibe auf die Auffahrt aus Kopfsteinpflaster, die vor ihnen lag.

Er fragte John mit leiser Stimme: »Wie lange läuft das schon? Zwischen dir und ihr.«

John zog den kleinen Notizblock, den er mitgebracht hatte, heraus und schrieb: *Seit ich sie zum ersten Mal getroffen habe.*

Nachdem Rehv das Gekritzel gelesen hatte, runzelte er die Stirn. »Erwidert sie deine Gefühle?«

John wandte seinen Blick nicht von ihm ab, als er den Kopf schüttelte. Es machte keinen Sinn, diesen Mist geheim halten zu wollen. Nicht wenn sein Gegenüber ein *Symphath* war.

Rehv nickte: »Das sieht ihr ähnlich. Verdammt ... Na gut, lass uns das durchziehen.«

Der Motor brüllte auf, und sie verschwanden in der Nacht.

20

Die Hoffnung war ein trügerisches Gefühl.

Zwei Abende später betrat Darius endlich das Zuhause der Familie der entführten Vampirin. Als sich das Tor des Anwesens für ihn und Tohrment öffnete, wurden sie von einem Doggen *empfangen, dessen Augen hoffnungsvoll auf sie gerichtet waren. In der Tat war sein Gesichtsausdruck so voller Hochachtung, dass man den Eindruck erhielt, er würde zwei Heilige ins Haus seiner Herren geleiten und nicht bloß einfache Sterbliche.*

Doch nur die Zeit und die Launen des Schicksals würden darüber entscheiden, ob sein Vertrauen gerechtfertigt war oder nicht.

Mit großem Eifer wurden sie in ein repräsentatives Arbeitszimmer geführt, und der noble Vampir, der sich von einem seidenbezogenen Stuhl erhob, musste erst einmal sein Gleichgewicht finden.

»Willkommen in meinem Hause. Ich danke euch für euer Kommen«, sprach Sampsone, während er beide Arme ausstreckte, um Darius' Hände zu schütteln. »Es tut mir leid, aber ich habe die letzten zwei Abende niemanden empfangen, denn meine geliebte Shellan *…«*

Dem Vampir versagte die Stimme, und in der darauffolgenden Stille trat Darius zur Seite. »Darf ich dir meinen Begleiter, Tohrment, Sohn des Hharm vorstellen?«

Als sich Tohrment mit der Hand über seinem Herzen verbeugte, wurde klar, dass er all die guten Manieren besaß, die seinem Erzeuger abgingen.

Der Herr des Hauses erwiderte die Ehrerbietung. »Darf ich euch Speis und Trank bringen lassen?«

Darius schüttelte den Kopf und nahm Platz. Als Tohrment sich hinter Darius stellte, meinte er: »Dankeschön. Wir würden lieber gleich darüber sprechen, was in deinem Hause vorgefallen ist.«

»Aber ja doch, natürlich. Was soll ich euch erzählen?«

»Alles. Erzähl uns bitte … alles.«

»Meine Tochter … mein Augenstern …« Der Vampir zog ein Taschentuch hervor. »Sie ist eine Frau von Wert und tugendhaft. Niemals werdet ihr einer warmherzigeren Vampirin begegnen …«

Darius, dem bewusst war, dass sie bereits zwei Abende verloren hatten, räumte dem Vater etwas Zeit für seine Erinnerungen ein, bevor er ihn wieder zum Thema zurückbrachte. »Und in jener Nacht, in jener schrecklichen Nacht«, unterbrach er Sampsone, als dieser eine Pause machte. »Was geschah in diesem Hause in jener Nacht?«

Der Vampir nickte und tupfte sich die Tränen von den Augen. »Sie erwachte aus ihrem Schlummer und verspürte eine gewisse Unruhe und wurde deshalb angewiesen, sich ihrer Gesundheit wegen in ihre Privatgemächer zurückzuziehen. Um Mitternacht und vor Anbruch des Tages wurde ihr eine Mahlzeit gebracht. Dabei wurde sie zuletzt gesehen. Ihre Schlafgemächer befinden sich im oberen Stockwerk, aber sie hat auch, zusammen mit dem Rest der Familie, unterirdisch gelegene Zimmer. Sie zog es oftmals vor, sich während des Tages nicht mit uns zusammen dorthin zurückzuziehen, sondern oben zu bleiben. Da wir durch Flure, die im Inneren des Hauses liegen, Zugang zu ihren Gemächern haben, nahmen wir an, dass sie sicher genug sei …«

Bei diesen Worten schnürte es dem Vampir die Kehle zu. »Ich wünschte, ich hätte darauf bestanden.«

Darius konnte seine Reue gut verstehen. »Wir werden deine Tochter finden! So oder so, wir werden sie finden. Würdest du uns bitte gestatten, ihr Schlafgemach aufzusuchen?«

»Bitte, tut das.« Als der Vampir dem Doggen *zunickte, kam dieser zu ihnen. »Silas wird euch dorthin geleiten. Ich würde es vorziehen, hier zu warten.«*

»Aber natürlich.«

Als Darius sich erhob, umklammerte der Vater seine Hand. »Auf ein Wort, wenn du erlaubst. Nur zwischen dir und mir.«

Darius stimmte zu, und nachdem Tohrment mit dem Doggen *gegangen war, sank der Herr des Hauses zurück auf seinen repräsentativen Stuhl.*

»Fürwahr, meine Tochter ist von Wert. Und unbefleckt ...«

In der ausgedehnten Pause, die darauf folgte, wurde Darius klar, was die größte Besorgnis des Vampirs war. Falls sie die Tochter nicht als Jungfrau zurückbrachten, stand sowohl ihre Ehre als auch die Ehre der Familie auf dem Spiel.

»Ich kann das nicht vor meiner geliebten Shellan *sagen«, fuhr der Vampir fort. »Aber unsere Tochter ... Falls sie geschändet wurde ... wäre es vielleicht besser ...«*

Darius' Augen wurden zu Schlitzen. »Du würdest es in diesem Fall bevorzugen, wenn sie nicht gefunden würde.«

Tränen strömten aus seinen blassen Augen. »Ich ...« Plötzlich schüttelte der Vampir den Kopf. »Nein ... nein! Ich will sie zurück. Tot oder lebendig und ungeachtet ihres Zustands. Natürlich will ich meine Tochter zurück.«

Darius war ohnehin nicht geneigt, seine Unterstützung anzubieten – dass der Vampir es überhaupt in Betracht zog, sein eigen Fleisch und Blut zu verleugnen, war schon grotesk genug. »Ich sollte jetzt ihr Zimmer aufsuchen.«

Der Herr des Hauses schnippte mit seinen Fingern, und der Doggen *trat zurück in den Bogengang des Arbeitszimmers.*

»Hier entlang, mein Herr«, sagte der Butler.

Als er und sein Schützling durch das Haus geführt wurden, suchten Darius' Augen die befestigten Fenster und Türen des Hauses ab. Da war überall Stahl. Entweder schirmte er die Scheiben ab, oder er verstärkte die schweren Eichentüren. Es wäre nicht einfach, als unwillkommener Gast hier einzudringen. Und er mochte wetten, dass jeder Raum des ersten und zweiten Stockwerks ähnlich gut abgesichert war, natürlich auch die Unterkünfte der Bediensteten.

Er begutachtete auch alle Gemälde, Teppiche und wertvollen Objekte, während sie hinaufgingen. Diese Familie stand sehr hoch in der Glymera, *und verfügte über unermesslichen Reichtum und eine beneidenswerte Blutlinie. Dementsprechend beeinträchtigte das Verschwinden ihrer ungebundenen Tochter mehr als nur ihre Gefühlslage. Das Mädchen hatte auch einen hohen Marktwert. Mit ihrem familiären Hintergrund war eine Vampirin wie sie ein begehrtes Objekt … und eine Verbindung mit ihr von sozialer und finanzieller Tragweite.*

Und das war noch lange nicht alles. Natürlich konnte ihr Wert auch ins Gegenteil verkehrt werden: Wurde solch eine Tochter ruiniert, entweder durch Fakten oder auch nur durch Gerüchte, stellte sie einen Makel dar, der noch nach vielen Generationen sichtbar sein würde. Es bestand kein Zweifel daran, dass der Herr des Anwesens seine Tochter wirklich liebte. Doch die Last dieser Situation trübte diese Liebe.

Darius konnte erkennen, dass es in den Augen des Aristokraten tatsächlich besser war, wenn sie in einem Sarg nach Hause kam, als dass sie lebend, aber befleckt zurückkäme. Das Zweite wäre ein Fluch, das Erste hingegen eine Tragödie, die viel Mitleid hervorrufen würde.

Darius verachtete die Glymera. *Das tat er wirklich!*

»Hier sind ihre Gemächer«, sagte der Doggen, als er die Tür aufschwingen ließ.

Als Tohrment das von Kerzen erleuchtete Zimmer betrat, fragte

Darius: »Wurden sie gereinigt? Wurden die Gemächer gereinigt, seit sie verschwunden ist?«

»Selbstverständlich.«

»Würdest du uns bitte alleine lassen?«

Der Doggen *verbeugte sich tief und entschwand.*

Tohrment ging im Zimmer herum und betrachtete die seidenen Vorhänge und den schön ausgestatteten Sitzbereich. Eine Laute lehnte in einer Ecke, und ein edles Stück Stickerei, das erst teilweise fertiggestellt war, fand sich in einer anderen Ecke des Raumes. Bücher menschlicher Verfasser waren zusammen mit Schriftrollen in der Alten Sprache säuberlich in Regalen aufgereiht.

Das Erste, was ihm auffiel, war, dass sich alles an seinem angestammten Platz befand. Ob das aber durch die Dienerschaft so hergerichtet oder seit der Entführung so geblieben war, konnte man nicht wissen.

»Rühr nichts an, ja?«, sagte Darius zu dem Jungen.

»Aber natürlich nicht.«

Darius ging in das luxuriöse Schlafzimmer. Die Vorhänge bestanden aus schweren Gobelins, die mit Sicherheit jeden Lichtstrahl abhielten, und auch das Bett selbst war nochmals von solchen Vorhängen umgeben. Riesige Stoffbahnen, die vom Baldachin herabhingen.

Im Ankleidezimmer zog er die geschnitzten Türen auf. Bezaubernde Kleider in Saphirblau, Rubinrot, Citringelb und Smaragdgrün waren dort aufgereiht und boten einen schönen Anblick. Ein einzelner leerer Kleiderbügel hing an einem Haken an der Innenseite einer der Türen, als ob sie gerade erst die für den Abend gewählte Robe heruntergenommen hätte.

Auf dem Frisiertisch befanden sich eine Haarbürste und viele Tiegelchen mit Salben und duftenden Ölen sowie diverse Puderdosen. Sie alle waren wie Zinnsoldaten in Reih und Glied aufgestellt.

Darius zog ein Schubfach heraus … und stieß einen leisen Fluch aus. Schmuckschatullen. Flache, lederne Schmuckschatul-

len. Er nahm eine davon heraus, öffnete den goldenen Verschluss und klappte den Deckel auf.

Diamanten funkelten im Kerzenlicht.

Als Darius die Schatulle zu den anderen zurücklegte, blieb Tohrment im Eingang stehen. Er starrte auf einen fein gewebten Vorleger, der in Gelb- und Rottönen gehalten war.

Das leichte Erröten des Vampirs machte Darius irgendwie traurig. »Du warst also noch nie im Privatgemach einer Dame?«

Tohrment errötete noch stärker. »Ähm … nein, Herr.«

Darius winkte ab. »Das hier ist geschäftlich. Es ist am besten, alle Scheu beiseitezulassen.«

Tohrment räusperte sich: »Ja, natürlich.«

Darius ging hinüber zu den zwei Fenstertüren, die auf einen Balkon hinausführten. Er ging hinaus, und Tohrment folgte ihm auf dem Fuß.

»Man kann durch die entfernten Bäume blicken«, murmelte der Junge, als er zum Balkon ging.

Das konnte man in der Tat. Durch die dünnen, entlaubten Äste, die aussahen wie dürre Arme, konnte man das Anwesen auf dem anderen Grundstück erkennen. Es war in Größe und Stil mit diesem hier zu vergleichen, hatte edle Metallarbeiten auf seinen Türmchen und verfügte über anmutige Außenanlagen. Doch es wurde, sofern Darius es beurteilen konnte, nicht von Vampiren bewohnt.

Er drehte sich weg und ging den Balkon entlang. Dabei inspizierte er alle Fenster und Türen sowie deren Griffe, Angeln und Schlösser.

Es gab keinerlei Anzeichen für einen Einbruch, und wenn man bedachte, wie kalt es war, hätte sie wohl kein Fenster oder keine Tür weit offen stehen lassen.

Das bedeutete, dass sie entweder aus eigenem Willen gegangen war oder ihren Entführer, wer auch immer das sein mochte, selbst hereingelassen hatte. Vorausgesetzt, dass sich der Entführer hier oben Zutritt verschafft hatte.

Er blickte durch die Fenster in ihre Gemächer und versuchte, sich auszumalen, was wohl vorgefallen war.

Zum Teufel mit der Frage nach dem Eindringen! Wie sie das Haus verlassen hatte, war von weit größerer Bedeutung. Es war sehr unwahrscheinlich, dass sie vom Entführer durch das ganze Haus geschleift worden war. Sie musste während der Dunkelheit weggebracht worden sein, weil sie sonst zu Asche verbrannt wäre, aber während der Nacht waren draußen immer Leute unterwegs.

Nein, *dachte er.* Sie mussten das Haus durch diese Räumlichkeiten verlassen haben.

Tohrment sagte frei heraus: »Weder im Haus noch hier draußen ist etwas verändert worden. Es gibt keine Kratzer auf den Böden oder Spuren an den Wänden, was bedeutet …«

»Sie wird die Täter wohl selbst hereingelassen und sich nicht sehr gesträubt haben.«

Darius ging zurück ins Haus und nahm die Haarbürste zur Hand. Feine Strähnen blassen Haares hatten sich in den steifen Borsten verfangen, was keine Überraschung war, weil beide Elternteile blond waren.

Die Frage war, was eine Vampirin von Wert dazu veranlasste, knapp vor Sonnenaufgang aus ihrem Elternhaus auszureißen, ohne etwas zurückzulassen … oder etwas mitzunehmen.

Für ihn gab es darauf nur eine Antwort: ein männlicher Vampir.

Väter wussten nicht notwendigerweise alles über das Leben ihrer Töchter.

Darius blickte in die Nacht hinaus und suchte den Boden, die Bäume und das nächste Anwesen mit seinen Augen nach Spuren ab. Fäden … er suchte Handlungsfäden, die ihn zur Lösung dieses Rätsels führen würden.

Die Antwort, nach der er suchte, war irgendwo hier zu finden. Er musste nur alles miteinander verweben.

»Wohin jetzt?«, fragte Tohrment.

»Wir sollten uns mit den Bediensteten unterhalten. Allein!«

Zumeist würden die Doggen *in solchen Häusern nicht einmal davon träumen, irgendetwas Unpassendes zu sagen. Doch dies waren außergewöhnliche Umstände, und es war gut möglich, dass das Mitleid der Dienerschaft für die arme Vampirin diese Zurückhaltung lockern würde.*

Manchmal wussten die Doggen *Dinge, die ihre Herrschaften nicht wussten.*

Darius wandte sich ab und schritt zur Tür. »Wir werden uns jetzt verlaufen.«

»Verlaufen?«

Sie verließen gemeinsam die Gemächer, und Darius blickte den Flur hinauf und hinunter. »In der Tat. Folge mir!«

Er ging nach links, weil er in der anderen Richtung eine zweiflügelige Tür entdeckt hatte, die zu einem anderen Balkon im ersten Stock führte – deshalb war es offensichtlich, dass das Treppenhaus für die Bediensteten nicht dort sein konnte. Als sie den Flur entlangliefen, vorbei an gut ausgestatteten Zimmern, begann sein Herz so stark zu schmerzen, dass er nur noch schwer atmen konnte. Auch nach zwei Jahrzehnten machte sich sein Verlust immer noch bemerkbar. Der Verlust seiner Stellung saß ihm nach wie vor in den Knochen. Am meisten vermisste er seine Mutter. Aber gleich nach diesem Schmerz kam der Verlust des zivilisierten Lebens, das er einst geführt hatte.

Er tat für sein Volk, wofür er geboren und ausgebildet worden war. Er hatte sich den Respekt seiner Kameraden im Krieg erworben. Aber in seinem Leben gab es keine Freude für ihn. Keine Wunder. Keine Bindung.

Hatte sich für ihn alles wirklich nur um hübsche Dinge gedreht? War er wirklich so oberflächlich? Würde er, wenn er eines Tages ein entzückendes Haus voll schöner Dinge besitzen würde, ein leichteres Herz haben?

Nein, dachte er. Nicht, wenn niemand mit mir in diesen vornehmen Räumen lebt.

Er vermisste es, mit Gleichgesinnten in einer Gemeinschaft hinter dicken Mauern leben zu können, einer Gruppe von Personen, die seine leibliche und seine gewählte Familie waren. In der Tat lebte die Bruderschaft nicht zusammen unter einem Dach, weil Wrath der Gerechte das als Risiko für ihr Volk ansah. Wenn ihr Wohnort dem Feind auf irgendeine Weise offenkundig würde, wären sie ihm alle ausgesetzt.

Darius konnte diesen Beweggrund verstehen, doch er war sich nicht sicher, ob er ihn teilte. Wenn Menschen in ihren befestigten Burgen inmitten ihrer Schlachtfelder leben konnten, konnten Vampire dasselbe tun.

Obwohl die Gesellschaft der Lesser *ein viel gefährlicherer Feind war, wenn man es genau nahm.*

Nachdem sie einige Zeit den Korridor entlanggegangen waren, stießen sie schließlich auf das, was sie zu finden gehofft hatten: eine aufklappbare Wandverkleidung, die zu einem gänzlich schmucklosen Treppenhaus führte.

Als sie die Stufen aus Kiefernholz hinunterstiegen, kamen sie zu einer kleinen Küche, und ihr Auftauchen unterbrach das Mahl, das gerade an einem langen Tisch aus Eichenholz im Gange war. Die versammelten Doggen *ließen ihre Bierkrüge und Brotstücke fallen und sprangen auf.*

»Trinkt doch bitte weiter«, meinte Darius und drängte sie durch seine Gesten, sich wieder zu setzen. »Wir würden nur gerne den Hausdiener für den ersten Stock und die Zofe der Tochter sprechen.«

Alle außer zwei setzten sich wieder an ihre Plätze auf den Bänken, eine Doggen *mit weißem Haar und ein junger* Doggen *mit einem gütigen Gesicht.*

»Wenn du uns einen etwas ruhigeren Ort zeigen könntest«, sagte Darius zum Hausdiener.

»Wir haben einen Wohnraum hier unten.« Er nickte in Richtung der Tür neben der Kochstelle.

»Er wird dem, was Ihr sucht, genügen.«

Darius nickte und sprach die Zofe an, die blass und zittrig war, als ob sie in Schwierigkeiten steckte. »Du hast keinen Fehler begangen, meine Liebe. Komm, es wird kurz und schmerzlos werden, das versichere ich dir.«

Es war besser, mit ihr zu beginnen, denn er war sich nicht sicher, ob sie es durchstehen würde, wenn sie warten müsste, bis sie mit dem Hausdiener gesprochen hatten.

Tohrment öffnete die Tür, und die drei gingen hinein. Sie betraten einen Salon, der etwa so viel Charakter hatte wie eine Rolle unbeschriebenen Pergaments.

Wie das eben so war, in diesen großen Anwesen: Die Räumlichkeiten der Familie waren immer bis obenhin mit Luxus vollgestopft, während die Einrichtung der Bediensteten sich auf das Notwendige beschränkte.

21

Als Rehvs Bentley die Route 149 North verließ und auf eine schmale, unbefestigte Straße abbog, beugte sich John zur Windschutzscheibe vor. Das Licht der Scheinwerfer traf auf kahle Baumstämme, als sich die Limousine dem Fluss näherte. Das Gelände wirkte verwildert und nicht sehr einladend.

Die kleine Jagdhütte, die schließlich vor ihnen auftauchte, war definitiv nichts, was einem auf den ersten Blick aufgefallen wäre. Sie wirkte klein und bescheiden, war dunkel gestrichen und hatte eine freistehende Garage. Sie war unscheinbar, aber in gutem Zustand.

John riss bereits die Wagentür auf, bevor Rehv den Bentley geparkt hatte. Er ging schon zum Vordereingang, bevor sein Fahrer überhaupt aus dem Wagen gestiegen war. Das vorherrschende Gefühl des Grauens deutete er als ein gutes Zeichen. Oben im Lager der *Symphathen* hatte er dasselbe empfunden, und es ergab durchaus Sinn, dass sie ihr Privatquartier durch ein ähnliches Kraftfeld schützte.

Das Geräusch, das seine Stiefel verursachten, als er die

Zufahrt überquerte, klang laut in seinen Ohren, aber dann wurde es still, als er das braune Gras vor dem Haus betrat. Er klopfte nicht an, sondern griff gleich nach dem Türknauf und wollte das Türschloss kraft seines Willens aufschnappen lassen.

Allerdings … rührte es sich kein bisschen.

»Es wird dir nicht gelingen, die Tür nur mit deinem Willen zu öffnen.« Rehv zog einen Schlüssel hervor, steckte ihn in das Schloss und sperrte auf.

Als John die robuste, solide Tür aufstieß, blickte er finster in die Dunkelheit, neigte den Kopf zur Seite und erwartete, dass ein Alarm ausgelöst wurde.

»Sie vertraut diesen Dingern nicht«, meinte Rehv leise, bevor er John davon abhielt, in die Hütte zu stürmen. Mit etwas lauterer Stimme rief er: »Xhex? Xhex? Du kannst deine Waffen runternehmen – ich bin's. Ich und John.«

Irgendwie klang seine Stimme gekünstelt, dachte John bei sich.

Und es kam keine Antwort.

Rehv schaltete das Licht ein und ließ Johns Arm los, als sie beide hineingingen. Die Küche war winzig und enthielt nur das Nötigste: einen Gasherd, einen alten Kühlschrank, und eine Spüle, die ebenfalls nicht sehr modern war. Aber alles war blitzblank und ordentlich. Nichts lag herum: keine Post, keine Zeitschriften. Und auch keine Waffen.

Allerdings roch es etwas muffig.

Geradeaus gelangte man in einen einzelnen großen Raum mit einer Reihe von Fenstern, die den Blick auf den Fluss freigaben. Möbel waren kaum vorhanden: nur zwei Korbstühle, ein Rattansofa und ein kleiner Tisch.

Rehv ging durch den Raum direkt auf die einzelne geschlossene Tür auf der rechten Seite zu. »Xhex?«

Wieder diese gekünstelte Stimme. Und dann legte er

die Hand flach auf den Türpfosten, lehnte sich an die Paneele und schloss die Augen.

Mit einem Schaudern ließ Rehv die Schultern sinken.

Sie war nicht hier.

John schritt durch den Raum, griff nach der Türklinke und betrat das Schlafzimmer. Leer. Genauso wie das Badezimmer dahinter.

»Gottverdammt nochmal!« Rehv drehte sich auf dem Absatz um und ging hinaus. Als eine Tür auf der dem Fluss zugewandten Seite zugeschlagen wurde, vermutete John, dass sein Begleiter auf die Veranda hinausgetreten war und aufs Wasser starrte.

John fluchte in Gedanken, als er sich umsah. Alles war in perfekter Ordnung. Nichts befand sich nicht an seinem Platz. Keines der Fenster war zum Lüften etwas offen gelassen und keine der Türen kürzlich geöffnet worden.

Das verriet ihm der feine Staub auf den Griffen und Riegeln.

Vielleicht war sie hier gewesen, aber jetzt war sie nicht da. Und falls sie hierhergekommen war, war sie weder lange geblieben noch hatte sie viel getan, denn er konnte keine Spur ihres Geruchs wahrnehmen.

Er fühlte sich, als ob er sie noch einmal verloren hätte.

Himmel! Er hatte gedacht, dass die Tatsache, dass sie am Leben war, ausreichen würde, um ihn das durchstehen zu lassen. Aber der Gedanke, dass sie sich irgendwo auf dem Planeten befand, aber nicht bei ihm war, lähmte ihn seltsamerweise. Außerdem tappte er noch immer im Dunkeln. Er wusste nämlich immer noch nicht, was genau sich wie und wo zugetragen hatte.

Und das fand er mehr als beschissen, um ehrlich zu sein.

Schließlich ging er zu Rehv hinaus auf die kleine Veranda. Er nahm seinen Notizblock zur Hand, kritzelte schnell etwas und hoffte, dass der *Symphath* seine Beweggründe verstehen würde.

Rehv blickte über die Schulter und las, was John geschrieben hatte. Einen Moment später meinte er: »Ja, sicher. Ich werde ihnen nur sagen, dass sie nicht hier war, und dass du mich zu Sal's begleitet hast, um etwas zu essen. Du hast gute drei bis vier Stunden.«

John legte sich zum Dank die Hand auf die Brust und verbeugte sich tief.

»Lass dich aber bloß in keinen Kampf verwickeln. Ich will gar nicht wissen, wohin du gehst. Das ist deine Sache. Aber wenn du dich umbringen lässt, habe ich eine Wagenladung Probleme am Hals, von denen du das geringste bist.« Rehv sah wieder zum Fluss hinüber. »Und mach dir keine Sorgen wegen ihr. Sie hat das alles schon einmal durchgemacht. Das ist schon das zweite Mal, dass sie … entführt wurde.«

John packte Rehv am Unterarm und drückte fest zu. Dieser zuckte dabei nicht einmal zusammen … Es ging das Gerücht um, dass er wegen dem, was er unternahm, um seine *Symphathen*-Seite unter Kontrolle zu halten, keinen Schmerz fühlen konnte.

»Ja. Das ist das zweite Mal. Sie und Murhder waren damals zusammen …« Als Johns Fänge zum Vorschein kamen, musste Rehv grinsen. »Das ist schon lange her. Kein Grund, sich deshalb Sorgen zu machen. Wie auch immer, sie begab sich schließlich aus familiären Gründen in die Kolonie. Dort wurde ihr übel mitgespielt, und man wollte sie nicht mehr gehen lassen. Als Murhder sie dort herausholen wollte, schnappten ihn die *Symphathen* ebenfalls, und die Situation wurde kritisch. Ich musste einen Handel eingehen, um die beiden auszulösen, aber ihre Familie verkaufte sie in letzter Sekunde, direkt unter meiner Nase.«

John schluckte hart und gestikulierte, ohne zu denken. *An wen?*

»Menschen. Xhex konnte sich jedoch befreien, genau wie diesmal. Und dann ging sie für eine Weile weg.« Nun blitzten Rehvs Amethystaugen. »Sie war schon immer hart im Nehmen. Aber nach dem, was diese Menschen ihr angetan haben, wurde sie steinhart.«

Wann?, formte Qhuinn mit den Lippen.

»Vor rund zwanzig Jahren.« Rehv blickte wieder auf das Wasser. »Nur zur Info: Sie hat in ihrer Nachricht keine Witze gemacht. Sie wird es nicht zu schätzen wissen, wenn jemand ihr in die Quere kommt und bei Lash den Helden spielt. Sie muss ihn selbst erledigen. Falls du die Situation verbessern willst, warte, bis sie von allein zu dir kommt, wenn sie so weit ist – und komm ihr nicht ins Gehege.«

Tja, wahrscheinlich hatte sie es nicht gerade eilig, sich bei ihm zu melden, dachte John. Und was Lash betraf … Er war sich nicht sicher, ob er die Finger von ihm würde lassen können. Selbst für sie.

Um seine Überlegungen zu unterbrechen, reichte John Rehv zum Abschied die Hand. Die beiden umarmten sich kurz, und dann dematerialisierte John sich.

Als er wieder Gestalt annahm, befand er sich im *Xtreme Park* hinter dem Schuppen und blickte auf die leeren Rampen und Gruben hinunter. Der Hauptdrogendealer war nicht da. Auch keine Skateboarder. Eigentlich kein Wunder nach der Razzia in der Nacht davor, geschweige denn dem Kugelhagel …

Der Park würde wohl eine Weile zur Geisterstadt werden.

John lehnte sich gegen das raue Holz, all seine Sinne waren wachsam. Er war sich bewusst, dass die Zeit verging: einerseits wegen der Position des Mondes, der am

Himmel seiner Bahn folgte, und andererseits wegen der Tatsache, dass sich seine Gedanken nicht mehr wie wild im Kreis drehten. Was immer noch ätzend, aber leichter auszuhalten war.

Sie war frei, und er wusste nicht einmal, in welchem Zustand sie sich befand. War sie verletzt? Musste sie sich nähren? …

Okay. Schluss mit diesem Im-Kreis-Denken.

Außerdem sollte er sich besser auf den Weg machen. Wrath hatte seine Meinung zum Thema »Kein Kampf ohne Qhuinn« sehr deutlich gemacht, und dieser Ort hier galt immer noch als Gefahrenzone.

Plötzlich fiel ihm ein, wohin er gehen musste.

Er drückte sich vom Schuppen weg, hielt kurz inne und sah sich stirnrunzelnd um. Das Gefühl, beobachtet und verfolgt zu werden, war wieder da – wie damals vor dem Tattoostudio.

Heute hatte er jedoch keine Energie übrig, um eine ordentliche Dosis Paranoia zu vertragen. Daher dematerialisierte er sich einfach. Wer oder was auch immer ihn verfolgte, würde ihn entweder wieder aufspüren, oder er würde ihn im Äther verlieren. Aber ihm war egal, was davon zutraf.

Er war einfach verdammt geschlaucht.

Als er wieder Gestalt annahm, befand er sich nur wenige Blocks von der Stelle entfernt, wo er die Nacht zuvor den *Lesser* massakriert hatte. Er zog einen Schlüssel aus der Innentasche seiner Jacke, der dem Schlüssel glich, mit dem Rehv die Jagdhütte aufgesperrt hatte.

Er hatte das Ding nun seit etwa eineinhalb Monaten. Xhex hatte ihm den Schlüssel in der Nacht gegeben, als er ihr gesagt hatte, dass ihr *Symphathen*-Geheimnis bei ihm sicher sei. Und wie ihre Büßergurte trug er ihn stets bei sich, egal wohin er ging.

John trat unter die Außentreppe eines älteren Hauses und sperrte mit dem Schlüssel den Eingang zu Xhex' Kellerwohnung auf. Als er die Tür öffnete, ging automatisch die Beleuchtung an und erhellte den weiß gestrichenen Flur.

Vorsichtig sperrte er die Eingangstür wieder hinter sich ab und ging dann auf die einzige andere Tür zu.

Xhex hatte ihm schon einmal in diesem geheimen Unterschlupf Zuflucht gewährt. Hatte ihn in ihre Kellerwohnung gelassen, als er das Bedürfnis gehabt hatte, allein zu sein. Und als er ihre Gastfreundschaft ausgenutzt hatte, endete es damit, dass er von ihr entjungfert wurde.

Sie hatte sich jedoch geweigert, ihn zu küssen.

Derselbe Schlüssel passte auch in das Schloss der Schlafzimmertür. Als er die Metalltür weit aufstieß, ging das Licht an, und er trat ein …

Was er dort auf dem Bett vorfand, brachte ihn beinahe um. Herz und Atmung setzten einen Moment aus, seine Gehirnwellen stoppten, und das Blut in seinen Adern erstarrte.

Xhex lag splitternackt auf dem Bett und hatte sich auf den Laken eng zusammengerollt.

Als der Raum in helles Licht getaucht wurde, griff ihre Hand fester nach der Waffe, die flach auf der Matratze lag und auf die Tür gerichtet war.

Sie hatte nicht die Kraft, ihren Kopf oder die Waffe zu heben. Aber er war sich sicher, dass sie durchaus in der Lage wäre, den Abzug zu drücken.

Er hob die Arme und zeigte ihr dabei die Handflächen, trat einen Schritt zur Seite und stieß die Tür zu, um sie zu beschützen.

Ihre schwache Stimme war kaum zu vernehmen. »John …«

Eine einzelne, blutrote Träne bildete sich im Winkel

des einen Auges, das er sehen konnte, und er beobachtete, wie sie langsam über ihren Nasenrücken rollte und auf das Kissen tropfte.

Sie nahm ihre Hand von der Waffe und führte sie zu ihrem Gesicht, Zentimeter für Zentimeter, als ob es sie den letzten Rest ihrer Kraft kostete, sie hochzuheben. Sie bedeckte ihr Gesicht so gut sie konnte mit der Hand, um ihre Tränen vor ihm zu verbergen.

Ihr ganzer Körper war mit blauen Flecken und Wunden in verschiedenen Stadien der Heilung übersät, und sie hatte so viel Gewicht verloren, dass ihre Knochen beinahe durch ihr Fleisch zu dringen schienen. Ihre Haut war grau anstatt rosig, und ihr natürlicher Geruch war kaum mehr vorhanden.

Sie lag im Sterben.

Der Schock über ihren Zustand ließ seine Knie weich werden, und er musste sich schwankend an der Tür abstützen.

Aber noch während er taumelte, begann es, in seinem Kopf zu arbeiten. Doc Jane musste herkommen und Xhex untersuchen, und sie musste sich unbedingt nähren.

Es blieb ihnen nicht mehr viel Zeit.

Wenn sie überleben sollte, musste er jetzt die Dinge in die Hand nehmen.

John riss sich die Lederjacke vom Leib und zog den Ärmel hoch, als er sich ihr näherte. Zuallererst bedeckte er ihre Nacktheit, indem er sie sanft mit dem obersten Laken zudeckte. Als Nächstes hielt er ihr sein Handgelenk schräg vor den Mund … und wartete darauf, dass ihr Instinkt die Führung übernahm.

Auch wenn ihr Verstand sein Blut ablehnte, so würde ihr Körper dem Angebot wohl nicht dem widerstehen können.

Der Überlebensinstinkt siegte schließlich immer über Herzensangelegenheiten. Er war der lebende Beweis dafür.

22

Xhex spürte ein sanftes Streicheln an ihrer Schulter, als John das Laken über sie zog und um sie herum feststeckte.

Hinter dem Schutz ihrer Hand atmete sie tief ein, und alles, was sie roch, war gut, sauber, gesund und männlich … und weckte den Hunger tief in ihren Eingeweiden und ließ ihren Appetit auf Blut brüllend aus dem Schlaf erwachen.

Und das geschah, noch bevor John ihr sein Handgelenk so nahe vor den Mund hielt, dass sie es küssen konnte.

Ihre *Symphathen*-Instinkte drangen an die Oberfläche und lasen in seinen Gefühlen.

Ruhig und zielstrebig. Voller Anspannung in Herz und Verstand: John würde sie retten, auch wenn es das Letzte wäre, was er tat.

»John …«, flüsterte sie.

Das Problem mit dieser Situation … oder zumindest eines von mehreren … war, dass nicht nur er wusste, wie nahe sie dem Tode war.

Ihre Wut auf Lash hatte sie am Leben gehalten, während sie von ihm eingesperrt und misshandelt worden war, und sie hatte gedacht, das würde auch so bleiben, wenn sie wieder in Freiheit wäre. Aber sobald sie Rehv angerufen hatte, war sämtliche Energie aus ihr gewichen und hatte sie mit kaum mehr als einem schlagenden Herzen zurückgelassen. Und dieses Herz war nicht sehr stark.

John hielt ihr sein Handgelenk noch näher hin … so dass seine Haut ihre Lippen berührte.

Ihre Fänge verlängerten sich im Schneckentempo, und gleichzeitig machte ihr Herz einen Satz, als ob es nicht mehr richtig funktionierte.

In diesem Moment hatte sie die Wahl: Sie konnte seine Vene nehmen und weiterleben oder ihn zurückweisen und innerhalb der nächsten Stunden vor seinen Augen sterben. Denn er würde nirgendwo hingehen.

Sie nahm die Hand vom Gesicht und blickte zu ihm auf. Er sah so gut aus wie immer – sein Gesicht so schön wie in einem Traum.

Sie hob die Hand, um ihn zu berühren.

Überraschung spiegelte sich in seinen Augen, und dann beugte er sich zu ihr, so dass ihre Hand seine warme Wange berührte. Die Anstrengung, den Arm ausgestreckt zu halten, war fast zu viel für sie. Aber als ihre Finger zu zittern begannen, legte er seine Hand auf die ihre, um sie an ihrem Platz zu halten.

Seine tiefblauen Augen waren wie der Himmel in einer warmen Sommernacht.

Nun musste sie eine Entscheidung treffen. Seine Vene nehmen oder …

Sie brachte nicht die nötige Energie auf, um den Gedanken fertig zu denken. Nachdem sie bei Bewusstsein zu sein schien, musste sie wohl noch am Leben sein – und dennoch befand sie sich nicht in ihrer eigenen Haut. Ihr Kampfgeist war längst verschwunden, der Wesenszug, der sie am stärksten definiert hatte, fort. Was durchaus einen Sinn ergab. Sie hatte am Leben kein Interesse mehr. In dieser Hinsicht konnte sie weder ihm noch sich selbst etwas vormachen.

Zwei Erfahrungen als Entführungsopfer waren einfach zu viel.

Also … was sollte sie jetzt tun?

Sie leckte über ihre trockenen Lippen. Sie hatte sich die Umstände, unter denen sie geboren wurde, nicht ausgesucht. Sie konnte jedoch die Bedingungen wählen, unter denen sie diese Welt verlassen würde – und zwar, nachdem sie die Dinge ins Reine gebracht hatte.

Ja, das war die Antwort. Dank der letzten dreieinhalb Wochen war die Liste der Dinge, die sie tun wollte, bevor sie den Löffel abgab, gigantisch. Zugegeben, es befand sich nur ein einziger Name darauf, aber der reichte als Motivation aus.

Dank der neuen Entschlossenheit baute sich ihre harte äußere Schale neu auf, und das seltsame dahintreibende Gefühl, das ihr den Blick vernebelt hatte, verschwand und ließ ein scharfes Bewusstsein zurück. Abrupt zog sie ihre Hand unter Johns hervor, und diese Bewegung entzündete in seinem emotionalen Raster ein helles Feuer der Angst. Aber dann zog sie sein Handgelenk zu sich und bleckte die Fänge.

Sein Triumphgefühl traf sie wie eine Hitzewelle.

Zumindest bis zu dem Punkt, als ihm klarwurde, dass sie nicht stark genug war, um seine Haut zu durchstoßen. Ihre Fänge verursachten nur Kratzer auf der Oberfläche seiner Haut. Aber John war da, um ihr zu helfen. Mit einer schnellen Bewegung ritzte er sich die Vene auf und hielt ihr den Lebensquell an die Lippen.

Der erste Schluck war ... wie eine Verwandlung. Sein Blut war so rein, dass es ihr im Mund und in der Kehle brannte ... und die Glut, die es in ihrem Magen entzündete, raste wie ein Feuersturm durch ihren Körper, taute ihn auf und hauchte ihm neues Leben ein.

Gierig trank sie sein Blut. Jeder Schluck war wie ein Rettungsboot, in das sie klettern konnte, jeder Zug wie ein rettendes Seil, jedes Saugen an seiner Vene der Kompass, um ihr den Weg nach Hause zu weisen.

Und er gab es ihr frei von Erwartungen, Hoffnungen oder Gefühlsregungen.

Was sie selbst in ihrem Rausch schmerzte. Sie hatte ihm offenbar wirklich das Herz gebrochen: Es gab nichts mehr für ihn, was er sich erhoffen konnte. Aber sie hatte ihn nicht gebrochen – und das brachte ihm mehr als alles andere ihren Respekt ein.

Während sie sich nährte, floss die Zeit dahin wie sein Blut – in die Unendlichkeit, in sie hinein.

Als sie schließlich ausreichend getrunken hatte, löste sie ihren Mund von seiner Haut und leckte die Wunde, bis sie sich schloss.

Kurz darauf begann das Zittern. Zuerst zitterten nur Hände und Füße, aber dann setzte es sich in ihrer Brust fest und übertrug sich unkontrollierbar auf Zähne, Gehirn und Sicht, so dass sie sich schlaff wie eine Socke im Wäschetrockner fühlte.

Zitternd beobachtete sie, wie John sein Handy aus der Jacke nahm.

Sie versuchte, ihn an seinem Hemd festzuhalten. »Nnnnein. Nnnicht ...«

Er ignorierte sie, nahm das verdammte Ding und tippte eine SMS.

»Vvvverdammt ...«, stöhnte sie.

Als er sein Handy wieder zuklappte, meinte sie: »Wwwenn du mmmich jetzt zzu Hhhavers bringst, wwwird das kkkein gutes Eende nehmen.«

Ihre Angst vor Krankenhäusern und Ärzten brachte sie beinahe um den Verstand, und dank John hatte sie nun genug Energie für eine kleine Panikattacke.

John nahm seinen Notizblock heraus und kritzelte etwas darauf. Dann drehte er das Ding um und ging kurz darauf hinaus. Sie konnte nichts weiter tun, als die Augen zu schließen, während die Tür ins Schloss fiel.

Sie öffnete ihren Mund, atmete tief ein und fragte sich, ob sie wohl in der Lage wäre, aufzustehen, sich anzuziehen und abzuhauen, bevor John mit seiner glorreichen Idee zurückkam. Ein kurzer Test zeigte ihr, dass sie keine Chance hatte. Wenn sie nicht einmal in der Lage war, ihren Kopf vom Kissen zu heben und länger als eineinhalb Sekunden hoch zu halten, war Aufstehen keine Option.

Es dauerte nicht lange, bis John mit Doc Jane, der Leibärztin der Bruderschaft, zurückkam. Die geisterhafte Frau hatte eine schwarze Tasche dabei und strahlte die Art von ärztlicher Kompetenz aus, die Xhex schätzte – aber wenn es nach ihr ging, besser auf andere und nicht auf sie selbst gerichtet.

Doc Jane kam näher und stellte ihre Tasche auf dem Boden ab. Ihre weiße Jacke und der weiße Arztkittel erschienen solide, während ihre Hände und das Gesicht durchscheinend wirkten. Das änderte sich jedoch, als sie sich auf die Bettkante setzte. Alles an ihr nahm feste Gestalt an, und die Hand, die sie auf Xhex' Arm legte, war warm und schwer.

Aber selbst die mitfühlende Ärztin verursachte ihr eine Gänsehaut. Sie wollte einfach von niemandem berührt werden.

Als die gute Frau Doktor die Hand von ihrem Arm nahm, hatte Xhex das Gefühl, dass ihr Gegenüber das genau wusste. »Bevor du mich wegschickst, solltest du ein paar Dinge wissen. Erstens, ich werde niemandem deinen Aufenthaltsort verraten, und ich werde niemandem sagen, was du mir erzählst oder was ich herausfinde. Ich werde Wrath mitteilen müssen, dass ich dich gesehen habe, aber alle medizinischen Befunde bleiben ausschließlich zwischen uns beiden.«

Das klang gut. Theoretisch zumindest. Denn sie wollte nicht, dass die Frau mit ihrer schwarzen Tasche überhaupt in ihre Nähe kam.

Doc Jane fuhr fort. »Zweitens, ich weiß nicht das Geringste über *Symphathen*. Wenn also wegen dieses Teils von dir etwas an dir anatomisch anders oder von Bedeutung sein sollte … werde ich vielleicht nicht wissen, wie ich dich behandeln soll. Erlaubst du trotzdem, dass ich dich untersuche?«

Xhex räusperte sich und versuchte, ihre Schultern zu verkrampfen, damit sie nicht so stark zitterte. »Ich wwill nicht untersucht werden.«

»Ja, das hat John erwähnt. Aber du hast ein Trauma erlitten …«

»Es wwwar gar nicht so schlimm.« Sie fühlte Johns emotionale Reaktion auf ihre Antwort aus seiner Ecke dringen, hatte aber nicht die Energie, um herauszufinden, was er genau empfand. »Ich bbbin okay…«

»Dann solltest du das als reine Formalität betrachten.«

»Sehe ich aus wie jjjemand, dem nach Formalitäten zzzumute ist?«

Doc Janes waldgrüne Augen verengten sich. »Du siehst aus wie jemand, der geschlagen wurde, der länger nicht ordentlich gegessen und nicht geschlafen hat. Es sei denn, du willst mir weismachen, dass dieser blaue Fleck auf deiner Schulter Schminke ist. Und diese tiefen Ringe unter deinen Augen eine Fata Morgana.«

Xhex kannte sich gut mit Leuten aus, die ein Nein nicht akzeptieren konnten. Verdammt nochmal! Sie hatte jahrelang mit Rehv zusammengearbeitet. Und angesichts des harten, aber ruhigen Tonfalls war ihr verdammt klar, dass Doc Jane ihren Kopf durchsetzen würde. Sie würde einfach nicht gehen.

»Gggottverdammte Scheiße!«

»Zur Info: Je schneller wir beginnen, desto schneller hast du es hinter dir.«

Xhex warf einen Blick zu John hinüber. Wenn sie schon untersucht werden sollte, dann wenigstens nicht in seinem Beisein. Er brauchte wirklich nicht mehr über ihren Zustand zu erfahren, als er wahrscheinlich schon selbst erraten hatte.

Die Ärztin blickte über ihre Schulter. »John, würdest du bitte draußen im Flur warten?«

John neigte den Kopf und verließ den Raum. Als das Türschloss klickend einrastete, öffnete Doc Jane ihre verdammte Tasche und nahm als Erstes ein Stethoskop und eine Blutdruckmanschette heraus.

»Ich werde als Erstes dein Herz abhören«, sagte sie.

Der Anblick der medizinischen Instrumente war neue Nahrung für Xhex' Zittern, und sie schreckte abrupt davor zurück.

Doc Jane hielt inne. »Ich werde dir nicht wehtun. Und ich werde nichts tun, was du nicht willst.«

Xhex schloss die Augen und rollte sich auf den Rücken. Jeder Muskel in ihrem Körper schmerzte plötzlich. »Bringen wir's hinter uns.«

Als das Laken angehoben wurde, strich ein kalter Lufthauch über ihre nackte Haut, und der kalte Metallkopf des Stethoskops berührte die Haut über ihrem Brustbein. Erinnerungsfetzen kamen in ihr hoch und schickten sie auf eine emotionale Achterbahnfahrt. Sie starrte an die

Decke und versuchte verzweifelt, nicht von der beschissenen Matratze abzuheben.

»Mmachen Sie schnell, Dddoc.« Viel länger würde sie die Panik nicht mehr unterdrücken können.

»Würdest du bitte einmal tief einatmen?«

Xhex gab ihr Bestes und zuckte vor Schmerz zusammen. Offenbar war mindestens eine ihrer Rippen gebrochen – wahrscheinlich vom harten Aufprall an der Wand im Flur vor Lashs Schlafzimmer.

»Kannst du dich aufsetzen?«, fragte Doc Jane.

Xhex fluchte stöhnend, als sie versuchte, sich im Bett aufzurichten, es aber nicht fertigbrachte. Schließlich half ihr Doc Jane dabei, und als die Ärztin ihr an den Rücken fasste, fauchte sie leise.

»So weh tut es gar nicht«, bemerkte Xhex bissig.

»Das bezweifle ich.« Der Metallkopf des Stethoskops wanderte über ihren Rücken. »Atme so tief ein, wie du kannst, ohne dass es wehtut.«

Xhex versuchte es und war erleichtert, als die Ärztin sie sanft zurück in die Kissen drückte und wieder mit dem Laken zudeckte.

»Darf ich deine Arme und Beine auf Verletzungen untersuchen?« Xhex zuckte mit den Schultern. Doc Jane legte ihr Stethoskop zur Seite und ging zum Fußende des Betts. Ein weiterer Luftzug traf sie, als das Laken zurückgezogen wurde … und dann zögerte die Ärztin.

»Sehr tiefe Fesselspuren um die Knöchel«, bemerkte die Ärztin, fast wie zu sich selbst.

»Zahlreiche Prellungen …«

Xhex stoppte die Untersuchung, als das Laken bis zu ihren Hüften hochgeschoben wurde. »Sagen wir einfach, sie gehen bis ganz nach oben, okay?«

Doc Jane zog das Laken wieder herunter. »Darf ich deinen Bauch abtasten?«

»Nur zu!«

Xhex versteifte sich beim Gedanken, wieder entblößt zu werden. Aber Doc Jane strich nur das Laken glatt und dann drückte sie an ihrem Bauch herum. Leider ließ sich nicht verbergen, dass sie vor Schmerzen zusammenzuckte, insbesondere als die Ärztin ihren Unterleib abtastete.

Die Ärztin lehnte sich zurück und blickte Xhex direkt in die Augen. »Wie stehen die Chancen, dass du mir eine gynäkologische Untersuchung erlaubst?«

»Gynäkologisch?« Als ihr die Bedeutung klarwurde, schüttelte Xhex den Kopf. »Nein. Das lasse ich nicht zu.«

»Wurdest du sexuell genötigt?«

»Nein.«

Doc Jane nickte. »Gibt es irgendetwas, was ich wissen sollte, du mir aber noch nicht gesagt hast? Hast du Schmerzen an einer bestimmten Stelle?«

»Mir geht's gut.«

»Du blutest. Ich bin mir nicht sicher, ob du dir dessen bewusst bist. Aber du blutest.«

Xhex runzelte die Stirn und blickte auf ihre zitternden Arme hinunter.

»An der Innenseite deiner Oberschenkel befindet sich frisches Blut. Deshalb habe ich gefragt, ob du mir eine gynäkologische Untersuchung erlaubst.«

Xhex fühlte, wie eine Welle des Schreckens sie überrollte.

»Ich frage dich noch einmal: Wurdest du sexuell genötigt?« Die Frage wurde ohne Gefühl hinter den medizinischen Ausdrücken gestellt, und die Ärztin tat gut daran. Xhex hatte kein Interesse an Mitgefühl.

Als keine Antwort kam, deutete Doc Jane ihr Schweigen richtig und meinte: »Könnte es sein, dass du schwanger bist?«

Oh … Gott!

Die Zyklen von *Symphathinnen* waren eigenartig und unvorhersehbar, und Xhex war so mit dem Drama ihrer Entführung und Gefangenschaft beschäftigt gewesen, dass sie über die möglichen Spätfolgen überhaupt nicht nachgedacht hatte.

In diesem Moment hasste sie es, ein Frau zu sein. Das tat sie wirklich.

»Ich weiß nicht.«

Doc Jane nickte erneut. »Wie lässt sich das feststellen?«

Xhex schüttelte den Kopf. »Das kann unmöglich sein. Mein Körper hat zu viel durchgemacht.«

»Lass mich einfach die Untersuchung machen. Okay? Nur um sicherzugehen, dass da drinnen nichts vor sich geht, was ich nicht durch Abtasten feststellen kann. Und dann würde ich dich gerne zum Anwesen der Bruderschaft bringen und eine Ultraschalluntersuchung machen. Als ich deinen Bauch abgetastet habe, hat dir das richtig wehgetan. Ich habe V mit dem Wagen herbestellt – er sollte gleich hier sein.«

Xhex vernahm kaum eines der Worte, die an sie gerichtet wurden. Sie war zu sehr damit beschäftigt, die letzten Wochen noch einmal im Kopf durchzugehen. Am Tag vor der Entführung war sie mit John zusammen gewesen. Das letzte Mal. Vielleicht …

Wenn sie schwanger wäre, würde sie sich mit aller Macht dagegen sträuben, zu glauben, dass Lash irgendetwas damit zu tun hatte. Das wäre einfach zu grausam. Viel zu grausam.

Außerdem gab es vielleicht einen anderen Grund für die Blutung.

Eine Fehlgeburt zum Beispiel, gab ihr Kopf hartnäckig zu bedenken.

»Tu es«, sagte Xhex. »Aber beeil dich. Ich verkrafte das

alles nicht sehr gut und werde durchdrehen, wenn es länger als ein paar Minuten dauert.«

»Ich mache ganz schnell.«

Als sie die Augen schloss und sich für die Untersuchung wappnete, zog eine Kette von Bildern durch ihren Kopf: ihr Körper auf einem Edelstahltisch in einem gefliesten Raum – sie mit gefesselten Knöcheln und Handgelenken – ein paar menschliche Ärzte mit starrem Blick, die sich ihr näherten – eine Videokamera – ein Schwenk in eine Nahaufnahme – ein Skalpell, auf das von oben Licht fällt …

Schnapp. Schnapp.

Bei diesem Geräusch klappte Xhex die Lider auf. Sie war sich nicht sicher, ob es nur in ihrem Kopf existierte oder real war. Letzteres war der Fall. Doc Jane hatte sich Latexhandschuhe angezogen.

»Ich werde ganz vorsichtig sein«, versprach Jane.

Was natürlich eine relative Aussage war.

Xhex krallte sich am Laken fest und spürte, wie sich die Muskeln an der Innenseite ihrer Oberschenkel verkrampften, während sie von Kopf bis Fuß erstarrte. Der einzige Vorteil ihrer Körperstarre bestand darin, dass gleichzeitig ihr Stottern aufhörte. »Bitte mach schnell.«

»Xhex … ich möchte, dass du mich ansiehst. Und zwar jetzt.«

Xhex wirrer Blick richtete sich voll auf die Ärztin. »Was?«

»Sieh mir in die Augen. Ganz fest.« Doc Jane zeigte auf ihre Augen. »Halte meinen Blick fest. Sieh in mein Gesicht und denk daran, dass ich diese Untersuchung auch schon über mich ergehen lassen musste. Okay? Ich weiß ganz genau, was ich tue, und nicht nur deshalb, weil ich dafür ausgebildet wurde.«

Xhex zwang sich, sich zu konzentrieren, und … Gott

sei Dank, es wirkte. Der Blick in die tiefgrünen Augen half tatsächlich. »Du wirst es spüren.«

»Wie bitte?«

Xhex räusperte sich. »Wenn ich … schwanger sein sollte, wirst du es spüren.«

»Wie?«

»Wenn du … es gibt dann ein Muster. Innen. Es ist dann nicht …« Sie atmete flach ein, während sie sich die Erzählungen des Volks ihres Vaters ins Gedächtnis rief. »Die Wände sind dann nicht glatt.«

Doc Jane blinzelte nicht einmal. »Ich verstehe. Bist du bereit?«

Nein. »Ja.«

Als es vorbei war, war Xhex in kalten Schweiß gebadet und die gebrochene Rippe schmerzte wie verrückt wegen ihrer rasselnden Atemzüge.

»Und? Raus mit der Sprache«, forderte sie heiser.

23

»Ich sage dir … Eliahu lebt! Eliahu Rathboone … er *lebt.*«

Gregg Winn stand in seinem Zimmer im Herrenhaus der Rathboones und sah zum Fenster hinaus auf das für South Carolina typische Louisianamoos. Im Mondlicht wirkte der Scheiß wirklich unheimlich, wie ein Schatten der von einem undefinierbaren Objekt … oder Körper geworfen wurde.

»Hast du mich verstanden, Gregg?«

Nachdem er sich den Schlaf aus den Augen gerieben hatte, blickte er über die Schulter auf seine anziehende, junge Moderatorin. Holly Fleet war gerade durch die Tür getreten. Ihre langen, blonden Haare waren straff nach hinten aus ihrem ungeschminkten Gesicht gekämmt, und ihre Augen wirkten lange nicht so fesselnd wie mit den falschen Wimpern und dem Glitzerkram, den sie immer für die Kamera auflegte. Aber selbst ihrem rosa Morgenrock gelang es nicht, ihre umwerfende Figur zu verdecken.

Und sie vibrierte richtiggehend, ihre innere Stimmgabel war wohl heftig angeschlagen worden.

»Dir ist schon bewusst«, meinte Gregg gedehnt, »dass dieser Hurensohn bereits vor über hundertfünfzig Jahren gestorben ist.«

»Dann ist sein Geist wirklich hier.«

»Geister gibt es nicht!« Gregg wandte sich wieder der Aussicht zu. »Wenn jemand das wissen sollte, dann du.«

»Den hier schon.«

»Und um mir das zu sagen, hast du mich um ein Uhr geweckt?«

Kein guter Schachzug ihrerseits. Sie hatten die vorhergehende Nacht alle fast keinen Schlaf abbekommen, und er hatte den ganzen Tag damit verbracht, den Leuten in L.A. Druck zu machen. Er hatte sich erst vor einer Stunde aufs Ohr gehauen und nicht damit gerechnet, überhaupt einzuschlafen – aber glücklicherweise hatte sein Körper andere Pläne gehabt.

Entweder das, oder sein Verstand sagte ihm, dass er aufgeben sollte, weil der ganze Mist hier nicht gut lief. Dieser Butler weigerte sich hartnäckig, auch nur einen Millimeter nachzugeben, was die Dreherlaubnis anging. Beide Versuche von Gregg, ihn zu überzeugen, waren gescheitert. Der erste beim Frühstück wurde höflich abgelehnt, der zweite beim Abendessen einfach ignoriert.

In der Zwischenzeit hatten sie einige großartige Aufnahmen gemacht, die er bereits an den Sender geschickt hatte. Dank der heimlich gedrehten, fesselnden Bilder hatte man ihm schon die Erlaubnis zum Ortswechsel für die Sondersendung gegeben – aber sie setzten ihn unter Druck wegen einer Werbeeinblendung, die sie so schnell wie möglich senden wollten.

Was nicht geschehen konnte, bis der Butler einwilligte.

»Hallo?«, meinte Holly bissig. »Hörst du mir überhaupt zu?«

»Was?«

»Ich will gehen.«

Er runzelte die Stirn und dachte sich, dass sie nicht genug Verstand besaß, um sich vor etwas zu fürchten, wenn es nicht gerade ein Vierzigtonner mit ihrem Namen auf dem Kühlergrill war. »Wohin gehen?«

»Zurück nach L.A.«

Er fuhr beinahe zusammen. »L.A.? Machst du Witze? Daraus wird nichts! Es sei denn, du möchtest dich als Gepäckstück verschicken lassen. Wir haben hier zu tun.«

Was herumdoktern und betteln bedeutete. Letzteres war natürlich Hollys Aufgabe. Und um ehrlich zu sein … wenn sie wirklich verängstigt war, würde sich das nur zu ihrem Vorteil auswirken. Sie könnte ihre Angst bei dem Kerl sicher wirksam einsetzen. Männer sprachen normalerweise gut auf so etwas an – im Speziellen die Echter-Gentleman-Typen würden ihre Ritterlichkeit sofort in ihren dürren, vertrockneten Knochen spüren.

»Ich habe wirklich …« Holly zog die seidenen Aufschläge näher an ihren Hals … auf diese Weise drückte sich der Stoff ihres Morgenrocks fest an ihre harten Brustwarzen. »Ich flippe gleich aus!«

Hmm. Wenn das eine List war, um ihn ins Bett zu kriegen … *So müde* war er nun auch wieder nicht. »Komm her.«

Er streckte die Arme aus, und sie kam ihm entgegen und drückte ihren Körper an seinen. Er grinste und blickte über ihren Kopf hinweg. Gott, sie roch gut. Nicht nach diesem blumigen Scheiß, den sie sonst immer auflegte, sondern nach etwas Dunklerem. Sehr angenehm.

»Schätzchen, du weißt, dass du bei uns bleiben musst. Ich brauche dich und deine Zauberkunst.«

Draußen schwang das Louisianamoos im Wind und erweckte im fahlen Mondlicht den Eindruck, als ob die Bäume Nachthemden aus Chiffon trugen.

»Etwas stimmt hier nicht«, sagte sie an seiner Brust.

Unten auf dem Rasen schlenderte eine einsame Figur ins Bild. Natürlich Stan, der in bekifftem Zustand einen Spaziergang unternahm.

Gregg schüttelte den Kopf. »Das Einzige, was hier nicht in Ordnung ist, ist dieser verdammte Butler. Möchtest du nicht berühmt sein? Eine Sondersendung von hier wird dir einige Türen öffnen. Du könntest als Nächstes eine Sendung wie *Let's Dance* oder *Big Brother* moderieren.«

Er wusste, dass er ihre Aufmerksamkeit errungen hatte, weil sich ihr Körper entspannte, und um sie bei der Stange zu halten, strich er ihr über den Rücken.

»Das ist mein Mädchen.« Er beobachtete Stan, wie er mit den Händen in den Taschen und vom Haus abgewandtem Blick umherwanderte. Sein langes Haar wehte im Wind. Nur noch ein paar Meter bis er unter den Bäumen hervortrat und im Mondlicht gebadet wurde. »Nun, ich möchte, dass du hier bei mir bleibst – wie ich schon sagte, du solltest von allen am besten wissen, dass an diesen Geistergeschichten nie mehr dran ist als ein paar quietschende Dielen. Schließlich haben wir nur Arbeit, weil die Leute an solchen unheimlichen Blödsinn glauben wollen.«

Wie aufs Stichwort kam jemand die Treppe hinauf. Die leisen Schritte wurden von ein paar echten Gruseleffekten, dem Ächzen und Stöhnen des alten Holzes, das die Stille durchdrang, untermalt.

»Ist es das, wovor du dich fürchtest? Ein paar Geräusche in der Nacht?«, fragte er, als er sich von ihr löste und sie ansah. Ihre vollen Lippen brachten einige sehr nette Erinnerungen in sein Gedächtnis zurück, und er strich mit seinem Daumen über ihren Mund. Dabei fragte er sich, ob sie sich noch mehr Silikon in ihre Lippen hineinspritzen hatte lassen. Sie schienen besonders prall und hübsch zu sein.

»Nein …«, flüsterte sie. »Das ist es nicht.«

»Weshalb glaubst du dann, dass es hier einen Geist gibt?«

Ein Klopfen an der Tür und Stans gedämpfte Stimme waren zu hören. »Vögelt ihr zwei gerade, oder kann ich jetzt ins Bett?«

Gregg runzelte die Stirn und drehte seinen Kopf schnell in Richtung Fenster. Die einsame Erscheinung trat ins Mondlicht … und verschwand ins Nichts.

»Weil ich gerade Sex mit ihm hatte«, sagte Holly. »Ich hatte Sex mit Eliahu Rathboone.«

24

Im Flur von Xhex' Kellerwohnung war John dabei, einen Pfad im Steinboden auszutreten. Hin und her. Hin und her. Währenddessen hörte er absolut gar nichts durch die Tür ihres Schlafzimmers.

Er nahm an, dass das ein gutes Zeichen war – keine Schreie und kein Fluchen bedeutete hoffentlich, dass ihr Doc Janes Untersuchung keine Schmerzen verursachte.

Er hatte Rehvenge eine SMS geschickt und ihm mitgeteilt, dass er Xhex gefunden hatte und versuchen würde, sie wieder zum Anwesen der Bruderschaft zu bringen. Ihre Kellerwohnung erwähnte er jedoch mit keinem Wort. Diese wollte sie sicherlich weiterhin geheim halten. Falls Rehv über die Wohnung Bescheid gewusst hätte, wäre er sicher hierhergekommen, nachdem sie sie nicht in der Jagdhütte gefunden hatten.

Nach einem Blick auf die Uhr fuhr er sich erneut durchs Haar. Er fragte sich, wie gebundene Vampire wie Wrath, Rhage und Z mit so etwas umgingen – Himmel,

Z hatte Bella sogar bei der Geburt zusehen müssen. Wie zum Teufel konnten sie …

Die Tür öffnete sich, und er drehte sie auf dem Absatz um, so dass die Sohlen seiner Stiefel auf dem Boden quietschten.

Doc Jane war ernst. »Sie hat zugestimmt, zum Anwesen der Bruderschaft zurückzukehren. V sollte draußen im Escalade warten – kannst du nachsehen, ob er da ist?«

John gestikulierte: *Geht es ihr gut?*

»Sie hat so einiges durchgemacht. Bitte geh und sieh nach, ob der Wagen da ist. Ach übrigens, du wirst sie tragen müssen. Ich möchte nicht, dass sie selbst geht, aber ich will keine Trage benutzen, um kein Aufsehen zu erregen.«

John trödelte nicht herum, sondern stürmte aus dem Keller. Gleich neben der Bordsteinkante stand mit abgeschaltetem Licht und laufendem Motor der Geländewagen. Hinter dem Steuer entdeckte er ein orangefarbenes Leuchten, als V einen Zug von seiner selbst gedrehten Zigarette nahm.

Der Bruder ließ das Fenster herunter. »Nehmen wir sie mit?«

John nickte kurz und ging eilig wieder hinein.

Als er zur Tür von Xhex' Zimmer kam, war sie geschlossen. Also klopfte er vorsichtig an.

»Eine Minute noch«, rief Doc Jane mit gedämpfter Stimme. »Okay.«

Er öffnete schließlich die Tür. Xhex lag immer noch auf der Seite. Ein Handtuch war um sie gewickelt worden, und ein frisches Laken bedeckte sie von Kopf bis Fuß. Um Himmels willen … er wünschte, ihre Haut würde sich etwas mehr von dem Weiß abheben.

John näherte sich ihr, und betrachtete sie verwundert. Er hatte sich selbst nie größer eingeschätzt als sie. Aber nun überragte er sie, und das nicht nur, weil sie sich zusammengekauert hatte.

Ich werde dich nun auf meine Arme nehmen, gestikulierte er, während er die Worte mit seinen Lippen formte. Ihre Augen trafen seine, und sie nickte und versuchte, sich aufzusetzen. Als sie damit Schwierigkeiten hatte, beugte er sich zu ihr hinunter und hob sie auf seine Arme.

Sie wog nicht genug.

Als er sich aufrichtete, knüllte Doc Jane schnell die Laken auf dem Bett zusammen und deutete auf die Tür.

Die Anspannung in ihrem Körper kostete Xhex Kraft, und er wollte ihr sagen, dass sie sich entspannen solle. Doch selbst wenn er eine Stimme gehabt hätte, wären diese Worte verschwendet gewesen. Sie war einfach nicht der Typ, der getragen wurde, unter welchen Umständen auch immer, und zwar von keinem.

Zumindest … normalerweise nicht.

Der Flur schien unendlich lang zu sein, und die drei Meter, die er über den Gehsteig zum Geländewagen gehen musste, kamen ihm mindestens doppelt so weit vor.

V sprang hinter dem Steuer hervor und öffnete die Hintertür. »Sie kann sich hier hinlegen, ich habe ein paar Decken ausgebreitet, bevor ich weggefahren bin.«

John nickte und wollte sie auf das provisorische Lager betten, als ihre Hand nach seiner Schulter griff. »Bleib bei mir, bitte.«

Er erstarrte für einen kurzen Moment … und dann nutzte er seine Körperkraft, um mit ihr auf dem Arm in den Wagen einzusteigen. So hineinzukommen war schwierig … aber schließlich gelang es ihm, sich mit gebeugten Knien mit dem Rücken an die Innenwand des Wagens zu lehnen, während sie auf seinem Schoß saß und sich an seine Brust lehnte.

Die Türen wurden geschlossen, dann hörte man noch

zwei Autotüren, die zugeschlagen wurden und das Aufheulen des Motors.

Durch die getönten Scheiben blitzten Lichter auf und verschwanden wieder, als sie aus der Stadt rasten.

Als Xhex zu zittern begann, legte er seine Arme noch fester um sie und hielt sie so in Kontakt mit seinem Körper, damit seine Körperwärme auf sie übergehen konnte. Und vielleicht funktionierte es sogar, denn kurz darauf legte sie ihren Kopf auf seine Brust, und das Zittern hörte auf.

Oh Gott! Er hatte es sich schon so lange gewünscht, sie in seinen Armen zu halten, hatte sich Situationen ausgemalt, in denen es geschah.

Das hier war das genaue Gegenteil seiner Träume.

Er atmete tief ein, um zu seufzen … und nahm den Duft wahr, den er verströmte. Dunkle Gewürze. Die Art Geruch, den auch die Brüder verströmten, wenn ihre *Shellans* zugegen waren. Die Art Geruch, die zeigte, dass sich sein Körper auf seine Gefühle einstellte und es kein Zurück mehr gab.

Er verfluchte sich dafür, dass er die Bindung weder geheim halten noch aufhalten konnte. Seit er Xhex das erste Mal getroffen hatte, war er auf diese Klippe zugesteuert, und jetzt war er darüber hinabgestürzt, als sie sich von ihm genährt hatte.

»John?«, flüsterte sie.

Er stupste ihre Schulter leicht an, damit sie wusste, dass er sie gehört hatte.

»Danke.«

Er legte seine Wange auf ihr Haar und nickte, so dass sie es spüren konnte.

Als sie etwas von ihm abrückte, war er nicht überrascht – zumindest so lange nicht, bis er bemerkte, dass sie zu ihm hochsehen wollte.

Oh Gott, wie er diesen Ausdruck auf ihrem ausgemergelten Gesicht hasste. Sie war bis zur Panik verängstigt, und ihre grauen Augen waren stumpf wie Asphalt.

Du bist okay, formten seine Lippen. *Du wirst wieder.*

»Wirklich?« Sie schloss die Augen. »Werd ich das wirklich?«

Falls er etwas zu melden hatte, ja. Ja, verdammt nochmal!

Dann schlug sie die Augen wieder auf. »Es tut mir leid«, sagte sie mit heiserer Stimme.

Was denn?

»Alles. Wie ich dich behandelt habe. Wer ich bin. Du verdienst so viel Besseres. Es tut mir … wirklich leid.«

Ihre Stimme kippte am Ende des Satzes, und sie begann, zu blinzeln. Sie bettete ihren Kopf zurück auf seine Brust und legte die Hand auf sein pochendes Herz.

Es waren genau solche Momente, in denen er sich wünschte, sprechen zu können. Immerhin konnte er sie ja nicht gut herumschieben, um an seinen verdammten Notizblock zu gelangen.

Schließlich begnügte er sich damit, sie fürsorglich festzuhalten, denn mehr konnte er ihr nicht bieten.

Und er würde in diesen Wortwechsel nichts hineininterpretieren. Eine Entschuldigung, die nicht einmal notwendig war, weil er ihr ohnehin vergeben würde, war keine Liebeserklärung. Dennoch half es ihm irgendwie. Es war zwar immer noch weit entfernt von dem, was er sich erträumt hatte, aber es war verdammt nochmal besser als gar nichts.

John zog das Laken an ihrer Schulter höher und ließ dann seinen Kopf in den Nacken fallen. Als er zum verdunkelten Fenster hinausblickte, suchten seine Augen die Sterne, die das samtene Dunkel des Nachthimmels als helle Punkte zierten.

Komisch, es fühlte sich so an, als ob der Himmel auf ihm läge, anstatt über der Welt zu schweben.

Xhex war am Leben. Und in seinen Armen. Und er brachte sie nach Hause.

Jawohl, im Großen und Ganzen hätte es viel schlimmer kommen können.

25

Lash würde später darüber denken, dass man nie wissen konnte, wem man über den Weg lief. Man konnte nie wissen, wie eine einfache Entscheidung wie das Rechts- oder Linksabbiegen an einer Kreuzung die Dinge veränderte. Manchmal spielten solche Entscheidungen keine Rolle, während andere … einen an unerwartete Orte brachten.

In diesem Moment musste Lash aber erst noch zu dieser Erkenntnis gelangen. Er fuhr durch eine ländliche Gegend und dachte dabei über die Zeit nach.

Es war gerade knapp nach ein Uhr.

»Wie lange noch?«

Lashs Blick streifte seine Beifahrerin. Die Nutte, die er in einer Gasse der Innenstadt aufgegabelt hatte, sah einigermaßen passabel aus und hatte genügend Silikonimplantate für einen Pornodreh, aber ihre Drogensucht hatte *Barbie* knochendürr und reizbar gemacht.

Und auch zum Äußersten entschlossen. Und so zugedröhnt, dass es nur eines Hundertdollarscheins bedurfte, damit sie in den AMG einstieg, um zu einer »Party« mitzukommen.

»Nicht mehr weit«, antwortete er und konzentrierte sich wieder auf die Straße.

Er war sehr enttäuscht. Als er sich das Ganze in Gedanken ausgemalt hatte, befand sich Xhex in seiner Fantasie gefesselt und geknebelt auf dem Rücksitz – was er viel romantischer gefunden hätte. Stattdessen hatte er diese widerliche Ghettoschlampe am Hals. Aber er konnte nichts gegen die Realität unternehmen. Er musste sich nähren, und sein Vater erwartete ihn. Und Xhex zu finden, hätte länger gedauert, als er Zeit zur Verfügung hatte.

Eines der schlimmsten Zugeständnisse, das er hatte machen müssen, war, dass die Nutte auf seinem Beifahrersitz ein Mensch war und somit viel weniger nützlich als ein weiblicher Vampir. Doch er hoffte, dass es ausreichen würde, dass sie Eierstöcke hatte, wenn es darum ging, sich von ihrem Blut zu nähren.

Genau gesagt, war er nicht in der Lage gewesen, jemanden seiner Art aufzutreiben, der einen Rock trug.

»Weißt du«, lallte sie. »Ich habe mal als Modell gearbeitet.«

»Wirklich?«

»In Manhattan. Aber weißt du, diese Ärsche ... die kümmern sich nicht um dich. Die wollen dich nur benutzen, weißt du.«

Na gut. Zuerst sollte sie besser vergessen, dass sie die Wendung *weißt du* überhaupt schon einmal gehört hatte, und sich dann fragen, ob sie auf sich allein gestellt in Caldwell so viel besser dran war.

»Ich mag dein Auto.«

»Danke«, murmelte er.

Sie lehnte sich zu ihm herüber, wobei ihre zusammengequetschten Brüste aus der rosa Corsage quollen, die sie trug. Das Ding hatte an den Seiten schmierige Flecken von schmutzigen Händen, so als ob sie sie schon seit einigen Tagen trug. Und sie roch nach künstlichem Kirscharoma, Schweiß und Crackrauch.

»Weißt du, ich mag dich …«

Sie griff mit der Hand an seinen Oberschenkel und legte dann ihren Kopf in seinen Schoß. Als er spürte, wie sie nach dem Reißverschluss seiner Hose suchte, packte er das wasserstoffblonde Gestrüpp auf ihrem Kopf und zog sie daran hoch.

Sie verspürte nicht einmal den Schmerz.

»Fangen wir nicht jetzt schon damit an«, meinte er. »Wir sind beinahe da.«

Sie leckte ihre Lippen. »Sicher, schon gut.«

Die abgemähten Felder auf beiden Seiten der Straße waren in Mondlicht getaucht, und die Häuser, die verstreut in diesen schmuddeligen Flecken lagen, leuchteten weiß daraus hervor. Bei den meisten von ihnen brannte eine Lampe im Eingangsbereich, und das war's. Für die Leute in dieser Gegend war alles nach Mitternacht schon weit nach ihrer Schlafenszeit.

Das war auch einer der Gründe dafür, hier im Land des heißen Apfelkuchens und der amerikanischen Flaggen einen Außenposten zu unterhalten.

Fünf Minuten später erreichten sie das Farmhaus und parkten nahe der Eingangstür.

»Hier ist sonst niemand«, stellte sie fest. »Sind wir die Ersten?«

»Ja.« Er griff nach vorne, um den Motor abzustellen. »Gehen …«

Das Klicken neben seinem Ohr ließ ihn erstarren.

Die Stimme der Nutte klang gar nicht mehr benommen. »Raus aus dem Auto, du Scheißkerl!«

Lash drehte seinen Kopf zu ihr hin und blickte erstaunt

in die Mündung einer Neun-Millimeter-Pistole. Die Nutte hielt die Waffe mit absolut ruhigen Händen auf ihn gerichtet, und ihre schlauen Augen blitzten gerissen, was ihm einen gewissen Respekt abverlangte.

Überraschung, dachte er.

»Steig aus!«, blaffte sie.

Er begann, langsam zu lächeln. »Hast du damit schon einmal geschossen?«

»Schon oft«, meinte sie, ohne mit der Wimper zu zucken. »Und ich habe kein Problem mit Blut.«

»Ach so. Schön für dich.«

»Steig aus ...«

»Wie hast du dir das eigentlich gedacht? Du wirfst mich aus dem Wagen, schießt mir in den Kopf und nimmst dir meinen Mercedes, meine Uhr und meine Brieftasche. Und meine Leiche lässt du einfach zurück.«

»Ich nehme auch das, was in deinem Kofferraum ist.«

»Du brauchst also einen Ersatzreifen. Weißt du, so einen kannst du dir an jeder Tankstelle besorgen.«

»Du denkst also, dass ich nicht weiß, wer du bist?«

Er war sich sehr sicher, dass sie nicht den blassesten Schimmer hatte, wer er war. »Warum sagst du es mir nicht?«

»Ich kenne dieses Auto. Ich habe dich schon gesehen. Ich habe schon deinen Stoff gekauft.«

»Eine Kundin, wie süß!«

»Steig aus!«

Als er keine Anstalten machte, bewegte sie die Waffe etwas zur Seite und zog ab. Die Kugel blies die Scheibe hinter ihm hinaus, und er wurde sauer. Ein bisschen Herumspielen war etwas anderes als Sachbeschädigung.

Als sie wieder zwischen seine Augen zielte, dematerialisierte er sich.

Auf der anderen Seite des Wagens nahm er wieder Gestalt an. Er beobachtete, wie sie auf ihrem Sitz durchdrehte, mit ihrem Blick hektisch alles absuchte und dabei ihr strähniges Haar herumwirbelte.

Er war bereit, ihr ein paar Dinge über Pläne beizubringen. Lash riss die Tür auf und zerrte sie am Arm aus dem Wagen. Die Kontrolle über sie und ihre Waffe zu erlangen, war ein Kinderspiel. Dann steckt er sich ihre Neun-Millimeter über dem Kreuz in den Gürtel. Dabei drehte er die Nutte gegen seine Brust, so dass er sie festhalten und würgen konnte.

»Was …«

»Du hast mir doch gesagt, dass ich aussteigen soll«, flüsterte er in ihr Ohr. »Also habe ich das gemacht.«

Ihr abgemagerter Körper war schwach wie ein Blatt im Wind, in den billigen Hurenklamotten, die sie trug. Verglichen mit den körperbetonten Kämpfen mit Xhex war das nicht mehr als ein einzelner Atemzug verglichen mit einem Wirbelsturm. Wie langweilig!

»Gehen wir hinein«, nuschelte er, als er seinen Mund zu ihrer Kehle bewegte und einen seiner Fangzähne den Hals entlang bis zur Halsvene gleiten ließ. »Der andere Partybesucher wird schon auf uns warten.«

Als sie sich von ihm losreißen wollte, drehte sie das Gesicht zu ihm hin. Er lächelte und ließ dabei seine Sonderausstattung aufblitzen. Ihr Schrei schreckte eine Eule von einem Ast über ihnen auf. Um sicherzustellen, dass sie nicht in bester Hitchcock-Manier weiterschrie, hielt er mit der freien Hand ihre Klappe zu und schob sie mit Gewalt zur Haustür.

Im Haus roch es wegen der Initiation von gestern Abend und der Eimer voller Blut nach Tod. Diese Überbleibsel hatten aber auch ihr Gutes. Als er Kraft seines Willens das Licht einschaltete, und die Schlampe einen Blick auf das Speisezimmer erhaschte, wurde sie starr vor Entsetzen und verlor ihr gottverdammtes Bewusstsein.

Gut für sie. Das machte es ihm viel einfacher, sie auf den Tisch zu legen und anzubinden.

Er hielt den Atem an, trug die Eimer mit Blut in die Küche, spülte sie aus und reinigte die Messer. Dabei wünschte er sich, dass Mr D noch leben und diese Drecksarbeit erledigen würde.

Als er die Sprühdüse der Spüle wieder an ihren Platz zurückhängte, dämmerte ihm, dass der *Lesser,* den sie in der vorherigen Nacht initiiert hatten, nirgendwo zu sehen war.

Er brachte die Eimer zurück ins Speisezimmer und stellte sie unter die Handgelenke und Knöchel der Nutte. Danach drehte er eine Runde durch das Erdgeschoss, um genau nachzusehen, ob der neue *Lesser* wirklich nicht da war. Als er sich sicher war, dass sich außer ihm und der Nutte niemand im Haus befand, ging er hinauf in den ersten Stock.

Die Tür des Kleiderschranks im Schlafzimmer war offen, und ein Kleiderbügel lag auf dem Bett, als ob jemand ein Hemd gemopst hätte. In der Dusche tropfte frisches Wasser von den Wänden.

Verfluchte Scheiße!

Wie zum Teufel war der Kerl weggekommen? Da war kein Auto, also musste er wohl die Straße entlanggegangen sein. Und dann weiter per Anhalter, oder er hatte einfach den Lieferwagen eines Bauern kurzgeschlossen.

Lash ging wieder nach unten und stellte fest, dass die Nutte wieder zu sich gekommen war und gegen den Knebel in ihrem Mund ankämpfte. Ihre Augen waren weit aufgerissen, als sie sich auf dem Tisch krümmte und wand.

»Es wird nicht mehr lange dauern«, erklärte er ihr, während er an ihren dürren Beinen hinuntersah. Sie war an beiden tätowiert, doch die Tätowierungen waren ein einziges Chaos ohne roten Faden. Zufällig verteilte Farbflecken, von denen einige ein Motiv erkennen ließen, während andere entweder durch schlechtes Nachstechen oder durch Narben komplett versaut waren.

Viele Schmetterlinge in leuchtenden Farben, nahm er an. Vielleicht war das einmal die Idee dahinter gewesen.

Er lief wieder durch das Erdgeschoss, indem er in die Küche ging und durch das Speisezimmer wieder den Flur betrat. Der scharfe Klang von Stilettos, die gegen den Tisch schlugen, und das Quietschen der nackten Haut rückten in den Hintergrund, als er sich darüber wunderte, wo der neue Rekrut abgeblieben war, und weshalb sein Vater sich verspätete.

Eine halbe Stunde später war immer noch nichts geschehen, und er versuchte, mentalen Kontakt zu seinem Vater auf der anderen Seite aufzunehmen.

Sein Vater antwortete nicht.

Lash ging ins Obergeschoss und schloss die Tür. Vielleicht konzentrierte er sich ja nicht genug, weil er zu frustriert und angewidert war. Er setzte sich auf das Bett, legte die Hände auf die Knie und beruhigte sich selbst. Als sein Puls ruhig und gleichmäßig schlug, versuchte er es noch einmal … und bekam wieder keine Antwort.

Vielleicht war Omega etwas geschehen?

In einem Strudel widerstreitender Gefühle entschied er sich, auf eigene Faust in den *Dhunhd* zu gehen.

Seine Moleküle lösten sich gut genug auf, doch als er versuchte, sich auf der anderen Ebene zu materialisieren, wurde er abgeblockt. Ausgeschlossen. Abgewiesen!

Es war, als ob er von einer massiven Wand abprallte und zurück in das beschissene Schlafzimmer des Farmhauses gestoßen wurde. Sein Körper nahm den Aufprall als eine Welle von Übelkeit wahr.

Was zum Teufel …

Als sein Handy klingelte, fischte er es aus der Tasche seines Jacketts und runzelte die Stirn, als er die Nummer sah.

»Hallo?«, meldete er sich.

Das Kichern, das er hörte, klang jungenhaft. »Hallo, du Arschloch. Hier spricht dein neuer Chef. Rate mal, wer gerade befördert wurde? Übrigens, dein Papa lässt dir ausrichten, dass du ihn nicht mehr belästigen sollst. War wohl schlecht, ihn nach Weibern zu fragen – du solltest deinen Vater wirklich besser kennen! Oh, und ich soll dich übrigens umbringen. Wir sehen uns bald!«

Der neue Rekrut begann, zu lachen. Dieser Klang bohrte sich durch die Verbindung in Lashs Kopf, als aufgelegt wurde.

Von dem anderen!

Sie war nicht schwanger. Zumindest konnte Doc Jane nichts Derartiges erkennen.

Aber trotz der kleinen Unterbrechung ihres Aufenthalts im Panikland bekam Xhex von der Fahrt zum Anwesen der Bruderschaft nichts mit. Allein schon der Gedanke daran, dass sie hätte schwanger werden können …

Immerhin hatte sie ihre Büßergurte nicht getragen – und deren Zweck war es, ihre *Symphathen*-Seite zu unterdrücken, was auch ihren Eisprung mit einschloss.

Was hätte sie nur gemacht?

Nun gut, das war jetzt irrelevant, und sie musste es außen vor lassen. Gott allein wusste, dass sie genug Sorgen in der Abteilung »Aktuelles« hatte.

Sie atmete tief ein und nahm Johns Duft in sich auf. Dabei konzentrierte sie sich auf seinen starken, gleichmäßigen Herzschlag, den sie durch ihr Ohr an seiner Brust hörte. Es dauerte nicht lange, bis sie der Schlaf übermannte. Es war eine Mischung aus Erschöpfung, der bleiernen Schwere nach dem Nähren und dem Bedürfnis nach einer kurzen friedlichen Pause von ihrem Leben, die sie in einen tiefen, traumlosen Zustand verfallen ließ.

Sie wachte auf, weil sie merkte, dass sie hochgehoben wurde. Ihre Augen öffneten sich. John trug sie über eine Art Parkplatz, der, wenn man die höhlenähnlichen Wände betrachtete, unterirdisch sein musste. Eine starke Stahltür wurde von Vishous geöffnet. Am anderen Ende befand sich … ein Alptraum.

Der lange, anonyme Flur war hell gefliest, die Wände waren aus Sichtbeton und in die niedrige Decke waren rechteckige Neonleuchten eingelassen.

Ihre Vergangenheit holte sie ein. Sie betrachtete das Jetzt wie durch einen Filter, der alles durch den Alptraum ersetzte, den sie damals erlebt hatte. In Johns Armen wurde aus ihrem schwachen Körper ein angespanntes Muskelpaket, das sich fieberhaft gegen seinen Griff wehrte, um freizukommen. Die Situation kippte schlagartig, Leute eilten herbei, und Geschrei, laut wie Sirenengeheul erklang …

Als Xhex verschwommen wahrnahm, dass ihr Unterkiefer schmerzte, erkannte sie, dass es ihre eigenen Schreie waren.

Und dann sah sie plötzlich nur noch Johns Gesicht.

Es war ihm irgendwie gelungen, sie in seinen Armen so zu drehen, dass sie sich nun Nase an Nase, Auge in Auge gegenüber befanden. Seine Hände gruben sich in ihre Seiten und ihre Hüften. Da der kühle Flur nun durch seine blauen Augen ersetzt wurde, verschwand plötzlich die Erinnerung an ihre Vergangenheit, und sie wurde von ihm aufgefangen.

Er sagte nichts. Er blieb ganz ruhig und ließ sich von ihr betrachten.

Das war genau das, was sie brauchte. Ihr Blick saugte

sich an seinen Augen fest. So konnte sie ihre Gedanken abschalten.

Als er ihr zunickte, nickte sie zurück, und sie bewegten sich wieder vorwärts. Ab und an wandten sich seine Augen kurz von ihr ab, um zu sehen, wo sie hingehen mussten, doch sie fanden immer wieder zu ihren zurück.

Sein Blick kam immer wieder zu ihr.

Dann waren Stimmen zu hören, eine große Anzahl von Stimmen, und es öffneten und schlossen sich viele Türen. Sie gelangten in einen komplett blassgrün gekachelten Bereich. Sie befand sich in einem Untersuchungszimmer mit einer OP-Leuchte über ihr und vielen medizinischen Hilfsmitteln, die in Schränken mit Glastüren verstaut waren.

Als John sie auf dem Untersuchungstisch absetzte, verlor Xhex erneut die Kontrolle über sich. Ihre Lungen versagten ihr den Dienst, und ihr Blick irrte herum und traf überall auf Dinge, die ihre Ängste triggerten – wie die Ausrüstung, die Geräte und den Tisch … den Tisch.

»Wir verlieren sie wieder.« Doc Janes Stimme war unbarmherzig ruhig.

»John, komm hier herein.«

Johns Gesicht kam wieder in ihr Blickfeld, und Xhex' Blick klammerte sich an seinen Augen fest.

»Xhex?« Doc Janes Stimme kam von links. »Ich werde dir jetzt ein Sedativum verabreichen …«

»Nein!«, schoss es aus ihrem Mund. »Ich bin lieber verängstigt als … hilflos …«

Ihr Atem kam in kurzen Stößen, und jeder unzureichende Atemzug überzeugte sie mehr als alles andere davon, dass es in diesem Leben mehr um Leid denn um Freude ging. Es gab zu viele dieser Momente! Nur allzu oft übernahmen Schmerz und Angst ihr Leben, und die Schatten schlichen nicht nur umher, sondern sogen auch noch die letzte Helligkeit der Nacht auf, in der sie lebte.

»Lass mich gehen ... Lass mich weggehen ...« Als Johns Augen sich weiteten, bemerkte sie, dass sie eines seiner Messer gefunden und es aus der Scheide gezogen hatte. Im Moment versuchte sie gerade, es ihm in die Hand zu drücken. »Bitte lass mich gehen ... Ich möchte nicht mehr auf dieser Welt sein ... Lösch mich für immer aus, bitte!«

Die vielen erstarrten Körper und der Mangel an Bewegung um sie herum brachten sie wieder zu sich. Rhage und Mary standen in der Ecke. Rehv war auch da. Vishous und Zsadist. Niemand sprach oder rührte sich auch nur einen Millimeter.

John nahm ihr den Dolch aus der Hand, was sie zum Weinen brachte. Weil er ihn nicht benutzen würde, an ihr. Nicht jetzt ... niemals.

Und sie hatte nicht die Kraft, es selbst zu tun.

Auf einmal begannen die aufgestauten Gefühle in ihr, überzukochen. Sie blickte wie eine Wahnsinnige um sich, als plötzlich die Regale zu vibrieren und der Computer drüben auf dem Tisch in der Ecke herumzuspringen begann.

John war trotzdem bei ihr. Und er reagierte schnell. Er begann, auf dringliche Art zu gestikulieren. Einen Moment später verließen alle den Raum. Alle außer John.

Sie versuchte verzweifelt, nicht zu explodieren, und sah auf ihre Hände hinunter. Sie zitterten so stark wie die Flügel einer Fliege ... und als sie sie anstarrte, brach sie zusammen.

Der Schrei, der ihrer Kehle entwich, war äußerst eigenartig, sehr hoch und voller Entsetzen.

John stand seinen Mann. Sogar als sie noch einmal schrie.

Er würde nirgendwo hingehen. Er war nur … da.

Sie griff nach dem Laken, das sie einhüllte, und zog es fester um ihren Körper. Sie war sich sehr bewusst, dass sie gerade zusammenbrach. Der Flur hatte einen Riss in ihrer Seele verursacht, und jetzt zerbarst sie in tausend Stücke. Sie fühlte sich, als ob zwei Ausgaben von ihr in diesem Zimmer existierten: Die eine auf dem Tisch, die sich die Lungen aus dem Leib schrie und blutige Tränen weinte, und die andere, ruhig und geistig gesund, die in der hinteren Ecke saß und ihr anderes Selbst und John beobachtete.

Würden sich diese zwei Teile jemals wieder zusammenfügen, oder würden sie auf ewig entzweit bleiben?

Ihr Verstand entschied sich für die zweite Variante, die beobachtende Persönlichkeit und zog sich an jenen stillen Ort zurück, von wo aus sie ihr anderes Selbst dabei beobachtete, wie es an seinen Tränen erstickte. Die Rinnsale aus Blut, die über ihre schneeweißen Wangen liefen, stießen sie nicht ab, genauso wenig wie ihre wirren, geweiteten Augen und das epileptische Zucken ihrer Arme und Beine.

Ihr tat die Vampirin auf dem Tisch leid, die solche Qualen leiden musste.

Die Vampirin war unter einem Fluch geboren worden. Sie hatte schlechte Taten vollbracht, und an ihr waren schlechte Taten verübt worden. Sie hatte sich selbst abgehärtet, und so waren ihr Verstand und ihre Gefühle zu Stahl geworden.

Aber dennoch war es ein Fehler gewesen, all ihre Gefühle einzuschließen

Es war keine Frage der Stärke, wie sie es sich immer eingeredet hatte.

Es war nur dazu gut, um zu überleben … und das konnte sie so nicht länger.

26

»Du hattest Sex … mit Eliahu Rathboone.«

Gregg schob Holly von sich weg und starrte ihr ins Gesicht. Dabei dachte er, dass sie den Verstand verloren haben musste – nun, zumindest das bisschen Verstand, über das sie verfügte. Und da waren sie schon zu zweit, denn was er eben da draußen gesehen hatte, war wohl alles nur Einbildung gewesen.

Nur, dass ihre Augen absolut klar und ohne Arglist waren. »Er kam zu mir. Ich hab schon geschlafen …«

Ein erneutes Klopfen an der Tür unterbrach sie, dann konnte man Stans Stimme hören. »Hallo? In welchem Zimmer soll ich …«

»Später, Stan!«, stieß Gregg hervor. Nachdem das Grummeln verstummt war, konnte man Schritte im Flur hören, die sich in Richtung von Hollys Zimmer bewegten, und dann wurde eine Tür zugeschlagen.

»Komm her!« Er zerrte Holly zum Bett herüber. »Setz dich und erzähl mir … was deiner Meinung nach passiert ist.«

Er konzentrierte sich auf ihre prallen Lippen, während sie sprach. »Nun, ich kam gerade aus der Dusche. Ich war erschöpft und habe mich auf das Bett gelegt, um mich etwas auszuruhen, bevor ich mein Nachthemd anziehen wollte. Ich muss wohl eingeschlafen sein … denn das Nächste, woran ich mich erinnern kann, ist dieser Traum …«

Oh mein Gott! »Holly, nur weil du einen Alptraum hattest, bedeutet das nicht, dass du …«

»Ich bin noch nicht fertig«, blaffte sie. »Und es war kein Alptraum.«

»Ich dachte, du warst am Ausflippen?«

»Das unheimliche Zeug kam danach.« Sie zog eine Augenbraue in die Höhe. »Lässt du mich jetzt ausreden?«

»Na gut.« Aber nur in der Hoffnung, dass er ihren Mund später dazu bringen würde, etwas ganz anderes zu tun. Verdammt, ihre Lippen sahen gut aus … »Sprich weiter.«

»Ich habe geträumt, dass dieser Mann in mein Zimmer kam. Er war sehr groß und muskulös … einer der größten Männer, die ich je gesehen habe. Er war schwarz angezogen und stand über meinem Bett. Er roch großartig … und er starrte mich an. Ich …« Ihre Hand legte sich um ihren Nacken und glitt langsam zwischen ihren Brüsten herab. »Ich zog mein Handtuch von meinem Körper und zog ihn auf mich. Es war … unbeschreiblich …«

Das waren gute Nachrichten, denn er wollte plötzlich nicht mehr hören, was danach geschehen war.

»Er nahm mich.« Sie berührte erneut ihren Nacken und ihre Brüste. »So, wie ich vorher noch nie genommen wurde. Er war so …«

»… lang wie ein Feuerwehrschlauch und brachte dich auf zwölf verschiedene Arten zum Höhepunkt. Ich gratuliere! Dein Unterbewusstsein sollte Pornoregisseur werden. Aber was hat das mit Eliahu Rathboone zu tun?«

Holly glotzte ihn an … und zog dann den Aufschlag ihres Morgenrocks zur Seite. »Weil ich, als ich aufgewacht bin, das hier hatte.« Sie zeigte auf etwas an ihrem Hals, das wie ein Knutschfleck aussah.« »Und ich hatte wirklich Sex.«

Gregg legte seine Stirn in tiefe Falten. »Du … Woher willst du das wissen?«

»Na, was denkst du, woher ich das weiß?«

Gregg räusperte sich. »Geht es dir gut?« Er legte die Hand auf ihren Arm. »Ich meine … Ähm, möchtest du die Polizei rufen?«

Hollys Lachen war tief und klang verdammt sexy. »Oh, es geschah in beiderseitigem Einverständnis. Was auch immer es war.« In ihren Augen erlosch das Feuer. »Das ist es eben … Ich weiß nicht, was es war. Ich dachte, ich hätte es geträumt. Ich dachte nicht daran, dass es echt war, bis …«

Bis ein unbestreitbarer Beweis sie vom Gegenteil überzeugte.

Gregg strich über ihre blonden Haarverlängerungen. »Du bist dir sicher, dass es dir gutgeht?«

»Ich denke schon.«

Oh Mann, er brauchte nicht einmal einen kurzen Moment, um sich zu entscheiden. »Okay, das war's! Wir reisen morgen ab.«

»Wie bitte? Oh mein Gott, Gregg … Ich wollte keine Probleme machen …« Sie runzelte die Stirn. »Vielleicht … vielleicht habe ich ja den zweiten Teil, in dem ich aufgewacht bin und nochmal geduscht habe, auch geträumt. Vielleicht … vielleicht ist ja gar nichts davon geschehen.«

»Verdammt! Ich werde morgen Atlanta anrufen und ihnen sagen, dass sie wieder auf dem Programm stehen. Ich werde dich nicht hierbleiben lassen, wo du nicht sicher bist.«

»Himmel, das ist wirklich sehr ritterlich von dir, aber … Ich weiß nicht. Alles war so verschwommen, und jetzt frage ich mich, ob ich mich morgen früh nicht schon besser fühle. Ich bin wirklich verwirrt … es war sonderbar.« Sie legte ihre Fingerspitzen auf die Schläfen und begann, sie zu massieren, als ob sie Kopfschmerzen hätte. »Ich würde sagen, dass ich es genau so wollte, wie es geschehen ist …«

»War deine Tür versperrt?« Er wollte eine Antwort auf die Frage, aber er wollte nicht unbedingt etwas über den Geist mit dem gewissen Etwas hören.

»Ich sperre immer die Hoteltür ab, bevor ich duschen gehe.«

»Und die Fenster?«

»Geschlossen. Ich glaube, sie sind versperrt. Ich weiß nicht.«

»Nun, du bleibst heute Nacht bei mir. Hier bist du sicher.« Und nicht nur deshalb, weil er sie heute Nacht nicht anmachen würde. Er hatte eine Waffe bei sich. Immer. Und das Ding war zugelassen, und er wusste, wie man damit umging. Damals, als Menschen im Verkehr von L.A. überfallen wurden, hatte er sich entschieden, sich zu bewaffnen.

Sie streckten sich zusammen auf dem Bett aus. »Ich werde das Licht anlassen.«

»Ist in Ordnung. Schließ nur die Tür ab.«

Gregg nickte und glitt vom Bett. Er verschloss die Tür und hängte die Sicherungskette ein. Danach ging er an den Fenstern entlang, um ihre Riegel zu prüfen. Als er wieder zurück ins Bett kam, legte sie ihren Kopf auf seinen Arm und seufzte. Er zog die Bettdecke unter ihren Füßen hervor und deckte sie beide zu. Dann löschte er die Lampe und lehnte sich entspannt in die Kissen zurück.

Er dachte an den Mann, der draußen vorbeigegangen war, und knurrte fast dabei. Verfluchte Scheiße! Entweder war das ein Einheimischer mit einem Generalschlüssel oder ein Bediensteter, der ein Schloss knacken konnte.

Angenommen, das alles war überhaupt geschehen. Worüber sie sich ja immer weniger sicher war …

Wie auch immer. Sie würden diesen Ort am Morgen verlassen, und das war's dann.

Er runzelte im Dunkeln die Stirn. »Holly?«

»Ja.«

»Warum dachtest du, dass es Rathboone sei?«

Sie gähnte lauthals. »Weil er genau so aussah wie der Mann auf dem Porträt im Wohnzimmer.«

27

Unten im Untersuchungsraum der Untergrundklinik stand John vor Xhex und fühlte sich komplett unfähig, ihr zu helfen. Sie saß auf dem Untersuchungstisch und schrie, die Finger ins Laken gekrallt, das Gesicht vor Panik verzerrt, während rote Tränen in Sturzbächen über ihre blassen Wangen liefen … Und er konnte rein gar nichts dagegen tun.

Er kannte den unwirtlichen Ort, an dem sie sich jetzt befand. Kannte das tiefe Loch, in dem sie saß, und konnte doch nicht zu ihr gelangen. Er selbst war auch schon darin gefangen gewesen. Er wusste ganz genau, wie es war, wenn man stolperte und fiel und dann schmerzhaft am Boden aufschlug … obwohl man sich im Prinzip gar nicht bewegt hatte.

Der einzige Unterschied zwischen ihnen bestand darin, dass sie eine Stimme hatte, um ihrem Schmerz Ausdruck zu verleihen.

Während ihm die Ohren klingelten und sein Herz wegen ihr zerbrach, trotzte er standhaft dem Sturm, den sie losließ. Wie ein Fels in der Brandung stand er vor ihr und versuchte, ihr Halt zu geben. Denn mehr konnte er in diesem Moment nicht für sie tun.

Gott allein wusste, wie sehr es ihn schmerzte, sie so leiden zu sehen. Es tat unendlich weh und fokussierte ihn gleichzeitig: Lashs verhasstes Gesicht nahm vor Johns geistigem Auge Form an. Als Xhex immer weiterschrie, schwor er blutige Rache.

Und dann nahm Xhex ein paar tiefe Atemzüge. Und noch ein paar.

»Ich denke, das wäre überstanden«, meinte sie mit rauer Stimme.

John wartete einen Moment, um sicherzugehen. Schließlich nickte sie, und er zog seinen Notizblock heraus und schrieb schnell.

Als er ihr die beschriebene Seite zeigte, folgten ihre Augen den Zeilen, aber sie brauchte mehrere Anläufe, um den Sinn zu erfassen.

»Darf ich mir erst das Gesicht waschen?«

Er nickte und ging hinüber zum Waschbecken aus Edelstahl. Dort drehte er das kalte Wasser auf, nahm ein sauberes Handtuch vom Stapel und befeuchtete es, bevor er zu ihr zurückkehrte. Er drückte ihr das feuchte Tuch in die Hände, und sah zu, wie sie es langsam an ihr Gesicht drückte. Es war hart, sie so zerbrechlich zu sehen, und er dachte daran, wie er sie bisher gekannt hatte: stark, kraftvoll, kantig.

Ihr Haar war länger geworden und begann, sich an den Enden zu locken. Falls sie es nicht schneiden ließ, würde es ihr sicher bald in dichten Wellen auf die Schultern fallen. Gott, er wollte es berühren, um seine Weichheit zu spüren …

John blickte auf den Tisch hinunter, und seine Augen weiteten sich plötzlich. Das Laken war unter ihr herausgerutscht ... und da war ein dunkler Fleck auf den Handtüchern, die um ihre Hüften gewickelt gewesen waren.

Er atmete tief ein und nahm den Geruch frischen Blutes wahr. Es überraschte ihn, dass er es nicht schon vorher gerochen hatte. Aber wahrscheinlich war er einfach zu abgelenkt gewesen.

Um Himmels willen! Sie blutete ...

John tippte vorsichtig auf ihren Arm und formte mit seinen Lippen ein *Doc Jane.*

Xhex nickte. »Ja, lass es uns hinter uns bringen.«

Außer sich stürmte John hinüber zur Tür des Untersuchungszimmers. Draußen im Flur traf er auf eine Menge besorgter Leute, allen voran Doc Jane.

»Ist sie jetzt bereit für mich?« Als John zur Seite trat und hektische Bewegungen mit seinem Arm vollführte, trat die Ärztin vor.

Er hielt sie jedoch an. Mit dem Rücken zu Xhex gestikulierte er: *Sie ist irgendwo verletzt. Sie blutet.*

Doc Jane legte ihre Hand auf seine Schulter und drehte sich mit ihm zusammen, so dass sie die Plätze tauschten. »Ich weiß. Warum wartest du nicht draußen. Ich werde mich gut um sie kümmern. Ehlena? Würdest du bitte hereinkommen – ich werde noch ein Paar Hände brauchen.«

Rehvenges *Shellan* ging in das Untersuchungszimmer, und John blickte über den Kopf der Ärztin hinweg, als sie sich die Hände wusch.

Warum assistiert Vishous dir nicht?, gestikulierte er.

»Wir machen nur eine Ultraschalluntersuchung, um sicherzugehen, dass sie in Ordnung ist. Ich operiere nicht.« Doc Jane lächelte ihn auf professionelle Art an, was ihm auf seltsame Weise Angst machte. Und dann wurde die Tür vor seiner Nase geschlossen.

Er schaute in die Runde. Alle Männer waren auf den Gang verbannt worden. Nur Frauen waren bei ihr.

Seine Gedanken überschlugen sich, und es dauerte nicht lange, bis er zu einem Schluss kam, der einfach nicht wahr sein durfte.

Eine schwere Hand fiel auf seine Schulter, und Vs tiefe Stimme drang an sein Ohr. »Nein, du musst hier draußen bleiben, John. Lass los!«

Erst jetzt bemerkte er, dass sich seine Hand auf der Türklinke befand. Er sah hinunter und befahl sich, den Türgriff loszulassen … und musste sich den Befehl ein zweites Mal erteilen, bevor seine Hand den Griff wirklich freigab.

Es waren keine Schreie zu hören. Und auch keine anderen Geräusche.

Er wartete und wartete, dann ging er auf und ab und wartete weiter. Vishous zündete sich eine selbst gerollte Zigarette an. Blay fummelte ebenfalls eine Dunnhill heraus. Qhuinn trommelte einen Rhythmus auf seinem Schenkel. Wrath tätschelte Georges Kopf, während der Golden Retriever John mit freundlichen braunen Augen betrachtete.

Schließlich streckte Doc Jane ihren Kopf aus der Tür und schaute ihren Mann an. »Ich brauche dich.«

Vishous drückte seine Zigarette an der Sohle seines Stiefels aus und steckte den verbliebenen Rest in die Gesäßtasche. »Muss ich mich auf eine Operation vorbereiten?«

»Ja.«

»Ich gehe mich schnell umziehen.«

Als der Vampir in die Umkleide trottete, suchte Doc Jane Blickkontakt mit John. »Ich werde mich gut um sie kümmern …«

Was ist los? Warum blutet sie?, gestikulierte er.

»Ich werde mich um sie kümmern.«

Dann schloss sich die Tür wieder.

Als V zurückkam, sah er noch immer wie ein Krieger aus, obwohl er keine Lederkleidung mehr trug, und John hoffte inständig, dass sich seine Fähigkeiten im Feld auch auf seine Fähigkeiten im OP übertragen ließ.

Vs diamantene Augen blitzten, und er klopfte John auf die Schulter, als er durch die Tür ins Untersuchungszimmer schlüpfte … das jetzt offensichtlich als OP herhalten musste.

Als sich die Tür schloss, hätte John am liebsten auch ein bisschen geschrien.

Stattdessen fuhr er damit fort, den Gang auf- und abzugehen. Gelegentlich verzogen sich die anderen in einen nahe gelegenen Schulungsraum, aber er brachte es nicht über sich, mit ihnen zu gehen.

Jedes Mal, wenn er an der Tür vorbeiging, die für ihn verschlossen blieb, vergrößerte sich die Strecke, die er zurücklegte, bis ihn sein Weg auf den Parkplatz und zur Umkleide führte. Seine langen Beine ließen die Distanz schrumpfen. Sie verwandelten gute fünfzig Meter in nur wenige Zentimeter.

Zumindest wirkt es so.

Als er etwa das fünfte Mal zurück zur Umkleide ging, drehte sich John herum und fand sich vor der Glastür des Büros wieder. Der Tisch, die Aktenablageschränke und der Computer schienen so vertraut wie immer, und er fühlte sich durch den Anblick seltsam getröstet.

Aber die Atempause war vorüber, als er wieder vorwärtslief.

Aus dem Augenwinkel heraus sah er die Risse in der Betonwand auf der anderen Seite. Sie verliefen wie ein Spinnennetz aus einer einzigen Schlagstelle heraus.

Er erinnerte sich an die Nacht, in der das geschehen war. Diese schreckliche Nacht.

Tohr und er hatten gemeinsam im Büro gesessen. John

erledigte Schulaufgaben, während der Bruder versuchte, ruhig zu bleiben, als er immer und immer wieder vergeblich zu Hause anrief. Jedes Mal, wenn Wellsie nicht ans Telefon ging und er auf ihrer Voicemail landete, wurde die Anspannung größer – bis Wrath mit den anderen Brüdern erschienen war.

Die Nachricht von Wellsies Tod war eine Tragödie … Doch dann erfuhr Tohr, wie es geschehen war: Sie war nicht gestorben, weil sie mit ihrem ersten Kind schwanger war, sondern weil sie ein *Lesser* kaltblütig ermordet hatte. Er hatte sie umgebracht, und ihr Baby mit ihr.

Das war, was diese Risse verursacht hatte.

John ging zu dieser Stelle und ließ seine Fingerspitzen über die Spuren im Beton gleiten. Tohrs Zorn war so groß gewesen, dass er förmlich implodierte wie eine Supernova. Und der emotionale Ausnahmezustand dematerialisierte ihn an irgendeinen anderen Ort.

John hatte nie erfahren, wohin er gegangen war.

Er fühlte sich beobachtet, was ihn den Kopf heben und über die Schulter blicken ließ. Tohr stand an der Wand hinter der Glastür im Büro und starrte ihn an.

Die Blicke der beiden trafen sich, und es war eine Begegnung von Vampir zu Vampir und nicht mehr von Älterem zu Jüngerem.

John war jetzt erwachsen. Und wie vieles in dieser Situation ließ sich das nicht mehr umkehren.

»John?« Doc Janes Stimme kam von weit hinten im Korridor, und er drehte sich um und lief zu ihr.

Wie geht es ihr? Was ist geschehen? Ist sie …

»Sie wird wieder gesund. Sie wacht gerade aus der Narkose auf. Ich werde sie die nächsten sechs Stunden im Bett behalten. Ich habe gehört, dass sie sich von dir genährt hat?« Er zeigte ihr sein Handgelenk, und die Ärztin nickte. »Gut. Es wäre mir recht, wenn du bei ihr bleiben würdest, falls sie das noch einmal muss.«

Als ob er irgendwo anders hingehen würde.

Er ging auf Zehenspitzen, als er den Untersuchungsraum betrat. Doch sie war nicht dort.

»Sie wurde in das andere Zimmer verlegt«, meinte V.

Bevor er durch die gegenüberliegende Tür ging, betrachtete John die Überbleibsel von Xhex' Operation. Es lag ein beunruhigend großer Haufen aus blutiger Gaze auf dem Boden, und auf dem Tisch, auf dem sie gelegen hatte, war noch mehr Blut. Das Laken und die Handtücher, in die sie gehüllt gewesen war, lagen auf der Seite.

So viel Blut, und alles davon war frisch.

John pfiff laut, damit V herübersah. *Kann mir jemand sagen, was zum Teufel hier vorgegangen ist?*

»Du kannst mit ihr darüber sprechen.« Während der Bruder einen orangefarbenen Sack herauszog und anfing, die Gaze darin zu verstauen, unterbrach er kurz seine Arbeit, sah John aber nicht in die Augen. »Sie wird wieder gesund werden.«

Und das war der Augenblick, in dem John die Wahrheit erkannte.

Was auch immer er sich vorgestellt hatte, wie schlecht sie behandelt worden war, es war schlimmer gewesen.

Viel schlimmer.

Im Allgemeinen war es so, dass bei Verletzungen, die man sich im Kampf zuzog, jede Information frei verfügbar war – Oberschenkel gebrochen, Rippen eingedrückt, Stichwunde. Aber jetzt war eine Vampirin eingeliefert worden, die ohne die Anwesenheit von männlichen Vampiren untersucht wurde, und niemand wollte darüber sprechen, an welchem Körperteil die Operation ausgeführt worden war.

Nur weil *Lesser* impotent waren, bedeutete das nicht, dass sie nicht etwas anderes mit …

Der kalte Luftzug, der durch den OP schoss, ließ V den Kopf heben. »Ein Ratschlag für dich, John. Ich würde die Vermutungen für mich behalten. Vorausgesetzt, dass du derjenige sein willst, der Lash tötet. Es würde keinen Sinn machen, wenn Rehv oder die Schatten, so sehr ich sie achte, tun würden, was dein Vorrecht ist.«

Meine Güte, dieser Bruder hat vielleicht Nerven, dachte sich John.

John nickte ihm zu und ging hinüber zu Xhex' Zimmer. Dabei dachte er, dass diese Vampire nicht der einzige Grund waren, weshalb er die Sache unter Verschluss halten würde. Xhex durfte auch nicht wissen, wo er hingehen würde.

Xhex fühlte sich, als ob jemand einen VW-Bus in ihrem Unterleib geparkt hätte …

Der Druck war so groß, dass sie ihren Kopf hob und an sich hinuntersah, um festzustellen, ob sie eine Schwellung in der Größe einer Garage hatte.

Nein, flach wie immer.

Sie ließ ihren Kopf zurückfallen.

Irgendwie konnte sie nicht glauben, wo sie sich jetzt befand. Sie hatte die Operation tatsächlich überstanden und lag jetzt in einem Bett, und ihr Kopf, ihre Arme und Beine waren auch noch da, wo sie hingehörten … und der Riss in ihrer Gebärmutterwand war auch zusammengeflickt worden.

Als sie sich in den Klauen ihrer Panik befunden hatte, hatte sie Freund und Feind nicht mehr unterscheiden können. Für sie schien es in ihrem durchgedrehten Zustand so, als ob sie sich nicht in einer sicheren Umgebung befand und von Leuten umgeben war, die sie kannte und denen sie trauen konnte.

Jetzt, da sie durch das Feuer gegangen und unbeschadet herausgekommen war, verpasste ihr diese Tatsache einen seltsamen Endorphinschub.

Es klopfte leise an der Tür. Xhex wusste, wer es war, weil sie seinen Geruch bereits durch die Tür wahrnehmen konnte.

Sie griff in ihr Haar und fragte sich, wie sie wohl aussah. Dann entschied sie, dass es wohl besser war, wenn sie es nicht wusste. »Komm herein.«

John Matthew streckte den Kopf durch die Tür und hob dann die Brauen, um zu fragen, wie es ihr ging.

»Ganz gut. Es geht mir besser. Bin noch etwas benebelt von den Medikamenten.«

Dann schlüpfte er durch den Türspalt ins Zimmer und lehnte sich gegen die Wand. Dabei vergrub er seine Hände in den Hosentaschen und überkreuzte seine Stiefel. Er trug ein einfaches weißes T-Shirt, was eine gute Wahl war, wäre es nicht voller *Lesser*-Blut gewesen.

Er roch, wie ein Vampir riechen sollte: nach Seife und frischem Schweiß.

Und er sah auch so aus wie ein Vampir aussehen sollte: groß, muskelbepackt und tödlich.

Lieber Himmel, war sie so vor ihm durchgedreht?

»Dein Haar ist kürzer«, stellte sie einfach so fest.

Er zog eine Hand aus der Hosentasche und strich verlegen über seine Stoppeln.

Durch den vornübergebeugten Kopf konnte man die starken Muskeln in Schultern und Nacken unter seiner goldbraunen Haut beim Arbeiten beobachten.

Plötzlich fragte sie sich, ob sie jemals wieder Sex haben würde.

Das war natürlich ein seltsamer Gedanke, wenn man bedachte, wie sie die letzten …

Sie runzelte die Stirn. »Wie viele Wochen war ich verschwunden?«

Er hielt vier Finger in die Höhe und klappte einen herunter.

»Beinahe vier?« Als er nickte, begann sie mit viel Aufwand die Falte des Lakens, die über ihre Brust verlief, zu glätten. »Beinahe ... vier.«

Nun, die Menschen hatten sie mehrere Monate in ihrer Gewalt gehabt, bis sie fliehen konnte. Bei gerade einmal etwas weniger als vier Wochen sollte es fast ein Spaziergang werden, darüber hinwegzukommen.

Doch damals war sie nicht geblieben. Da war es kein »darüber hinwegkommen«, sondern nur ein »damit abschließen« gewesen.

»Möchtest du dich setzen?«, fragte sie und deutete auf einen Stuhl neben dem Bett. Dieser Stuhl war ein Standardeinrichtungsgegenstand in medizinischen Einrichtungen, was bedeutete, dass er etwa so bequem war wie ein Pfahl im Hintern, aber sie wollte nicht, dass er wieder ging.

Johns Brauen hoben sich wieder, und er nickte, als er zu ihr herüberkam. Seinen riesigen Körper auf dem winzigen Sitzmöbel unterzubringen, war kein leichtes Unterfangen. Zuerst versuchte er, seine Knie übereinanderzuschlagen, dann die Fußknöchel. Schließlich streckte er seine Stiefel einfach unter ihr Bett, die Füße aufeinander abgestützt, und einer seiner Arme hing über die Rückenlehne des Stuhls nach hinten.

Sie fummelte an ihrem verdammten Laken herum. »Darf ich dich etwas fragen?«

Aus ihrem Augenwinkel heraus sah sie ihn nicken, dann verlagerte er seinen Körper und zog einen Notizblock mit einem Stift aus seiner Gesäßtasche.

Sie räusperte sich und machte sich Gedanken darüber, wie sie ihre Frage formulieren sollte. Zu guter Letzt entschied sie sich, statt ihres wirklichen Anliegens eine unpersönliche Frage zu stellen. »Wo wurde Lash zuletzt gesehen?«

Er nickte einmal und schrieb hastig. Während er die Worte zu Papier brachte, betrachtete sie ihn und stellte fest, dass sie wollte, dass er nie wieder ging. Sie wollte ihn für immer hier an ihrer Seite haben.

Sicher. Sie war wirklich sicher bei ihm.

Er setzte sich auf und zeigte ihr die beschriebene Seite. Dann schien er zu erstarren.

Aus irgendeinem Grund konnte sie nicht genau sehen, was er geschrieben hatte, und sie strengte sich an …

John senkte langsam den Arm.

»Warte, ich habe es noch nicht gelesen. Könntest du … Was. Was ist los?« Verdammt, sie sah ihn plötzlich nur noch verschwommen.

John lehnte sich zur Seite, und sie hörte ein leises *pfft*. Dann wurde ihr ein Papiertaschentuch angeboten.

»Oh, verdammte Scheiße!« Sie nahm das Taschentuch und drückte es auf ihre Augen. »Ich hasse es, eine Frau zu sein.«

Sie begann, sich über das Östrogen, Röcke, rosa Nagellack und diese verdammten Stilettos auszulassen, während er sie mit frischen Taschentüchern versorgte und die gebrauchten, rot gefleckten einsammelte.

»Ich weine niemals, du weißt das.« Sie blickte zu ihm hinüber. »Niemals!«

Er nickte und reichte ihr ein weiteres Taschentuch.

»Um Himmels willen! Zuerst bekomme ich Schreikrämpfe und jetzt auch noch undichte Augen. Ich könnte Lash allein schon für diesen Dreck umbringen!«

Ein eisiger Luftzug schoss durch den Raum, und sie sah zu ihm hinüber – und schreckte zurück. Sein Ausdruck hatte sich im Bruchteil einer Sekunde von mitfühlend in eiskalt verwandelt. Diese Verwandlung ging so weit, dass sie sich fast sicher war, dass ihm nicht bewusst war, dass er seine Fänge gefletscht hatte.

Ihre Stimme wurde zu einem Flüstern, und die Frage, die sie wirklich stellen wollte, platzte aus ihr heraus. »Warum bist du geblieben? Im OP, meine ich.« Sie löste ihre Augen von seinen und betrachtete die roten Flecken auf dem Taschentuch, das sie gerade benutzt hatte. »Du bist einfach du selbst geblieben und du … du schienst es zu verstehen.«

Während der Stille, die folgte, dachte sie darüber nach, dass sie über die Umstände seines Lebens ganz gut Bescheid wusste: mit wem er lebte, was er auf dem Schlachtfeld tat, wie er kämpfte, womit er seine Zeit verbrachte. Doch sie wusste nichts Persönliches über ihn. Sein Hintergrund war ein schwarzes Loch.

Und aus irgendwelchen unbekannten Gründen musste sie Licht in dieses Dunkel bringen.

Verdammt, sie wusste genau, weshalb sie das wollte: In dem weiß strahlenden Alptraum des Operationssaals war er das Einzige gewesen, was sie an die Erde gebunden hielt, und es war seltsam, doch jetzt fühlte sie sich in ihrem Inneren mit ihm verschweißt. Er hatte sie an ihrem absoluten Tiefpunkt gesehen, in ihrem schwächsten, wahnsinnigsten Moment, und er hatte nicht weggeschaut. Er war nicht gegangen, er hatte sich kein Urteil gebildet, er hatte es ertragen.

Das waren mehr als einfach nur Gefühle. Das war eine Sache zwischen ihren Seelen, eine Energie, die sie verband.

»Was zum Teufel ist mit dir geschehen, John, in deiner Vergangenheit?«

Seine Augenbrauen zogen sich zusammen, und er verschränkte die Arme vor der Brust. Außerdem füllte sich sein emotionales Raster plötzlich mit dunklen Erinnerungen, und sie bekam das Gefühl, dass er sich überlegte, wegzulaufen.

»Ich will dich nicht unter Druck setzen.« Scheiße. Verdammte Scheiße! »Und wenn du verleugnen möchtest, dass in deinem Leben nicht alles bestens gelaufen ist, werde ich das absolut akzeptieren und das Thema wechseln. Aber ich meine … die meisten Leute wären zumindest ein bisschen zurückgewichen. Zum Teufel, sogar Doc Jane hat ihre Zunge gehütet, als ich ausgerastet bin. Doch du, du hast einfach durchgehalten.« Sie blickte in sein hartes, verschlossenes Gesicht. »Ich habe in deine Augen geblickt, und da war mehr als nur Verständnis.«

Nach einer langen Pause blätterte er eine neue Seite auf und begann, schnell zu schreiben. Als er ihr zeigte, was er geschrieben hatte, konnte sie seinen Standpunkt gut verstehen, doch sie wollte dennoch fluchen.

Sag mir, was im OP gemacht wurde. Sag mir, was dir gefehlt hat.

Aha, eine klassische *Gib, damit dir gegeben wird*-Situation.

Lash benötigte nur etwa eine Stunde, um sich, die Nutte und den Mercedes vom Farmhaus zur Ranch, seinem geheimen Domizil in der Stadt, zu bringen. Er lief im Überlebensmodus, bewegte sich schnell, traf schnelle Entscheidungen und hielt nur einmal auf dem Weg an. Und das war bei einer Hütte draußen im Wald, wo er sich einige für seine Mission wichtige Dinge besorgte.

Als er in die Garage seines Hauses fuhr, wartete er, bis die Tür geschlossen war, bevor er die Nutte vom Rücksitz zerrte. Als er ihren sich windenden Körper durch die Küche hineintrug, setzte er eine kräftige Menge der Magie frei, mit der er Xhex gefangen gehalten hatte.

Doch die magische Barriere war nicht für Barbie gedacht.

Omega wusste, wo seine *Lesser* auf dieser Seite waren. Er konnte sie als Spiegelungen seiner eigenen Person spüren. Und entlang dieser Verbindung konnten Jäger zu anderen Mitgliedern der Gesellschaft der *Lesser* gelangen.

Deshalb war Lashs einzige Chance, unentdeckt zu bleiben, sich selbst einzuschließen. Mr D hatte nicht gewusst, dass Xhex oben im Schlafzimmer war – seine, nun ja, Verwirrung war jedes Mal offensichtlich gewesen, wenn ihm befohlen wurde, Essen dorthin zu bringen.

Natürlich war es fraglich, ob diese Verschleierung auch Omega fernhalten würde. Und wenn, für wie lange.

Lash warf die Nutte mit so viel Mitgefühl ins Bad, wie er es einem billigen Seesack mit Schmutzwäsche entgegengebracht hätte. Als sie hart in der Wanne aufschlug und in das Klebeband über ihrem Mund jammerte, ging er zurück zum Wagen.

Das Ausladen kostete ihn etwa zwanzig Minuten, und er brachte das ganz Zeug in den Keller und legte es auf den Betonboden: sieben abgesägte Schrotflinten, eine Plastiktüte voll mit Bargeld, eineinhalb Kilo C4-Sprengstoff, zwei Fernzünder, eine Handgranate, vier halbautomatische Waffen und Berge von Munition.

Als er die Treppe heraufkam, schaltete er das Kellerlicht aus, ging zur Hintertür und streckte seine Hand hinaus. Die kühle Luft der Nacht drang angenehm durch das Schild, doch an seiner Handfläche konnte er die Begrenzung spüren. Sie war stark … doch sie musste noch stärker werden.

Hallloooho!!! Ghettoschlampe.

Lash schloss die Tür und schoss ins Haus, als ob es um sein Leben ging. Dann rannte er hinauf ins Badezimmer.

Er war komplett auf seine Aufgabe konzentriert, als er das Messer zog und die Fesseln zerschnitt, die ihre Handgelenke hinter ihrem Rücken festhielten und …

Sie schlug wild um sich, bis er ihr einen harten Schlag gegen den Kopf verpasste, und sie das Bewusstsein verlor. Zack, zack, zack. Er machte drei tiefe Schnitte in ihre Handgelenke und ihren Hals. Dann lehnte er sich zurück und beobachtete, wie das Blut langsam aus ihren Adern quoll.

»Na komm schon … blute, verdammte Nutte, blute!«

Als er auf seine Uhr sah, dachte er sich, dass er sie bei Bewusstsein hätte lassen sollen, weil das wohl für einen schnelleren Puls und einen höheren Blutdruck gesorgt hätte. Das hätte die Zeit in der er zum Herumsitzen und Nichtstun verdammt war, während sie ausblutete, deutlich verkürzt.

Obwohl er den Vorgang beobachtete, hatte er nicht die leiseste Ahnung, wie blutleer sie bereits sein musste. Doch die rote Pfütze, in der sie saß, stieg langsam an und färbte ihre rosa Corsage dunkel.

Sein Fuß trommelte mit hoher Geschwindigkeit auf den Boden, als die Zeit weiterhin dahinschlich … und dann bemerkte er, dass ihre Haut nicht bloß blass, sondern grau aussah, und der Spiegel ihres Blutes in der Badewanne nicht mehr weiter stieg. Er nahm an, dass es jetzt genug war. Er schnitt ihre Corsage auf, legte zwei wirklich fantastische Implantate frei, und öffnete ihre Brust, indem er mit dem Messer durch das Brustbein stach.

Sein nächster Schnitt drang in sein eigenes Fleisch.

Als er sein Handgelenk über die klaffende Öffnung in ihrer Brust hielt, beobachtete er die schwarzen Tropfen, die in ihr regungsloses Herz hineinfielen. Auch bei diesem Vorgang war er sich nicht sicher, wie viel er ihr geben musste. Doch er versuchte, ihr lieber zu viel als zu wenig zu geben. Es folgte das Herbeirufen von Energie auf seine Handfläche. Dabei zwang sein Wille die Luftmoleküle, sich wie ein Tornado zu drehen, bis sie zu reiner Bewegungsenergie wurde, die er kontrollieren konnte.

Lash blickte hinunter auf die Nutte. Ihr Körper war komplett blutig, ihr Make-up bis auf ihre Wangen verschmiert, und ihre Frisur passte eher in einen Horrorfilm als auf die Straße.

Das musste einfach funktionieren! Allein durch den Barrierezauber und den kleinen Energieball in seiner Hand konnte er seine Kraft schwinden fühlen.

Das musste verdammt noch mal funktionieren!

Er warf den Energieball in ihre Brusthöhle, und ihre toten Glieder schlugen wie Fischschwänze gegen die Wände der Wanne. Während der Lichtblitz zündete und wieder verging, wartete er … betete …

Das Keuchen, das ihr entfloh, war scheußlich und gleichzeitig ein Geschenk des Himmels.

Er war fasziniert davon, dass ihr Herz wieder zu schlagen begann, und sein schwarzes Blut in ihrem Brustkorb verteilte. Diese Wiederbelebung ließ seinen Schwanz vor Erregung zucken. Das war Macht, dachte er sich. Etwas, das man sich für beschissenes Geld nicht kaufen konnte.

Er war ein Gott, so wie sein Vater.

Lash saß auf seinen Fersen und beobachtete, wie die Farbe in ihre Haut zurückkehrte. Als das Leben wieder in sie fuhr, krallten sich ihre Finger in den Rand der Badewanne, und die ausgezehrten Muskeln ihrer Schenkel zuckten.

Der nächste Schritt war etwas, das er nicht ganz verstand, aber nicht infrage stellen wollte. Als sie so aussah, als ob sie wieder auf der Seite der Lebenden angekommen war, griff er mit einer Hand in ihre Brust und riss ihr das Herz heraus.

Es folgte noch mehr Keuchen und Würgen. Bla, Bla, Bla.

Er war fasziniert von dem, was er erreicht hatte, besonders in jenem Moment, in dem er seine Hand über ihr Brustbein hielt und ihrem Fleisch befahl, sich zu schließen. Wer hätte gedacht, dass ihr gesamter Körper seinem Willen gehorchte und sie danach wieder so aussah, wie sie einmal gewesen war!

Nur besser, weil sie jetzt nützlich für ihn war.

Er griff zur Seite der Wanne und drehte die Brause auf. Die Wassertropfen trafen ihren Körper und das Gesicht. Ihre Augen blinzelten in den kalten Regen, und ihre Hände schlugen um sich.

Er fragte sich, wie lange er jetzt wohl warten musste. Wie lange, bis er wissen würde, ob er einen Schritt näher zu dem gelangt war, das ihn erhalten würde.

Als eine Welle der Erschöpfung in ihm hochkam und sein Gehirn vernebelte, fiel er gegen die Kästchen, die unter dem Waschbecken angebracht waren. Als er die Tür zutrat, stützte er die Unterarme auf den Knien ab und beobachtete, wie die Nutte herumstrampelte.

So schwach.

So verdammt schwach.

Es hätte seine Xhex sein sollen. Er hätte das mit ihr tun sollen und nicht mit irgendeiner idiotischen menschlichen Schlampe.

Er legte die Hände auf das Gesicht, als seine Euphorie aus ihm herausgespült wurde. Das war nicht so, wie es hätte sein sollen. Das war nicht das, was er geplant hatte.

Auf der Flucht. Gejagt.

Was zum Teufel würde er ohne seinen Vater tun?

28

Während John darauf wartete, dass Xhex seine Frage beantwortete, starrte er auf die geschriebenen Wörter und zeichnete die einzelnen Buchstaben mit seinem Stift nach.

Wahrscheinlich sollte er in ihrem Zustand keine Forderungen an sie stellen, aber es war einfach nötig, dass sie ihm auch etwas gab. Wenn er schon die Hosen vor ihr herunterließ, sollte sie ruhig dasselbe tun.

Außerdem wollte er wirklich wissen, was mit ihr los war, und sie war die Einzige, die ihm das erzählen konnte.

Als ihr Schweigen sich in die Länge zog, kreisten seine Gedanken darum, ob sie ihm wohl wieder die Tür vor der Nase zuknallen würde. Jawohl, wieder! Eigentlich sollte er dem gar nicht so viel Bedeutung beimessen, denn es käme ja nicht wirklich überraschend. Er war von ihr weiß Gott schon oft genug zurückgewiesen worden.

In Wirklichkeit fühlte es sich jedoch wie ein weiterer Todesfall an, mit dem er sich auseinandersetzen musste … »Ich habe dich gesehen. Gestern.«

Ihre Stimme ließ seinen Kopf nach oben schnellen. *Was?,* formte er mit den Lippen.

»Er hat mich in diesem Schlafzimmer gefangen gehalten. Ich habe dich gesehen. Du bist hereingekommen und zum Bett gegangen. Und du hast ein Kissen mitgenommen. Ich war … die ganze Zeit neben dir.«

John fasste sich an die Wange, und sie lächelte. »Ja, ich habe dein Gesicht berührt.«

Herr im Himmel!

Wie?, formte er mit den Lippen.

»Ich bin mir nicht ganz sicher, wie er es macht. Aber auf diese Weise konnte er mich überhaupt erst gefangen nehmen. Wir waren alle oben in der Kolonie in dieser Höhle, in der Rehv festgehalten wurde. Die *Symphathen* waren hereingekommen, und dann schnappte Lash mich – es geschah so verdammt schnell. Plötzlich stand ich nicht mehr auf meinen Füßen, und dann wurde ich hinausgezerrt. Aber ich konnte mich nicht wehren, und keiner konnte mich schreien hören. Es ist wie ein Kraftfeld. Wenn du dich darin befindest und versuchst, auszubrechen, versetzt es dir sofort einen schmerzhaften Schlag – aber es ist noch mehr als das. Die Barriere verfügt über eine gewisse Stofflichkeit.« Sie hob die Hand und drückte gegen die Luft. »Wie ein Geflecht. Das Komische daran ist, dass sich noch andere Leute unbemerkt im selben Raum befinden können. Wie ich, als du hereingekommen bist.«

John nahm verschwommen wahr, dass seine Hände schmerzten. Als er nach unten sah, stellte er fest, dass er sie zu Fäusten geballt hatte und sich der Notizblock in sein Fleisch bohrte. Genauso wie der Kugelschreiber, mit dem er geschrieben hatte.

Er schlug eine neue Seite auf und kritzelte: *Hätte ich doch bloß gewusst, dass du dort warst! Dann hätte ich etwas unternommen. Ich schwöre dir, ich habe es nicht gewusst.*

Als sie las, was er geschrieben hatte, legte sie ihm die Hand auf den Unterarm. »Ich weiß. Es ist nicht deine Schuld.«

Trotzdem machte er sich Vorwürfe. Dass er direkt neben ihr gewesen und keine Ahnung davon gehabt hatte …

Oh verdammt!

Er schrieb schnell und zeigte ihr dann die Seite: *Ist er zurückgekommen? Nachdem wir dort waren.*

Als Xhex den Kopf schüttelte, begann sein Herz wieder zu schlagen. »Er fuhr vorbei, blieb aber nicht stehen.«

Wie bist du entkommen?, gestikulierte er, ohne nachzudenken.

Während er auf eine leere Seite blätterte, meinte sie: »Wie ich entkommen bin?« Als er nickte, lachte sie. »John, du musst mir dringend die Zeichensprache beibringen.«

Er blinzelte und antwortete lautlos: *Okay.*

»Und keine Sorge, ich lerne schnell.« Sie holte tief Luft. »Die Barriere war stark genug, um mich vom Zeitpunkt der Entführung an gefangen zu halten. Aber dann bist du gekommen und wieder gegangen und …« Sie runzelte die Stirn. »Hast du den Jäger im Erdgeschoss fertiggemacht?«

Unvermittelt kamen seine Fänge zum Vorschein, und er fluchte lautlos: *Verdammt nochmal, ja!*

Sie grinste und ließ dabei ebenfalls ihre Fänge hervorblitzen. »Gute Arbeit. Ich habe alles mit angehört. Wie dem auch sei, nachdem es still geworden war, wurde mir klar, dass ich fliehen musste oder …«

Sterben, dachte er bei sich. Wegen dem, was er in der Küche angerichtet hatte.

»Also habe ich …«

Er hob seine Hand, um sie zu unterbrechen, und schrieb dann schnell. Als er ihr das Geschriebene zeigte, runzelte sie die Stirn und schüttelte den Kopf.

»Natürlich hättest du es nicht getan, wenn du gewusst

hättest, dass ich dort gefangen war. Aber das war nicht der Fall. Und es klang ganz so, als ob du dich einfach nicht mehr zurückhalten konntest. Glaub mir, ich bin die letzte Person, bei der du dich dafür entschuldigen musst, diesen Bastard erledigt zu haben.«

Das war richtig, aber ihm brach immer noch der kalte Schweiß aus, wenn er daran dachte, in welche Gefahr er sie durch seine Tat gebracht hatte.

Sie nahm einen weiteren tiefen Atemzug. »Sei's drum. Nachdem du gegangen warst, wurde mir klar, dass die Barriere schwächer wurde. Und als es mir gelang, ein Fenster einzuschlagen, wusste ich, dass ich eine Chance hatte, zu entkommen.« Sie hob eine Hand und betrachtete ihre Knöchel. »Schließlich versuchte ich es mit etwas Anlauf und einem Sprint durch die Schlafzimmertür. Ich dachte mir, dass ich den zusätzlichen Schwung brauchen würde, und ich hatte Recht.«

Xhex drehte sich im Bett herum und zuckte vor Schmerzen zusammen. »Ich denke, dabei habe ich mir den Riss eingehandelt. In meinem Inneren. Bei meinem Ausbruch habe ich mir einige Muskeln gezerrt – es hat sich angefühlt, als ob mein Körper durch gerade fest werdenden Beton gezogen würde. Außerdem bin ich voll gegen die Wand im Flur geknallt.«

Es war verlockend, zu glauben, dass die Blutergüsse, die er auf ihrer Haut gesehen hatte, allein von ihrem Ausbruch stammten. Aber er kannte Lash. Er hatte die Grausamkeit im Gesicht des Bastards oft genug gesehen, um mit hundertprozentiger Sicherheit sagen zu können, dass er ihr einiges Leid zugefügt hatte.

»Das ist der Grund, warum ich operiert werden musste.«

Diese Aussage wurde deutlich und in neutralem Tonfall gemacht. Allerdings blickte sie ihm dabei nicht in die Augen.

John blätterte zu einer leeren Seite und schrieb ein einziges Wort in Großbuchstaben gefolgt von einem Fragezeichen darauf. Als er den Notizblock zu ihr umdrehte, warf sie nur einen kurzen Blick auf das Wort *WIRKLICH?*.

Sie wandte ihre grauen Augen ab und starrte in die gegenüberliegende Ecke. »Vielleicht habe ich mir die Verletzung auch zugezogen, als ich mich gegen Lash gewehrt habe. Aber da die Blutung erst angefangen hat, nachdem ich ausgebrochen bin … bin ich davon nicht überzeugt.«

John atmete heftig aus und dachte an all die Kratzer und Blutflecken an den Wänden des Schlafzimmers. Was er als Nächstes schrieb, bereitete ihm selbst Schmerz.

Als Xhex den Block ansah, wurde ihre Miene verschlossen. So sehr, dass er das Gefühl hatte, in das Gesicht einer Fremden zu blicken.

Er sah auf seine Frage hinunter: *Wie schlimm war es wirklich?*

Vielleicht hätte er die Frage wohl besser nicht stellen sollen, dachte er. Er hatte ja gesehen, in welchem Zustand sie sich befunden hatte. Er hatte ihre Schreie im OP gehört und ihren Zusammenbruch aus nächster Nähe miterlebt. Musste er wirklich noch mehr wissen?

Er kritzelte gerade eine Entschuldigung, als sie mit dünner Stimme zu sprechen anfing: »Es war … auszuhalten. Ich meine …«

Er heftete seinen Blick auf ihr Profil und bedeutete ihr, sie solle fortfahren.

Xhex räusperte sich. »Ich halte nichts davon, mir selbst etwas vorzumachen. Das bringt überhaupt nichts. Mir war völlig klar, dass ich bald sterben würde, wenn mir die Flucht nicht gelingen würde.« Sie bewegte ihren Kopf auf dem weißen Kissen langsam auf und ab. »Durch den Blutmangel und die Kämpfe wurde ich immer schwächer. Tatsache ist, dass ich mich mit meinem Tod schon abgefunden hatte. Und das ist eigentlich immer noch so. Das Sterben ist nichts als ein Prozess, wenn auch ein schmerzvoller. Aber sobald es vorbei ist … dann ist alles gut, denn dann existierst du nicht mehr und alles hat ein Ende.«

Aus irgendeinem Grund machte ihm ihre Art Angst, und er musste sich auf dem kleinen Stuhl anders hinsetzen, um nicht im Zimmer auf- und abzugehen.

»Ob es schlimm war?«, murmelte Xhex. »Ich bin von Natur aus ein Kämpfertyp. So gesehen war es nichts, mit dem ich nicht fertigwerden konnte. Ich meine, ich bin hart im Nehmen. In der Klinik habe ich die Fassung verloren, weil ich den ganzen Medizinscheiß hasse, und nicht wegen Lash.«

Das lag an ihrer Vergangenheit, dachte er bei sich.

»Ich verrate dir etwas.« Sie blickte ihm wieder in die Augen, und das Brennen in ihrem Blick ließ ihn zusammenzucken. »Nur eines würde es für mich wirklich schlimm machen. Nur eines würde die letzten drei Wochen für mich unerträglich machen: wenn ich ihn nicht töte. *Das* könnte ich nicht aushalten!«

Der gebundene Vampir in ihm erwachte und brüllte, und er fragte sich, ob sie sich bewusst war, dass er es nicht zulassen konnte, dass sie den Hurensohn selbst kaltmachte. Männer mussten ihre Frauen beschützen. Das war ein allgemein gültiges Gesetz. Vorausgesetzt, man hatte die nötigen Eier dazu.

Außerdem brachte ihn allein der Gedanke, dass sie sich noch einmal in Lashs Nähe begeben wollte, um den Verstand. Was wäre, wenn Lash die Entführungsnummer wieder abziehen würde?

Sie würden sicher nicht noch einmal die Gelegenheit bekommen, sie zurückzuerhalten. Keine Chance.

»So«, meinte sie. »Jetzt bist du im Bilde. Und jetzt bist du dran.«

Richtig. Okay.

Nun war er derjenige, der in die gegenüberliegende Ecke starrte. Herrgott nochmal! Wo sollte er bloß beginnen?

John blätterte in seinem Notizblock, setzte die Spitze des Kugelschreibers aufs Papier und …

Es fiel ihm nichts ein. Das Problem war, es gab viel zu viel, von dem er ihr erzählen wollte. Und das war mehr als deprimierend.

Ein lautes Klopfen an der Tür ließ beide aufschrecken.

»Verdammt nochmal«, fluchte sie verhalten. »Gebt uns eine Minute!«

Die Tatsache, dass jemand vor der Tür stand, um ihr einen Besuch abzustatten, erfreute ihn nicht gerade. Er war noch nicht bereit, sie mit jemandem zu teilen. Und außerdem ließ die Kommunikationsbarriere und die ihm angeborene Neigung, Dinge zu vertuschen, seinen Kopf brummen.

»Wer auch immer da draußen ist, kann von mir aus die ganze Nacht und den ganzen Tag warten.« Sie strich das Laken über ihrem Bauch glatt. »Ich will lieber hören, was du zu sagen hast.«

Komischerweise lösten diese Worte seine Blockade, und er kritzelte schnell seine Antwort.

Es wäre einfacher, wenn ich es dir zeigen könnte.

Sie runzelte die Stirn, als sie das las, und dann nickte sie. »Okay. Wann?«

Morgen Nacht. Falls du die Erlaubnis bekommst, auszugehen.

»Das ist eine feste Verabredung.« Sie hob die Hand … und legte sie leicht auf seinen Unterarm. »Du sollst wissen …«

Das erneute Klopfen, das sie unterbrach, ließ beide fluchen.

»Wir brauchen noch eine Minute!«, rief sie verärgert,

bevor sie sich wieder auf ihn konzentrierte. »Du sollst wissen … dass du mir vertrauen kannst.«

John blickte ihr tief in die Augen und wurde unverzüglich auf eine andere Daseinsebene katapultiert. Vielleicht auf Wolke Nummer sieben? Wer wusste das schon so genau. Er wusste nur, dass in diesem Moment nur sie beide existierten und der Rest der Welt im Nebel versank.

Konnte man sich in jemanden zweimal verlieben, fragte er sich verschwommen.

»Was zum Teufel macht ihr beiden da drinnen?«

Rehvs Stimme auf der anderen Seite der Tür zerstörte den Moment, löschte ihn aber nicht aus.

Das würde nichts und niemandem je gelingen, dachte sich John, als er aufstand.

»Komm rein, du Arsch«, blaffte Xhex.

Sobald der Kerl mit der Irokesenfrisur den Raum betrat, spürte John die Veränderung in der Luft. Und als die beiden sich ansahen und schwiegen, wusste er, dass sie auf *Symphathen*-Art kommunizierten.

Um ihnen etwas Privatsphäre zu gönnen, spazierte er zur Tür, und als er gerade hinausgehen wollte, fragte Xhex: »Kommst du wieder?«

John dachte zuerst, dass sie damit Rehv meinte, aber dann fasste der andere Vampir ihn am Arm und hielt ihn auf. »Und, kommst du wieder?«

John blickte zum Bett hinüber. Er hatte Notizblock und Stift auf dem kleinen Nachttisch liegen gelassen. Daher nickte er nur.

»Bald, ja?«, meinte Xhex. »Denn ich bin noch nicht müde, und ich möchte die Zeichensprache lernen.«

John nickte erneut und schlug dann zur Verabschiedung seine Faust gegen Rehvs, bevor er in den OP hinausging.

Als er an der leeren fahrbaren Krankentrage vorbeikam, war er froh, dass V mit dem Aufräumen fertig und nicht mehr hier war. Denn John wäre beim besten Willen nicht in der Lage gewesen, das breite Grinsen in seinem Gesicht zu verbergen.

Blay ging schweigend neben Qhuinn durch den unterirdischen Tunnel, der das Trainingszentrum mit der Eingangshalle des Wohnhauses verband.

Ihre Stiefel knallten unisono auf den Boden, aber mehr war nicht zu hören. Weder John noch Qhuinn sprachen ein Wort. Und sie berührten sich auch nicht.

In keiner Weise.

Vor einer Weile, vor seiner großen Beichte, bevor das Band zwischen ihnen gerissen war, hätte Blay Qhuinn einfach gefragt, was zum Teufel mit ihm los war. Aber jetzt erschien ihm das wie eine unangebrachte Einmischung.

Als sie durch die verborgene Tür unter der Freitreppe des Wohnhauses traten, stellte Blay fest, dass es ihm vor dem Rest der Nacht graute.

Natürlich war nicht mehr viel davon übrig, aber zwei Stunden konnten unter den richtigen Umständen auch wie eine Ewigkeit wirken. Oder den falschen, wie in diesem Fall.

»Layla wird bereits auf uns warten«, meinte Qhuinn, als er an den Fuß der Treppe trat.

Oh … großartig. Das war genau die Ablenkung, nach der er suchte.

Nein! Ihm war einfach nicht danach, noch einmal mit ansehen zu müssen, wie die Auserwählte Qhuinn anhimmelte. Besonders nicht heute Nacht. Dass Xhex beinahe den Löffel abgegeben hätte, war ihm ziemlich an die Nieren gegangen.

»Kommst du?«, fragte Qhuinn und runzelte so stark

die Stirn, dass das Piercing an seiner linken Augenbraue nach unten wanderte.

Blay senkte seinen Blick auf den Ring, der Qhuinns Unterlippe einfasste.

»Blay? Bist du okay? Hör mal, ich glaube, du musst dich wirklich nähren, Kumpel. In der letzten Zeit ist so einiges untergegangen.«

Kumpel ... Himmel, wie er dieses Wort hasste!

Aber verdammt nochmal, er musste sich jetzt in den Griff bekommen. »Ja, klar.«

Qhuinn warf ihm einen seltsamen Blick zu. »Mein Zimmer oder deins?«

Blay lachte rau und ging die Treppe hinauf. »Kommt's darauf wirklich an?«

»Nein.«

»Genau.«

Als sie den ersten Stock erreichten, gingen sie an Wraths Arbeitszimmer vorbei, und durch den Flur mit den Statuen.

Qhuinns Zimmer war das Erste, zu dem sie gelangten, aber Blay ging weiter. Diesmal sollte sich alles in seinem Territorium und nach seinen Regeln abspielen.

Er machte die Tür weit auf, ließ sie einfach offen stehen und ignorierte das leise Klicken, mit dem Qhuinn die Tür hinter ihnen schloss.

Im Bad ging Blay zum Waschbecken, drehte den Wasserhahn auf und beugte sich vor, um sich das Gesicht zu waschen. Er trocknete sich gerade ab, als er den Geruch von Zimt wahrnahm und wusste, das Layla eingetroffen war.

Er stützte sich mit den Händen auf dem Marmor ab und ließ den Kopf hängen. Er hörte, wie sich die höhere und die tiefere Stimme draußen im Zimmer vermischten.

Er warf das Handtuch zu Boden, drehte sich um und

fügte sich in sein Schicksal. Qhuinn lag bereits auf dem Bett. Er hatte den Rücken an das Kopfteil gelehnt, die Beine an den Stiefeln überkreuzt, die Finger über der breiten Brust verschränkt und grinste die Auserwählte an. Layla stand mit geröteten Wangen neben ihm und hielt den Blick auf den Teppich gerichtet, während sie ihre zierlichen Finger nervös miteinander verflocht.

Als Blay das Zimmer betrat, blickten beide zu ihm hinüber. Laylas Ausdruck veränderte sich nicht, während Qhuinns Miene sich vor ihm verschloss.

»Wer kommt zuerst dran?«, fragte Blay, und ging auf sie zu.

»Du«, murmelte Qhuinn. »Du zuerst.«

Blay hatte keine Lust, sich aufs Bett zu legen. Daher ging er hinüber zur Sofaliege und setzte sich an deren Fußende. Layla schwebte zu ihm hin und sank vor ihm auf die Knie.

»Mein Herr«, sagte sie und bot ihm ihr Handgelenk dar.

Der Fernseher ging an, und Qhuinn zappte durch die Programme, bis er sich schließlich für die Wiederholung des UFC 63-Kampfs Hughes gegen Penn auf einem Sportsender entschied.

»Herr?«, wiederholte Layla.

»Verzeihung.« Blay beugte sich vor, nahm ihren schlanken Unterarm in die Hände und hielt ihn fest, aber ohne allzu viel Druck auszuüben. »Ich danke dir für deine Gabe.«

Er biss so sanft zu, wie er nur konnte, und zuckte zusammen, als sie leicht zurückwich. Er hätte seine Fänge sofort wieder aus ihrer Vene zurückgezogen, um sich bei ihr zu entschuldigen, wenn das nicht einen erneuten Biss erforderlich gemacht hätte.

Als er sich von ihr nährte, wanderte sein Blick zum

Bett. Qhuinn verfolgte gebannt den Kampf auf dem Bildschirm und hatte dabei seine rechte Hand erhoben und zur Faust geballt.

»Verdammtes Arschloch«, murmelte Blay. »Genau das habe ich gemeint!«

Blay konzentrierte sich auf das, was er gerade tat, und brachte es schnell zu Ende. Als er das Handgelenk der Auserwählten freigab, blickte er in ihr hübsches Gesicht. »Das war sehr gütig von dir, wie immer.«

Sie schenkte ihm ein strahlendes Lächeln. »Mein Herr ... es war mir wie immer ein Vergnügen, Euch zu dienen.«

Er hielt ihr die Hand hin, um ihr aufzuhelfen, und bewunderte ihre Anmut. Herrgott nochmal! Die Kraft, die sie ihm schenkte, grenzte an ein Wunder. Er konnte bereits jetzt spüren, wie seine Energie wuchs. Und während sich sein Körper darauf konzentrierte, was er ihm soeben gegeben hatte, vernebelte es ihm kurz die Sinne.

Was Layla ihm gegeben hatte.

Qhuinn sah sich immer noch den Kampf an. Seine Fänge blitzten zwischen den Lippen hervor, aber nicht wegen Layla, sondern wegen des Kerls, der den Kampf verlieren würde, oder gewinnen, oder was auch immer.

Laylas Gesichtsausdruck verwandelte sich in Resignation, ein Gefühl, das Blay nur zu gut kannte.

Blay runzelte die Stirn: »Qhuinn. Willst du dich jetzt nähren?«

Qhuinns verschiedenfarbige Augen blickten weiterhin auf den Bildschirm, bis der Ringrichter den Kampf für beendet erklärte, und wanderten erst dann zu Layla. Mit einer sinnlich wirkenden Bewegung rückte Qhuinn näher an den Rand der Matratze, um ihr Platz zu machen.

»Komm her, Auserwählte.«

Diese drei Worte in Verbindung mit einem Blick aus

halbgeschlossenen Augen wirkten auf Blay wie ein unvermittelter Schlag in die Magengrube – allerdings steckte hinter Qhuinns Worten und Gesten keine spezielle Botschaft für Layla. Sie entsprachen nur seinem Wesen.

Jeder Atemzug, jeder Herzschlag und jede Bewegung von ihm war purer Sex.

Layla schien dasselbe zu fühlen, denn ihre Hände nestelten an ihren Gewändern herum. Zuerst an der Schärpe und dann an den Aufschlägen.

Plötzlich fiel Blay zum ersten Mal auf, dass sie unter den weißen Stoffbahnen splitternackt war.

Qhuinn streckte die Hand aus, und Laylas Hand zitterte, als sie seine ergriff.

»Ist dir kalt?«, fragte er und setzte sich auf. Unter seinem engen T-Shirt zeichnete sich sein Waschbrettbauch deutlich ab.

Als sie den Kopf schüttelte, pirschte Blay ins Bad, schloss die Tür hinter sich und drehte die Dusche auf. Er zog sich aus, stellte sich unter die Brause und versuchte, zu vergessen, was gerade auf seinem Bett geschah.

Was ihm nur so weit gelang, dass er Layla aus dem Bild verbannte.

Sein Kopf verrannte sich in einer Fantasie von ihm und Qhuinn, in der sie gemeinsam ausgestreckt auf dem Bett lagen, den Mund jeweils am Hals des anderen, und ihre Fänge durchbohrten die Oberfläche der Haut …

Es kam recht häufig vor, dass männliche Vampire nach dem Nähren eine Erektion bekamen. Insbesondere dann, wenn ihnen nackte Tatsachen durch den Kopf spukten. Und schäumende Seife machte die Sache auch nicht besser.

Auch nicht die Bilder von dem, was geschah, nachdem sie sich gegenseitig in den Hals gebissen hatten.

Blay stützte sich mit der einen Hand an der Marmorwand ab und umfasst mit der anderen seinen steifen Schwanz.

Was er dann tat, war schnell vorbei und etwa so befriedigend wie ein Stück kalte Pizza: gut, aber nicht vergleichbar mit einer richtigen Mahlzeit.

Nachdem das zweite Stück kalte Pizza seinen Hunger auch nicht weniger werden ließ, verweigerte er seinem Körper die Chance auf ein drittes Stück. Denn ehrlich gesagt fand er das Ganze widerlich. Während sich Qhuinn auf der anderen Seite der Tür von Layla nährte, wichste er sich unter der Dusche die Finger wund. Echt widerlich!

Er verließ die Dusche, trocknete sich ab, schlüpfte in seinen Bademantel und stellte dann fest, dass er keine frischen Klamotten mit ins Bad genommen hatte. Als er die Tür zu seinem Zimmer öffnete, betete er, dass die beiden inzwischen nicht mit etwas anderem beschäftigt waren.

Die Jungfrau der Schrift zeigte sich gnädig: Qhuinn war immer noch dabei, sich an Laylas anderem Handgelenk zu nähren, während sie neben ihm kniete.

Das war keine offene sexuelle Handlung.

Die Erleichterung, die Blay ergriff, machte ihm bewusst, wie groß sein Ärger war – nicht nur wegen der Sache hier, sondern wegen allem, was mit Qhuinn zu tun hatte.

Das war wirklich nicht gesund. Für keinen von ihnen.

Außerdem, wie konnte er es Qhuinn verübeln, was er empfand? Nüchtern betrachtet konnte ja schließlich keiner etwas dafür, wenn er sich von einer Person angezogen fühlte, von einer anderen hingegen nicht.

Drüben beim Schrank zog Blay ein Hemd und schwarze Combat-Hosen hervor. Gerade als er sich umdrehte, um ins Bad zurückzugehen, löste Qhuinn seinen Mund von Laylas Vene.

Er stöhnte befriedigt und leckte mit der Zunge über die Wunden, die er mit seinen Fängen verursacht hatte. Dabei blitzte etwas Silbernes hervor. Blay zog verwundert die Brauen in die Höhe. Das Zungenpiercing war neu, und Blay fragte sich, von wem er es sich hatte machen lassen.

Wahrscheinlich von Vishous. Die beiden verbrachten viel Zeit miteinander. Auf diese Weise hatten sie auch die Tinte für Johns Tattoo bekommen: Qhuinn hatte das Fläschchen einfach mitgehen lassen.

Qhuinns Zunge leckte über die Haut der Auserwählten. Dabei blitzte sein neues Piercing bei jedem Zungenschlag auf. »Danke, Layla. Du bist sehr gut zu uns.«

Er lächelte ihr kurz zu und schwang dann seine Beine vom Bett – offensichtlich, um das Zimmer zu verlassen. Layla hingegen rührte sich nicht vom Fleck. Anstatt es ihm gleich zu tun und das Zimmer zu verlassen, senkte sie den Kopf und blickte auf ihren Schoß …

Nein, auf ihre Handgelenke, die unter den weiten Ärmeln ihrer Gewänder hervorblitzten. Als sie schwankte, zog Blay die Stirn in Falten.

»Layla?«, sagte er und ging zu ihr hinüber. »Geht es dir gut?«

Qhuinn kehrte ebenfalls zum Bett zurück. »Layla? Was ist los?«

Nun waren sie es, die vor ihr knieten.

Blay fragte geradeheraus: »Haben wir zu viel genommen?«

Qhuinn bot ihr sein eigenes Handgelenk dar. »Trink von mir.«

Verdammt, sie hatte John erst die Nacht zuvor genährt. Vielleicht war das hier zu früh gewesen.

Die hellgrünen Augen der Auserwählten wandten sich Qhuinns Gesicht zu. In ihrem Blick lag keine Verwirrung, sondern ein trauriges, uraltes Verlangen.

Qhuinn zuckte zurück. »Was habe ich getan?«

»Nichts«, antwortete sie mit ungewöhnlich tiefer Stimme. »Wenn Ihr mich entschuldigen würdet, ich werde mich jetzt wieder in das Heiligtum begeben.«

Layla machte Anstalten, aufzustehen, aber Qhuinn nahm ihre Hand und hinderte sie daran. »Was ist los, Layla?«

Gott, diese Stimme! So sanft und liebenswürdig. Und genauso fühlte sich seine Hand an, als er sie am Kinn fasste und ihr Gesicht seinem entgegenhob.

»Ich kann nicht darüber sprechen.«

»Oh ja, du kannst.« Qhuinn nickte in Blays Richtung. »Wir werden dein Geheimnis nicht verraten.«

Die Auserwählte holte tief Luft und atmete niedergeschlagen aus, als ob sie keine Luft, keine Möglichkeiten, keine Kraft mehr hätte. »Wirklich? Ihr werdet darüber Schweigen bewahren?«

»Jawohl. Blay?«

»Ja, absolut.« Er legte sich die Hand aufs Herz. »Ich schwöre es. Wir werden alles tun, um dir zu helfen. Alles.«

Sie blickte Qhuinn an und hielt seinen Blick fest. »Gefalle ich Euch nicht, mein Herr?« Als er die Stirn runzelte, tastete sie über ihre Wangenknochen und die Stirn. »Entspricht mein Aussehen nicht Euren Vorstellungen?«

»Himmel, nein. Wovon redest du überhaupt? Du bist wunderschön.«

»Dann … warum werde ich dann nicht gerufen?«

»Ich verstehe nicht ganz. Wir rufen dich doch, und zwar regelmäßig. Blay, John und ich. Rhage und V. Wir lassen alle nach dir rufen, weil du …«

»Aber Ihr alle wollt Euch nur von mir nähren.«

Blay erhob sich und ging ein paar Schritte rückwärts, bis er an die Liege stieß, und ließ sich fallen. Als er auf das Polster plumpste, brachte ihn Qhuinns Gesichtsausdruck beinahe zum Lachen. Normalerweise konnte ihn nichts überraschen. Das lag teilweise daran, dass er in seinem relativ kurzen Leben schon viel erlebt hatte – und für den Rest war seine Persönlichkeit verantwortlich. Er wurde einfach mit jeder Situation fertig.

Ausgenommen mit dieser, wie es schien. Qhuinn sah aus, als ob man ihm mit einem Billardqueue eins übergebraten hätte.

»Ich …« Qhuinn räusperte sich. »Ich … ich …«

Aha. Noch eine Neuerung. Er stotterte.

Layla unterbrach das Schweigen. »Ich diene den Vampiren und Brüdern in diesem Haus voller Stolz. Ich gebe, ohne etwas zurückzuerhalten, weil ich dafür geschult wurde und ich es gerne tue. Aber ich sage das jetzt, weil Ihr danach gefragt habt und es mir wichtig ist. Jedes Mal, wenn ich in das Heiligtum oder das Haus des Primals zurückkehre, fühle ich mich zunehmend leerer. So sehr, dass ich überlege, vielleicht aufzuhören.« Sie schüttelte den Kopf. »Ich kann das nicht länger tun, obwohl es alles ist, was ich mir als Lohn für meine Bemühungen erwartet hatte. Es ist einfach so, dass … mein Herz das nicht mehr mitmacht.«

Qhuinn ließ die Hände sinken und rieb sich die Schenkel. »Willst du … Würdest du weitermachen, wenn du es könntest?«

»Natürlich.« Ihre Stimme klang fest und sicher. »Ich bin stolz darauf, zu dienen.«

Nun raufte sich Qhuinn sein dichtes schwarzes Haar. »Was wäre nötig, um dir … Erfüllung zu schenken?«

Blay hätte gehen sollen, aber er konnte sich nicht bewegen. Er musste beobachten, wie das Schicksal seinen Lauf nahm.

Layla errötete vor Verlegenheit, was sie noch schöner aussehen ließ. Ihre vollen Lippen öffneten sich … und schlossen sich wieder. Und dann noch einmal.

»Es ist okay«, flüsterte Qhuinn. »Du musst es nicht laut aussprechen. Ich weiß, was du möchtest.«

Blay spürte, wie ihm der kalte Schweiß ausbrach, und krallte seine Finger in die Klamotten, die er aus dem Schrank genommen hatte.

»Wen«, Qhuinn flüsterte. »Wen willst du?«

Es entstand eine weitere lange Pause und dann sagte sie ein Wort: »Euch.«

Blay stand auf. »Ich lasse euch zwei alleine.«

Blind bewegte er sich auf die Tür zu und schnappte sich unterwegs instinktiv seine Lederjacke.

Als er die Tür hinter sich schloss, hörte er Qhuinn sagen: »Wir werden es sehr langsam angehen lassen. Wir werden nichts übereilen.«

Draußen im Flur brachte Blay schnell etwas Abstand zwischen sich und das Zimmer, und erst als er zu den Doppeltüren kam, die zum Flügel der Bediensteten führten, wurde ihm bewusst, dass er noch immer im Bademantel herumlief. Er betrat das Treppenhaus, das zum Kinosaal im zweiten Stock führte, und schlüpfte vor dem abgeschalteten Popcornautomaten in seine Klamotten.

Die schwelende Wut in seinem Inneren war wie eine Art Krebs, der ihn innerlich auffraß. Grundlos, und so nutzlos.

Blay stand vor den DVD-Regalen. Die Titel auf den Hüllen verschwammen vor seinen Augen zu einem einzigen Muster.

Wonach er jedoch schließlich griff, war kein Film.

Es war ein Stück Papier, das er aus seiner Jackentasche fischte.

29

Als die Tür zum Aufwachraum geschlossen wurde, hatte Xhex das Gefühl, dass sie etwas sagen sollte. Und zwar laut. Zu Rehvenge.

»Ähm … Also …« Sie griff sich ins Haar. »Wie geht's …«

Er unterbrach ihr verlegenes Gestammel, indem er zu ihr hinüberging. Dabei klopfte sein roter Gehstock laut auf die Fliesen, und die Sohlen seiner Slipper schlugen beim Gehen an seine Fersen. *Flap-flap, flap-flap.*

Er blickte finster drein, und seine violetten Augen sprühten Funken.

Das reichte aus, um ihr Angst zu machen.

Sie zog das Laken höher und murrte: »Was zur Hölle ist bloß los mit dir?«

Rehv beugte sich zu ihr hinunter, nahm sie in seine Arme und drückte sie ganz vorsichtig an die Brust. Er schmiegte seine Wange an ihre und sprach mit tiefer, ernster Stimme.

»Ich habe nicht gedacht, dass ich dich jemals wiedersehen würde.«

Als ihn ein Zittern durchlief, legte sie ihre Hände an seine Brust, und nach kurzem Zögern … erwiderte sie seine Umarmung.

»Du riechst wie immer«, meinte sie rau und vergrub ihre Nase im Kragen seines feinen Seidenhemds. »Oh Gott … Du riechst noch genauso wie immer.«

Sein teures Eau de Cologne versetzte sie in die Tage des *ZeroSum* zurück, als sie noch ein vierköpfiges Team gewesen waren: mit ihm am Ruder, iAm in der Buchhaltung, Trez im Lokal und sie als Sicherheitschefin.

Dieser Duft war es, der ihr Halt gab und es ihr ermöglichte, zwischen der Vergangenheit und der Gegenwart eine Brücke zu schlagen, über das Grauen der letzten drei Wochen hinweg.

Sie vermied jedoch, sich zu sehr daran festzuhalten. Denn das würde nur den Abschied schwerer machen. Es war besser, sich nur auf unmittelbare Ereignisse und Ziele zu konzentrieren.

Und sich dann einfach davontreiben zu lassen.

Rehv zog sich etwas zurück. »Ich möchte dich nicht ermüden. Deshalb werde ich nicht länger bleiben. Ich wollte nur …«

»Schon klar.«

Sie hielten sich noch einige Zeit in den Armen, und wie immer spürte sie die Gemeinsamkeit zwischen ihnen, während sich die beiden Hälften ihrer Blutlinien aneinanderklammerten, wie das bei *Symphathen* üblich war.

»Brauchst du irgendetwas?«, fragte er. »Was zu essen?«

»Doc Jane hat gesagt, dass ich die nächsten Stunden nichts Festes zu mir nehmen darf.«

»Okay. Hör mal, wir unterhalten uns über die Zukunft …«

»In der Zukunft.« Während sie sprach, stellte sie sich bildhaft vor, wie sie beide in eine Diskussion vertieft waren. Auf diese Weise wollte sie ihn auf eine falsche Fährte locken, falls er ihre Gedanken lesen sollte.

Ob er ihr das auch abkaufte, stand auf einem anderen Blatt. »Übrigens, ich lebe jetzt hier«, sagte er.

»Wo sind wir hier eigentlich?«

»Im Trainingszentrum der Bruderschaft.« Er runzelte die Stirn. »Ich dachte, du wärst vorher schon einmal hier gewesen.«

»Nicht in diesem Teil des Anwesens. Aber ich habe mir schon gedacht, dass man mich hierherbringen würde. Ehlena war übrigens sehr gut zu mir. Da drinnen.« Sie deutete in Richtung OP. »Und bevor du fragst: Ja, ich komme wieder in Ordnung. Zumindest hat Doc Jane das gesagt.«

»Gut.« Er drückte ihr die Hand. »So, und jetzt hole ich John.«

»Danke.«

An der Tür blieb Rehv stehen und warf ihr über die Schulter hinweg einen scharfen Blick zu. »Hör mir genau zu.« Das *du Idiotin* sparte er sich. »Du bist uns wichtig. Nicht nur mir. Also tu, was du tun musst. Aber glaub nicht, dass ich keine Ahnung hätte, was du für hinterher geplant hast.«

Sie erwiderte seinen Blick. »Du verdammter Sündenfresser!«

»Als ob du das nicht gewusst hättest.« Rehv zog eine Braue in die Höhe. »Und ich kenne dich nur zu gut. Mach keinen Scheiß, Xhex. Wir alle sind auf deiner Seite und werden das mit dir gemeinsam durchstehen.«

Als er hinausging, freute sie sich über sein Vertrauen in ihre Unverwüstlichkeit. Aber sie kaufte es ihm nicht ab.

Tatsache war, dass allein der Gedanke an eine Zukunft nach Lashs Begräbnis eine Welle der Erschöpfung durch ihre Adern schickte. Sie schloss stöhnend die Augen und betete, dass sich Rehv aus ihren Angelegenheiten heraushalten würde …

Xhex erwachte mit einem lauten Keuchen. Sie hatte keine Ahnung, wie lange sie weg gewesen war. Oder wo John war.

Diese Frage ließ sich jedoch leicht beantworten: John schlief auf dem Boden vor ihrem Bett. Er lag auf der Seite, und sein Kopf ruhte auf der Innenseite des Arms, den er als Kissen benutzte. Selbst im Schlaf sah er total k. o. aus, hatte die Brauen zusammengezogen, und seinen Mund war vor Müdigkeit verzerrt.

Sie war überrascht, wie sehr sie sich darüber freute, ihn zu sehen, wehrte sich aber nicht dagegen. Erstens hatte sie keine Energie dafür übrig, und zweitens gab es keine Zeugen.

»John?«

Kaum hatte sie seinen Namen ausgesprochen, war er schon auf den Beinen und postierte sich in Kampfstellung zwischen ihr und der Tür zum Gang. Es war offensichtlich, dass er jeden in Stücke reißen würde, der eine Bedrohung für sie darstellte.

Was sie … total süß fand.

Und ein viel schöneres Geschenk als ein Blumenstrauß auf dem Nachttisch, der sie nur zum Niesen bringen würde.

»John … komm her.«

Er wartete einen Moment und legte den Kopf zur Seite, als ob er lauschen würde. Dann ließ er die Fäuste sinken und kam zu ihr. Als er sie ansah, verschwand sein wilder Gesichtsausdruck und die gebleckten Fänge zogen sich wieder zurück. Stattdessen blickte er sie voller Mitleid an.

Er steuerte direkt auf seinen Notizblock zu, kritzelte etwas darauf und drehte ihn dann zu ihr um.

»Nein danke, ich habe noch keinen Hunger.« Das war bei ihr meistens der Fall. Besonders nachdem sie sich genährt hatte, brauchte sie oft stundenlang keine Nahrung, manchmal sogar einen ganzen Tag lang. »Was ich aber gerne hätte …«

Ihre Augen wanderten zum Bad in der Ecke.

Eine Dusche, kritzelte er und zeigte ihr den Block.

»Ja. Eine heiße Dusche wäre jetzt der Hammer!«

John übernahm sofort die Rolle der Krankenschwester und ging ins Bad. Er drehte die Brause auf und legte auf dem Waschtisch Handtücher und Seife sowie eine Zahnbürste bereit.

Xhex fühlte sich wie eine Mumie, als sie sich schwankend aufsetzte. Offensichtlich hatte man ihren Brustkorb wegen der gebrochenen Rippen so fest bandagiert, dass sie sich kaum rühren konnte. Mit einiger Anstrengung gelang es ihr, die Beine über den Bettrand zu schwingen – und mit der Überzeugung, dass John die Ärztin rufen würde, wenn sie nicht in der Lage war, wenigstens teilweise selbst aufzustehen. Und dann könnte sie ihre heiße Dusche vergessen.

Als John zurückkam, stellte sie gerade ihre nackten Füße auf den Boden, und als sie aufstand, reichte er ihr schnell den Arm, damit sie sich auf ihn stützen konnte. Dass sie unter dem Laken nackt war, wurde beiden erst bewusst, als das Laken zu Boden glitt … Aber das war kaum der rechte Moment für übertriebene Sittsamkeit.

»Was soll ich bloß mit der Bandage anstellen?«, murmelte Xhex, und blickte auf den weißen Verband hinunter, der quer über ihr Becken verlief.

John blickte zu seinem Notizblock hinüber und überlegte, ob er ihn wohl zu fassen bekommen würde, ohne Xhex loszulassen. Da meinte sie: »Nein, ich brauche Doc Jane nicht. Ich nehme den Verband einfach ab.«

Sie löste die Bandage an einer Ecke und geriet ins Taumeln. Wahrscheinlich hätte sie den Verband besser im Liegen entfernen sollen – und unter ärztlicher Aufsicht.

»Oh ...«, schnaufte sie, als eine Reihe schwarzer Stiche zum Vorschein kam. »Verdammt ... Vs Frau kann aber gut mit Nadel und Faden umgehen!«

John nahm die blutbefleckte Mullkompresse, pfefferte sie in den Mülleimer in der Ecke und wartete dann ab. Er ahnte offensichtlich, dass sie darüber nachdachte, wieder ins Bett zurückzukriechen.

Aus irgendeinem Grund machte sie der Gedanke, dass man ihr den Bauch aufgeschnitten hatte, schwindlig.

»Also, bringen wir's hinter uns«, meinte sie schroff.

Er überließ es ihr, das Tempo vorzugeben. Wie sich herausstellte, war das kaum schneller, als wenn er rückwärtslaufen würde.

»Würdest du bitte im Bad das Licht ausschalten?«, sagte sie, während sie mit winzigen Schritten auf das Bad zuschlurfte. »Ich möchte mir nicht im Spiegel über dem Waschbecken ansehen müssen, wie ich momentan aussehe.«

Sobald er den Schalter erreichen konnte, knipste er das Licht aus.

»Danke.«

Das Gefühl der feuchten Luft und das Geräusch des plätschernden Wassers wirkten beruhigend auf Geist und Körper. Das Problem war jedoch, dass die Spannung ihr geholfen hatte, sich aufrecht zu halten. Als diese nun nachließ, sackte sie in sich zusammen.

»John ...« War das wirklich ihre Stimme? So dünn und schwach? »John, kommst du mit unter die Dusche? Bitte.«

Schweigen im Walde. Aber dann erkannte sie im Licht, das vom Bett herüberschien, dass er nickte.

»Während du dich draußen ausziehst, kannst du die

Tür schließen, und ich werde inzwischen die Toilette benutzen.«

Dann griff sie nach der Haltestange, die an der Wand befestigt war, und hangelte sich hinüber. Nach einer kurzen Pause trat John zurück und das Licht wurde schwächer.

Nachdem sie ihr Geschäft erledigt hatte, zog sie sich hoch und stieß die Tür auf.

Und blickte direkt auf Johns Notizblock, den dieser ihr vors Gesicht hielt: *Ich hätte meine Boxershorts anbehalten, aber unter meinen Lederhosen trage ich keine.*

»Schon okay. Ich bin nicht schüchtern.«

Was sich als nicht ganz richtig herausstellte, als beide zusammen in die enge Duschkabine traten. Man würde glauben, dass ein bisschen Hautkontakt mit einem Mann, dem sie vertraute, in einem abgedunkelten Raum kein Problem darstellte. Das tat es aber.

Insbesondere als er beim Schließen der Glastür ihren Rücken streifte.

Konzentriere dich aufs Wasser, befahl sie sich, und fragte sich, ob sie den verdammten Verstand verloren hatte.

Als sie den Kopf hob, bekam sie Schlagseite, und er fasste schnell unter ihren Arm, um sie aufrecht zu halten.

»Danke«, sagte sie mit rauer Stimme.

Obwohl ihr die Situation peinlich war, fühlte sich das heiße Wasser, das ihr über den Kopf rann, herrlich an. Und das Bedürfnis, sich ordentlich zu waschen, war plötzlich größer als jede Sorge wegen Johns Nacktheit.

»Verdammt, ich habe die Seife vergessen.«

John beugte sich vor und zur Seite, so dass seine Hüften gegen ihre stießen. Xhex verkrampfte sich und machte sich schon auf eine sexuelle Handlung gefasst … aber John war gar nicht erregt.

Was sie enorm erleichterte. Nach dem, was Lash ihr angetan hatte …

Als John ihr die Seife in die Hand drückte, verdrängte sie alle Gedanken an das, was in Lashs Schlafzimmer geschehen war, und hielt die Seife unter den Wasserstrahl. Waschen. Abtrocknen. Zurück ins Bett. Das war alles, woran sie jetzt denken musste.

Der starke Duft der Kernseife stieg ihr in die Nase, und sie musste schnell blinzeln.

Es war genau die Seife, die sie selbst auch ausgewählt hätte.

Erstaunlich, dachte sich John, als er hinter Xhex stand.

Offensichtlich hatte es gewirkt, als er auf seinen Schwanz und seine Eier hinuntergesehen und ihnen gedroht hatte, sie abzuschneiden und im Hinterhof zu vergraben, wenn sie sich nicht gut benahmen.

Das musste er sich unbedingt merken.

Die Duschkabine war zwar mehr als groß genug für einen Kerl, aber zu zweit wurde es darin etwas eng. Er musste sein Hinterteil an die kalten Kacheln drücken, um sicherzustellen, dass sein bestes Stück und dessen zwei Begleiter nicht mit ihr in Berührung kamen.

Anscheinend hatten die aufmunternden Worte zwar Wunder gewirkt, aber er wollte es nicht auf die Spitze treiben.

Außerdem war er geschockt, dass Xhex so schwach war, dass er sie stützen musste – obwohl sie sich bereits genährt hatte. Andererseits konnte niemand vier Wochen in der Hölle mit einem zweistündigen Nickerchen ausgleichen. So lange hatte sie nämlich laut seiner Armbanduhr geschlafen.

Als sie sich die Haare wusch, wölbte sie ihren Rücken, und ihre Haare streiften seine Brust, bevor sie sich umdrehte, um die Seife abzuspülen. Er stützte sie dabei, indem er sie nach Bedarf abwechselnd an ihrem rechten oder linken Oberarm festhielt.

Problematisch wurde es jedoch, als sie sich vorbeugte, um sich die Beine zu waschen.

»Verdammt …« Dabei verlagerte sie ihr Gewicht so schnell, dass seine Hand an ihrem nassen, eingeseiften Bizeps abrutschte und sie einfach gegen ihn fiel.

Für einen kurzen Moment kam John in vollen Kontakt mit ihrem seifigen, nassen und warmen Körper, aber dann warf er sich nach hinten gegen die Wand und versuchte sie trotzdem aufrecht zu halten.

»Ich wünschte, es gäbe hier einen Hocker«, meinte sie. »Ich kann einfach mein verdammtes Gleichgewicht nicht halten.«

Nach einer längeren Pause nahm er ihr die Seife aus der Hand und schob sie vorsichtig herum, um mit ihr den Platz zu tauschen. Er manövrierte sie in die Ecke, in die er zuvor sein Hinterteil gedrückt hatte, und legte dann ihre Hände auf seine Schultern.

Dann kniete er sich hin und rieb die Seife zwischen seinen Händen, um ausreichend Schaum zu erzeugen. Dabei prasselte das Wasser auf seinen Kopf und rann ihm an der Wirbelsäule entlang den Rücken hinunter. Die Fliesen unter seinen Kniescheiben waren steinhart, und die Zehen eines seiner Füße wurden in den Abfluss gequetscht. Es fühlte sich an, als ob das Ding Zähne hätte und damit an ihnen nagte. Aber das war ihm egal.

Er würde sie gleich berühren. Und das war alles, was zählte.

John legte seine Hand um Xhex' Fußknöchel und zog kurz daran. Daraufhin verlagerte sie ihr Gewicht auf das andere Bein und gab ihm ihren Fuß. Er legte die Seife neben der Tür auf den Boden und fuhr mit seinen eingeseiften Händen über ihre Fußsohle bis zur Ferse, massierte und reinigte ihren ganzen Fuß …

Er betete sie mit seinen Händen an, ohne eine Gegenleistung zu erwarten.

Er ging sehr langsam vor. Insbesondere als er zu ihrem Bein gelangte, verharrte immer wieder an einer Stelle, um sicherzugehen, dass er auf keinen der blauen Flecken drückte. Ihr Wadenmuskel war steinhart, und die Knochen, die bis zu ihrem Knie verliefen, wirkten so stark wie die eines Mannes. Auf gewisse Weise waren sie aber dennoch zierlich, zumindest im Vergleich mit seinen eigenen.

Als er seine Hände noch höher wandern ließ, bis zu ihrem Oberschenkel, konzentrierte er sich auf die Außenseite. Das Letzte, was er wollte, war, dass sie sich Sorgen machte, dass er sich an sie heranmachen wollte. Deshalb stoppte er, als er bei ihrer Hüfte ankam, und nahm wieder die Seife zur Hand.

Nachdem er ihre Fußsohle abgespült hatte, tippte er an ihren anderen Knöchel und war erleichtert, als sie ihm auch diesen Fuß gab, damit er dort wiederholen konnte, was er bereits auf der anderen Seite getan hatte.

Langsame Massagen, sanfte Hände, vorsichtige Bewegungen … und nur an der Außenseite bis ganz nach oben.

Als er fertig war, erhob er sich mit knackenden Kniegelenken und schob sie unter den Wasserstrahl. Er hielt sie wieder am Arm fest und gab ihr die Seife, damit sie auch den Rest ihres Körpers waschen konnte.

»John?«, sagte sie.

Da es dunkel war, pfiff er ein *Was?*.

»Du bist ein wahrer Mann von Wert. Ja, das bist du wirklich.«

Dann umfasste sie sein Gesicht mit beiden Händen.

Es geschah so schnell, dass er es kaum glauben konnte. Später würde er die Szene wie einen Film immer wieder vor seinem geistigen Auge abspielen und dadurch endlos in die Länge ziehen, den Moment immer wieder durchleben und immer wieder von der Erinnerung zehren.

Als es jedoch wirklich geschah, war es nur ein kurzer Augenblick. Ein Impuls, dem sie nachgab. Ein unschuldiges Geschenk an ihn aus Dankbarkeit für eine unschuldige Gabe von ihm.

Xhex stellte sich auf die Zehenspitzen und presste ihren Mund auf seinen.

Oh, wie weich doch ihre Lippen waren! Und wie sanft. Und voller Wärme.

Der Kontakt war nur flüchtig, aber in seiner Erinnerung würde er stundenlang dauern und beinahe lang genug sein.

»Komm, leg dich mit mir hin«, forderte sie ihn auf, öffnete die Tür der Dusche und trat hinaus. »Du sollst nicht auf dem Boden liegen. Du hast etwas Besseres verdient.«

Er stellte das Wasser ab, folgte ihr und nahm das Handtuch entgegen, das sie ihm anbot. Sie trockneten sich ab und wickelten sich dann die Handtücher um den Rumpf und die Hüften.

Draußen legte sich John als Erstes auf das Bett, und es fühlte sich an wie die natürlichste Sache der Welt, dass er die Arme für sie weit öffnete. Hätte er darüber nachgedacht, hätte er vielleicht gezögert. Aber er dachte nicht nach.

Und das war gut so.

Denn sie kam zu ihm wie das Wasser aus der Brause: badete ihn in ihrer Wärme, die ihm durch die Haut bis ins Mark drang.

Aber natürlich drang Xhex noch weiter in ihn vor. Das hatte sie schon immer getan.

Anscheinend hatte er seine Seele an sie verloren, als er sie zum ersten Mal erblickte.

Er schaltete das Licht aus, und sie kuschelte sich noch näher an ihn. Es fühlte sich an, als ob sie sich direkt in seinem Herzen einnisten würde. Ihr schwelendes Feuer taute seine Seele auf, bis er den ersten tiefen Atemzug seit Monaten tat.

John schloss die Augen und erwartete, keinen Schlaf zu finden.

Aber das tat er. Und zwar einen tiefen, tiefen Schlaf.

30

Im Doggen*-Zimmer des Anwesens von Sampsone beendete Darius seine Vernehmung der Zofe.*

»Ich danke dir«, sagte er, als er sich erhob, und nickte ihr zu. »Ich schätze deine Aufrichtigkeit.«

Die Doggen *verbeugte sich tief. »Bitte finden Sie sie. Und bringen Sie sie nach Hause, mein Herr.«*

»Wir sind bestrebt, genau das zu tun.« Er warf einen Blick auf Tohrment. Wärst du so nett, den Hausdiener hereinzubitten?«

Tohrment öffnete der winzigen Vampirin die Tür, und sie gingen gemeinsam hinaus.

In ihrer Abwesenheit wanderte Darius über den nackten Fußboden. Seine Lederstiefel zogen einen Kreis um den Tisch, der in der Mitte des Zimmers stand. Die Zofe wusste nichts von Bedeutung. Sie war offen und bescheiden – und trug leider gar nichts zur Lösung des Rätsels bei.

Tohrment kam mit dem Hausdiener zurück und nahm wieder seine Stellung neben der Tür ein, wo er schweigend verharrte. Das war wirklich gut. Im Großen und Ganzen brauchte man zu einer zivilisierten Befragung nicht mehr als einen Vampir, der sie durchführte. Der Junge hatte jedoch einen anderen Nutzen. Seinen schlauen Augen entging nichts. So war es gut möglich, dass er etwas bemerkte, was Darius während seinen Gesprächen übersah.

»Ich danke dir, dass du mit uns sprichst«, meinte Darius zum Hausdiener.

Der Doggen *verbeugte sich tief. »Es ist mir eine Freude, Euch behilflich zu sein, mein Herr.«*

»In der Tat«, murmelte Darius, als er sich auf den Hocker setzte, den er schon bei der Befragung der Zofe benutzt hatte. Doggen *tendierten von Haus aus dazu, das Protokoll einzuhalten, und deshalb zogen sie es vor, wenn der Höhergestellte in solch einer Situation saß, während sie standen. »Wie wirst du genannt, Hausdiener?«*

Noch eine tiefe Verbeugung. »Ich bin Fritzgelder Perlmutter.«

»Und wie lange bist du bereits bei dieser Familie?«

»Seit meiner Geburt vor siebenundsiebzig Jahren.« Der Hausdiener verschränkte seine Hände hinter dem Rücken und nahm Haltung an. »Ich habe der Familie seit meinem fünften Lebensjahr voller Stolz gedient.«

»Lange Dienstgeschichte. Also kennst du die Tochter gut.«

»Ja. Sie ist eine Frau von Wert. Eine Freude für ihre Eltern und eine Zierde für die Blutlinie.«

Darius beobachtete das Gesicht des Hausdieners ganz genau. »Und dir war nichts bekannt, dass ein solches Verschwinden angekündigt hätte?«

Die linke Augenbraue des Dieners zuckte einmal.

Und es folgte eine lange Stille.

Darius flüsterte: »Falls es dein Gewissen erleichtert, hast du mein Wort als Mitglied der Bruderschaft, dass weder ich selbst noch mein Begleiter irgendetwas von diesem Gespräch preisgeben werden. Nicht einmal gegenüber dem König selbst.«

Fritzgelder öffnete den Mund und begann, durch diesen zu atmen.

Darius schwieg: Den armen Kerl zu drängen, würde den Vorgang der Enthüllung nur verzögern. Fürwahr, er würde entweder sprechen oder eben nicht. Ihn zu ermutigen, würde seine Entscheidung nur verzögern.

Der Hausdiener fasste in die Innentasche seiner Livree und zog ein strahlend weißes Taschentuch hervor, das zu einem exakten Quadrat gebügelt worden war. Damit tupfte er seine Oberlippe wie mit einem Stück Löschpapier ab und steckte es dann wieder in seine Tasche.

»Nichts wird diesen Raum verlassen«, flüsterte Darius. »Nicht die geringste Kleinigkeit.«

Der Hausdiener musste sich zweimal räuspern, ehe seine Stimme ihren Dienst versah. »Wahrlich … sie war frei von jedem Tadel. Dessen bin ich mir ganz sicher. Sie hatte keinen … Umgang mit einem Vampir, über den ihre Eltern nicht im Bilde waren.«

»Aber …«, murmelte Darius.

In diesem Moment wurde die Tür weit aufgestoßen und der Butler, der sie in das Anwesen gelassen hatte, betrat das Zimmer. Er schien über dieses Treffen keineswegs überrascht zu sein, aber er schien es absolut zu missbilligen. Kein Zweifel, einer seiner Untergebenen hatte ihn darüber informiert.

»Du führst eine hervorragende Gruppe von Dienern«, meinte Darius. »Mein Begleiter und ich sind sehr beeindruckt.«

Die tiefe Verbeugung konnte das Misstrauen im Gesicht des Butlers nicht verbergen. »Ich bin geschmeichelt, mein Herr.«

»Wir wollten gerade gehen. Ist dein Herr zu sprechen?«

Der Butler stellte sich aufrecht hin, und seine Erleichterung war unübersehbar. »Er hat sich zurückgezogen, was den Grund für mein Kommen darstellt. Er wollte sich noch von Euch verabschieden, doch die Pflicht rief ihn, nach seiner Shellan *zu sehen.«*

Darius stand auf. »Der Hausdiener hier wollte uns gerade nach draußen begleiten. Da es regnet, bin ich mir sicher, dass du es vorziehst, uns jemanden zur Seite zu stellen, um uns den Weg über den Rasen zu weisen. Wir werden nach Sonnenuntergang hierher zurückkehren. Danke, dass du für unsere Nachforschungen Zeit erübrigen konntest.«

Darauf gab es für den Butler keine andere Antwort als: »Aber natürlich.«

Fritzgelder verbeugte sich vor seinem Vorgesetzten und wies dann in Richtung einer Tür, die sich in der gegenüberliegenden Ecke befand. »Hier entlang.«

Draußen war schon ein Anflug von Wärme, von Frühling in der Luft zu spüren. Dennoch war es winterlich kalt, als sie durch den Nebel stapften.

Fritzgelder wusste genau, wo er sie hinführen musste. Der Hausdiener ging mit Absicht um die Hinterseite des Anwesens zu dem Teil des Gartens, der vom Schlafzimmer der Vampirin aus eingesehen werden konnte.

Das läuft ja wunderbar, dachte sich Darius.

Der Hausdiener blieb unter dem Fenster der Tochter von Sampsone stehen, aber er drehte sich nicht zur Wand des Gebäudes um. Er blickte hinaus … über die Blumenbeete und den Irrgarten aus Hecken hin zum … nächsten Anwesen. Und dann wandte er sich bewusst zu Darius und Tohrment um.

»Hebt Euren Blick zu den Bäumen«, sagte er, während er auf das Anwesen zeigte, als ob er etwas Sachdienliches beschreiben würde – weil sie ohne Zweifel durch die Bleiglasfenster beobachtet wurden. »Achten Sie auf die Lücke zwischen den Bäumen!«

In der Tat, da war ein Loch in dem Gewirr blattloser Äste – das war der Grund, weshalb sie das andere, weit entfernte Herrenhaus aus dem ersten Stockwerk hatten sehen können.

»Dieser Ausblick wurde nicht von unserem Haushalt geschaffen, mein Herr«, meinte der Doggen *leise. »Und ich habe es etwa eine Woche vor ihrem … Verschwinden bemerkt. Ich war oben, beim Reinigen der Zimmer. Die Familie hatte sich nach unten zurückgezogen, weil es heller Tag war. Ich hörte das Geräusch*

brechenden Holzes und wandte meinen Blick dem Fenster zu, weshalb ich sehen konnte, dass die Äste entfernt wurden.«

Darius betrachtete den Bereich genauer. »Sieht willentlich gemacht aus, diese Lücke, nicht wahr?«

»Gewiss. Und ich dachte mir nichts dabei, weil mir bekannt ist, dass es sich bei der Familie, die dort lebt, um Menschen handelt. Aber nun ...«

»Nun fragst du dich, ob es dafür einen anderen Grund als die Gartenpflege gab. Sag mir, gegenüber wem du das erwähnt hast.«

»Gegenüber dem Butler. Doch dieser bedrängte mich, darüber zu schweigen. Er ist ein hervorragender Mann, der der Familie gute Dienste erweist. Er möchte nichts mehr, als dass sie gefunden wird ...«

»Doch er möchte jeden Gedanken daran vermeiden, dass sie in menschliche Hände gefallen sein könnte.«

Immerhin wurden die Menschen von der Glymera *als kaum mehr als Ratten betrachtet.*

»Danke für diese Informationen«, sagte Darius. »Du hast deine Pflicht mehr als getan.«

»Finden Sie sie einfach. Bitte. Mir ist gleichgültig wie – bringen Sie sie nur nach Hause.«

Darius konzentrierte sich auf das, was er vom benachbarten Anwesen sehen konnte. »Das werden wir, auf die eine oder andere Art.«

Er betete, dass die Menschen in diesem Anwesen sich nicht getraut hatten, eine der ihren gefangen zu nehmen. Die andere Rasse musste auf Befehl des Königs gemieden werden, aber was wäre, wenn sie die Frechheit besäßen, Vampire anzugreifen? Und noch dazu eine adelige Vampirin?

Dann würde Darius jeden einzelnen von ihnen in seinem Bett abschlachten und dort verrotten lassen.

31

Gregg Winn wachte auf. Holly kuschelte sich an ihn, und ihre üppigen Silikonbrüste bohrten sich wie ein Doppelkissen in seine Seite.

Ein schneller Blick auf die Uhr zeigte ihm, dass es bereits sieben Uhr war.

Sie konnten genauso gut packen und nach Atlanta aufbrechen.

»Holly.« Er stupste sie an. »Wach auf!«

Sie gab einen Laut von sich, der an das Schnurren einer Katze erinnerte, und streckte sich. Dabei drückte sich ihr Körper an seinen und verwandelte seine Morgenlatte in ein dringendes Bedürfnis, gegen das er unbedingt etwas unternehmen musste. Die Erinnerung daran, wie sie in seinem Bett gelandet war, dämpfte diesen Trieb jedoch schnell wieder.

Was bewies, dass er irgendwie doch ein Gentleman war.

»Holly. Komm schon. Wach auf!« Er strich ihr Haar nach hinten über die Schulter. »Wenn wir uns ein bisschen beeilen, können wir bereits heute Nachmittag in Atlanta sein.«

Das wäre praktisch, wenn man bedachte, dass er seine Crew mit diesem Rathboone-Zeug bereits einen Tag gekostet hatte.

»Okay. Ich stehe ja schon auf.«

In Wahrheit war er jedoch der Einzige, der sich aufrichtete. Holly kuschelte sich an der warmen Stelle, die er hinterlassen hatte, noch einmal zusammen und schlief wieder ein.

Er stellte sich unter die Dusche und begann dann, seinen Koffer so laut wie möglich zu packen. Doch das störte Holly nicht. Sie war irgendwie von der Welt abgeschnitten. Aber es war weniger ein Schlaf als ein komatöser Zustand.

Er wollte gerade Stan wecken gehen, der noch viel schlechter aus dem Bett zu bekommen war, als es an der Tür klopfte.

War es denn möglich, dass dieser bekiffte Trottel schon wach war?

Während er zur Tür ging, begann Gregg bereits, mit dem Kameramann zu sprechen. »Hör zu, packen wir unseren Bus und …«

Doch es war dieser steife Arsch von einem Butler, der dreinschaute, als ob jemand Rotwein über sein Sofa gegossen hätte.

Gregg hob seine Hand. »Na gut, wir gehen. Wir verschwinden. Geben Sie uns nur …«

»Der Besitzer hat sich entschieden, Ihnen Filmaufnahmen zu gestatten. Für Ihre Sondersendung.«

Gregg blinzelte ungläubig. »Wie bitte?«

Der Tonfall des Butlers wurde noch angewiderter. Falls das überhaupt möglich war. »Der Besitzer hat heute früh mit mir gesprochen. Er sagte, dass Sie Ihre Sendung hier aufzeichnen dürfen.«

Einen Tag zu spät, dachte sich Gregg, und verfluchte sich. »Es tut mir leid, aber mein Team und ich sind …«

»Begeistert«, beendete Holly den Satz für ihn.

Als er einen Blick über die Schulter warf, rückte seine Moderatorin gerade ihren Morgenrock zurecht und stand vom Bett auf.

»Das sind gute Neuigkeiten«, sagte sie, während sie den Butler anlächelte.

Dessen Gefühle pendelten offenkundig zwischen Missbilligung und Verzauberung, als er sie so zerzaust, nestwarm und ganz in Natura erblickte.

»Nun gut«, meinte der Butler, nachdem er sich geräuspert hatte. »Lassen Sie es mich bitte wissen, wenn Sie etwas benötigen.«

Mit einer Verbeugung machte er kehrt und ging den Flur hinab.

Gregg schloss die Tür. »Ich dachte, du wolltest weg von hier.«

»Nun … bei dir bin ich doch sicher!« Sie schmiegte sich an ihn und streichelte seine Brust. »Ich werde einfach bei dir bleiben.«

Die Befriedigung in ihrer Stimme machte ihn misstrauisch. »Hast du mich vielleicht angeschwindelt? Diese ganze Nummer mit … wer auch immer das war.«

Sie schüttelte den Kopf, ohne zu zögern. »Nein … aber ich denke mittlerweile, dass es nur ein Traum war.«

»Und was ist mit der Tatsache, dass du gesagt hast, du hättest wirklich Sex gehabt.«

Sie zog ihre gezupften Augenbrauen zusammen, als ob sie durch eine Milchglasscheibe blicken wollte. »Es ist zu verschwommen, um real gewesen zu sein. Gestern Nacht war ich komplett verwirrt, doch bei Tageslicht betrachtet … war das alles nur dumm.«

»Du warst dir aber sehr sicher, als du hier hereingekommen bist.«

Sie schüttelte langsam den Kopf. »Es war nichts als ein wirklich lebhafter, erstaunlicher Traum ... es ist nicht wirklich geschehen.«

Er suchte in ihrem Gesicht nach Anzeichen von Zweifel, fand aber nur Gewissheit.

Plötzlich legte sie die Hand an ihre Schläfe. »Hast du ein Aspirin?«

»Kopfschmerzen?«

»Ja, seit gerade eben.«

Er ging hinüber zu seinem Koffer und nahm die Reiseapotheke heraus. »Hör zu, ich bin durchaus gewillt, dem Ganzen hier eine Chance zu geben. Aber wenn wir uns entscheiden, zu bleiben, dann gibt es kein Zurück mehr. Wir müssen unsere Sendezeit füllen. Also können wir nicht in ein oder zwei Tagen nach Atlanta verschwinden.«

Offen gesagt war das alles ohnehin schon kurz vor knapp.

»Ich verstehe«, meinte sie und setzte sich aufs Bett. »Ich habe es absolut geschnallt.«

Gregg brachte ihr das Aspirin und ging dann ins Bad, um ihr ein Glas Wasser zu besorgen. »Warum legst du dich nicht noch einmal hin? Es ist noch früh am Morgen, und Stan ist sicherlich noch völlig weggetreten.«

»Was wirst du inzwischen machen?«, sagte sie gähnend und gab ihm die Verpackung und das leere Glas zurück.

Er nickte in Richtung Laptop. »Ich werde den Rechner mit ins Wohnzimmer nehmen und das Bildmaterial von gestern Nacht sichten. Mittlerweile sollte alles von den automatischen Kameras heruntergeladen worden sein.«

»Bleib doch hier«, meinte sie und wackelte unter dem Laken mit ihren pedikürten Zehen.

»Bist du dir sicher?«

Als sie den Kopf auf das Kissen sinken ließ, gab ihr Lächeln den Blick auf ihre perfekt gerichteten Zähne frei … und auf die süße Seite ihrer Persönlichkeit. »Ja, ich werde dann besser schlafen, und außerdem riechst du immer so gut, wenn du gerade geduscht hast.«

Mann, sie hatte einfach etwas Besonderes an sich. Wenn sie so vom Bett aufsah, hätte man eine ganze Armee gebraucht, um ihn aus dem Zimmer zu zerren.

»Okay. Schlaf jetzt, Lolli.«

Sie lächelte wegen des Spitznamens, den er ihr gegeben hatte, nachdem er das erste Mal mit ihr geschlafen hatte. »Werde ich. Und danke fürs Hierbleiben.«

Als sie ihre Augen geschlossen hatte, ging er hinüber zum Ohrensessel beim Fenster und fuhr seinen Laptop hoch.

Die Aufnahmen der kleinen Kameras, die sie im Flur, unten im Wohnzimmer und draußen in der großen Eiche direkt bei der Veranda versteckt hatten, waren wirklich schon hochgeladen worden.

Angesichts der Geschehnisse wünschte er, sie hätten auch eine Kamera in Hollys Zimmer aufgestellt. Aber da es ohnehin keine Geister gab, weshalb hätten sie sich dann die Mühe machen sollen? Die Aufnahmen waren nur gemacht worden, um die Atmosphäre des Orts einzufangen und sie später zu manipulieren, wenn es darum ging, die Geister des Hauses »aufzuwecken«.

Als er damit begann, sich das Material anzusehen, wurde ihm bewusst, dass er das jetzt schon recht lang machte – vielleicht zwei Jahre – und bisher immer noch nichts gesehen oder gehört hatte, das sich nicht erklären ließ.

Das war auch gut so. Er war ja nicht daran interessiert, zu beweisen, dass es Geister gab, sondern er wollte Quoten mit dem Programm machen.

Das Einzige, was er in den letzten vierundzwanzig Monaten festgestellt hatte, war, dass es eine gute Arbeit war. Und Lügen war noch nie ein Problem für ihn gewesen. Es war sogar so, dass sein lockerer Umgang mit der Wahrheit ihn zu einem perfekten Fernsehproduzenten machte. Für ihn gab es nur das Ziel, und die Details, ob es sich dabei nun um Orte, Talente, Akteure, Heimbesitzer oder was auch immer handelte, waren nur Figuren, die er nach seinen Vorstellungen auf dem Spielbrett aufstellte. Wenn es darum ging, seine Arbeit zu erledigen, log er bezüglich Verträgen, eines Datums oder einer Zeit ebenso wie bei Bild und Ton. Er log, schummelte und täuschte, wo es nur ging.

Er hatte schon einiges erfunden, zusammengebastelt, und …

Gregg runzelte die Stirn und beugte sich zum Bildschirm vor.

Er bewegte den Mauszeiger auf die Rücklauftaste des Windows Media Player und sah sich die Strecke, die im Gang aufgezeichnet worden war, noch einmal an.

Er sah eine dunkle Gestalt, die sich den Gang vor ihren Zimmern entlangbewegte und … in Hollys Zimmer verschwand. Unten rechts war die Zeit eingeblendet: elf Minuten nach Mitternacht.

Das war etwa eine Dreiviertelstunde, bevor Holly zu ihm gekommen war.

Gregg spielte die Bilder noch einmal ab und sah zu, wie ein riesiger Schatten in der Mitte des spärlich ausgeleuchteten Gangs entlangging und dabei das Licht verdeckte, das durch das Fenster am hinteren Ende fiel.

In seinem Kopf konnte er Hollys Stimme hören: *Weil ich Sex mit ihm hatte.*

Wellen des Zorns und der Beklemmung rollten über ihn hinweg, als er die Aufnahme weiterlaufen ließ und dabei die Zeitanzeige im Auge behielt. Und da war es, worauf er gewartet hatte: jemand, der Hollys Zimmer etwa eine halbe Stunde später verließ und dabei das Licht verdeckte.

Die Gestalt verschwand in die Gegenrichtung, beinahe als wüsste sie, wo die Kamera war, und wollte ihr Gesicht nicht zeigen.

Gerade als Gregg die örtliche Polizei rufen wollte, verschwand das Ding ins Nichts.

Was zum Teufel …

32

John Matthew erwachte, spürte Xhex an seiner Seite und brach in Panik aus.

Traum … war das ein Traum?

Er setzte sich langsam auf. Als er spürte, wie ihr Arm von seiner Brust auf seinen Bauch rutschte, fing er ihn auf, bevor ihre Finger seine Hüften berührte. Gott, was er da vorsichtig in seinen Armen hielt, war warm und echt und …

»John?«, murmelte sie in ihr Kissen.

Ohne nachzudenken, schlang er die Arme fest um sie und strich ihr über das Haar. Xhex schlief dadurch sofort wieder ein.

Ein kurzer Blick auf die Armbanduhr sagte ihm, dass es bereits vier Uhr nachmittags war. Offensichtlich hatten sie stundenlang geschlafen. Sein Magen knurrte laut und ließ ihn vermuten, dass Xhex bestimmt auch sehr hungrig sein musste.

Als er sich sicher war, dass sie wieder tief und fest schlief, machte er sich von ihr frei und kritzelte schnell eine Nachricht für sie auf seinen Notizblock, bevor er möglichst leise in seine Lederhose und das T-Shirt schlüpfte.

Auf bloßen Füßen tappte er auf den Gang hinaus. Alles war still, denn es fanden hier keine Trainingsstunden mehr statt, was wirklich eine Schande war. Eigentlich sollte aus der Sporthalle Kampfgeschrei an seine Ohren dringen, das Gemurmel von Vorlesungen im Schulungsraum zu ihm dringen und aus der Umkleide das Zuschlagen der Spindtüren zu hören sein.

Stattdessen herrschte tiefe Stille.

Aber wie sich herausstellte, waren er und Xhex nicht ganz allein hier.

Als er zur Glastür des Büros kam und sie gerade öffnen wollte, erstarrte er.

Tohr schlief am Schreibtisch … oder besser gesagt auf dem Schreibtisch. Sein Kopf lag auf dem Unterarm und die Schultern waren zusammengesackt.

John war es so sehr gewohnt, dass er sich ständig über den Bruder ärgerte, dass er geradezu erschrak, als er diesmal nichts in dieser Richtung empfand. Stattdessen fühlte er nur eine tiefe Traurigkeit in sich aufsteigen.

Er war heute Morgen neben Xhex aufgewacht.

Aber Tohr würde das nie wieder erleben. Er würde sich nie mehr herumdrehen und über Wellsies Haar streichen. Er würde nie wieder in die Küche gehen, um ihr etwas zu Essen zu bringen. Er würde sie nie mehr umarmen oder küssen.

Und dann hatte er auch noch ihr gemeinsames Baby verloren.

John öffnete die Tür und erwartete, dass Tohr aufschreckte, aber der Bruder schlief tief und fest. Was ihn nicht wirklich verwunderte, denn er war gerade dabei, sich wieder in Form zu bringen. Er war rund um die Uhr damit beschäftigt, zu essen und zu trainieren, und das zeigte nun langsam Wirkung. Seine Hosen schlotterten ihm nun nicht mehr um die Hüften, und seine Hemden hingen nicht mehr sackartig an ihm herunter. Wie es schien, war es aber auch sehr ermüdend.

Wo Lassiter wohl steckte, fragte sich John, als er am Schreibtisch vorbeiging und den Wandschrank betrat. Der Engel hielt sich sonst meistens in Tohrs Nähe auf.

John trat durch die geheime Tür und ging dann durch den Tunnel zum Wohnhaus. Auf dem Weg durch den Tunnel war das Licht der Leuchtstofflampen an der Decke schon von weitem zu sehen. Dadurch entstand der Eindruck eines vorbestimmten Weges – was auf John angesichts der aktuellen Lage beruhigend wirkte. Am Ende des Ganges gelangte er zu einer flachen Treppe. Oben angekommen gab er einen Code ein und stieg dann die Treppe zur Eingangshalle hinauf. Als er die Eingangshalle betrat, hörte er den Fernseher aus dem Billardzimmer und schloss daraus, dass Lassiter dort war.

Kein anderer in diesem Haus sah sich nämlich freiwillig diese ätzenden Talkshows an – zumindest nicht ohne eine Knarre an der Schläfe.

Die Küche war leer. Zweifelsohne waren die *Doggen* gerade dabei, in ihrem eigenen Quartier zu speisen, bevor sie das Erste Mahl für die Bewohner des Hauses zubereiten mussten. Aber das störte ihn nicht. Er benötigte keine Hilfe.

Schnell schnappte er sich einen Korb aus der Vorratskammer und füllte ihn bis zum Rand mit leckeren Dingen: Bagels, einer Thermoskanne voller Kaffee, einem Krug Orangensaft, aufgeschnittenen Früchten, mehreren Plunderstückchen … Tassen und Gläsern.

Dabei legte er besonderen Wert auf Kalorienbomben und hoffte, dass Xhex Süßes gerne mochte.

Zur Sicherheit bereitete er auch noch schnell ein Truthahnsandwich zu. Nur für den Fall.

Und aus einem anderen Grund noch eines mit Schinken und Käse.

Er verließ die Küche durch das Speisezimmer und steuerte direkt auf die Tür unter der großen Freitreppe zu –

»Ein bisschen viel Futter für zwei«, meinte Lassiter und verzichtete dabei fast auf seine übliche Klugscheißerei.

John drehte sich um. Der Engel stand im Durchgang zum Billardzimmer und lehnte an einer Seite des Türbogens. Dabei hatte er die Beine an den Stiefeln überkreuzt und die Arme über der Brust verschränkt. Seine goldenen Piercings glänzten und vermittelten den Eindruck, dass er überall Augen hatte … Augen, denen nichts entging.

Lassiter lächelte. »Du betrachtest die Dinge nun also von einem anderen Winkel aus, nicht wahr?«

Noch letzte Nacht hätte John ihm als Antwort darauf einfach ein *Verpiss dich* an den Kopf geworfen, aber jetzt nickte er. Insbesondere als er an die Risse in der Betonwand des Korridors dachte, die Tohr einst verursacht hatte.

»Gut«, sagte Lassiter. »Wurde aber auch Zeit. Übrigens, ich bin im Moment nicht bei ihm, weil jeder mal alleine sein muss. Außerdem brauche ich meine tägliche Talkshow-Dosis.«

John schüttelte den Kopf und grinste. Lassiter mochte zwar eine metrosexuelle Nervensäge sein, aber er hatte Tohr der Bruderschaft zurückgebracht, und das war doch einiges wert.

Zurück durch den Tunnel. Raus aus dem Wandschrank. Hinein in das Büro, in dem Tohr immer noch schlief.

Als John an den Schreibtisch herantrat, wachte der Bruder unvermittelt auf. Sein ganzer Körper wurde von einem Krampf geschüttelt, und sein Kopf schnellte vom Schreibtisch hoch. Eine Hälfte seines Gesichts war zerknittert und sah aus, als ob jemand ihm eine Ladung Sprühstärke verpasst und dann zu hastig gebügelt hätte.

»John …«, sagte er rau. »Hallo. Brauchst du etwas?«

John griff in den Korb und nahm das Schinken-Käse-Sandwich heraus. Er legte es auf den Schreibtisch und schob es Tohr hin.

Tohr blinzelte, als ob er in seinem ganzen Leben noch nie ein Sandwich gesehen hätte.

John deutete auf das Sandwich. *Iss das,* formte er mit den Lippen.

Tohr griff nach dem Sandwich. »Danke.«

John nickte. Seine Fingerspitzen berührten dabei immer noch den Schreibtisch. Er verabschiedete sich, indem er mit den Knöcheln kurz auf den Tisch klopfte. Er hätte noch viel zu sagen gehabt, hatte im Moment aber keine Zeit, da er vermeiden wollte, dass Xhex allein war, wenn sie aufwachte.

Als er durch die Tür trat, meinte Tohr: »Ich bin sehr froh, dass du sie wieder zurück hast. Verdammt froh.«

Bei diesen Worten wanderte Johns Blick zu den Rissen in der Wand des Korridors. Ihm wurde bewusst, dass sie durchaus auch von ihm stammen könnten. Wenn Wrath und die Brüder mit schlechten Neuigkeiten über seine Frau vor seiner Tür gestanden hätten, hätte er genauso reagiert wie Tohr.

Er hätte die Wand vom Boden bis zur Decke aufgerissen. Und sich dann für einige Zeit aus dem Staub gemacht.

John sah über die Schulter in das blasse Gesicht des Mannes, der sein Retter, sein Mentor gewesen war … der am ehesten dem Vater gleichkam, den er nie gehabt hatte.

Tohr hatte an Gewicht zugelegt, aber sein Gesicht war

immer noch hager, und das würde sich vielleicht nie ändern, egal, wie viel er aß.

Als sich ihre Blicke trafen, hatte John das Gefühl, dass sie gemeinsam viel mehr durchgemacht hatten als nur die Summe der Jahre, die sie einander kannten.

John stellte den Korb ab. *Ich mache heute Nacht mit Xhex einen Ausflug.*

»Ach ja?«

Ich werde ihr zeigen, wo ich aufgewachsen bin.

Tohr schluckte hart. »Möchtest du die Schlüssel für mein Haus?«

John schreckte zurück. Eigentlich hatte er Tohr nur erzählen wollen, was er gerade so machte. Ein erster kleiner Schritt, um die Dinge zwischen ihnen wieder ins Reine zu bringen.

Ich hatte eigentlich nicht vor, sie dorthin zu bringen.

»Warum nicht? Es würde dir guttun, wieder mal vorbeizusehen. Die *Doggen* sind nur ein- bis zweimal im Monat dort.« Tohr öffnete eine der Schubladen des Schreibtischs, nahm einen Schlüsselbund heraus und räusperte sich. »Hier, bitte.«

John fing die Schlüssel auf und verbarg sie in seiner Faust. Scham stieg in ihm auf. In der letzten Zeit hatte er Tohr wirklich beschissen behandelt, und dennoch stand der Bruder seinen Mann und bot ihm etwas an, was für ihn eigentlich mörderisch sein musste.

»Ich bin froh, dass du und Xhex zueinandergefunden habt. Es ergibt einen höheren Sinn. Wahrhaftig, das tut es.«

John schob die Schlüssel in seine Hosentasche, damit er gestikulieren konnte: *Wir sind nicht zusammen.*

Ein weises Lächeln erhellte kurz das Gesicht des Bruders. »Klar seid ihr das. Ihr beiden seid einfach für einander bestimmt.«

Himmel, dachte John. Sein Bindungsduft musste wohl ziemlich deutlich zu riechen sein. Dennoch sah er keinen Grund, die Hindernisse zu erörtern, die sie beide noch zu überwinden hatten.

»Dann gehst du also auch beim Waisenhaus vorbei?« Als John nickte, bückte sich Tohr und hob eine schwere Tasche auf den Schreibtisch. »Nimm das mit. Es ist das Drogengeld, das wir in Lashs Haus konfisziert haben. Blay hat es mitgebracht. Ich denke, sie können es dort gut brauchen.«

Dann stand Tohr auf. Die Tasche voller Geld ließ er stehen. Dafür griff er nach dem Sandwich, wickelte es aus der Frischhaltefolie und biss hinein.

»Perfekt!«, meinte er kauend. »Nicht zu viel Majo, aber auch nicht zu wenig. Danke.«

Tohr ging auf den Wandschrank zu.

John pfiff leise, und der Bruder blieb stehen, drehte sich aber nicht um. »Schon okay, John. Du musst nichts sagen. Pass nur gut auf euch auf da draußen heute Nacht, okay?«

Mit diesen Worten verließ Tohr das Büro und ließ John alleine zurück. John hoffte, dass es ihm eines Tages gelingen würde, ebenso gütig und würdevoll zu handeln wie er.

Als sich die Schranktür schloss, dachte er … dass er wie Tohr sein wollte.

John trat auf den Korridor hinaus und fand es seltsam, dass ihm dieser Gedanke jetzt plötzlich wieder durch den Kopf schoss und damit seine Welt auf gewisse Weise wieder ins Lot brachte: Seit seiner ersten Begegnung mit Tohr war der Bruder sein großes Vorbild gewesen – ob es nun seine Größe, seine Intelligenz, der Umgang mit seiner Frau, seine Art zu kämpfen oder gar der tiefe Klang seiner Stimme war … John hatte immer schon so sein wollen wie Tohr.

Das war gut … und richtig.

Als er den Gang zum Aufwachraum hinunterging, freute er sich nicht wirklich auf die kommende Nacht. Am Ende wäre es vielleicht doch besser, die Vergangenheit ruhen zu lassen … insbesondere seine Vergangenheit, denn sie stank.

Aber er hatte auf diese Weise bessere Chancen, Xhex davon abzuhalten, sofort Lash hinterherzujagen. Sie brauchte auf jeden Fall noch ein bis zwei Nächte der Erholung, bis sie wieder über ihre volle Kraft verfügte. Und sie sollte sich noch mindestens einmal von ihm nähren.

Auf diese Weise würde er wissen, wo sie war, und sie den ganzen Abend an seiner Seite haben.

Ganz gleich, was Tohr glaubte, John machte sich keine Illusionen. Früher oder später würde sie sich aus dem Staub machen, und er war nicht in der Lage, sie aufzuhalten.

J. R. Wards
BLACK DAGGER
wird fortgesetzt in:

MONDSCHWUR

Leseprobe

Blay stand vor seinem geöffneten Kleiderschrank und betrachtete seine Klamotten. Absurderweise wollte er seine Mutter anrufen und sie um Rat fragen. Das hatte er immer getan, wenn es darum ging, sich passend anzuziehen.

Aber das war ein Gespräch, mit dem er noch ein bisschen warten wollte. Sie würde annehmen, dass er sich mit einer Vampirin traf und deshalb komplett aufgeregt sein. Und er wäre wieder gezwungen, sie anzulügen … oder endlich Flagge zu zeigen.

Seine Eltern hatten keinerlei Vorurteile … Doch er war ihr einziges Kind, und keine Frau zu haben, bedeutete in ihrem Fall nicht nur, keine Enkelkinder zu bekommen, sondern auch, das Ansehen innerhalb der Aristokratie zu verlieren.

Es überraschte ihn nicht, dass die *Glymera* nichts gegen Homosexualität hatte, solange man mit einer Vampirin verbunden war und niemals etwas tat, was darauf hindeutete, mit welcher Veranlagung man geboren wurde. Der schöne Schein. Es ging nur um den schönen Schein. Und wenn man sich dazu bekannte? Dann wurde man ausgeschlossen.

Und zwar die gesamte Familie.

Irgendwie konnte er es nicht fassen, dass er dabei war, sich mit einem anderen Mann zu treffen. In einem Restaurant. Und dann würde er mit dem Kerl in einen Nachtclub gehen.

Seine Verabredung würde blendend aussehen. Wie immer.

Blay nahm einen grauen Zegna-Anzug mit blassrosa Nadelstreifen aus dem Schrank. Dann entschied er sich für ein edles Burberry-Hemd in Rosé mit strahlend weißem französischem Kragen und weißen Doppelmanschetten. Schuhe … jetzt fehlten nur noch die passenden Schuhe …

Jemand hämmerte gegen die Tür. »He, Blay.«

Verdammt! Er hatte den Anzug bereits aufs Bett gelegt und war frisch geduscht, trug einen Bademantel und hatte Gel in den Haaren.

Gel, ein verdammt verräterisches Zeichen!

Er ging zur Tür und öffnete das verdammte Ding nur einen kleinen Spalt breit. Draußen im Flur stand Qhuinn, zum Kampf bereit. Er hielt einen Dolchhalfter in der Hand, trug seine Lederhosen und hatte die Schnallen seiner New Rocks festgezurrt.

Komisch, sein Kriegergehabe machte keinen besonderen Eindruck auf Blay.

Er konnte sich noch zu gut daran erinnern, wie der Typ gestern Abend ausgesehen hatte, als er ausgestreckt auf dem Bett lag und auf Laylas Mund starrte.

Eine üble Angelegenheit, dieses Nähren in seinem eigenen Zimmer, dachte Blay. Weil er sich jetzt fragte, wie weit das mit den beiden auf dieser Matratze noch gegangen war.

Er kannte Qhuinn gut genug, um zu wissen, dass es wohl zum Äußersten gekommen war. Danke vielmals!

»John hat mir eine SMS geschickt«, meinte er. »Er und Xhex machen einen Spaziergang durch Caldwell, und der Scheißkerl hat mich sogar einmal vorab …«

Qhuinns verschiedenfarbige Augen sahen ihn von oben bis unten an, dann lehnte er sich zur Seite und blickte über Blays Schulter. »Was machst du gerade?«

Blay zog seinen Bademantel fester um sich. »Nichts!«

»Dein Parfüm ist anders – und was hast du mit deinem Haar gemacht?«

»Nichts! Was hast du da eben über John gesagt?«

Es folgte eine kurze Pause. »Na klar … okay. Also, er geht raus, und wir kommen mit. Wir müssen uns aber im Hintergrund halten. Sie werden etwas Privatsphäre haben wollen. Aber wir können …«

»Ich gehe heute Abend aus.«

Die gepiercte Augenbraue sank nach unten. »Und?«

»Nichts und … Ich gehe aus.«

»Das war dir vorher noch nie wichtig.«

»Jetzt ist es das aber.«

Qhuinn lehnte sich wieder zur Seite und blickte an Blays Kopf vorbei. »Du ziehst diesen Anzug nur für die Jungs hier an?«

»Nein.«

Es folgte eine lange Stille und dann nur ein einziges Wort: »Wer?«

Blay öffnete die Tür und ging ein paar Schritte zurück in sein Zimmer. Wenn sie schon aneinandergerieten, dann machte es keinen Sinn, das auf dem Flur zu tun, wo es alle anderen sehen und hören konnten.

»Ist das wirklich so interessant?«, meinte er mit einem Anflug von Zorn.

Die Tür schloss sich. Mit einem Knall. »Ja, ist es!«

Um Qhuinn die kalte Schulter zu zeigen, öffnete Blay den Gürtel seines Bademantels und ließ ihn von seinem nackten Körper gleiten. Dann schlüpfte er in seine Hose … ohne Unterwäsche.

»Nur mit einer Bekanntschaft.«

»Männlich oder weiblich?«

»Wie ich schon sagte, spielt das eine Rolle?«

Noch eine lange Pause, während der Blay das Hemd überstreifte und zuknöpfte.

»Mein Cousin«, grollte Qhuinn. »Du gehst mit Saxton aus.«

»Vielleicht.« Er ging hinüber zur Kommode und öffnete die Schmuckschatulle. In ihr glänzten Manschettenknöpfe verschiedenster Art. Er wählte welche mit Rubinen.

»Willst du mir so die Sache gestern Nacht mit Layla heimzahlen?«

Blay erstarrte mit der Hand an der Manschette. »Gütiger Himmel!«

»Es stimmt also. Das ist es also …«

Blay drehte sich um. »Hast du jemals daran gedacht, dass das nichts mit dir zu tun haben könnte? Dass mich ein Kerl ausführen möchte und ich mit ihm gehen will? Dass so etwas normal ist? Oder bist du so auf dich fixiert, dass du alles und jeden nur durch den Filter deines Egos wahrnimmst?«

Qhuinn schreckte leicht zurück. »Saxton ist eine Schlampe.«

»Ich bin mir sicher, du weißt, was eine ausmacht.«

»Er ist eine Schlampe, zwar eine sehr noble, sehr elegante, aber doch eine Schlampe.«

»Vielleicht möchte ich nur ein bisschen Sex.« Blay zog

eine Braue hoch. »Ich hatte schon länger keinen. Und diese Frauen, denen ich es in den Bars besorgt habe, um mit dir mitzuhalten, waren nicht gerade die große Erfüllung, um ehrlich zu sein. Es wird langsam Zeit, wieder einmal guten Sex zu haben.«

Der Bastard besaß die Frechheit, blass zu werden. Das tat er wirklich. Und dann taumelte er doch tatsächlich rückwärts und lehnte sich an die Tür.

»Wohin geht ihr?«, fragte er in rauem Ton.

»Er nimmt mich mit ins Sal's. Und dann gehen wir in diese Zigarrenbar.« Blay schloss seine andere Manschette und ging zum Kleiderschrank, um seine Seidensocken zu holen. »Danach … wer weiß?«

Ein Schwall des Duftes nach dunklen Gewürzen zog durch das Schlafzimmer und brachte ihn zum Schweigen. Dass ein Gespräch zwischen ihnen Qhuinns Bindungsduft auslösen würde, hätte er nicht einmal in seinen kühnsten Träumen erwartet …

Blay drehte sich wieder um.

Nach einem langen Moment voller Spannung ging er zu seinem besten Freund hinüber, angezogen durch dessen Duft. Und als er näher kam, verfolgte Qhuinns heißer Blick jeden seiner Schritte. Die Verbindung zwischen ihnen, die auf beiden Seiten verlorengegangen war, war plötzlich wieder da.

Als sich ihre Nasenspitzen trafen, blieb Blay stehen und seine sich hebende Brust berührte die von Qhuinn. »Sag das Zauberwort«, sagte er barsch. »Sag das eine Wort, und ich werde nicht gehen.«

Qhuinn umfasste mit seinen starken Händen Blays Kehle und drückte so stark zu, dass dieser den Kopf in den Nacken legen und seinen Mund öffnen musste, um atmen zu können. Seine starken Daumen bohrten sich in Blays Kiefergelenke.

Welch aufwühlender Moment.

Elektrisierend. Und voller Potenzial.

Sie würden miteinander im Bett landen, dachte Blay, als er seine Hände um Qhuinns starke Handgelenke legte.

»Sag das Wort, Qhuinn. Mach es, und ich werde die Nacht mit dir verbringen. Wir werden mit Xhex und John rausgehen und wenn sie fertig sind, werden wir hierher zurückkehren. Sag es!«

Die blau-grünen Augen, in die Blay schon sein ganzes Leben geblickt hatte, starrten auf seine Lippen, und Qhuinns Brust hob und senkte sich, als ob er schnell laufen würde.

»Besser jetzt gleich«, meinte Blay. »Warum küsst du mich nicht einfach …«

Blay wurde herumgeschleudert und an die Kommode gedrückt, so dass sie laut knallend gegen die Wand schlug. Als Blays Flakons mit Eau de Cologne klirrend gegen einanderschlugen und eine Bürste zu Boden fiel, drückte Qhuinn seine Lippen fest auf Blays Mund und seine Finger krallten sich in dessen Kehle.

Das störte Blay nicht. Härte und Leidenschaft, das war alles, was er von dem Kerl wollte. Und Qhuinn war ganz klar mit von der Partie.

Seine Zunge schoss heraus und ergriff von Blays Mund Besitz.

Mit zittrigen Händen riss sich Blay das Hemd aus der Hose und fasste nach seinem Reißverschluss. Wie lange hatte er auf diesen Moment gewartet!

Aber es war vorbei, bevor es überhaupt richtig begonnen hatte.

Qhuinn drehte sich weg, als Blays Hose zu Boden fiel, und zog in Richtung Tür ab. Mit der Hand am Türknauf rammte er seine Stirn zweimal gegen die Tür.

Und dann meinte er mit lebloser Stimme: »Geh, ich wünsche dir viel Vergnügen. Sei nur vorsichtig, bitte, und verlieb dich nicht in ihn. Er wird dir sonst das Herz brechen.«

Von einer Sekunde zur nächsten verließ Qhuinn den Raum und schloss lautlos die Tür.

Lesen Sie weiter in:
J. R. Ward: MONDSCHWUR